QIAO HUN

桥魂

李文琪 著

四川人民出版社

图书在版编目（CIP）数据

桥魂 / 李文琪著. -- 成都 : 四川人民出版社,
2024. 7. -- ISBN 978-7-220-13700-6
Ⅰ. I25
中国国家版本馆CIP数据核字第20241B8N11号

QIAOHUN

桥魂

李文琪　著

出 版 人	黄立新
策　　划	谢　雪
责任编辑	邓泽玲
装帧设计	张迪茗
责任校对	吴　玥
责任印制	祝　健
出版发行	四川人民出版社（成都三色路238号）
网　　址	http：//www.scpph.com
E-mail	scrmcbs@sina.com
新浪微博	@四川人民出版社
微信公众号	四川人民出版社
发行部业务电话	（028）86361653　86361656
防盗版举报电话	（028）86361653
制　　版	四川胜翔数码印务设计有限公司
印　　刷	成都蜀通印务有限责任公司
成品尺寸	170mm × 240mm
印　　张	21.5
字　　数	340千
版　　次	2024年7月第1版
印　　次	2024年7月第1次印刷
书　　号	ISBN 978-7-220-13700-6
定　　价	98.00元

序

章玉钧[1]

跨江过河，飞津济渡，天堑变通途。他是乘风破浪、守正创新的领头羊，是深耕路桥，交通先行的排头兵，从万县长江大桥、宜昌长江大桥到鄂黄长江大桥，他以攻坚克难之心，大胆创新力拔头筹，从茅以升大奖、鲁班奖到詹天佑奖，他以勇于胜利之势彰显工匠精神。五十载上下求索，他专攻筑路架桥一件事，人如桥，桥如人，皆是路桥丰碑。

——“建党百年·荣耀路桥人物”李文琪颁奖词

李文琪同志是我结识近三十年的知交挚友。1996年，省委组织部发文通知我，按照当时省委订立的同专家“结对子”制度，要我同两位科技一线的党内专家交朋友，其中一位就是省公路桥梁工程总公司副总裁兼总工程师李文琪同志。他比我年轻六岁，为人真诚开朗，快人快语。交谈中他把自己的成长经历、家庭状况，当时工作的重点与难处都向我倾吐。我觉得相处很投缘，既给他鼓劲，又向他学习。那时文琪往往同时担任几个重

① 章玉钧：曾任四川省政协副主席。

大工程项目的经理兼总工程师，常在外奔波。我曾应邀随他到正在修建的湖北鄂黄长江大桥工地参观，有两点很深的感受：一是钦佩他摒弃私心，广集众智，科学决策。当时他打破常规，改变工艺流程，通过巧妙安排，把主墩深水基础从两个枯水期施工，缩短到一个枯水期完成。多快好省，一气呵成，成为长江中下游特大桥一个枯水期完成深水基础的一种施工样板。二是他严于律己，坚持制度，关爱团队，施工队伍里形成好学上进的浓厚氛围和尊师爱徒的融洽关系。文琪擅长沟通，同地方政府、设计方、监理方、兄弟单位以及当地群众相处都非常好。这些都是他得以攻坚克难的常胜之道。

后来我和文琪先后退休，他应邀到中国路桥新组建的桥梁技术公司二次创业，担任总经理，通过短短几年发展，成绩斐然。我们一直互通信息，每年总有一两次相聚畅谈的机会。2019年，文琪获得中共中央、国务院、中央军委颁发的“庆祝中华人民共和国成立70周年纪念章”；2021年党的百年诞辰，又荣获“建党百年·荣耀路桥人物”奖章，他很快给我发来获此殊荣的讯息及颁奖词（见文前所引）。不久之后，又专程上门，把精心撰写的、厚厚的一部记述他六十载桥梁人生的《桥魂》书稿送来。多年来对口述历史情有独钟的我喜出望外，通读之后更是击节赞赏。征得文琪同意后，把书稿推荐给四川人民出版社。经过近两年来作者同编辑反复斟酌，精心加工，书稿更加眉清目秀，可读性强，引人入胜，发人深省。《桥魂》好比一首交响乐，把大国工匠成长史、四川路桥创业史与时代风貌变迁史融合在一起，作出了丝丝入扣、动人心弦的生动演绎。

《桥魂》是记述一个平凡的河运水工中专毕业生“择一事，终一生”，在党的阳光雨露下，创造出不凡业绩、成长为桥梁领域大国工匠的信史。正如习近平同志所说：大国工匠是我们中华民族大厦的基石、栋梁。新中国成立之初，我们一穷二白，几十年来从无到有，通过引进、消化、吸收再发展，我们的制造业、基础设施建设等在全球都名列前茅，这与我们的工匠精神是息息相关的。一想到此，真是无比自豪！

有人说过，建筑是凝固的音乐，我以为桥梁也是，是凝固的血汗和智慧，凝固的眺望与穿行。文琪六十多年来把修桥作为毕生追求的一门科学、一门艺术。

首先，本书以斑窥豹，见证了当代特大型桥梁项目科技进步和科学管理的历程。这位历经沧桑见彩虹的教授级高工、管理大师，以亲历亲为的诸多工程实例，总结提炼出特大桥项目管理和关键技术决策，铭刻下“世上无难事，全靠动脑筋”，“脚踏实地，一丝不苟，认真去做，总会成功”，“安全是设计出来的，靠严格管理实现”等金玉良言。遇到猛虎拦路、压力大之时，如何迎难而上不退缩，如何突破陈规觅新路，如何严管团队细操作，如何确保安全无事故，书中都有给人启迪的范例。

其次，该书为摆正群体与个人的关系提供了有益的借鉴。书中讴歌了一代代路桥人包括管理、技术人员、一线工人对党和国家无限忠诚的优秀品质和敬业创新精神，是一个人视野中的四川路桥创业史。这在第二章到第十章回顾每个工程项目中都有充分体现。尤其是第十一章“江山代有才人出，长江后浪推前浪”，更是从新中国成立初期为了解放西藏修建川藏、青藏公路讲起，把此后三代路桥人的业绩贡献都做了回顾，赞颂和弘扬了习近平同志总结的“一不怕苦、二不怕死、顽强拼搏、甘当路石、军民一家、民族团结”的“两路精神”。

再者，文琪睿智过人，除了有过硬的专业知识和技能，还爱好广泛。他以生动的文笔把自己的人生旅程放在时代变迁的大环境里来描述，有张有弛，妙趣横生。书中用若干细节和切身感受，烘托出不同时代的氛围，生动反映出我们伟大祖国除旧布新，由贫穷落后走向繁荣富强、蒸蒸日上的时代变迁，读后很令人感动。同时，他对摄影的爱好更为四川路桥的建设、发展留下珍贵的影像。我想，每个正在筑梦、追梦、圆梦的中国人，读后也都会抚今思昔，增强对祖国的热爱，增添走中国式现代化道路，实现强国建设、民族复兴的决心和信心。

2024年4月

目录

第一章

童年时代　学生生活

蝴蝶的生命只有几天，红杉树能活几千年，地球存在45亿年了……人的生命只有一次，多不过百年。世事万物在时间的长河中消失，留下的只有回忆。

年到古稀，生命的激情开始趋于平静。

拿起笔来，记录平凡的一生，见证时代变迁，留给后代。

我的家

1942年1月15日（阴历辛巳年冬月二十九），川东一隅的梁平，在日本战机经常飞来轰炸，美苏中战机经常由梁平机场起飞和日本战机在空中搏杀的时候，离梁平机场不远东门外何家沟的一间租来的瓦房内，子夜时，正在参加梁平机场扩建工程的工程师李德俊的第三个孩子出生了，之前他已有了一儿一女，女儿生下来不到一岁就夭折了，这个刚出生的小男孩就成了第二个孩子，这就是我。

我的祖母钟湘霞，生于1890年，小脚，是梁平县一个乡绅的闺秀，从小饱读诗书，琴棋书画样样皆能。我家几弟兄的名字皆由她所取，我取名李文麒，小名“确婆”；我哥取名文斗，小名“白象”；我弟1945年出生，取名文炳，小名“见喜”。

我父亲李德俊大约出生在1911年，万州人氏。1939年通过应聘或考试到梁平参加机场的第二次扩建，职务是工程师，一直到1945年机场第三次扩建完成（梁平机场于1928年为四川军阀刘湘所建，用于对日作战，1937年、1940年、1945年三次扩建，机场最多时驻有52架中美苏三国的飞机）。不知我父亲是什么学历，只记得他毛笔字写得非常好，春节常给左邻右舍写对联，20世纪60年代还可在万安大桥上游看见他写在万安大桥主孔拱顶侧墙上的“立言晚报”四个大字——我父亲曾为该报工作过。按照当时参加修建梁平机场人员的要求，我父亲在修机场期间参加了三青团。我父亲在1945年抗战胜利前一直从事建筑行业，据说他参加过万县西山公园的修建，去梁平扩建机场前在万县的建筑行业便小有名气。

这时的我不到半岁，成天在隆隆的轰炸和警报声中过日子。我的母亲熊素华，1919年生，万县熊家场人，在万县市女中读中学时，是学校篮球队成员，年轻时是个美女。我父亲年轻时也喜欢打篮球，在球场上和我母亲认识，那时她不到18岁，母亲辍学和父亲结婚，曾当过小学代课老师。20世纪40年代初，母亲球队的几个同学都去了延安，母亲也想去，但那时已怀上我大哥了，父亲不让去。新中国成立后，去延安的同学还给母亲来过信。扩建梁平机场到1942年时，她已是生过三个小孩的母亲（姐姐的夭折使她更心疼刚出生的宝贝二儿子），在空袭的战火纷飞中，全职在家带孩子。

从1940年父亲带着母亲和出生不久的大哥到梁平，至1945年我弟弟出生几个月后我们全家回到万县（应该是抗战胜利后了），前后五年多时间。我们无法想象，母亲是怎么带着我们度过那战火纷飞、瘟疫横行的年代的。姐姐不到一岁夭折，我在一两岁时得了“痞积病”——那个年代小孩最可怕的一种疾病。当时的我，骨瘦如柴，奄奄一息，邻居和祖母都说这小孩救不活了，劝我母亲扔进坑里埋了算了。我母亲死活不干，冒着空袭的危险，抱着我四处求医寻奶（我母亲没奶水），从死神手上把我抢了回来，我活下来了。

姑母80多岁时告诉我：我家祖上源自陇上李氏，后迁移到麻城，湖广填四川时由麻城进川。辈分的排行是“永明光大德、文武朝天双……”

小时候祖母经常给我们讲家族的历史。我的高祖父是梁平（解放前叫梁山县）人，16岁时一个人背一捆“黄标纸”步行到万县[①]做生意，从梁平到万县有90公里，当时步行要走两三天。黄标纸颜色金黄，每张大小和草纸（马粪纸）差不多，纸张薄而精细，是当时做黄金冥钱的上等材料，因而价格较贵，一捆“黄标纸”重四五十斤。高祖父靠一捆黄标纸起家，后来主要做药材、棺材和桐油生意，在万县娶妻生子，买下了万县和祥街大半条街。

祖父这一辈应该有三房兄弟，我生下来时他们都已去世，只有大房的祖母和我的祖母（二房）还健在。那时他们早已分家，各自职业不同。

我四五岁知点事时，知道大房是万县城郊关口（城东北的一座山上）里面一个村（或几个村）不小的地主，拥有佃户和长工，记得他家里的房子很大，还有花园。新中国成立后分了他家的土地。大房我父亲这一辈都受到了良好的教育，大都大学毕业，有在重庆教中学的；有在重庆城建系统工作的五姑妈（20世纪60年代初困难时期我和大哥在重庆读书时，时不时去五姑妈家搓一顿，她对我们很好）；有在武汉空军总医院工作的七姑妈，只听过没有见过。他家的子女，我的一个表兄清华大学毕业后在广元821厂工作，20世纪80年代到成都来找过我，可惜我在建桥的工地上，没见到面。

抗战胜利后，父亲带着母亲和我们三弟兄由梁平回到万县，在一马路两层桥沟的一个院子里，租了两间砖木穿斗结构、木檩瓦屋顶平房，另加一个厨房。搬来时门牌是两层桥11号，20世纪50年代后期，门外石板路对边一直空着的堡坎下又建了几家房，门牌遂改成了18号。这院子少说也有百十年历史，不少木板已腐朽，墙砖的一些砖开始风化剥落。院子里共住了四户人家，每家两间住房另加厨房，共用一个堂屋和一个可排污水及洗衣物的小天井。小天井位于靠西边第一排厢房，与门前的石板大路由院子的砖墙隔开。每间房之间是木板隔墙，木板不隔音且板缝透光，板壁糊上

---

① 1950年由万县析置万县市，1992年万县并入万县市。原属四川省，1997年划归重庆市，撤市改万县区，1998年改名万州区。

旧报纸或白纸，遮住木板缝保护一家人的隐私。这种房子在当时的万县市相当普通，大都是由房东出租给做小生意或收入低的人居住。

我家住的院子是依山而建的长条形，宽约12米（进深只有3间）；长约18米（一排四间），共有房大小12间。公用的堂屋长、宽均4.5米（面积约20平方米），紧靠堂屋用板壁隔开的我家的主房间也是长、宽4.5米，采光靠屋顶上安的几匹玻璃亮瓦和堂屋隔断的木板壁上开的一道约一平方米大小的花格窗。主房间东边用木板隔开一条到后房间约一米宽的过道，过道靠木板壁摆着一排泡菜坛之类的杂物，实际过人的过道只有60多厘米宽。主房间内有一张约1.5米宽的钢管双人床，一头紧靠西壁；靠过道的床头立着一个独柱衣架挂衣物，过道壁中间安一个紫红色的土漆高衣柜和一个并排的五斗橱，挂衣架和高衣柜旁边就形成了一个摆放马桶和夜壶、相对隐秘的"卫生间"，可挤进一个人方便。西壁靠着双人床处有两张木椅，晚上放一块床板在它们上面就是一张单人床。靠堂屋的窗户下放着一张紫红土漆的写字台，写字台上放着一架约40厘米高的德国座钟，座钟两边各放一个彩绘的白瓷坛。主房间正中有一张四角可上下翻的紫红土漆八仙桌、几根紫红土漆的方凳——主房间既是客厅和主卧室，也是一家人吃饭的餐厅。家里还有一些德国造的光可照人的精铜打气煤油炉，一些质地很好的家庭小用具和一些玉器古董，名贵中药材冰片、麝香、牛黄等，不像是一般人家能有的，不知是不是从和祥街大家庭里分出来的。主房间位于穿斗房坡屋顶中部，空间较高，被隔出一层搁放杂物。靠堂屋窗边的三排立柱圆木横梁上不搁木板，镂空采光。

和主房间由一道半砖墙（12厘米宽）隔开的后房间是厨房，厨房进深3米、宽4.5米（约13平方米），一口炭灶和一口柴灶组成的灶台和主房壁相连。当时，我们当地的灶不设烟囱，做饭时满屋煤烟和柴烟。厨房的后砖墙是院子的外墙，仅两米高，墙后是一条70厘米左右宽的排水沟，排水沟的后面是块石砌的高四五米的堡坎，堡坎上是一块高约20米、斜度约45度的坡地，解放前这块坡地上种的是玉米和豆类庄稼，坡顶就是万县有名的法院街。在法院街下两层桥沟的石梯边，有一砖瓦砌成的吊脚楼厕所，正对我家院子。后墙的排水沟，是和我家院子类似的三个院子共用的排水沟，几十户人家的生活污水大都从排水沟流走，流入两层桥的溪沟里，再注入长江。

我家的另一间房是院子东边的另一进和厨房并排的后房，开一道小门和厨房相连，通过主房间的过道进出，长3米、宽4.5米（面积约13.5平方米）。后房有一个后门，从后门通过块石堡坎上的突出部分可爬到坡地里，从坡地庄稼的地垄可走到法院街。那时这块地较荒凉，我们小孩爬上四五米高的堡坎很吃力，一般不敢走。后房的家具比主房的陈旧得多，一张双人床和一张单人床，再加一个大衣柜、一张写字台，还有一个独柱衣架、两条小长条凳。床后和衣架的隐秘处照样有一个由马桶和夜壶组成的“卫生间”。厨房和后房没有窗户，靠瓦屋顶上安的亮瓦采光。

除堂屋的地面铺有块石外，主房、后房和厨房都是夯土地面，常年泛潮。雨季和遇上排水沟被堵时，雨水或污水会漫进房里，“水漫老屋”。

1947年我大妹妹李文仪出生，1951年初我小妹妹李文富出生，加上祖母和父母亲，一家八口人都生活在这狭小的院子里，现在简直无法想象在这老屋里住的几十年是怎么过来的。

我家高祖那一代靠做生意起家，在万县和祥街创下了很大一份家业。祖父这一辈分家后，大房成了大地主，三房成了资本家。我出生时，祖父已经去世，不知他生前是干什么的。到父亲这一代，家道已经中落，父亲在梁平机场扩建完成回到万县后，一家人租这样的房子住，肯定不是有钱人。知道我家这一段历史的老人都已去世或再也找不到了，家道中落的原因无从查找。

父亲从梁平回万县后继续从事建筑行业，参加了万县一个叫“鑫记营造厂”的建筑公司，承包建筑工程，承揽过万县县政府大楼等类似工程，职务仍是工程师。

我四五岁有记忆时起，就很少见到父亲。从梁平回到万县后，父亲白天很少在家，晚上他回家时我们基本上都已熟睡。他是一个很孝顺的人，他回来总是先穿过走道来到后房给祖母请安，递上一包卤牛肚之类的夜宵给祖母，然后再回自己的主房间。我和大哥与祖母住在后房，遇上我们醒着时，祖母偶尔也给我们一两片卤牛肚，味道好极了。

1959年我17岁，离开万县到重庆上学，直到1994年建万县长江大桥才回到万县，对万县的记忆断断续续，还停留在1959年以前。老万县主城区位于三峡上游由南流向北的长江河段北岸山坡上；以苎溪河上的万安桥为中心，由西北注入长江的苎溪河将市区分为东西两部分；西边由江边向上，街道层层设置，从万安桥开始到最西边的西山公园。二马路是当时全市的商业中心，二马路以下是胜利路，杨家街口在胜利路西段，有石梯从路边通向长江，江边停靠五六艘趸船，是过往轮船的上下客货的码头。码头向上游几百米，西山公园脚下的长江中，从北向南有三块大石头——北岸的盘盘石、江中的箱子石和南岸的草盘石，是有名的民间故事“赵显送灯台”传说的发生地。

枯水季节，江边沙滩露出，成为“沙嘴河坝”，变成繁华的竹棚集市。卖本地土产杂货的，开餐馆的，挑力的（棒棒军），上下船的人，你来我往，吆喝声不断，熙熙攘攘，挤满沙嘴河坝。江里满是摆渡和卖水果杂货的小木船。卖货的小木船停靠在泊于沙嘴沱的轮船边，小贩用竹竿举上装满水果的竹筐，卖给住在轮船上的过夜客人（当时川江不开夜航），无数雪亮的煤气灯下，夜市喧嚣繁华，如同白昼。

二马路以上是大会堂，新中国成立后改造成群众广场。由大会堂步行通过鸽子沟石梯向上走几百米就是高笋塘，塘中间有个亭子，亭子和塘岸有小桥相连。夏日，在塘边的柳荫下喝茶，数地上的大蚂蚁，甚是有趣。高笋塘东边那时还没有现在的太白路，现在的鸡公岭小学过去是我的初中母校万县第五初级中学校。穿过一片水田，再往前走几百米，就是有名的万县二中。高笋塘周边的房屋很多，往山上走就是白岩书院（后为万县军分区大院）……

万安桥西边是三马路，东边是民主路。民主路的中段，有1870年落成的摩岩雕刻燃灯古佛。在20世纪50年代，佛像身上满是油灯，昼夜长明，身上全是油，香火十分兴旺。

长江不涨水的时候，在万安桥上倚栏北望，苎溪河远处的堤坝上游水平如镜，万州桥横跨镜面，和水中倒影形成一个横跨蓝天和水面的圆环，一块巨大的“印盒石”立在圆环前的水面上。再远处，是横跨河面的一座三跨上承式拱桥“新桥”。更远处，一座平顶山“天子城”耸立于蓝天下，山顶的房屋隐约可见。近处，堤坝下苎溪河飞瀑如注，倾入几十米深的“万人坑”，再从坑底涌起，奔腾穿过横跨河面巨石形成的“天生桥”（民间故事“赵显送灯台”中赵显建的桥），“石琴响雪”昼夜不息，令人心旷神怡。

万安桥东紧接圆环形的环城路。环城路是古县城的一部分，20世纪50年代属东城区。南边的南门口，一条宽石梯路直通长江河坝的沙滩，一边是长江滚滚东流，一边是苎溪河流入的长江口，这里是有名的南门口码头。那时的长江上，轮船少木船多，南门口是主要的木船码头，帆樯如林。随处可见打起坡（卸船）的脚夫、商贩、船夫，十分热闹。

一马路是20世纪50年代万县城东沿长江北岸唯一的一条大马路，宽度八九米，两边各有约两米宽的人行道，那时汽车很少，这条路便显得格外宽阔。由环城路的东门口（下长江的石梯码头，当时是菜市场）开始往东，依次是北山坡（石梯路上山，沿石板路到北山观和后山的农村）、水井沟（新中国成立前的“红灯区”）、两层桥、柑子园、大桥溪、钟鼓楼、油脂公司、罐头厂（城东市区的尽头）等，每段间隔两三百米。其中，水井沟、两层桥、柑子园、大桥溪，都通向后山的沟巷，每个巷子都是居民集中区，在后山相互都有石板路相连。我家便在其中。

小学生活

1948年，6岁的我开始到大佛寺小学上学。从法院街通过去柑子园的路向后山，顺着缓缓上山的石板路往东两三里，右边是层层陡坡地和坟地，直到大桥溪沟底。路边有很大一个古坟院子，放学后有时就在坟院子里捉迷藏。路的左边是一级一级的冬水田。在一棵大黄桷树处转上分岔的石板路，穿过冬水田往山边走百十来米，就是大佛寺。大佛寺很大，一半是庙，一半是小学。语文老师是个半老的夫子，讲课时经常讲到一半，一口浓痰“呸”的一声吐到地上。少不更事的我十分调皮，有一次趁他不注意，将浓痰裹着地上的灰土（教室是土地面）放到他粉笔盒里，他一抓粉笔就抓到浓痰。当然，我也免不了挨了好几个板子，打得很痛。

校门外石板路边的大黄桷树好几百岁了，很好攀爬，我们经常“光顾”它。春天水田里满是小蝌蚪，听别的同学讲吃了可以壮力气，我用一个小玻璃瓶装上几只，连同田里的水一同喝进肚里，好在没拉肚子……

大佛寺在20世纪50年代好像是因为破除迷信被拆掉了。

1949年的冬天，解放军快要攻进万县时，好多人家怕打仗躲到乡下去了。祖母和母亲带着我们一家到关口山上大祖母家。半路上发现一口小箱子拿漏了，叫我一个人回去拿。我从家里提着一口小羊皮箱，穿过法院街，从地方法院旁边的小路上鸡公岭，爬上上山的路。鸡公岭上一块约20米长、七八米高、四五米宽的巨石横卧在小山的山脊上，已被人凿掉一半。传说这巨石里有一只金鸡，头对着哪个方向叫，哪方的人就要发财。后一外国传教士得知此事，便凿石盗鸡，结果金鸡飞走了。鸡公岭下东边是大佛寺，山脚壁上有一个深洞叫罗汉洞，传说里面曾有观音菩萨显灵，穷苦人家有红白喜事，在洞里烧香祈福后，就可借到桌椅碗筷，用后再归还。有一次借的人用后没有还，就再也借不到了。西边有一条不大的瀑布，瀑布旁边有一个年久失修、早已无人居住的道观“甘霖洞”，绿苔修竹，清凉阴森。这瀑布的水流出去约两里地后，再一个落差，流入两层桥沟。上了鸡公岭，石板路盘绕都夷山（我们叫猪顶山）半腰缓缓往东，三四里后到了观音桥。当时天已快黑，石板路直转上山好几百米才是关口的山寨门，路上早已没有行人了。一个7岁的小男孩，提着一口黑色小羊皮箱在陡峭的山路上艰难行走，黑灯瞎火，越走越慢，山风吹起，路两边山林呜呜咽咽，好不恐怖，那可怕的情景让我至今记忆犹新。哭叫都没有用，好不容易走进了关口山门，大祖母家的人打着灯笼找到了我……

1949年12月15日，万县和平解放了，我们也从山上回家。第二天，解放军的一个班十来个人住到我们院子里。他们白天出去执行任务，晚上就睡在堂屋里用门板打地铺，离开前把地扫得干干净净，水缸里也挑满了水，还叫我们小弟弟，让我们感到很亲切。

新中国成立后，大佛寺小学停办了，我转到钟鼓楼小学读三年级。钟鼓楼小学在一马路东段的弥陀禅院内，一马路将原来连在一起的钟鼓楼和弥陀禅院南北隔开。弥陀禅院是一座很大的寺庙，庙里殿堂很多，古木森森，菩萨和蔼慈祥，法相庄严，庙里成天香火缭绕。我读书时，学校占了东边寺院僧房等约三分之一的地方。

从大佛寺小学到钟鼓楼小学，每天上学从菩萨前经过，从小就结下佛缘，神圣和敬畏之心慢慢养成。

钟鼓楼小学的教室大多是僧房改成，记得教室门外有很大一个放生池，里面有很多鱼和龟鳖，我们课间休息绕着放生池玩耍。学校还有很大一个操场，那里是同学们的游乐场。我们经常在操场上玩游戏，最好玩的是6个人可同时用粗麻绳套着身子旋转的“巨人磨”，跑几步人就可以沿着“转盘”飞起来，很是快乐，中午和放学后同学们排着队轮流玩。篮球场玩小皮球也是重要的体育活动，拥有一个半大的皮球是我当时梦寐以求的事。两三年后，外婆在重庆给我买了一个直径约15厘米的小皮球，成了那时班上的稀有之物，一上球场，和同学们玩我专属的皮球，得意劲就甭说了。操场边的陡坡，长着一片松林，林间藤木森森，藤上很多何首乌，大的有一两斤。我们将它们一个个挖来玩，比较哪个长得像小孩。何首乌味道不大好闻，玩一会儿就扔了。那时，班上同学年龄差异很大，像我这样七八岁的到近二十岁的学生都有。刚上小学的日子浑浑噩噩，我贪玩好动，调皮快乐。

1951年初，万县解放一年多，抗美援朝刚刚开始。我在钟鼓楼小学读三年级。4月的一天，我下午放学回来，6岁的弟弟告诉我，父亲被公安局抓走了，家里的所有照片、书籍及有关的文字资料全被搜走。此时，《立言晚报》早已停办，父亲仍然当他的建筑工程师，在沙河子万县县政府大楼的建筑工程和其他的工程上工作。

年到六旬的祖母和32岁的母亲，不知是怎么回事，急得像热锅上的蚂蚁，东打听西打听，找到了关押父亲的看守所。母亲牵着弟弟去看父亲，父亲心里坦荡，平静地对母亲说：“我没有什么事，很快就会回来。”曾是地下党、20世纪60年代任万县日报印刷厂厂长的李某某对我弟弟说，我父亲被关押期间，他和万县日报印刷厂的部分工人还联名去保释过，但父亲终于再也没有回来。

1956年全家福

没有了父亲的日子，全家生活陷入困境。

祖母成天悲泪长流；面对嗷嗷待哺的小妹妹和一家七口的油盐酱醋，33岁的母亲只得擦干眼泪，想法面对。除了少数工友，谁也不敢到我们家里来。母亲只有出去借，把家里一些值钱的东西拿出去卖。那时万县刚解放，什么东西都卖不了几个钱，这能维持几天呢？

家里无米了，连续三天吃盐水煮萝卜当顿。一家人正在一筹莫展时，舅舅来了。舅舅带来了30斤米和30万元（旧币，相当于现在30元。那时的大米价五六百元一斤，30万元不算少）。舅舅给母亲说，他到武汉和姑母商量好了，以后每月他们各补贴我们10万元，一定要让孩子们读书，要我母亲想法找工作，自己挣钱。

我的舅舅熊道权，1906年生，排行老三，我们叫他三舅。我母亲是家里最小的女儿，新中国成立时，只有三舅和母亲两兄妹健在。舅舅16岁到万县发电厂当学徒，吃苦耐劳，发电厂大量裁员时，他被留了下来，铜工、钳工什么都干，从学徒到出师一共在万县发电厂干了八年，成为一名技术娴熟的多面手。他后来进入民生轮船公司，在轮船上从轮机部的铜工干起，新中国成立后，在重庆—宜昌或重庆—武汉航线的华康轮任轮机部二管轮，属于高级船员，收入不菲。舅舅中等个子，慈眉善目，可能是长期在轮机高噪声环境工作养成的职业习惯，话语不多，难得言笑。什么坏了的物件经他那长满老茧的手一摆弄，很快就能修好。舅舅1958年加入中国共产党，几十年如一日默默地在长江航运轮船上工作，长期担任轮机长。1956年工资改革后，舅舅每月的工资两百多元，相当于当时18级干部的三倍多，相当高了。舅舅相当节俭，烟酒不沾，长期在轮船上，伙食特别好而且免费，平时没有什么花销。

舅舅的船由重庆跑宜昌五天一个来回，重庆跑汉口七天一个来回，每趟（每个航行来回）由重庆到万县的下水，因那时三峡不能夜航，必须在万县停靠过夜。至少每两趟水（两个航行来回），要到我家看望一次，每次总要带点吃的给我们。舅舅回船时，我们也会跟着他到船上洗澡，船上是24小时热水，我们可尽情地淋浴，在那个年代对我们这样的穷小子，那可是难得的享受；淋浴间里的肥皂味和香皂味，沁人心脾，现在也忘不了。洗完澡，舅舅还要到厨房给我们找些鱼呀肉呀什么的，鲜美劲甭提有多好。我们是没有父亲的孩子，舅舅给了我们父亲的爱，回想舅舅的恩情，常会流下热泪。

舅舅的高收入，养活了一大家人。舅舅家住重庆南岸，有四个孩子，加上去世大舅舅的两个女儿由他抚养，我的外婆，还有舅妈共九人，还有对我们家的按月补贴，开支不小。舅舅是严谨而有计划的人，每月的收入，全都计划分配。每个子女每月有固定的零花钱，外婆每月的零花钱10元，平常的衣物等都由舅舅和舅妈购买，舅妈是个少言寡语、十分善良的家庭妇女，一家人和和美美，平时连重话都不说一句。舅舅在家里和单位享有极高的威望，但他永远都是那么低调，那么和蔼可亲，体现出产业工人的本色。他干到68岁才离船退休，退休后仍然闲不住，风雨无阻，积极参加街道党支部活动。平时在家里也发挥他的钳工特长，把坏了的桌椅板凳、扫帚撮箕等修得完好如新。舅舅于九十高寿去世。可以说，如果没有舅舅和姑母的接济，我们家的五个兄弟姊妹，早就各自分散，天各一方了。

外婆由重庆到我家来了。我的外婆杨文莲，1899年生，农村妇女，老家在万县九池乡。外婆是外公的续弦（填房）妻子，在我母亲不到一岁时嫁到熊家，一手把我母亲带大，外婆自己没有生育。外公去世后，承担起养活全家的重担，深得舅舅和母亲敬重，被视为生母。时年50多岁的外婆，每年忙得不亦乐乎给全家人做布鞋，我就是穿着外婆做的布鞋长大的。外婆来后，每月舅舅给她的那10元零花钱也补贴家用了。外婆和祖母，两个小脚老人，枯水期在沙嘴河坝的竹席棚子里开了个炸油糕、油条的小吃摊，卖给往来客人，生意不错。我们常吃外婆和祖母炸的萝卜丝三角油糕，味道相当好。

1952年，小妹文富一岁多了。我母亲通过她熟悉的姐妹认识了会刮肠衣的向幺爸，跟他学习刮肠衣技术，很快就学会了。我母亲在家里的堂屋里摆上案板，办起了肠衣加工作坊。天不亮就提着篮子跑市内的各个屠宰场收猪小肠回来加工。刮肠衣是门力气活，也要技术，一副猪小肠泡在水钵里，取出肠头来在案板上摆直，用削制好的边上呈小圆弧状的楠竹片，一段一段地将肠内的附着物和肠皮剥离，小肠剩下薄薄的一层皮，在加工好的肠皮里吹气检查，半透明的肠皮不能漏气，裹上食盐，晾干水分，盘成饼状，一件用于出口的肠衣产品便加工完成。成品肠衣小心地装在上下隔好布的提篮里，卖到畜产品收购站，肠衣加工作坊的生产环节就算完成了。母亲起早贪黑，一天能加工好十多副猪肠衣。加工肠衣的副产品有两种，一种是刮下来的肠内附着物，味道不好闻，却是喂猪的好饲料，开始是乡间农民轮流来家里用桶接走这些附着物（叫肠下水）。另一种是黏在肠子上的零星猪油，叫脚油渣。肠衣一多，那脚油渣的量也不少。熬脚油渣的时候有一股臭味，熬好的猪油却很香，我家从此不缺猪油吃了。

1953年以后，大岩口山上刚复员回来的志愿军战士、二十来岁的农民周继泰，天天到我家接肠下水。周继泰特别勤快，帮家里挑水、办事，什么都干，全家都很喜欢他。不久，周继泰就拜我母亲为干姐姐。我的母亲就拜周继泰的母亲为干妈。从此，我就多了一个舅舅和外婆。周外婆家世代是大岩口山的农民，贫下中农，从不嫌弃我家出身不好，对我们像亲人一样亲。他家除了种粮食，还种小菜到城里卖，主要是种香葱。万县的香葱和别的地方不一样，特别香，我家就不缺香葱和小菜了。暑假，我们三兄弟到山上周外婆家住上十来天，也帮忙干些剥苞谷等农活。寒假，我们也到周外婆家，屁颠屁颠地跟着二舅舅（周继泰排行老二）转山，陪着他用火药枪打斑鸠和野兔。周外婆家的红苕稀饭和苞谷稀饭奇香无比，每天都是两稀一干，加上老腌菜更好吃。杀年猪的时候，大块的肥肉会一连吃好几块。

过了一些时间，我母亲又学会了加工猪大肠头，猪大肠头也是一种用于出口的畜产品。买回的猪大肠头都带有猪肛门周边的一圈肉，加工时小心地将其剥下来，保证出口制成品必须有完整的肠头外圈。每个猪肠头剥下的肛门肉有二三两甚至半斤，这是我们家经常吃的美食，吃不完甚至还可以卖给周边人家。母亲起早贪黑，每天工作十几个小时。人手不够，我的二堂姐李文惠十五六岁，也住到我家当我母亲的学徒，每天的肠衣加工量增大了许多。母亲的辛苦换来全家的温饱，慢慢地，母亲每月的收入好几十万元甚至上百万元（人民币，旧币1万元相当于新币1元），加上舅舅和姑母的补贴，我家不愁吃穿了。从1953年到1956年，我家过上了小康生活，甚至还请了保姆照看小妹。祖母脸上也有了笑容，经常哼起了川剧，还常和我的毛根儿朋友魏泽森下象棋，给我们讲故事，经常到居委会唱歌学习，扭秧歌，就是绝口不提父亲。

父亲去世后，我们有几天没有上学，之后在祖母和母亲的催促下，我们又开始上学了。9岁的我上小学三年级，贪玩调皮，但成绩好。班主任蓝老师是个二十来岁的姑娘，圆脸，短发，大眼睛，穿一身蓝色列宁装，上衣兜里经常别一支钢笔，和蔼可亲，浑身透出青春的活力。每次放学，蓝老师都要把我们送出学校大门，有时还陪我们走很长一段路。每隔一两周，蓝老师都要到学生家里进行家访，交流学生在学校的情况和了解在家里的情况。蓝老师是教语文的，上课时经常给同学们讲有趣的故事。班上最调皮的我，在蓝老师上课时也不调皮。我最喜欢蓝老师，蓝老师也很喜欢我，从小我的语文基础比较好，与班主任蓝老师的教育有很大关系。

童年的快乐并不持久。父亲去世后再上学时，我发现过去经常在一起玩的同学有的慢慢和我疏远了。

蓝老师从没嫌弃过我，对我总是那么和蔼可亲，经常到我家进行家访，对我的优点进行表扬，对缺点的批评也是那么有耐心，不让我反感。蓝老师当了两年班主任就调到市团委去了，我像失去了亲人一样少了依靠，至今还怀念蓝老师给我童年时代带来的温馨。

学校成立少先队了，很多同学都戴上了红领巾，班上有两三个像我一样家庭出身的同学没有被批准加入少先队。看着大部分同学每天戴着红领巾上学放学，而我没有，十分难受。老师说是我调皮表现不好，所以没有被批准入队。可是，不管我怎么表现好，直到小学毕业，我也没能加入少先队。

毛根儿朋友

魏泽森，比我大五岁，是我们两层桥沟里的娃娃头，我哥比他小一两岁，是他的大将。他家住在沟对面坡上，两间茅草屋，门口有个不大的土院坝，他母亲经常在院坝周围种些瓜菜。魏泽森的父亲在一马路街上开了家小面馆“魏包面”，因为味道好而远近闻名。魏泽森个子不高，身体壮实，从小练习拳术，两三个同龄小孩联手都不是他的对手；他的脑袋瓜子特别聪明，记忆力过人。他很小就一人到二三十里外的乡场赶场卖灯草，经常是天不亮出门，天黑才回家。不赶场的日子，常一个人在茶馆门外站着听说书先生说书，《济公传》《三侠剑》《七侠五义》等，他听得倒背如流。一到晚上，他就把沟里的小孩组织起来，夏天有月亮的时候，他会带我们到河边沙滩上教我们如何打架，练拳术。冬天和下雨的日子，他会带着我们三五个小孩，到法院街石梯子旁的土地庙里讲故事。土地庙很小，小孩挤在里面，谁也不知道里面有人。魏泽森一讲就两三个小时，像说评书一样绘声绘色，听得我们如痴如醉，不想离开。《三侠剑》里面的连环金刀胜英、金钟罩铁布衫贾明，《七侠五义》里的御猫展昭、锦毛鼠白玉堂、翻江鼠蒋平，《八魔炼济公》等故事，我们听了一遍又一遍，再晚也不想离开，直到夜深了，大人撕破嗓子喊我们的小名时我们才回家睡觉。

有魏泽森当娃娃头，两层桥沟里的娃娃打架出了名，在和柑子园、书院街、大桥溪的娃娃打仗时，胜多败少。

沟里的娃娃有时晚上又分作两队，玩“捉强盗”游戏，一队扮作“公安”，另一队扮“强盗”。“强盗”们躲在指定的区域，“公安”去一个一个把他们抓出来，抓的时候可以挣脱逃跑，但不能还手反抗。“捉强盗”的游戏很好玩，“强盗”们躲在墙角、树上、大院的门后甚至沟底的堡坎下，“公安”们要用很长时间才能把他们抓出来。为了玩好这个游戏，每个小孩都求家里大人或自己做一件“武器”，木刀、楠竹剑、木手枪、齐眉棍……品种多多。

寒暑假逢到赶场的日子，我和大哥有时跟魏泽森一起去赶场卖灯草。灯草是一种草芯，颜色雪白柔软，直径两三毫米，是那时农村晚上点桐油灯或菜油灯作灯芯的好材料，一两百元（旧币，相当于现在一两分钱）可买一小捆，每一场下来可以卖掉30至50捆；我们三人分头叫卖时，还可多卖二三十捆，收入几千元（旧币，相当于现在几角钱）。中午在乡场上的餐馆里一人买上一碗帽儿头米饭（将一碗米饭扣到另一碗上，冒出碗顶呈圆帽状米饭叫帽儿头），三个人要一份素菜，再要一碗不收钱的汤，花销不到1000元（旧币，相当于现在1角钱）。每次回来魏泽森还有两三千元的利润。

春天，在陆安桥下的一个浅滩里，苎溪河流水淙淙，水深没膝，河面上满布大小不一、长满青苔的大卵石。卵石下面潜藏着大小不一的“石扁头”（外形像鲢鱼的一种鱼，头比鲢鱼更扁平，多生长在山溪的清水里，味道鲜美），流水里满是各种小柳条鱼（俗称孱子），还有一种孱子是五彩斑斓现已绝迹的“桃花鱼”，很好看。魏泽森、大哥、我与瑞仁几个人，蹚着冰凉的河水在卵石下、流水中摸鱼，以大哥摸鱼的技术最好。半天下来，冻得瑟瑟发抖的我们从水里上岸，看着几十条鲜活的“石扁头”和“桃花鱼”在小木桶里活蹦乱跳，那股高兴劲就甭说了。

关口以上高山流下来的一股溪水流量较大，叫大桥溪，穿过一马路上的桥孔注入长江。从大桥溪沟里屠宰场（专门杀牛）后面沿沟上山，人迹罕至，溪流清澈，乱石堆垒，乱石下螃蟹不少。魏泽森、大哥每年春秋都会带我们到沟里“搬螃蟹”，顺着水流将石块一下搬开，一只螃蟹就在石块下面的沙窝里，在螃蟹还来不及反应时就一把抓住蟹壳（抓时要防止蟹钳夹住手），然后将蟹放进木桶里。多数时候，我和瑞仁只有轮流提桶的份儿，轮到我搬螃蟹的时候，也只能搬开些没埋进沙里的小石块，小石块下面往往只有一只不大的螃蟹，大的螃蟹藏在大石块下面或石块下螃蟹掏成的洞里。搬开一块大石块不是件容易的事，有时魏泽森和大哥一起努力，有时还要我和瑞仁搭上手，更多的时候，先要把大石周围的小石头搬开，把埋在大石周边的沙刨开一些，再齐心协力一下搬开大石，石头松动的一瞬间，立即将手横着伸进石下，抓住大螃蟹一下将其拖出来，再松开手，从螃蟹背部一把将螃蟹抓住，弄不好就会被螃蟹钳住手指，鲜血直流。抓大螃蟹的任务多是由我哥完成。最大的螃蟹有二三两重，大钳子比成人的大拇指还粗。也有被蟹钳夹出血的时候，用嘴吮一会儿手指血就止住了。每当抓住一只大螃蟹，大家会高兴一阵子，又继续搬石头。几个小时后，沟里的石头除了实在搬不动的，基本都被我们翻上一遍，约一公里多到关口上岸，在关口山寨门条石上清理装有大半桶螃蟹的战果，傍晚时才走回家里。

魏泽森和我哥都是游泳好手，夏天在长江里游泳，可以游到一流水顺江踩着水往下漂。长江在万县段江面的流水情况是不同的，江心的水流速度最快称二流水，接近江心流速次之的称一流水，一流水和二流水都顺江向东流，一流水到岸边有一段江水是往回流的，叫西流水。万县两层桥段江北是有名的桥马滩，江边巨石堆垒，这里的长江水流变幻莫测。阳春三月桃花水（指桃花盛开时江河里暴涨的水）来时，是我们游泳开始的时节，这时的长江一改冬天枯水期的平静、清澈、秀美，逐渐变得浑黄咆哮、旋涡连串、鼓泡汹涌。两个鼓泡间的浪沟俗称“夹眼浪”，连串的旋涡多在夹眼浪里发生，在长江里游泳的弄潮儿需要高超的游泳技术，能游西流水的人游泳技术已不错了；敢于游一流水甚至二流水（江心）的人不多，除了水性好，还要了解长江水流特性，游泳时要懂得如何避开夹眼浪，发鼓泡水时，大把（一种游泳姿势）的技术一定要过关，双臂强劲有力，划几把水就能跃过鼓泡水而不落进夹眼浪里。魏泽森和我哥他们可谓艺高人胆大，先是游到西流水，向上漂游到南门口（约1.5公里），再顺着苎溪河注入长江的水流游到一流水顺长江漂游，漂游过桥马滩后立即用大把游回滩下的回水沱，在大桥溪附近上岸（全程超过4公里）。如在大桥溪的回水沱里不能回游上岸，向下不到一公里就会进入钟滩子（钟鼓楼外面）。此处浪高流急旋涡连串，江水汹涌直冲江对面巨鱼沱，任何好水性的人都难以回游上岸，难免九死一生，谁也不敢游到钟滩子以下的长江。

魏泽森和我哥在长江遨游时，我还是个旱鸭子，只能光着屁股在江边沙滩的浅水里扑腾。大哥托着我的腮帮教我学狗扒姿势游泳，我怎么也学不会，一放手我就往下沉。一天，魏泽森教我学狗扒，托着我的腮帮往深水里游去，等到水深过人的时候他突然将手放了，我一下就沉入水里，接连呛了两口水，手自然地按他们教的方法前后扒了起来。怪，就这次喝了两口水后我居然学会了游泳。以后又开始学大把、仰泳，难学的踩水，也慢慢学会了。整个夏天，几乎都泡在水里，当然我没有魏泽森和大哥那样好的水性，最多也只能游到西流水，往上漂游到南门口上岸。长江涨大水的时候，就到苎溪河上，万州拱桥下的印盒石或陆安桥下的瀼渡桥（古代建的一座条石人行桥）游泳。印盒石是一块高3米左右的巨石，石头下面水较深，是练跳水的好地方。瀼渡桥下整块巨石，一边的石梯伸入河中，是洗衣服的好地方。苎溪河从巨石上流过，清澈见底，水有深有浅，流速有快有静；在这里游泳，从上面的滩口放游下来，进入滩下的静水区，河水暖暖的，不像长江水那样冰凉冰凉，特别舒服，是我们游泳最爱去的地方。

夏天长江里经常淹死人，家长坚决不准我们去游泳。每次出门，祖母都要用毛笔在我们脚背上画三个圈，回家时检查如果脚背上的圈没有了，那一定是下河游泳了，要么罚站一个小时，要么每只手打五个板子。游泳的诱惑是怎么也拦不住的，为了不罚站或不挨板子，我们将“万金油”盒做成墨盒，将毛笔削成四五厘米长，将墨盒和毛笔别在内裤上（那时整个夏天除了上学时间都是赤膊，只穿一条短内裤），游完泳后依样画瓢，将脚背上的三个圆圈用毛笔描上。这样既能开心游泳，又免除了回家后祖母的责罚。

每年七八月，万县段的长江大水一涨就是几十米高，江面上漂浮着从上游冲下来的很多树枝、房屋板和未成熟的苞谷秆等“水柴”，不少人站在江边用“竹抓扒”将水柴捞起来，回家晒干后是上等的柴火（20世纪50年代万县大部分家庭都是烧煤球和木柴做饭）。会水的年轻人往往游出去将大堆水柴推到岸边再捞起来。十来岁的我眼看江水涨到离一马路面只有十来米高了（枯水时江水离一马路面好几十米高），满江的“水柴”十分惹人。我也站在江边的一块巨石上准备下水捞水柴，看着汹涌鼓着巨泡的江水，一时又害怕不敢入水。一块大的房屋木板漂过来了，江面的鼓泡水这会儿也平稳了一些，此时的我再也忍不住跳下水去抓住木板往回游，就在快游到岸边时，鼓泡水又一阵暴发了，把我带进汹涌的夹眼浪里，怎么也游不出来，像有人在水下拽住我一样使劲往水底拖，好在有木板浮住我不致立即沉下去，我喊起了“救命”。说时迟那时快，正在抱住的木板快要脱手时，一个三十来岁的阿姨向我伸出了竹抓耙，把我拉回了岸边。死里逃生的我，这次回家反而没有挨打，母亲和祖母都安慰我，只是叫我下次再也不要去捞水柴了。水柴是很好的煮饭燃料，那次经历却很可怕。

我的毛根儿朋友还有李瑞仁，我们叫他瑞仁，住在我家院子相邻的石梯上层堡坎的院子里。他家抗战时从江苏迁移到万县，过去他家里有钱，到万县后全家靠积蓄过日子，万县刚解放他大姐就参军到新疆去了。他家在万县也是三兄弟，瑞仁、瑞义、瑞信。瑞仁小我七天，和魏泽森一样，从不嫌我家庭出身不好，我俩不在一个小学读书，但一有空就在一起玩。

暑假里，我们经常去西山公园玩。西山公园最早建于明代，20世纪二三十年代，四川军阀杨森扩建为西山公园。新中国成立之初公园面积近600亩，园内古木森森，楼台亭阁，小桥流水，奇花异木，鸟语花香，曲径通幽。暑假里我和瑞仁，有时还约上已记不清姓名的同龄朋友到公园游玩。走在幽静无人的小径上，观赏静园那巧夺天工的盆景，五洲池里睡莲下的金鱼，小桥流水边，那长满青苔的整块岩壁上，缠满古黄桷树盘根错节的树根，龙腾虎跃，古朴苍凉，撼人心魄。运动场、游泳池、茶馆、动物园，还有抗日英雄苏联空军库里森科大队长的墓，日军轰炸死难纪念塔……进园的西式钟楼高50多米，是当时万县最高的建筑物。楼下大厅光可鉴人，深红色混凝土水磨石的地面上，立着一块高5米、四面各宽1.3米的巨石碑，碑的四面刻有1930年晚清拔贡谢仙庄先生撰写的近千字的处世格言。“文革”时期，碑文被当作“四旧”磨除，改为毛主席诗词。

当时，每次到西山公园，都有进入仙境的感觉。可惜的是，西山公园现存面积不到当年的三分之一，当年的美景，多已不存在了。

20世纪50年代，我们这样家庭的孩子拥有一双解放鞋是稀罕的事，一年中从3月到10月，大多赤脚。万县是长江边上的一座火炉，夏日炎炎，38℃以上的高温会连续好多天。中午时分走在从西山公园来回两层桥的路上，二马路光亮的三合土路面晒得像烧红的铁板，必须踮着脚快跑，不然就会将脚面烫起泡。那时的一马路还是泥结碎石路面，一不小心大脚趾踢上一块飞石，鲜血直流，有时连脚指甲都会翘起来，痛得钻心。

我和瑞仁有时去下游离罐头厂不远的红砂碛捡三峡石玩，那时的红砂碛面积有几平方公里，除了少数过往农民，行人稀少，更没有后来采筛砂石的大军。一望无边的河滩上，全是色彩斑斓、形状奇特、玲珑剔透、大小不一的石头，每次我和瑞仁都会选上一书包，尽其所能多背些回家，大部分是适合打弹绷子（弹弓）的小圆石。20世纪60年代以后，红砂碛成了采筛建筑砂石料的主战场，工艺美术店里远销国内外的经过彩饰而精美绝伦的三峡石，也多产于此处。三峡电站蓄水后，红砂碛沉入水底，三峡石没有了，美丽的红砂碛成为儿时的回忆。

靠着母亲的勤奋、舅舅和姑妈的接济，20世纪50年代初，我们过着基本不愁吃穿的日子，但家庭的劳作都得自己完成。我们一家七口人，加上我母亲刮肠衣要用大量的水，担水成为较繁重的一项体力劳动。那时两层桥沟里的上百户人家都是担水吃，有人专门担水卖，专门给有钱人家包月担水，每天多少担水、每月多少钱都事先讲好，按月结算，如能同时给几家人包月担水，收入基本可以养家了。也有按担计价的，那时好像是大桶一担水500元。我家里的水缸有用水缸和吃水缸各一个，担水的木桶有大小各一套，大的两只桶可装约80至100斤水，是成人担水用的，小的两只大约只能装大水桶的一半，是我们小孩担水的工具。我们家雇不起人担水，得自己担水吃。两层桥沟里有两个水井，都在两层桥的沟边，一口水井临近一马路，离我家只有几十米远，这口井的水不能吃只能用作洗碗、洗澡等“用水”；另一口水井在靠山边的两层桥沟边，离我家约有300米，这口井是饮用水，用来烧水煮饭。两口井的水都不能满足全部居民的需要，为了不排长队担水，大部分时间我们都到长江里担水。枯水季的长江，担一担水回家的距离好几百米，长长石梯子上陡坡到一马路，再下石梯进两层桥沟回家。清晨和傍晚，一长串担水的大人和小孩，在一马路下长江陡峭的石梯上排成长队，形成那个年代的一道风景。

大约9岁时，我就开始到长江担水，起初是和大哥一道，大哥挑大桶，我挑小桶。枯水期我们担水回家要走很长的路。我在途中要歇3次才能走回家。担满一缸水我和大哥一般要4次来回。夏天，长江水位很高，担水距离减少一半，但江水浑黄，倒进水缸里后必用竹编的专用小筒兜装上明矾搅缸里的水，等泥浆沉入缸底后才能饮用上层的清水。夏天雨水多，井水较满，担井水吃的时候较多。不管怎样的井水，都不如长江水甘甜好喝且长江水烧水没有水垢。

童年的我生命力特别旺盛，上学时被同学骂的屈辱在心里留下的阴影也掩盖不住我活泼乐观的天性。一方面在学校时尽量不和同学争强好胜，避免纠纷；另一方面在家和毛根儿朋友一起时，心无顾忌，放心玩耍。时至今日，对小学时在学校的记忆十分淡薄，连同班同学都无任何记忆，对童年时的毛根儿朋友以及一同度过的快乐童年却历历在目，记忆犹新。

小学三四年级时，我开始迷上看小人书。上学路上，一马路街边的人行道上，学校门口，有摆小人书地摊的，100元（旧币）可以看两本到三本。看小人书是我的爱好，小人书上的剑仙侠客使我着迷，从形象上加深了魏泽森在土地庙里所讲的那些神仙和剑侠的印象。偶尔，我也找一些文字书来看。周日，二马路的新华书店是我最爱去的地方，有时约上瑞仁，更多的时候是一个人去。在新华书店可以把架上的书自由取下来看，前提是不能折弯，看完后再放回原处，在新华书店晚上关门前，都可任意看书。书架上的那些安徒生童话，苏联各加盟共和国的民间故事，我都看了个遍，很多时间都是看到书店快要关门才离开。这导致我回家太晚做不了家务事，难免经常挨母亲的骂。偶尔得到的零花钱也被积攒起来买书，虽然很多童话和民间故事书都在新华书店读过了，出于对故事情节的喜爱仍然买回来，时不时再反复读。

后来慢慢迷上看小说，几个爱书的同学和朋友把自己所有的书互相交换着看。到小学快毕业时我已拥有一定数量的小说书了，尤其喜爱的是那时的“封建小说”：《水浒传》《西游记》《红楼梦》《续红楼梦》《小五义》《七侠五义》《荒江女侠》《火烧红莲寺》等。那发黄的书页、低劣的纸张、破烂的封面，成为我的最爱。看小说会荒废学业，老师会找上门来和母亲交流，祖母和母亲就会制止我看小说，说不听就会将我的书没收，甚至烧毁。书被烧毁没法还人家那就惨了，我也记不清当时是想了什么办法去和别人了结这事的。

在这样的环境里我长到了12岁。1954年，我从钟鼓楼小学毕业了。那时小学升初中考试是严格的，不知什么原因，我没考上初中，失学了。

有学上时天天不想上学，变着法玩，母亲跟我说：“你呀，不读书贪玩得不得了，真的读起书来会了不得。”现在没有学上了，那味道可不好受。同龄孩子都上学了，就我一个人没有学上。天天无所事事，浑浑噩噩的我，那难受的滋味，现在都难以忘记。母亲的家庭肠衣加工作坊红红火火，堂姐文惠也来给母亲当学徒了，担水、收购肠衣等活便落到我头上。

到长江南岸的陈家坝收购肠衣成了我的工作。每逢赶场日，我早上四五点钟便要起床，提上竹篮步行到西山公园下面的沙嘴河坝，坐上能坐十来个人的小划子（小木船）前往陈家坝。到陈家坝的集市上时，天还没亮，所有铺面都已打开，在煤油灯闪烁的微光里，熙熙攘攘满街是人，我找到一个一个的猪肉摊，不长的时间就收满一篮小肠。

陈家坝3天一场，来回要近半天时间，大部分时间都是我这个不满13岁就失学的小孩去。

除了挑水、收猪小肠等家庭劳作，因同龄小朋友都上学去了，其他时间找不到玩伴，就去新华书店看书或找书回家看，看小说的欲望越来越强，成天迷在童话故事和小说里。祖母和母亲逼着我复习功课，我除了看小说，就是不复习，母亲不止一次将我借回的小说撕了，让我还书又成为难题。

1955年春节过后，钟鼓楼小学为我们这些失学的小学生办起了升学补习班，我又背起书包上学了。再次上学，知道了读书的珍贵，比较认真了，那时小学六年级数学最难的应用题鸡兔同笼、行程问题、面积问题等，很快稔熟于心。

又到了升学考试的日子，一年失学，家庭劳动和不停地读小说使我懂事了许多，半年的补习也没白费，我考上初中了，万县第五初级中学，校址就是现在太白路的鸡公岭小学。

初中生活

1955年9月1日，我踏进了万县第五初级中学（初五中）的校门。学校不大，3个年级，每个年级4个班，每个班50个人，师生共约700人。校园也不大，进校门的小石梯的右边就是教学楼，12个班都在上下两层的教学楼里上课。再上一个石梯，穿过石门柱，是一个小院，一边是老师的教研室；小院的左边还有一个小院，音乐教室、美术教室、教师办公室和教师职工宿舍都在这里。老师教研室的后边是土坝操场，操场的北边是食堂，操场东边的土坎下有几排学生宿舍。新中国成立才五年多，那时的初中生年龄参差不齐，小的12岁，大的20多岁，一半以上是农村来的，还有调干生（国营单位的工作人员公派来读书的），他们是住读，我们城里的学生约占三分之一，是年龄最小的一群，都是走读。全班18个女生，30个男生（毕业时的人数），我在班上算年龄小的，个子中等偏下。

每天早晨，第一缕阳光从江对面的山上升起时，我已吃过早饭，提上腰子形的铝饭盒去上学。饭盒下面是米饭，上面的隔层里装的是菜，这就是我的午餐。我从家里到学校要穿过大半个市区，大街上行人多，有急匆匆赶去上班的人群，也有不少我这样的学生，很多人手里都提着一个饭盒或是一个小布袋，里面装的是午餐。进校门后，将饭盒放到学校厨房的大甑里，上早读的钟敲响了，教室里，住读生已在上早课了。

第一学期，选班委、排座位。一张课桌两个学生，男女同学混坐，和我同桌的是年龄比我大五六岁的女班长何孟秀。何孟秀的成绩稍差，有不懂的作业有时也问我，我也乐意帮这个班长大姐姐讲她不懂的作业题。

初中生活愉快轻松，我各门功课都学得轻松，成绩也不错。

吃中饭了，年龄大一点的同学大都是住读生，他们到食堂吃饭去了。我们走读生大都十二三岁，到学校厨房从砖砌的大甑里面把蒸热了的饭盒拿回教室里。开始，同学们都是自己吃自己带来的饭食，日子一久，同学间较好的几个将带的菜共同吃，同学家庭的经济状况从菜的好坏可以分得出来。

男同学中，我和黄天银家里最穷。黄天银是学习委员，学习成绩不错，是我的好朋友。他父母双亡，跟着哥嫂生活，哥嫂是篾匠，经济条件比我家好不了多少。我俩的菜质量最差，除了咸泡菜，就是胡豆瓣、豆腐乳等，新鲜的菜很少。牟天万、胡明书家境稍好，经常有新鲜菜。女同学中，汤立君的父母在京剧院工作，家庭经济状况较好。李铜铃家里开有商铺，家庭经济也较好，她带的菜最好，经常有肉丝。陈传淑家庭状况中等，带的菜也比我们的好。十二三岁的男孩女孩，那时正是情窦将开的年龄，男女同坐基本是不说话的，但随着天长日久，也开始说话了。吃中饭的时候，汤立君、李铜铃、陈传淑经常把她们的好菜给我和黄天银共吃，慢慢地，亲近之情油然而生。

何孟秀班长是令人尊敬的大姐，经常关心帮助我，我那调皮贪玩的个性很快又冒了出来。一次下午的课间休息，我用红墨水抹在何班长的那一端板凳上，班长一坐上去，一裤子通红，一堂课便被我搅砸了，后果可想而知。倒是班长大姐保了我，说红墨水是她自己不小心倒上去的，使我免除了记过处罚。

初中生基本不吵架了，也少了对家庭出身不好的同学的歧视，老师对学生的态度是平等的，我在学校生活自由自在，朋友也多起来了。胡明书家在书院街是开茶馆的，离我家只有几百米，牟天万家住和祥街，黄天银家住万安桥上游的草街子。我们都是同龄人，上下学经常结伴同行，或互相等候，也到彼此家中串门。

住读生大都是新中国成立前的贫下中农的子女，新中国成立后开始读小学再读初中，来自万县地区各个农村，有的年龄偏大，大都诚实纯朴，不少学习较吃力，和我们城市同学的关系较好，他们也不歧视我这样家庭出身的学生。杨志安是比我大五六岁的住读生，家庭贫困只有母亲在西山公园的露天茶馆当服务员，打篮球的技术很好，除了代表学校比赛，还经常参加市里的篮球比赛。我是个篮球迷，小皮球也玩得很好，因此视杨志安为偶像，经常去看他打球。我的学习成绩好，他也时常要我帮助学习，年龄的差异没有影响我们的关系，不少的周日，我都和他在西山公园的茶馆和球场上度过。

初五中是新中国成立前的私立石麟中学改成的公立中学，学校的老师大都是私立中学过来的，新中国成立前就在教书，年龄普遍较大，四十来岁甚至五十来岁的老师较多，年轻的老师较少。新中国成立前就教书的老师，家庭出身好的可能不多，可能这也是我虽家庭出身不好却在学校并未受到多少歧视的原因之一。

班主任漆海清老师，四十来岁，宽厚温和，循循善诱，受人尊敬。我们58级初一班在漆老师的教导下是全校的优秀班级，运动会、文娱演出、公益劳动，样样领先。二年级时，语文课改为文学课，教文学课的甘老师，50岁左右年纪，饱学旧儒，上课像讲故事一样，引经据典。我特别喜欢甘老师上课，至今完全记得甘老师在课堂上讲的打油诗《咏雪》：“天上一笼统，井口现窟窿。黄狗身上白，白狗身上肿。”甘老师还讲了写作逻辑错误、前后矛盾的例子《潼关》：“漫步飞奔潼关，不知此关何名。待我下马一看，上写三个大字：潼关。”甘老师给我们仔细讲解了《孟子·告子上》中“弈秋诲棋”的故事：“弈秋，通国之善弈者也，使弈秋诲二人弈。其一人专心致志，惟弈秋之为听；一人虽听之，一心以为有鸿鹄将至，思援弓缴而射之。虽与之俱学，弗若之矣。为是其智弗若与？曰：非然也。”翻译为：“弈秋，是全国善于下棋的人。让他教两个徒弟学习下棋，其中一个徒弟专心致志，一心一意只听弈秋的话；另一个人虽然也在听讲，心里却老想着有天鹅将要到达，想着要拉开弓将它射下，虽然和另一个人一起跟弈秋学习，却比不上人家。难道是他的智慧比不上另一个人吗？孟子回答说：不是这样的。”甘老师的讲课，除了引得同学们的笑声，还加深了我们对文学和写作的喜爱，使本来就爱看小说的我，更爱上了文学和写作，每次作文都得到老师的好评。毕业后再也没见过甘老师，只有他教学的内容到现在还留在脑海里。

教导主任刘培生，30岁左右，血气方刚、才华横溢，是同学们最常见到的学校主要领导，每天全校的早操集合，刘培生老师经常训话，他也经常和同学们交流，同学们怕他，也很喜欢他。可能是从甘老师那里知道我喜欢文学，作文写得好，还会写诗，刘老师把我叫到办公室，亲切地把他的一本《唐诗三百首》借给我拿回家去看，还给我讲了一些写古体诗平仄的要点。我十分高兴，把《唐诗三百首》拿回家认真阅读，两个月后的一天早上，我把书拿到学校，准备还给刘老师，看到满院子的大标语：“打倒右派分子刘培生！”从此，在学校再也见不到刘培生老师了，那本《唐诗三百首》成了我多年的陪伴。

再次见到刘培生老师已是38年后的1995年，当时我以四川路桥集团副总裁的身份带领四川路桥员工回万县建设主跨420米、世界第一大跨混凝土拱桥万县长江大桥，并任常务副指挥长兼总工程师。刘培生老师那时已65岁左右，还在市人大副主任的岗位上，是万县市国民党革命委员会主委。我到刘老师家里看望，刘老师的小孩才7岁，爱人是没什么文化的农村妇女，望着刘老师饱经沧桑的脸，可以想象刘老师曾经熬过的艰辛岁月。刘老师看见当年他喜欢的学生如今成了世界第一大跨拱桥的指挥长，备感欣慰，特别高兴。师生相聚，其乐融融。

初中生活平淡快乐。三年级时，走读的同学，中午不需要自己带饭了，都在学校食堂搭伙，一日三餐，每月伙食费6元钱，每周两餐有肉，吃得很好。同学们在食堂按桌吃饭，一餐下来，桌子上到处是剩菜剩饭，红苕基本无人吃，整个整个地剩在饭桌上。我们听说到处是丰收，粮食吃不完……国家提出了15年超过英国，20年超过美国的口号。老师给我们描述了刘少奇主席说的进入共产主义后的美好生活，现在还记得最清楚的是每人每天喝半斤牛奶，吃一个鸡蛋……

1956年，仅用了一个月时间，全国几乎所有城市都完成了资本主义工商业的社会主义改造。我母亲的肠衣加工小作坊也按公私合营政策被国营万县市肠衣厂收购，母亲进了万县市肠衣厂当了一名工人，月薪不到30元。我母亲从此告别了起早贪黑的私营小作坊主生活，每天提着饭盒去上班，坚守8小时工作制，晚上回家吃饭。公司合营后母亲每月的实际收入只有个体劳动时的三分之一，家庭收入锐减，一家每月只有四五十元，3个孩子读书，生活变得拮据。外婆在重庆舅舅家，知道我们的困难情况后到我家来，给我们做饭洗衣，还带来了每月舅舅给她的10元零花钱。外婆和祖母共同持家，母亲上班，生活虽然不宽裕，但也能过得去。当然，我们的零花钱就变得少之又少了。在我上初中后的一年半时间，一日三餐饭可以吃饱，但基本上是没有一分零花钱的。那个年代，像我家这样经济状况的同学有学习委员黄天银，还有一些农村来的同学。毕业照片上，一半左右的同学包括我都是光着脚的，可以看出那时家庭生活困难的不少。

1958年开始，群众运动一拨又一拨展开。年初的除“四害”运动轰轰烈烈，同学们不上课，和所有城市居民（工农兵学商）到全市的各个角落

1958年初中毕业（第三排右四为作者）

和农村的田地里，在小麦快黄时节，敲锣打鼓，摇旗呐喊，不让麻雀歇下来。待在空中飞累了的麻雀栽下来，就跑过去消灭掉。这样吆喝了几天，掉下来的麻雀并不多，晚上又一队一队地到一家一家的房檐下和墙洞里掏麻雀窝，这倒是有些收获，得到了些小麻雀和麻雀蛋。不久，麻雀不打了，“四害”改成了苍蝇、蚊子、老鼠、蟑螂。接着又是抗旱，同学们拿着脸盆或水桶，和解放军一道排着队从水塘里把水舀起来，逐个传递到干枯的地里，淋在禾苗下，同学们和解放军欢声笑语，干得热火朝天，一天下来，能浇好一小块地的禾苗。群众运动激起了同学们的热情，大家的积极性都很高，同学之间的亲近之情也增加了不少。

人的生命就那么几十年，来去匆匆，转瞬我已是70多岁的人了，脑海里记忆的往事，多已模糊。

要毕业了，三年来的同学生活，大家依依难舍，纷纷到照相馆照标准相，每个同学相互交换留念。要好的同学更是课前课后、傍晚周末，经常相聚，畅谈毕业后的打算。初中生在那时已算是有一定文化程度的人，家庭困难或家里缺劳力的不打算再升学，准备回家务农或参加工作。我这样十六七岁的同学大多是城市的，家庭再困难也是一心一意想要继续升学。黄天银、牟天万、胡明书是我最要好的男同学，女同学中陈传淑、汤立君也较要好，但交往不多。

1958年夏天，我满怀信心参加初中升高中的升学考试，意想不到的是，尽管对考试自我感觉良好，可直到开学的那天，也没有收到录取通知书，我又一次失学了。最要好的同学，不是考取了万一中，就是考取了万二中。眼看同学们兴高采烈地跨进了高级中学，我却无学可上，让我无比难受，羞于见人，16岁的大小伙子白天不敢出门，生怕碰见熟人难以面对为啥不上学的问题。

祖母于1957年去世。1958年初，母亲被派往巫山县支援办肠衣厂，教当地招收的工人刮肠衣。外祖母也回重庆去了，大哥在1956年秋天初中毕业后考上重庆航务工程学校（4年制中专）读书走了。三弟文炳没有考上高小，初小四年级毕业就失学了，跟着母亲去巫山住了几个月，隔了一年又才考上高小。大妹李文仪读小学二年级，小妹李文富开始读小学，16岁的我担起了家庭生计和教育弟妹的担子。

母亲去巫山后每月只能给我们十几元钱，面对弟妹每天的上学和吃饭穿衣的用度，哥哥在重庆读书时不时还得给他寄点零花钱，家里的经济状况捉襟见肘。16岁当家的小伙子必须想法解决上顿不接下顿的问题，不见人是不行的，我开始寻找新的生活出路。先是到钟鼓楼小学旁边的粮食仓库建筑工地做小工，挖泥担土，一天能挣8毛钱，后来发现抬石头每天能挣一元多，就主动要求去抬石头。抬石头是个技术活，除了很好的体力，还要抬石头的几个人有很好的配合技术。我个子较小，刚参加劳动体力也不行，更不会喊号子，无法和对方配合，抬起石头没走几步，石头就滑下来落在脚上，钱没挣上，脚被砸得鲜血直流，不得不回家休息养伤。抬石头这条路走不通，8毛钱的小工每天干满8小时，不但累，挣的钱也少，不是长久之计。

伤好后，我经常参加街道居委会的活动。治安委员张安秀三十多岁，是船员的家属，经常组织待业青年和无业人员学习和参加公益活动，我的积极参与和对长辈有礼貌赢得了她的好感。万县解放才几年，派出所的驻段民警、户籍民警徐子贵是从部队转业的，见我热心参加街道的公益活动，尊重长辈，也开始喜欢我。

街道上组织劳动生产组，以居民段为单位组织街道的闲散人员参加生产劳动，当时就是集体企业的雏形，我也参加了，张安秀任组长，16岁的我任副组长，带领几十个人从两层桥外长江边的船上卸船起坡，挑运砖块和河沙到两层桥沟里新成立的集体企业建华机器厂。起初我能挑十来块砖五六十斤，慢慢地能挑十六七块，体力增长了很多。一块砖从船上起坡挑运到厂里0.8分钱，每天跑上10趟以上，超过干小工的8毛钱收入。开始我一天只能挣几毛钱，累得不行，十天半月坚持下来，一天也能挣一元多一点了，挑运河沙和砖，从船上起坡离家近，是计件活，挣多挣少随自己付出。晚上回家和弟妹一道把第二天的饭做好，我们在第二天中午回家热了就吃。这样的工作坚持了两三个月。自己能挣钱了，晚上安排好弟妹学习后，时不时到街上逛一会，好的电影也会去看一场。穷人的孩子早当家，不知我那时是不是早当家，反正日子就那样一天天过下去。

初中要好的同学杨志安，本是考上了万县一中高中的，因家庭困难退学住到我家，和我一起参加生产组劳动，自己养活自己。张君和与我同年，住在一马路的两层桥路口不远处，也是失学参加我们生产组，我们三人成了最要好的朋友。

万县是长江九大港口之一，是川东的物资集散地，也是有名的柑橘之乡和生猪产地，给罐头的加工提供了丰富的原料，当时的万县罐头厂规模很大，据说是全国四大罐头厂之一，最多时有正式员工3000多人，主要生产用于出口的猪肉罐头和水果罐头，大部分运往苏联抵还贷款。冬天来了，罐头厂每天要宰1500头猪做成各种猪肉罐头，还要将每天堆成山一样的柑橘做成水果罐头。工厂一天三班倒，3000人只能应付车间的轮班运转。而一些初加工的粗活，如剔除附在骨上的肉（俗称剔骨肉）以及柑橘剥皮等，需要大量的季节工人承担。厂里向各街道办事处要人支援，我也受命带生产组的十几个年轻人到罐头厂里当上了季节工，除了杨志安还有张君和、沈勤。沈勤年龄小我几个月，个子比我高，特别贴心，每天上下班都跟我一起。在三四个月的时间里，我们24小时分成两班作业，将每天送进厂里的柑橘和全部猪骨处理完成。

季节工的工作之一是剥橘子，大仓库里堆了成山的红橘，一群人像蚂蚁一样围在四周，用手将一个一个的橘子剥开，橘皮和橘肉分别放进两个筐子里，橘肉送进车间里做成橘子罐头，橘皮集中晒干后卖到医药公司。剥好的橘肉有专人统一收，按剥出橘肉的重量计工资。

送进工厂的生猪到制成罐头的流水线由多个车间完成，生猪在宰杀车间宰杀后，依次送到相应车间开膛剔骨，净猪肉按不同的部位送进不同的车间，主要制成清蒸猪肉、红烧猪肉和午餐肉等罐头品种。剩余的成吨附有肉的生猪骨，送进有若干个大蒸灶的车间，装在圆形的大铁丝笼里上灶蒸煮，熬熟后舀去浮在面上的猪油（骨油），然后将猪骨提出来运到有很多大竹簸箕的车间——这就是我们季节工的工作车间。猪骨依次堆在各个簸箕上，每个簸箕围着一个组，我们的工作是用小刀将每根骨头上的肉剔下来。剔骨工作一般在夜班进行，剔下的碎肉装在篮子里过称计量，天亮后每个组轮流派人将剔骨肉挑到城里沿街叫卖，每斤卖价5分到1毛钱左右。猪骨装袋打包，送去肥料厂加工。

车间里严禁吃红橘和熟剔骨肉，发现了是会被罚款的。偷吃红橘并不稀罕，只是要避开车间的管理人员。刚出笼的猪骨香气扑鼻，尤其是猪头骨眼窝处的几块精瘦肉，奇香无比。夜深了，时不时往嘴里塞上一两块猪肉是时有的事，也是剔骨组内公开的秘密。几十天下来，我们个个都长得白胖白胖的。

成品罐头100个要打开3个检查质量，打开后的罐头叫开听罐头，每天定时卖给厂里的职工，一公斤重的开听清蒸猪肉罐头价廉物美，几毛钱一个，要正式职工才能买。我经常千方百计托厂里的正式职工帮我买，一周两周总能买上一个。时不时再买点卖不掉的剔骨肉回家，解决弟妹们的营养问题。

1958年底的“大炼钢铁”开始了，家家户户都动员起来。在罐头厂做季节工还不到两月，我们几个年轻人就被居委会调了回来。我家院子的天井里筑了一个不大的小高炉，约有两米高，炉子里面用一层废铁一层焦炭堆满。小高炉旁边有一个4个人拉的大风箱，一班16个人，每半小时轮换一次，16个人8小时（或12小时，已记不清楚了）一班，昼夜不停，全居委会稍年轻的人都参加进来了，我们几个从罐头厂回来的年轻人是骨干。那风箱拉呀拉呀，火苗冲出炉口一两米高。人们不停地往炉口里投焦炭，焦炭烧完了投煤炭，煤炭烧完了投木柴，不管怎么烧，炉子里的废铁就是化不成铁水，只好等废铁完全烧红时，一团一团取出来，在铁砧上几个人抡大锤打成一团一团的铁胚。第一炉“钢”就这样“炼”出来了，居民们敲锣打鼓，兴高采烈地给铁胚挂上彩，抬到街道办事处（或派出所）报喜。

第一炉、第二炉“钢”就这样炼出来了。废铁没有了，木柴也没有了，群众的积极性越来越高，在派出所和街道办事处领导的动员下，我带头将家里古老的大木柜子打成木柴，又将我家唯一的一张钢管铁床和两口锅中的一口砸成废铁，做炼钢原料。不少有觉悟的家庭，也将家里能拿出的铁件和木家具捐献出来打成柴火作炼“钢”原料。燃料严重短缺，眼看高炉就要熄火，不知是谁的安排，我们二三十个人连夜出发，到远在几十里路外的深山伐木，几十年几百年的苍松古柏，成片成片地倒在我们的斧下。两三个月时间，原来郁郁葱葱的森林，成了光秃秃的荒山，砍下来的树，被锯成一截一截地挑回来，投进了小高炉，一堆堆的废铁胚，变成了大炼钢铁的成果。

“谷撒地，禾叶枯，青壮炼铁去，收禾童与姑。来年日子怎么过，我为人民鼓与呼。”这是彭德怀元帅当年的一首诗。

“大炼钢铁”刚结束，大办公共食堂又开始了。我们院子被居委会相中作为食堂，居委会给我们每家人找了一间20平方米左右的房间，让我们搬过去居住。我家搬到石梯上的一个院里，我和弟妹、杨志安五人挤在两张床上，不多的家具，杂乱地摆在房间里。我被任命为公共食堂的“伙食团长”，主要工作是记账，食堂每天进出的油盐柴米都由我登记管理。在砖砌成的甕子灶里，瓦罐蒸成一罐一罐的“罐罐饭”，大锅炒出一盆一盆的大锅菜，居民们排队买饭菜，有的拿回家吃，有的就在食堂吃，大多时间我们兄妹几人都是打好饭后在食堂吃了再回家。白天晚上，我都在食堂里操劳。1958年末到1959年上半年，国家的粮食和物产还是相当丰富的，大米吃不完，猪肉也不定量，食堂里的饭菜随便买，居民都能吃饱。

紧接着的收废品运动在居民段展开，各家有的旧古董和旧物件都是收购对象。没考上高中失学以后，我就积极参加居民段上的工作，样样工作都走在前面，深得户籍民警徐子贵的信任和喜爱。那时的户籍民警是居民段的最高权威，居委会主任和治安委员都是从家庭妇女中选出来的，都听户籍民警的领导。

这时，刚满17岁的我成了家里面的当家人，为了响应收购废品的号召，翻箱倒柜，只要不用的都找了出来当成“废品”卖掉。一包翡翠和碧玉挂件、簪子，以一个五角钱最多两元钱卖给了废品公司；一瓶冰片，以很低价格卖给了药材公司；一个比乒乓球小的“马宝”（马肚子里长的名贵中药），文炳弟弟拿出去送给了魏泽森治他哥哥的疯病；明清时代的30个盘子，以5分钱一个的价格被废品站收购，废品站转手以1元钱一个的价格摆在商铺里卖出……几天时间，家里的老物件被我卖得干干净净，倒是换了几十元钱，当时也算“肥”了一把。

一年来，不管干什么工作，无论有多累多辛苦，上学的梦想不但没有抹去，还越来越强烈。除了大炼钢铁那些没完没了、熬红了眼睛站着都会睡着的日子，只要有一点时间我都要拿起教科书温习一下，每门功课都没丢下过。我想继续升学！杨志安、张君和受我的影响也没丢下功课。初中最后一学年同桌的女同学陈传淑也没考上高中，时不时会到我家里来玩，有时还帮我弟妹洗洗衣服、收拾一下屋子，有空时，我也会到她家去玩。

1959年4月，经过居委会的推选，层层报批，我被评上了万县市建设社会主义“四好”青年积极分子，五四青年节还到环城路的市政府礼堂参加了表彰大会，这是我做梦也没想到的事。

又到升学考试的时间了，先是峨眉电影制片厂到万县来招人，我也去报了名。招生的老师要我报考演员专业，第一个考试科目是即兴表演，题目是抗日战争时期，游击队晚上在敌占区的县城贴抗日标语，正在贴的时候，鬼子巡逻队来了。凭在电影里看到的知识，我一会贴在墙根，一会卧倒，做出躲过敌人巡逻队的各种动作。老师问我问题时，从没离开万县的我，只能用一口万县土话回答，结果可想而知（那时我还不知要过政审这一关）。事先我也知道多半会考不上，只是为了想法多找一条出路才去报考。

升学考试即将来临，我并未丢下伙食团的工作，坚持每天晚上复习功课，杨志安、张君和和我同时参加考试。我们都不敢报考普通高中，两次升学考试不被录取的痛苦经历使我急于想离开万县，我们都报考重庆的中等专业学校，重庆招生的老师来了，对我们进行了面试。我报考的是重庆航务工程学校，毕业后一般分配到长航轮船上工作，是我舅舅和我姑父从事的工作。1956年，我大哥在头一年没考上高中后，也是在居民段上积极工作，第二年考上的重庆航务工程学校，目前在校读驾驶专业三年级，是这个学校成立后招收的第一批学生。这是四年制的中专学校，属交通部直管，轮船驾驶专业是这个学校最令人眼红的专业。

招生老师姓孙（记不准确了），是从长江航运管理局调到学校来教轮船驾驶课的，在长航局时是轮船上的大副，曾和我舅舅在同一条船工作，当我回答家庭简历时说起舅舅和哥哥的名字，估计他有了第一好感。接着的政审调查是到派出所，他找到了户籍民警徐子贵（这是几十年以后有人告诉我的），徐民警告诉孙老师："这个小伙子表现很好，今年评上了市里的'四好'青年积极分子，你们招收他绝对没问题。"徐民警就这样为我上重庆读书开了绿灯。可惜自从1959年秋天离开万县后，再也没见过徐民警了，1994年建万县长江大桥时，才知道1959年他被打成右倾机会主义分子，送去劳教，不知所终。

我被重庆航务工程学校录取了，杨志安考上了重庆煤矿学校，张君和考上了重庆药剂学校。我们三人如愿以偿，离开了万县到重庆上学。我们上学后，最要好的伙伴沈勤进了建华机器厂当了工人。1962年，李瑞仁在万二中高中毕业，考上中国人民大学财贸专业；2006年我在江苏南通出差见到他时，他刚从南通纺织集团总会计师岗位上退下来，返聘回单位还在上班（2016年去世）。魏泽森考上了贵阳测绘学校；初中时班上的美女汤立君，在万二中读了一年高中，进了新组建的万县市文工团当了报幕员；陈传淑远走新疆；李臣秀高中毕业在万县参加了工作；黄天银高中毕业参军，军校毕业当了军官；李铜铃高中毕业后考上四川医学院（现四川大学华西医学中心），听说留校教书当教授……儿时的朋友和同学，纷纷走上了不同的人生路。胡明书、牟天万等多数同学，毕业后再无往来。

人生好比一盘棋，关键的就一步或两步。上重庆读书，是我人生关键的一步。

我们五兄妹，就我和大哥读上了中专，弟弟和两个妹妹都只读到初中毕业。"文革"中，因家庭出身不好，20来岁的弟弟文炳受到不小的冲击，被关了大半年。

中专生活

1959年8月底的一天，夏日的太阳还未落去，一天的暑热开始减退。傍晚时分，我穿着一件白色运动背心和天蓝色运动短裤，趿着外婆做的布鞋，用竹棍挑着被盖卷和一个破了皮的小羊皮箱，买了五等舱船票（没有床，在船甲板走道空隙的草席上睡觉），乘轮船从万县港启航，到重庆上学。

长江当时还在汛期，江水浑黄，波涛汹涌，载有几百人和货物的轮船（三千吨左右）劈波斩浪，艰难地向上游驶去。生活了17年的家乡在两条翻起的浪花后面变得慢慢模糊，逐渐隐去。群山峡谷，激流险滩，以及两岸正待收获的庄稼，轮番涌来，再往船后流去。江风徐徐，阵阵清凉扑面，我憧憬着求学生活和未来的日子。一年的劳动生活场景历历在目，所有少年的梦想都变得实际，家庭出身不好，能上中专实在不易，走好人生的路只有一条：努力。

第二天傍晚，船到达重庆港停在朝天门码头。远处，耸立着市中心层叠高楼群在夕阳中的剪影。码头上行人如织，挤满了挑行李、背行李，提着大包小包上下船的客人，以及一行一行扛包打起坡和装船的码头工人，那时还没有后来的棒棒大军。我心情一阵激动，趿上布鞋，挑着竹棍担的小箱和被盖卷，一口气爬上码头石梯。肚子饿了，走进街边一家小面馆吃了一碗五分钱的小面，还要了一碗加了葱花的汤，味道很好。

重庆是西南地区大学和中专的集中地，码头的石梯上排满了各个学校迎接新生的队伍。很快我找到了要上的航务工程学校的新生迎接站，一个高年级同学带我坐公共汽车到学校。到校时天已黑，大哥早已等在校门口，见面就批评我穿背心、短裤，像街头混混的打扮（可我自己一直觉得这样像个运动员的穿着很潇洒），教育我到学校要注意装束，不能像社会上的混混一样穿得过分随意。

重庆航务工程学校是1956年才建立的交通部部属中等专业学校，我们应该是学校的第三年招生。当时学校共三个年级，有驾驶、轮机、航道疏浚三个专业（一年后增加水工建筑专业变成四个专业），18个班，每个班40人，学生总数约700人。我哥是驾驶一班的，我进校读一年级，他已是四年级、学校的第一届毕业班了。学校只有一栋教学大楼，一栋实习大楼，教学楼和实习楼四方大屋顶，红色扣瓦，红色四方大窗，典型的苏式建筑。两栋宿舍，一栋住男生，一栋住女生。教学楼靠公路，宿舍在后边，田字形分布在校园里。学校西边是食堂，东北边是足球场，宿舍后边是实习工厂，东南边几栋小楼是教职工宿舍，食堂前面有一座小山，其余空地是树林、池塘，从学校大门到教学楼、食堂、宿舍有一条三合土路相连，其余都是土路，校园的总面积不到100亩。到处都显现出开办三年学校的初创痕迹。

学校的床不够，我们到校后第一个晚上是住在教学楼四楼的一个空教室里，好在是红油漆木地板，倒也还干净。十几个同学互不认识，打开被卷铺在地板上睡觉。8月底的重庆夜晚闷热难耐，校园的空地都是树林、水池水沟和草地，教室里明亮的日光灯引来无数蚊子、飞蛾和各种小昆虫。有一种体长不到一厘米、身子一段段金黄和黑色相间的小飞虫（隐翅虫，剧毒）爬到同学们的身上，不一会儿，爬过的地方开始出现一条条红印，手指一抓，就长出一串小水泡，痛痒难耐。有的同学全身水泡，哪里还能睡觉？几个情况稍轻的同学一起扶他们到校医室，涂上紫药水。我身上的红泡较少，仍感到奇痒难忍，也去了校医室。中专生活就这样开始了。

进校时，学校只有驾驶、轮机、航道疏浚三个专业，专业分配是同学们一辈子的大事，大家很看重。驾驶和轮机专业毕业后在船上工作，长航轮船的优厚待遇让这个开办不过三年的部属中专名声大噪，报考热度名列重庆几十所中专学校前茅。分配到驾驶或轮机专业学习更是进校新生的热望，航道疏浚专业毕业后守着通航河流的激流险滩疏浚维修航道，条件极为艰苦，待遇又低，几乎少有同学填写航道疏浚专业志愿。学校多次召开大会动员填报航道疏浚专业，女教导主任不止一次在大会上动员：“航道专业是祖国建设最需要的专业，同学们要服从分配填报航道疏浚专业……你就是不填也可能将你分配到航道疏浚专业。”多次动员后，热爱祖国的心油然升起，我在专业选择志愿表上填了“服从分配”。于是，我就被分配到了航道疏浚专业。当时应该是航八班，开学不久，学校新开办“水工建筑专业”，我们又改成水工二班。直到“文革”后学校并入重庆交通学院（简称重庆交院），水工建筑专业就只办了我们一个年级两个班。

外婆知道我读航道疏浚专业说：“娃儿，你傻呀，毕业后你就是当工程师，月工资也只有90多元。你读驾驶、轮机毕业上船，就是当三副一月工资也有108元，当上大副一月就是200多元，船上还包吃饭。”能读中专我已是求之不易，面对慈祥的外婆，我只有呵呵傻笑。

开学时，我们水工二班40个学生，8个女生、32个男生，和所有建筑专业一样，男多女少。同学的年龄最小16岁，大的二十二三岁。我们是四年制中专，头两年学基础知识课，语文、数学（第二年高等数学）、俄语、制图、测量等，每学年开9至10门课。

失学的痛苦使我格外珍惜新的学习机会，一年的边劳动边复习使我具有良好的学习基础。课堂上很快就听懂老师的讲课内容，扎实的语文基础让我的课堂笔记特别出色，光看笔记就能还原老师课堂上的全部授课精华。几次小考下来成绩全是5分（满分），学习成绩开始在班上崭露头角。

上课一个多月，绵绵秋雨下起来了。除了毕业班，全校同学分别住到农村去“支援三秋”。1959年那会儿，大坪经石桥铺到沙坪坝的公路还没修通，我们坐车到石桥铺，在绵绵秋雨中踏着泥泞的田间土路步行上坡，住到农民家里和农民实行“三同”（同吃同住同劳动）。秋雨淅淅沥沥下个不停，我们白天冒雨到地里收红苕藤、栽萝卜苗、挖地、挑大粪等，从没干过农活的我跟着农村来的同学，积极劳动抢着干活。政治挂帅的年代，家庭出身不好的我追求进步，不怕苦不怕累，响应党的号召，和工农打成一片，通过劳动改造自己，争取成为工农的一员。上工时，头戴草帽或斗笠，放工回来，衣服总会淋湿，同学们却嘻嘻哈哈毫无怨言。晚上学习读报，分组座谈劳动心得，我发言也积极。吃在农民家里，每顿大都是菜稀饭、苞谷饭、咸菜和少油的蔬菜，同学们劳动的积极性不减。一周劳动下来，大家都熟悉了，我的天生好动和乐观的个性，与家在重庆市区、年龄相仿、性格相同的同学熊国华、张明全、廖德义、郭明全等，建立了较好的关系。

返校后，紧张的学习开始了，第一学年开设的主要课程有语文、数学、政治、俄文、制图、物理、化学、体育。20世纪60年代初，学校特别看重学习成绩，每学年考试四门课（其余的课程是考核，考核只有及格和不及格），有两门不及格的无补考资格直接留级，三门不及格便勒令退学。这些规定让同学们学习都很努力。深知上学不易的我，十分珍惜这得来不易的学习机会，用如饥似渴来形容我这时的学习态度一点不为过。

童年和少年两次失学的经历，家庭出身不好带来数不清的歧视，生活贫困、艰苦劳作养活自己和弟妹的人生磨砺，成为我发奋的动力。“努力学习”这四个字成为我刻骨铭心的自觉目标。

从小对文学的爱好，初中毕业一年在艰苦劳动中也从未中断复习功课打下的坚实基础让我在学习中占有先机。我创造了适于自己的学习法：上课时聚精会神做课堂笔记，笔头飞快，老师讲的内容基本能全部记下来。利用老师讲不重要而我已理解的例题（往往占授课时间的相当部分）的间歇，用形象思维的方法，全部弄懂老师讲的本节课要点。晚自习，对当天的课堂笔记进行整理，核对和课本公式的差误，加深理解公式的意义和应用，对重点内容或公式的精要部分，用在草稿本上多次默写的方法，做到完全记忆，再正规默写到这门课的正式摘要笔记本上。精本笔记本是自己默写的，便于记忆和理解。这种靠默写加形象理解形成学科内容精华笔记，再加课堂笔记内容辅助记忆的学习方法，使我对所学内容记忆长久，考试前稍加复习，所学内容便烂熟于胸。大考大要，小考小要，每到考试，是我最快乐的时候。清晨起床，在树林里一边跑步一边默想回忆课文，有记不清或模糊的地方，打开精华笔记再复读几遍直到完全记熟，关键的例题也做到举一反三。考前复习期间，该打球打球，该跑步跑步，保持轻松的心态。由于所学内容平时常记于胸，不管是期末大考，还是课堂的小考和小测验，无一例外，我都是第一个交卷的，而且，每次都是满分（5分）。我在班上开始被同学们刮目相看，我的课堂笔记本也经常被个别女同学借阅。

语文课是我的最爱。我们每两周写一次作文，我的作文每次都被作为范文在全年级讲评。几年来我的全部作文都是用500方格的稿笺纸写成，收集整理后，用水泥袋纸做成封面装订成一本，本想长期保存的，可惜参加工作后，所有存放在舅舅家里的书籍和笔记本被当作废纸卖掉了。

家庭出身的阴影使我在班上和同学的话不多，还被一些同学误以为是我骄傲。除了轻松愉快的学习，爱好体育运动是我的天性，每天早上6点钟起床后，我都要在操场上跑几圈。

中专学校的学生是不交学费和伙食费的，这也是一些家庭困难的学生选择读中专的原因。刚进学校，学校的一日三餐敞开肚皮吃，不定量，3天吃一次肉，饭菜油水较多，同学们吃得好，个个身体都很好。我这样好动的青年学生，积极参加体育运动，篮球、排球、乒乓球、足球都是我的爱好。一年级以后，我是篮球和乒乓球班代表队、排球的年级代表队、足球的校代表队成员——不好意思的是，我在足球校代表队只是板凳队员（替补），很少上场比赛。

两个月后，粮食开始紧张，每天的一日三餐，食堂的饭总是不够吃。开饭前，同学们早已挤在食堂的各个门口，门一打开，同学们蜂拥向各个盛饭的大木桶，疯狂抢饭，体力不足的和女同学往往都捞不到饭。肚皮开始吃不饱，三年困难时期开始了。

粮食定量了，居民每月26斤，大中专学生每月31斤。同学们以班为单位，固定8个人一桌吃饭，每桌每天一个同学值日，负责到食堂将本桌的饭菜领出端到桌上，再分给每个人。以一般的中晚餐为例，一桌一盆，上百个脸盆倒进米依次放进像现在集装箱一样的大铁箱里，通上大锅炉的蒸汽蒸熟，盆里掺水多的饭就满盆，盆里掺水少的饭就不是满盆，甚至只有大半盆。每桌值日生的第一个任务就是要想法领出满盆的饭，第二个任务就是将一盆饭均匀分给每个同学，务求均匀，因分饭不均匀发生纠纷是经常的事。为了均匀分饭，分饭的工具和装饭菜的碗成了抢手的用品，每桌都会有个巧手的同学用楠竹削制成约40厘米长、四五厘米宽、三至五毫米厚的精美竹刀，精确地将一盆饭分成8块，挑到每个同学的碗里。要将每餐的饭菜全部装在一个碗里，碗越大越管用。宽边的搪瓷大碗不怕烫，经得住碰，这种碗市面上早卖光了，要想弄到一个吃饭的搪瓷大碗，得各显神通。一时间，用楠竹和木料做碗、勺子成了不少同学的课余劳作，一些形状各异，精美程度不同的小饭勺也应运而生，但碗勺的精美解决不了肚皮的饥饿。

饥饿压不住年轻人爱运动的天性，早上起床号还没响，我们就起床到足球场跑步，一圈、两圈……饥饿的感觉消失了一些，四肢却越来越无力，最多三圈，实在跑不动了，慢慢走到教室上早自习。我们饿得肚子咕咕直叫，头昏眼花，仍然坚持上早自习，读书学习。那个年代的青年学生，用这种不得不接受的饥饿方法锻炼自己的意志。好不容易熬到吃饭的钟声响了，同学们冲出教室向食堂奔去，但一碗稀饭，一个不大的馒头，哪能填饱处于青春期的孩子的肚子？半饱都说不上，可我们又得赶紧回教室上课了。

一天，两天；一月，两月：越来越吃不饱。粮食供应越来越紧张，政府要求居民每月再节约2斤供应口粮，学生也要求节约。据说是当时重庆市委书记任白戈发话："供应再紧张也不能亏了学生。"于是，刚宣布学生也每月节约2斤的供应又补回了31斤。规定的每月31斤学生定量，吃到学生口里的到底有多少只有天知道，为了填饱肚子，学生们想出五花八门填饱肚子的方法。食堂的炊事员成为令人眼红的职业，他们是不需要定量的，每顿饭敞开肚子吃，光吃不说，有没有往家里偷拿谁能说得清楚。同学们个个面黄肌瘦，炊事员却是红光满面。于是，有个动力专业的女同学干脆就退了学，嫁给了学校的炊事员。有个同学晚上溜进食堂，把两盆饭偷进浴室吃，结果胃肠消化不了，拉了一地。我们寝室的几个同学算是循规蹈矩的了，晚上到地里偷回大把牛皮菜，放在盛了水的脸盆里，用学来的电工知识，将两根铜丝分别绑在两根筷子头上，铜丝的另一端各绑一根铁钉子，将铁钉子放进脸盆保持一定距离，两根筷子插进墙上的电源插孔；不一会，电流在水里传送产生的热能把牛皮菜煮熟了，放点盐就成了美味佳肴，凑合着解饥馋。不少同学发现了这种晚上加餐的窍门，于是，学生宿舍楼夜间突然短路停电也就成了经常的事。

足球校代表队（哪怕是板凳队员）的身份有时会带来意想不到的收获。每月甚至每周，学校间有足球联赛，不管是本校主场，还是到其他学校客场比赛，也不管球赛的输赢，赛后总会让运动员们到食堂放开肚皮饱餐一顿。可惜，随着粮食供应越来越紧张，学生的饮食问题越来越严重，学校将偌大的足球场改成一块块菜地，均分给各个班课余时间种牛皮菜，填补粮食供应的不足。足球场变成菜地后，早上的跑步运动和学校间的足球联赛自然终止。课余时间，除了篮球场、排球场、室内乒乓球室等有不多同学的身影，大多数同学都回寝室躺到床上等吃饭的钟声敲响。打"口水牙祭"是每天这个时段的主要话题，同学们依次绘声绘色地讲述自己不多的人生经历中，哪天哪次吃了什么好吃的东西，味道如何，吃得有多饱。万县市罐头厂剔骨组临时工的日子，夜间偷吃刚出蒸灶香喷喷热腾腾的猪头骨瘦肉，多次成为寝室里打“口水牙祭”的重要题材。郭同学的“口水牙祭”内容既实际又惊悚。他父亲是抬死人的，从七星岗的七医院或市中心的其他医院将病死的人包上床单绑在滑竿上，两个人负责抬到石桥铺火葬场（那时还没有殡仪车），每次每个人收入10元钱。在那月薪一般只有二三十元的年代，这可是笔不小的收入。郭同学每个周日都回家抬一次死人，每次收入10元钱。因此，郭同学的衣服口袋里经常有那时卖10元钱一斤、不要糖果票的高价水果糖也就不足为怪了。我和郭同学是上下铺，偶尔他也会给我一颗高价水果糖，道谢之余，想到他抬着裹在床单内的死人时的样子，心里有一股说不出的滋味。

从周一到周六，饥饿让人头昏眼花、四肢无力。周六晚上，市里的同学晚饭后都回家了，周日不吃学校食堂的三餐饭，可以退一斤大米。回家后家里的汤汤水水饭菜，比学校吃得要饱多了。周日是家住市内同学改善生活的一天。我们外地学生只能在寝室里等着那无法填饱肚子的食堂三餐饭，饥饿难耐。

生存的本能让我不得不开动脑筋寻找填饱肚子的方法。饥荒当道，家家都吃不饱，市里同学周日回家改善伙食的办法给了我启示——古时的打秋风，现在的说法叫蹭饭，去舅舅家蹭饭成了那时唯一的选择。舅舅家住的南岸玄坛庙施家坡聂家院子，是长江海员住家的集中地之一，我每月大约两次周日回家（到舅舅家每次是我一个人去，大哥此时已上轮船实习）。舅舅常年在轮船上，一大家人靠舅妈操持。为了赢得舅妈的好感，我“回家”不是吃闲饭的，一进舅舅家，我马上就找活干——水缸里没水了马上挑起水桶就担水；装满了水缸，马上就扫地，房间、楼梯、公共堂屋全部扫完，院子里长条形的坝子要用近一个小时打扫，我也打扫得干干净净。舅妈爱清洁，每天都会花相当长的时间把屋里家具（每一个旮旯都不放过）擦得一尘不染。只要“回到家”，这成了我包干的活，开始是从舅妈手中抢过抹布擦家具和门窗，以后就成了自觉的行动，舅妈还没动手之前我已拿起抹布开始工作了。买米、买煤球，只要是家务活，我都会抢着干。舅妈平时沉默寡言，话语不多，为人十分和善，三个女儿受她的影响，也都为人谦和、积极上进，小学、初中到高中多是保送。老二德龙是舅舅唯一的儿子，平时受全家人娇宠，但也好学上进，保送上重庆的重点中学41中读初中。这是个和善的家庭，受到同院邻居的尊敬。舅妈尽管从不说什么，但从那和善的脸色可以看出她对我的好感，同院的邻居经常夸赞我“勤快”，楼上住的麦妈妈（她的先生是船长）和主屋里的房东聂妈妈都很喜欢我。麦妈妈的儿子在读初中，大舅舅的二女儿德贵表姐的儿子亚宁也在读初中，周日经常到舅舅家来玩，我们成了刘草坪小学足球场上的“铁三角”。

填饱肚子是主要的，每餐饭我吃到半饱（菜比学校食堂多，也很好吃）就立即放下碗筷了，舅妈总会给我再添上半碗饭，当然我也不会客气。舅舅的收入虽然高，但是严格计划使用，每月发工资后，我会有两元钱的零花钱，在重庆读书的四年里，我主要是靠这每月的两元钱度过了三年困难时期；再就是每学期姑妈会给我寄10元钱，用来买书和课本。外婆每月有10元零花钱，隔一两个月，外婆就会带着我坐轮渡过江到解放碑，在供应高价饭菜的“颐之食”餐厅，排队要上10元钱一份的高价米饭（约有二两）加一小盘香气扑鼻的鱼香肉丝。通常，外婆让我一个人吃完这份饭。每当回想起外婆的爱，我常常热泪盈眶，外婆教给我为人善良，关爱他人的做人之道。一月两次的“回家”，基本能吃饱，除改善生活，更在舅舅家学到了为人正直、善良、谦和、积极上进。中专毕业离开重庆时，外婆告诫我：参加工作后不要抽烟，不要喝酒，吃饭要以清淡为主，少吃辛辣的食物，身体才会好。外婆和母亲一样，是我最爱和最尊敬的人。

记得是一个周日的早晨，早餐后我离开学校步行回舅妈家，兜里只有来回乘电车和轮渡的三毛钱，为了节省乘电车的两毛钱，我选择了从学校的歇台子步行到舅舅家。周日的重庆城，尽管是灾荒年月，仍是车水马龙，人来人往十分热闹。和现代大城市不同的是，摆摊卖物的不多，基本没有卖吃的，大街上餐馆很少且都是国营或集体的，进餐馆吃饭要收粮票，就是吃饭的时段，食客也不多。沿中山路步行到文化宫大门口，一个40岁左右的中年人拦住我，说他家在大渡口上面，兜里的钱被小偷摸光了回不了家，要我给他点路费。看他那可怜巴巴、瘦骨嶙峋的样子，同情心油然而生，我掏出了兜里三毛钱中的两毛给了他，留下一毛钱到朝天门买来回轮渡票。两周后的同一地点，当他用同一方法又向我要钱时，我一时气得说不出话来，想不到我咬紧牙关将兜里三分之二的钱给的是个骗子。现在回想起来，这也是那年月的一种生存之道。

周外婆的大女儿周大姨和丈夫赵良成都是九龙坡火车站的搬运工人，火车站搬运工人的粮食定量每月45斤，他们有两个小孩，全家人每月定量粮近150斤。每月有一个周日我和大哥一起（我一个人不好意思去，开头都是大哥带我去）到周大姨家玩，也就是去蹭饭。周大姨家住在九龙坡火车站棚户区铁皮屋顶的两间板房里，那是那时标准的工人宿舍。周大姨开朗豪爽，大姨爹赵良成和蔼善良，两个弟妹还在读小学，对我们的到来诚挚热情。我们在周大姨家无拘无束，可以放开肚子吃饭，走的时候，他们经常还给我们一斤两斤粮票，这可比给钱都管用。

大房的五女儿，也就是我们的五姑妈，家住两路口。五姑妈在重庆市建筑公司的一个材料试验中心工作，是个从事工程试验的技术员，五姑爹在长航局当会计，两个儿子一个读高中一个读初中。五姑妈40岁左右年纪，十分开朗，很是欢迎我和哥哥到她家做客，每去一次都会尽量让我们吃饱，充满了姑妈对侄儿的爱护。

这样，每个周末我都有“家”可回，回到不同的亲戚家稍填饥肠。从周一到周六，饥荒却没有因此减轻，每周的前6天可真难熬。“度日如年”是那时最好的写照，什么时候才会是学期的终了啊……

过了没多久，我得了严重的神经衰弱，饥肠辘辘造成夜不能寐，时常头昏眼花。1960年的上学期，我休学回到了万县。母亲还在肠衣厂工作，每月工资28元左右，供养我和弟妹4个娃娃上学。好在这时大哥已分配到重庆港务局，在港作轮（负责港区船舶调度的小拖轮）上做见习水手，月工资28元（船上工作时吃饭不要钱），每月补贴家里10元钱，尽管如此，家里的日子过得仍十分困难。母亲见我骨瘦如柴的样子，说不出的心疼。不知她怎么从肠衣厂找到的一些猪的大肠头之类的下脚料，让我上大岩口周外婆家去找些菜蔬和野菜，汤汤水水，想方设法让我吃饱。而她自己每天上班就只带一点饭和咸菜，忍饥挨饿，此时母亲才40岁左右年纪，却头发花白，像有50来岁了。在我们面前，她永远是那么精神，那么勤劳，心里只有我们兄妹的温饱冷暖。母亲30来岁守寡，一个弱女子，顶着说不尽的政治压力、社会歧视，艰辛苦熬，再苦再累再饿，从无一句怨言，将我们三男两女五兄妹抚养成人。回想母亲抚养我们兄妹所经历的点点滴滴，我泪流满面，泣不成声。

1962年，国家仍处于最困难时期，全国厂矿企业大量精简员工。我母亲被精简回家，失业了。大哥参加工作不到两年，我在重庆读中专三年级，弟弟妹妹分别在读初中和小学，家里的主要生活来源没有了，靠舅舅和姑妈的接济，加上大哥每月寄回家的10元钱无论如何也养不活一家人。为了不影响我的学习，母亲一直没告诉我她被精简的事。她坚决不让弟妹们失学，想尽方法挣钱供养大家读书。她先是去做8毛钱一天的临时工，临时工有一天没一天，不是天天都有活干。几个月后，母亲选择了到红砂碛筛石子。

红砂碛是长江上游冲来五颜六色的花岗岩和石灰岩卵石，在万县城区下游两公里的长江北岸堆积形成的碛坝，枯水期长约4公里、宽一两公里。红砂碛的卵石质地坚硬，抗压强度150至400兆帕（建设万县长江大桥时做试验，每平方厘米能承压1500公斤—4000公斤），是优良的建筑用砂石料，改革开放后也成了著名工艺品“三峡石”的主产地。那年月，这里还是个荒无人烟的江边卵石滩，随着国家建设的开展，慢慢有人来这里筛砂卵石，卖给城里的建筑工地，以此谋生，逐渐形成砂石场之类的组织。在这里干活只要体力不管家庭成分，按每个人卖出砂石的立方米计价，不需完成产量定额。我母亲是最早来这里筛石子的一批人，40来岁的她，个子瘦小，头发花白，还瞒着在重庆读书的儿子。

母亲每天早上不到6点起床，做好弟妹的早饭和中饭，7点左右就带着一壶水和一盒饭出门前往砂石场。光秃秃的红砂碛砂石场，冬天朔风呼啸，十分寒冷，唯有加大劳动强度来抵御风寒。冬天是长江枯水期，采砂石的黄金时节，冬天白天短夜间长，为了多筛点砂石，母亲早出晚归两头黑。当母亲在砂石场劳作一天，拖着疲惫的身子回到家中时，大多时间天已黑尽。中午冷饭冷菜无处加热，渴了找不到热水，只有喝自己带来的铝水壶里的凉水，连个上厕所的地方都很难找到，难以想象母亲在砂石场是怎样度过一年又一年冬天的。夏天，洪水还没淹没红砂碛时，太阳似火烤，红砂碛的卵石被烤得滚烫，找不到遮阴的地方，浑身汗流如雨。筛砂石的重体力劳动容易造成中暑虚脱，那段时间，母亲的喉部和臂弯经常有紫色的斑块，是中暑时“揪痧”留下的痕迹。洪水淹没红砂碛，应该是筛砂石歇业的日子，母亲为了多挣点钱，每天天不亮就渡过长江，在白塔附近没被洪水淹没的小块卵石滩上去继续筛砂石，较之红砂碛，条件更为艰苦。每晚回家，母亲经常累得腰都直不起来，却从不言累，默默地喝一二两白酒，然后做饭睡觉。有时头疼咳嗽，擦点清凉油或吃点头疼粉便是，很少上医院。一天又一天，一年又一年，母亲在砂石场一干就是十多年，从40多岁到年近60岁，弟妹们都工作成家立业了，她才歇手不干。这十几年里，经历了“文革”的天翻地覆，母亲默默无闻地劳作，身处社会的最底层，反而没有什么麻烦。大哥30岁因肝病去世，弟弟因参加过造反派入狱大半年，对母亲的精神造成不知多大的打击，我那时已在（四）川云（南）西线修公路，不知母亲面对这样大的打击是怎么挺过来的。短短的文字，记录不了母亲的艰辛，一个羸弱的中年妇女，是什么力量支撑她十几年如一日坚持强壮男人也难以胜任的筛砂石工作，默默承受常人难以忍受的辛劳而无怨无悔。想到此我泪飞顿作倾盆雨，母亲为我们的无私付出，怎么也报答不了，母亲的付出是人间最伟大的母爱。

我休学的3个多月里，靠母亲的精心调理，神经衰弱很快好转，急不可耐又回到学校上课。姑妈得知我因病休学，专门托人从浙江给我买了四瓶浓缩鱼肝油丸（每瓶1000粒）和四大瓶乳白鱼肝油（外观和炼乳差不多，每瓶500克），还有几件样式时髦的旧衣服。每天的中晚餐，我都将饭端回寝室，打开小箱子取出乳白鱼肝油，倒出一勺子淋在饭上吃下，早晚各吃两粒鱼肝油丸，虽然肚子仍然吃不饱，但神经衰弱的症状基本没有了。很多周末就住到大哥的船上，大哥总想法让我吃一顿饱饭。我们学校是交通部直属中专，由长江航运管理局代管，长航局有专门的驳船从湖北等地运南瓜、萝卜等菜蔬到重庆改善职工生活，我们学校也经常能分到一些，每顿饭的菜量就加多了。重庆市委、市政府为了解决不少大中专学生得水肿病的问题，每月专门给大中专学生增加供应一斤罐头，饥饿的压力减小了很多。专心学习的风气又开始形成。我落下的三四个月的数学等基础课程，靠自学为主，凭自己的理解，如饥似渴地想法补了回来。功夫不负有心人，暑期期末考试，我四门功课全部5分（满分）。在我们班上，三门不及格被勒令退学的四人，两门不及格被留级的三人，班上一下少了好几个同学。

熊国华、廖德义、张明全等家住市区的同学成了我的好朋友，周日也去过他们家玩。团支部书记魏太明，大我几岁，家住万县熊家场，和我母亲是老乡，成绩一般，忠厚善良，是我尊敬的老大哥，关系也很好。开始是他和我交朋友，动员我写入团（共青团）申请书，帮助我入团。我的性格开朗了许多，入团申请书写了一遍又一遍，我是团支部帮助入团的积极分子。年级办壁报我是主编，半数以上文章由我撰写；学校的文娱演出，我是乐器组伴奏，负责弹三弦。我们班各方面表现都出色，年度被评为优秀班级，我是班上活跃的积极分子。可是，不管我怎么写入团申请书、热心公益，直到中专毕业，始终没有被批准入团。

学校开始评“三好学生”。“三好学生”的评选标准之一，对学习成绩有严格的规定，四门考试的功课必须三门5分、一门4分以上，才有评“三好学生”的资格，我们班只有我和班主席两人有资格。班上民主评选时，张明全、廖德义等一帮好友大声提名，班主席和我都被评选上了“三好学生”。班上是评上了，上报到学校审查批准时，就再也没有下文了——这一年的“三好学生”名单始终没有公布。很明显，是我的家庭出身问题让这学年的“三好学生”评选流产了。

中专学生从第二学年开始每年都有外出实习的机会，我们水工建筑的第一次参观实习是到长寿狮子滩水电站参观7天。狮子滩水电站是苏联专家援助建成的156项重点工程之一，同学们兴高采烈地准备出发去参观，我也很激动，想去目睹新中国成立后建成的大型水电站风采。临行前一天，班主任找我、李可英和蔡建军，告知我们留守学校，不去狮子滩实习，原因是我们没有通过参观电站的政审。水工一班也有许中一等两人没参加实习。家庭出身不好的阴影又一次沉重地创伤我的心灵，我也下定了

1963年中专毕业留影

更加努力学习，成绩绝不输给任何人的决心。

1960年下半年，饥荒越来越严重，为了减轻重庆市粮食供应的压力，各个学校学生有的下放回家，有的疏散到外地，我们学校航道专业航七、航八两个班的一些同学被下放回家，说是休学半年，很多人再也没被通知回校上课。我们水工建筑专业的水一和水二班学生和相关的授课老师被派到渠县城关风洞子航运枢纽工程工地进行教学实习半年。1960年是我国三年困难时期第一年，相当多的大型建设工程停工下马，规划的渠江12个梯级闸坝（电航和航运枢纽）工程中，舵石鼓、风洞子、凉滩三个砌石坞工结构重力式闸坝工程，紧锣密鼓，抓紧进行。我们学校航道、水工专业的学生以两个班为单位分在三个闸坝工地教学实习。教学实习就是免费参加工地劳动和课堂教学同时进行。

风洞子航运枢纽工程的第一期工程在江的西岸（县城这边），此时汛期刚过，黄金的枯水期施工季节刚开始。几百米长的围堰将渠江的一半隔开，在围堰里抽水露出基坑，工人们在基坑里进行船闸施工：上闸头、下闸头、左右闸墙、上下游导航堤等主要分部工程，在渠江岸边排开，组成渠县船闸施工工地。几公里外的几个山沟里，几个工程队开山采石，为闸坝工地供应石料，上下游还有采沙场，为工地供应河沙。水泥、木材、油料等建筑材料，大部分通过渠江船运到工地。工地上彩旗招展、锣鼓喧天，夜以继日，几千名工人和技术人员，组成了那年月特有的大型水工建筑工程靠人工手工劳动施工的宏伟场面。

这座十几万立方米料石砌筑的航运枢纽，由四川省交通厅公路第一工程处5个工程队和处机关的2000多工人、技术人员和管理人员承担建设施工。整个工地只有少量机械，开山采石、石料运输上下船，挖基安砌、拌制砂浆和拌制混凝土，全是人工操作。风洞子闸坝工程的几个采石场在北岸离县城几公里远的山沟里，无法船运，工人们用架子车、马拉车、汽车等运输工具运到离工地一两百米的山坡上卸下，装到用黄泥浆筑成的一条条木板滑道上。一个滑道装一条料石，两个或四个人拉着木滑板跑得飞快，将石料顺滑道运到各个卸料处。穿插在工地的多条黄泥运石滑道，是风洞子闸坝工地的独特风景，也是我们在工地教学实习期间的主要劳动岗位之一。

工地测量仪器经纬仪和水平仪是新中国成立前遗留下来的瑞士威尔特，技术人员在工作中如碰坏经纬仪或水平仪，轻则记过，重则判刑。那时的测量仪器确实太精贵，上测量课时，工地技术人员给我们讲解并教我们使用这些神秘的仪器时，我们除了小心翼翼地操作，还有说不出的兴奋和激动。

我们的驻地被安排在东岸第三工程队驻地，渠江岸边的一块平整的沙土台地上，第三工程队负责我们吃住。第三工程队有500人左右，由队部机关和十几个工班组成，一个工人用餐和一个队部机关干部（那时对管理人员统称干部）用餐食堂。工人用餐的叫民工食堂，干部用餐的叫干部食堂，我们来的学生在民工食堂吃饭，来的老师在干部食堂吃饭。两个班十几个女同学安排在一间工棚住。工棚已住满，没有男同学住的地方，每个班的20多个男同学挤住在一个军用的帆布帐篷里，他们将自己带来的行李铺在帐篷里的稻草袋上，依次进入，分成左右各一排躺在上面睡觉。同学们身子挤着身子，稍一翻身就压着旁边的人，谁要是晚上起夜，回来就找不到自己睡的位子了。那年月，年轻的学生们嘻嘻哈哈，居然没有一个人觉得苦。

民工食堂有四五百人吃饭，干部食堂有四五十个人吃饭，民工食堂的饭菜比干部食堂差很多。到工地后，我们每月定量36斤大米，每餐蔬菜的量比学校多了很多，也就没有在学校时那么饿了。

工地上每周劳动4天，上课3天，两个星期休息一天。当时，工地上热火朝天，到处都在开展劳动竞赛，各工种争“放卫星”。工地上的宣传鼓动是劳动竞赛的助力剂，工地广播站的高音喇叭昼夜不停，时而播放音乐，时而播放工地及时采访的好人好事，时而播放通知和班组稿件。机器的轰鸣声、工人们此起彼伏的劳动号子声，伴着高音喇叭的节奏，整个工地热火朝天，成为一片喧闹的海洋。我和水一班的许中一调到工地广播站工作，12小时一班，轮流到各工地班组采访，或是播放各种表扬稿件。深夜三四点钟人最易瞌睡的时候，播音员可不能瞌睡，得一个接一个地播放音乐或播放到班组采访来的稿件。

单人冲炮眼的女能手黄万英创造日冲炮眼11米的纪录，大坝料石安砌大王杨安康师傅创造大坝砌石超过劳动定额四倍的工效，等等，成为劳动竞赛的佳话，也是工地宣传报道的重点。

我们学校的学生也参加创高产、“放卫星”的劳动竞赛，以一个班为单位进行。“放卫星”的工作是人工挑运土方。一个班的近30人分成两组，一组给竹土箕里装满土，另一组负责将土倒掉。班长周庆义和负责宣传的团支委李道俊（女）分别来回将装有土的竹箕挑出基坑倾倒，另有两个同学专门为他们计数核算工效。8小时下来，挑土的周庆义和李道俊累得快晕倒了，而装土的同学们却连汗水都没出。计算工效的结果，挑运土的周庆义和李道俊，按两人计算，放了人工运土三倍工效的“卫星”，而装土的十几个同学的工效被忽略不计。学校同学人工运土“放卫星”的事迹，被广播站不停地表扬，鼓舞了同学们的劳动热情。于是，拉滑板运料石、挖基运土、洗石、配合石料砌筑插钎灌水泥砂浆……哪里工作紧张，哪里就有航务工程学校学生的身影。

我和许中一将广播站的工作干得有声有色：采访工地好人好事和标兵的先进事迹、编写广播稿、当广播员、播放音乐……忙得不亦乐乎。记得好几个夜间的12点前后，处机关党委办公室杨主任（经历过川藏公路建设的南下干部，40岁左右），夜间值班到工地视察后来到广播站，亲切地问我们的工作和学习情况，然后在半夜吃夜班饭时让我们把他的那一份吃掉。我们二人吃三份夜班饭，土陶大碗蒸的掺有高粱米的大米饭，又香又好吃，二人吃三份可够饱的，很是舒服。

经过两三个月的工地劳动学习，基本能吃饱饭，学校时因饥饿造成的虚弱消失殆尽。身体壮实了，精神更好了，青春的活力回到同学们的身上。冬天来了，渠江的静水区结了一层薄冰。上课的日子，几个好动的同学，我和张明全、熊国华、廖德义、冯昌虎等，太阳刚升起就跑到江边，跳进渠江冬泳。刚跳下去时冷得直哆嗦，全身浸进水里就不冷了，原来冬天的渠江水是温的，踩破冰面的江水向上冒出热气。

冬雨绵绵，工地进入决战上下闸头开挖的关键时刻。学校的学生在工程处的安排下，提出五天五夜不下火线，拿下下闸头的石方开挖。石方开挖从早上开始，绵绵细雨，寒气袭人，同学们分组拿着钢钎、十字镐、抬绳抬杠，在爆破炸开的下闸头基坑作业面上进行石方出渣。8个小时过去了，同学们已力不从心；12个小时过去了，同学们的棉衣大都湿透，疲惫不堪；天亮了，连续工作了24小时的同学们筋疲力尽，握着钢钎、十字镐的同学，有的竟站着睡着了。这时，工地上出现一群打伞的人，那是第一工程处处长张振德陪着一个比他年纪大的领导来到下闸头开挖工地视察，原来是时任交通厅副厅长、老红军邱先忠等一行。邱副厅长看到全身湿漉漉的作业人员在基坑里疲惫不堪的样子，问清基坑的作业人员是航务工程学校的学生，大干五天五夜不下火线要完成下闸头石方开挖任务后，对工程总负责人张振德处长发火了："瞎扯蛋，快把学生撤下来休息！"邱副厅长就这样解放了我们，撤下来的我们睡觉、烤干湿棉衣，连续休息了两天两夜。

冬天，在紧张的施工劳动中过去了。昼夜作业，劳动竞赛"放卫星"，两千多人夜以继日地辛勤作业，坞工船闸的雏形出来了，上下闸头石方浆砌（安装船闸隔水钢门的地方）完成了一半，闸墙也砌出了水面。上下闸头的两闸墙间各筑有一道子堰，将渠江水隔在闸墙外；闸墙内，闸底岩石高低不平，子堰里面布置了若干小的子堰，抽水机在各子堰内接力排水，将闸底分隔成供多个班组开挖闸底石方的作业面。

渠县段的渠江在上游的舵石鼓汇集了州河、巴河的水流，枯水期清冽秀丽，平滑如镜，有如妩媚的少女，几十吨的木船可沿江上行到达县。

渠江和四川省内其他江河不一样的是春汛来得早。1961年的4月初，随着上游的几场春雨，渠江的春汛提前到来了。9日这一天，船闸的闸底石方开挖，人们像往常一样昼夜作业，紧张进行，不同的是因春汛的桃花水要来了，专门安排我们学生作为突击队加高下闸头围堰。60多个同学将土装进编织草袋，力气大的一个人扛一包，力气小的两个人抬一袋，往来如飞，从岸上运到围堰上层层堆码加高。上班不久，渠江水开始迅速上涨，桃花水来了，工地气氛骤然紧张。张振德处长亲自来到广播站指挥，工程队的队长和技术负责人也到各自的工段指挥，一场与春汛桃花水赛跑的战斗打响了。面对飞速上涨的渠江水，刚才还在闸箱里进行正常挖基作业的工人在各工段负责人的指挥下，转而紧张地将工具、柴油抽水机、工棚等往基坑外撤出，上千人的基坑，抢洪作业的场面像沸腾的海洋。党委办公室主任杨新民叫我在广播上鼓动全工地的抢洪作业，我和许中一轮流在广播上呼喊："共产党员们，共青团员们，全体工友们，党考验我们的时候到了，我们一定要万众一心，坚决保住上下游围堰，保住闸箱基坑的安全！"同学们更加努力地装运土草袋，加高下闸头的围堰。基坑里，工人们全力把抽水机、卷扬机等抬出坑外。抽水机一停，基坑里的水就往上涨，来不及撤出的设备和工具便淹在水里了。工人们也陆续撤出基坑。渠江水一改平日的平静，变得湍急，直往上蹿，几个小时就上涨了好几米，眼看就要漫过围堰了，同学们仍在奋不顾身地加高下闸头围堰。第三工程队的技术负责人庄钊急匆匆地跑到广播站，请示张振德处长后，要我在广播上通知："航务工程学校的同学停止工作，立即从围堰上撤退。"反复播送多次，60多个同学刚从围堰上撤下来，围堰就被上涨的渠江水漫过，并被冲垮，江水涌进基坑，船闸工程施工没法再进行下去。同学们全部安然无恙，但渠县风洞子航运枢纽工程就这样下马了，同学们结束了工地的教学实习，回到学校继续上课。

60年过去了，直到2020年，风洞子航电枢纽工程才又重新开工。

近半年的工地教学实习结束，回校时已到学年的尾声，同学们很快投入了紧张的学习。

我因优秀的学习成绩，在学校也有了名气，令不少老师和同学刮目相看，还被列入了入团积极分子。团支委（一位女同学）一对一地帮助我，经常找我谈话，指出我的缺点和不足，她的成绩中等，我也经常和她交流学习心得。团支书魏太明和我都是万县老乡，年长我几岁，经常帮助我，我也当兄长一样尊重他。

第三学年开始了，我已20岁出头。四个同学（两男两女）因考试三门不及格学校作自动退学处理，杨国恒、周寿福二人两门补考不及格留级，班上一下又少了六个同学。勒令退学和留级，加大了同学们的学习压力。

开始上专业课了，专业课的教科书得自己掏钱买，一本《闸与坝》和《港口与码头》各要3元钱。拿6元钱买书，对我这个穷学生来说当时可是不小的数字，买不起呀！大部分同学都想法买了书，我和少数家庭贫穷的同学没法买，上课全靠专心听讲，飞快地记笔记，把老师讲的内容和黑板上绘的例图全部记下来，课后再整理；时间一长，练就了很强的课堂笔记能力，工作以后，因笔记能力强而受益匪浅。专业技能是毕业后的衣食父母，同学们既陌生又热爱，如饥似渴，恨不得把全部教材和老师讲的内容铭刻进脑子里。专业课的老师来自施工单位和学校，水平参差不齐。讲水工建筑的水建阳老师，来自北京一所建筑专业学校，一口标准的普通话，不紧不慢，条理清晰，要点突出，通俗易懂，听水老师讲课简直是艺术享受，也最好做笔记。讲航道疏浚施工的罗老师，毕业于南京航专，一口地道的南京话，他的南京话和快语速，导致同学们只能听懂一半，全靠记录他的板书来理解。

专业课增加了我更大的学习热情，由于没有教科书，上课笔记更专心，课后整理笔记也加倍精心。专心的效果就是学习更加轻松，课本的基础知识和应用的理解更牢固。学习过程中，逐渐形成了对工程专业的形象思维，例如建一座闸坝，从看工程图纸开始，按照图纸尺寸，把整个闸坝建成后的空间形象在大脑里通过想象建立起来，这个形象越清晰，实施起来难度就越小。我参加工作后所从事的几十座大桥的建设，都是拿到施工图纸后，首先在大脑里建立工程的空间形象，然后再熟悉并弄懂全部图纸。要想成为一个优秀的工程技术人员，从学校开始就要养成这样的专业素质。

专业课重在实习，测学校的地形图是最初的测量实习，五至六人一组用平板仪测绘学校的地形图。班上成绩最好的同学分任各实习组组长，凭着课堂学习的扎实功力和课后的认真专研，我们这一组测得又快又好，得到老师的好评。

家庭出身不好使我不能加入共青团，优异的学习成绩让我在同学中有一定声望。班主任因我家庭出身不好不喜欢我。专业课老师，尤其是教水工建筑的水建阳老师特别喜欢我，我也特别喜欢上水老师的课。

1962年春季，三年级上学期中期，中印边界形势紧张，战争一触即发。国家在重庆市的大、中专学校征兵，号召18至22岁的适龄青年参加中国人民解放军，到西藏去保卫我国领土。几经动员，学校的适龄青年全都报名参军，我也一腔热血报效祖国，报名参军保卫祖国。不久，通知下来，体检合格的熊国华、赵智源、郭明全、申明才四人，参军入伍了，唯有我被剔了下来，没被批准参军。我的好朋友熊国华从此再也没见过。报国无门，我知道又是我的家庭出身影响了我。

两层桥南门口一带长江

当我因没被批准参军而处于极度压抑消沉时，一份关心悄然而来。20岁左右的少男少女，初恋的两情相悦是难于用言语表述的。我比她大8个月，曾经是同桌。她能歌善舞、活泼美丽，1.63米的个子，大大的眼睛传递着少女的纯洁和天真，乌黑油亮的两条长辫子搭到膝弯，家住重庆市区，家庭出身工人，家庭经济情况较好，着装得体，浑身散发着美丽姑娘的青春活力，学习成绩在班上也名列前茅。我的活泼好动、潇洒英俊、优异成绩，加上文学、体育、器乐方面的出众能力，平日的低调，不经意间展现着青春的魅力。一年的同桌，相互间产生了磁铁般的强烈吸引力。开始还不觉得相互之间有什么感觉，时间一长，一天不见面总觉得心里少了些什么。周末她回家了，我就盼着她周日返校，每当在晚餐的饭桌上看见她时，相互不免都要多对视几眼，一股静静的暖流，在彼此的心里流淌。随着年龄的增长，相互间的吸引力越来越强。

春天的一个晚上，快要下晚自习的时候，一张纸条落在她的书本上。她抬起头来，我们四目像触电一样地撞了一下，她会心地马上把纸条放进了课桌里。于是，那天晚上在学校山坡空无一人的樟树林深处，两个年轻人坐到了一起。两颗心像小鹿一样地怦怦乱跳，很久都不知道该说些什么。我们什么也没说，什么都想说，却不知怎么开口，就这样坐着，一股股暖流在两颗心里流淌。后来，我们打破了沉默，开始交谈。从学习、家庭情况、毕业后的理想，两人的心越谈越近，时间在流逝，两个人都陶醉在第一次见面的美妙里。"我是不会变心的。"我说。"我也是绝不会变心的，你那么英俊，我怕今后配不上你。""今后我若变心天诛地……"话还没说完，姑娘那娇美的小手，就堵在小伙子的嘴上了。待姑娘手一松，小伙子就把右手食指放进嘴里使劲一咬，一股鲜血从小伙子的食指尖流了出来。情急之下姑娘立即掏出手绢，把小伙子流血的手指包住。"不管怎样，我永远不会变心……"小伙子嗫嗫嚅嚅，两双滚烫的手紧紧握在了一起。

此后，多少个周末傍晚，晚饭后回家的时候，一对年轻人牵着手出现在学校的小路上，穿过小路向红岩村上面的虎头岩走去（那时，大坪石油路后面还没有公路，都是田间小路），然后坐在虎头岩空无一人的山头，望着山下嘉陵江两边的万家灯火，波光闪烁的嘉陵江上夜航的轮船划出条条闪亮轨迹。初夏，阵阵微风带来鲜花的馨香，烘托着滚烫的热恋，小伙子把姑娘长长的辫子拿在手里久久地把玩，时光凝住了。夜阑人静，两人依依不舍走下红岩，待送姑娘回家之后，小伙子才一口气跑回学校寝室躺到床上回味刚才相聚的甜蜜。

“我们的关系，我回家给妈妈讲，争取她同意，然后你和我一起到我家。”一个晚上姑娘这样给小伙子说。除了幸福和激动，还有什么好说的，小伙子的一张三寸照片，姑娘带回家去给妈妈看。又是一个周六的晚餐后，两个年轻人牵着姑娘6岁小妹的手走在回姑娘家的路上。“妈妈看了照片说你太英俊了，怕今后我配不上你，不同意我们谈朋友呢！”姑娘说道，“不管怎样，我都不会变心……”小伙子和姑娘的初恋开始受到姑娘母亲的反对。

第二天下午，班主任找我谈话：“姑娘喜欢一个人这件事很正常，你一定要处理好，处理不好可能会把事情弄得不可收拾。”班主任的谈话使我的大脑一片空白，不知这件事会这样发生，也不知道接下来该怎么办。

姑娘的妈妈来学校找到班主任，坚决反对她女儿和家庭出身不好的我谈朋友。不少同学也知道我和姑娘在谈恋爱，有人问到她，她坚决否认。周末的晚上我们照常在一起，行动却更隐秘。有时周日我要回舅舅家，周六下午快下课时，她会把我叫到无人的地方，给我一斤粮票和几毛钱（那时对我来说可是不小的数字）。我坚持不要，她一定会塞给我，那一刻，心里涌起的温暖难于言表。

经历这样的冲击，期末考试我仍然四门功课全部满分，她却一门不及格。我刻苦学习的毅力让姑娘的爱有增无减，却因她母亲的反对，不得不变得更隐秘了。

三年级下期，专业课全面展开，我们还到湖北水工建筑工地参观实习两周。在武汉长江大桥工地，我们听了工程师做的武汉长江大桥设计施工技术报告，对桥梁基础施工的双壁钢围堰、射水沉桩、冲击钻孔桩等有了初步的理性和感性认识，为以后我从事桥梁基础施工工作做了有益的铺垫。

记忆犹新的是到姑妈家做客。姑妈家在汉口车站路长航局高级船员的居住区，是一楼一底的独栋小楼。姑父那时是长江最大客船“江顺轮”的船长，月薪300多元（相当那时普通一级工10倍工资）。姑姑一家三口，女儿秉平姐二十好几了，正在读大学，还没有男朋友，很喜欢我这个第一次来家的表弟。她送给我两本精美的日记本，我爱不释手，这两本日记本成为我“水工建筑”和“闸坝工程”两门专业课的课堂笔记本，工作以后跟随我好多年，直到调入成都后在“文革”中遗失。姑妈是家庭妇女，过着养尊处优的生活，看见我这个英俊帅气的亲侄儿十分喜欢。姑妈将姑父每月一斤的特供肉做成红烧肉，还有四条红烧鲫鱼，加上一大碗白米饭，被我狼吞虎咽一口气吃得干干净净。姑妈被我的吃相吓坏了：“你这个细伢，怎么能吃这么多呢？”姑妈被我开心的傻笑也逗笑了。我大舅舅的儿

1963年7月中专毕业留影（第三排右四为作者）

子熊德鑫在万县解放那年由重庆经万县到武汉，在我家住过几天，还教过我学习武术。十来年过去了，30多岁的德鑫哥已是麻城县汽车队的老司机，姑妈像喜欢亲儿子一样喜欢他，他也时常开车给姑妈送些瓜菜。我在姑妈家的第二天他来了，带我到长江边玩，给了我5斤全国粮票，还说没有什么送给我，那时这对我可是一笔不小的财富（当时市场价值15元）。

1963年上半年，四年中专的最后一个学期，我们这个班只有26个同学了，分成五个组进行毕业设计和毕业答辩。接下来就是毕业分配。毕业分配可是大事，那时最大的口号和要求就是一句话："服从组织分配，到祖国最需要的地方去，祖国的需要就是我的志愿。"出身好的可以找班主任汇报思想，提出自己的要求，像我这样出身不好的不想也不可能去找班主任提分配要求。学校明确规定，毕业分配一律不照顾恋爱关系，凡是学校知道有恋爱关系的一律不会分配在一起。姑娘虽公开否认我们有恋爱关系，班主任可是心知肚明的，姑娘的母亲来学校找班主任更决定了我不会和姑娘分在一起。

古时恋人山盟海誓的一幕又在我和姑娘间上演。我们互相信誓旦旦表态绝不变心，参加工作后互相鼓励、各自努力，做出工作成绩后争取调到一起，但对今后走到一起的前途，却是一片迷茫。离别的晚上，小伙子送给姑娘的三寸照片后面写着："满腔的热血，像地球深处的岩浆，永远燃烧着！"眼泪和依依不舍，化作了生命拼搏的动力。

我和魏太明、温正烈、刘瑞金、冯树林、李道俊等六位同学被分到四川省交通厅公路第一工程处（简称"川交一处"）渠县凉滩航运枢纽闸坝工程工地，这个工程处就是我们在渠县风洞子闸坝工程教学实习的那个工程处。我和冯树林到第一工程队，魏太明、李道俊到第五工程队，温正烈和刘瑞金在处机关。姑娘和几个同学到省里的一个设计院。一批同学到武汉交通部第二航务工程局（简称二航或二航局），还有十几个同学到广州交通部第四航务工程局，部分同学分到省内各地的航道养护工程处。

我们进学校时，数学老师（当时的班主任）龙绍森老师在课堂上说："同学们，你们现在都在一个起跑线上开始学习，10年、20年后，你们有的跑到前面去了，取得了工作成绩；有的原地踏步，进步不大；有的不进反退，不但没有工作成绩，反而失败犯错误。希望你们都努力进步，跑到前面去，取得良好的工作成绩。”

离开重庆走上工作岗位时，外婆语重心长地告诫我：“你要保重好身体，出学校后不要抽烟，抽烟伤身体；不要喝酒，酗酒也不好；吃东西尽量清淡，不要暴饮暴食。”

外婆的教诲，成为我终身的座右铭。

中专毕业，我的人生新篇章就这样开始了。

第三章

渠江凉滩闸坝工程

渠江，也称渠河，是嘉陵江的一条支流，有两个源头，东源州河出自川、陕两省边界大巴山西南麓，北源巴河出自川、陕两省边界米仓山南麓，在渠县三汇镇汇合后称为渠江；流经渠县、广安、岳池、邻水等县境，在合川区钓鱼山下云门街道姚家沟村附近注入嘉陵江；全长720公里，流域面积4.05万平方公里，多年平均流量663立方米／秒。凉滩位于渠县与广安交界处，距广安城50公里，渠江在此处自北向东流在凉滩处转一个迂回向南奔去，绕成一个倒U形，落差大水流急，形成渠江上最湍急的险滩之一，凉滩闸坝就建在滩口上游的静水区。

1963年7月，酷暑难耐，刚从重庆河运学校（原重庆航务工程学校，1962年7月更名）水工建筑专业毕业的我、魏太明、李道俊、刘瑞金、冯树林、温正烈等六人，来到四川省公路局第一工程处报到。当时的处机关位于渠县凉滩闸坝工程工地，全工程处的五个工程队和处机关都在工地上承担凉滩闸坝工程施工。我们离开学校后先坐车到广安县，处机关干部处的何元林在车站接到我们，后搭乘工地的工程车到望溪口，再坐渡船过渠江，背着行李步行到处机关。处机关建在渠江西岸、船闸工地后面的第二层台地上，土墙茅草屋，四合院式的工棚，墙壁用石灰刷得雪白。往江边走的第一层台地上建有一片竹壁泥墙（竹编墙上抹草泥）的茅草屋工棚，就是第一工程队部。队部呈四合院样式，其两侧沿江建有一排排工棚，虽是泥墙草屋，却也整齐有序。

第一工程队驻地靠河边的一溜沙土坡地，便是船闸工地，船闸已现雏形，时值汛期，主体工程半停工，大部分人员都在山场采石备料。近300米长的砌石大坝分三段施工，两岸的两段坝体已砌出水面。浑浊的江水，涌过两段坝体间还未施工的53米江心段，形成近十米高的瀑布般落差，飞流直下，发出震耳欲聋的吼声，巨大的水流将下游房屋般大小的江底砂石岩盘整块整块掀起堆在江面上，形成乱石滩。

下行的木船最大载重32吨，是当时渠江此段最大的航船，满载着每麻袋150斤重的粮食，由6至8个船工驾驶，箭一般从大坝53米缺口处向下游“射”去。8个船工，6个在船的前面摇橹，1个喊号子，驾长在船后掌舵。船头在波峰浪谷间时而跃起，时而隐没，惊天动地的汹涌涛声中，几个船工齐声喊出的船工号子显得苍白无力，几分钟时间，木船涌过滩口进入静水区，算是有惊无险平安过滩。偶尔，一只木船因操作不慎，船头撞在冒在江心的巨石上，船体撞得粉碎，块块木板和袋袋粮食流向下游。这时，工程处的工人们马上出动机帆船和小木船到下游去救人、打捞粮食，场面十分惊险。我们到工地不久，就经历了木船撞巨石的惨烈场景，至今难忘。事故后的十来天，泡过水的大米和粮食会成为我们的主食，好处是一两粮票可买二两饭。修建凉滩闸坝的工地生活，开始了。

我和冯树林到第一工程队报到。1951年毕业于贵州大学、37岁的技术副队长张观寅工程师，是我参加工作后的第一个老师。张工处事严谨，为人和蔼可亲，对工作严格要求，他给我和冯树林安排的第一个工作是用平板仪测绘工地的平面布置图。这是我们毕业实习的内容之一，会者不慌，我掌仪器，冯树林和一个工人跑踏尺，三天时间，一幅千分之一比例的公路第一工程处驻地的平面布置图就完成了。张工很满意，我们的“上岗”考试算是合格了。

我和冯树林分别到坝区下游的两个采石场工作，我到离坝区三公里的兰子溪采石场，冯树林去下游的石盘沱。

兰子溪是凉滩激流下面的一个静水沱，两岸山势陡峭，沱水有将近20米深。洪水以后，此处蓝天碧水，林木繁茂，郁郁葱葱，景色如画。兰子溪是由北岸山沟注入渠江的一条小溪。工棚建在北岸洪水淹不到的小台地上，兰子溪工点有6个作业工班、炊事班、施技组（现在一般叫工程处）、机料组等工作岗，共十来个管理人员。4个工班负责采石，2个工班承担运输。

进入兰子溪沟里，两边不长的斜坡上，突兀直立着长排完整的巨块砂岩，这是理想的采石场。4个工班分别在沟两边岩石上开有几个采石堂口，堂口里，对于下面有悬空面的大孤石，级别低的开山工按高级开山工或工长（采石工长是最高级别的石工，一般都在五级石工以上）画出的线，先在岩石的后面用钢錾手锤，依次开出长约50厘米、深约30厘米、间隔约1米的一排深槽，槽里塞进直径5厘米左右的钢楔，级别高的石工不紧不慢，嘴里唱着抑扬高亢的采石号子，双臂将32磅重的大锤举过身后，大锤上那弹性很好的檀木树条把手随势弯成弧线，随着号子声的结束，大锤沉闷地砸在钢楔上。号子声此起彼伏，钢锤声一阵一阵，慢慢地，一块一二十米见方的巨石依托的山体出现了裂纹，随着号子声，裂纹越来越大，采石工们再用几根长钢钎伸入一撬，巨石毛料离开山体轰然倒下，翻在山沟的斜坡上。破料组的石工们分组上去，用同样方法将巨大的毛料分成两人或四人能抬动的块料。清料组的石工根据块料的形状将石料加工成细条石、粗条石、方正块石、片石，按品类抬运到场外堆场分别堆码。加工料石的錾子声满山叮叮当当，配合着此起彼伏的号子声，山沟里响彻着热火朝天的采石交响乐。运输组的工人们从各个堆场将加工好的石料分类抬运到码头装上木船，拉船到闸坝下的码头，再卸船抬运到指定堆场堆码，采石场的工作流程才算完成。

我和施技组的六个人住在一间约20平方米的工棚里，人们在沙土里打进4根木桩，前后两根木桩上钉上一根木条，搁上几块80厘米宽、三四厘米厚、两米长的木板，就是睡觉的床。两张床拼在一起，中间用一块小木板把两床隔开，相对的两张床前就有了60至80厘米的空间。江边蚊子多，大家就在床柱上用小铁丝绑四根小竹竿挂蚊帐。室内的沙土地面潮湿不堪，大家就在床下放几块石头，石头上摆自己的小箱子，箱子里装着自己的全部家当。施技组组长简国梁、技术员李録锌、助理技术员韦日宝、两个工长曾子贵和黄文彬（五级石工）加上我住在这间工棚里。除了我是刚出学校的毛小伙，工长们都是20世纪50年代初参加建设川藏公路的，从事公路建设有十多个年头了。李録锌是1961年成都工学院桥梁建筑专业毕业的本科生，比我大四岁多，后来我都叫他録子兄；韦日宝是工程兵转业；简国梁从1948年参加公路建设，当测工。他们最大的比我大16岁，是我的老前辈，我是个新学徒。想起舅舅讲他16岁进电厂如何从当学徒开始，最后干到轮机长的经过，于是我下决心从当学徒开始好好工作。

夏天，工地早上7点上班，我5点多就起床了，到炊事班提回两桶热水放到工棚里等大家起床后洗热水脸，马上又拿起扫帚将室内外扫得干干净净，再将工棚里的四五个热水瓶提去装满开水，又到另一间办公室工棚里将地面扫干净，收拾桌面（就是钉的几块桌面高的木板），再去炊事班吃早饭，这种生活节奏到搬到队部工作为止。

我的工作是每天跟随师姐张正全到山场收石料。张正全毕业于重庆公路工程学校路桥专业，早我一年到凉滩闸坝工地，比我大两岁多。我提着装满石灰水的桶，拿着木棍，木棍上用小铁丝绑着两排毛笔。张正全拿着一根4厘米见方、长1.5米、上面有刻度的木方尺和笔记本，带着我每天在山场的堂口转悠，检测成品石料的尺寸是否合格，测量成品石料的长宽高。张正全负责测量和记录，验收合格的石料我就用石灰水画上一个“○”，不合格的就画上一个“×”，返工合格后再收方计量，只有验收合格的石料，工人们才能抬运到堆场堆码。那时闸坝工地实行超产计件奖励，工人按人头完成工班每天的生产任务，只能拿到定级工资，再按超额完成工作量的多少给予提成奖励，每月25日结算一次。现场收方员和生产工人间因石料合格与不合格、石料尺寸长与短，发生争执是经常的事。我每天在工地上要验收几百块石料，晚上回来先用算盘把每块石料的体积算出来，再和每个工班的计量员核对（收方时，每个工班有计量员跟随记录），双方核对无误后再填入每个工班的生产日报表，收方员和计量员双方签字再由施技组组长签字生效。这些看来很简单的事，可有不小的工作量，我刚到工地不会使用算盘，难为张师姐每天忙到半夜。

学会用算盘是当务之急。每天晚上，张师姐用算盘计算每天验收的石料方量时，我就在一边默默地学习珠算。我从材料会计周绍怀那里学来珠算口诀，由珠算的加法开始刻苦学习，不长时间，基本学会了，和张师姐分别计算不同工班每天完成的方量（体积），工效提高了一倍。另外，我改进了收方尺，我们也不必再熬夜计算每天完成的石料方量了。工地上用木尺测量每块石料的长宽高，回来再计算石料方量的方法既累又笨。我将四方的收方尺改成八方尺，尺的每面标注一个石料的规格，如30×30厘米、35×35厘米、40×40厘米、30×35厘米、35×40厘米等，基本包含了工地石料的全部规格，尺的长度刻度则标注的是这种规格石料在这个长度的体积；验收时只要测量清楚石料的断面规格，用收方尺上这个规格的一面量出石料长度，石料的体积在尺的刻度上可立即查到，工地上收方时就直接完成计算石方量的工作，晚上回来只用算盘做加法将几百块石料方量加起来，一天的产量不到一小时就统计完了。开始有的工班计量员不相信，继续按老方法记录，下班后计算好再和我们核对，几天后，他们便相信我们收方的数据，不自找麻烦了。在工地上收方时，我和张师姐的位置也颠倒过来，变成了她提石灰桶画圈，我拿收方尺和笔记本验收，晚上回来我成了计算主力，一小时内完成方量计算，再不用熬夜。

我的工作赢得了大家好评。工人开朗直率，技术人员和工长和蔼可亲，大家都诚挚相处，感受不到对家庭出身不好的人的歧视。我成天想着如何把工作干好，在紧张快乐的工地生活中，身体壮实了。

20世纪60年代初建设的凉滩闸坝工程，十几万立方米庞大的石砌坞工，只有几辆5吨重的道奇和解放牌汽车负责外地材料运输，砂石料的场外运输主要是靠木船水运，除了少量抽水机、发电机、空压机，工程施工全部采用人工作业，劳动力奇缺。

1963年下半年，三年困难时期刚过去，工业生产处于不景气状态，大量工人从省内各地调到渠江工程工地。凉滩闸坝工程一下增加了好几百名工人，我所在的第一工程队增加了一百多人，兰子溪工点还增加了一个女工班和两个普工班，队部也增加了一个女工班和几个普工班，其他工程队同样也增加了好几个工班。随同来的管理人员不少，但技术人员却很少。增加的人员主要来自省交通系统的几个汽车运输队、汽车修理厂，重庆地区天府、中梁山几大煤矿，以及省公路系统的各地区养路段。年龄最小的十几岁，最大的五十多岁，年轻人居多，女工大多是年轻姑娘。汛期快过去，闸坝的主体工程船闸箱墙石料安砌、坝体石料安砌、53米缺口段坝体围堰挖基施工即将全面展开。

李禄锌和我负责管理船运石料。抬工班由兰子溪码头将石料抬运上木船，拉纤将船逆流拖到船闸的下闸口，石料卸船用丢包（接力抬运）方法抬运到百米外的闸墙安砌堂口堆放，每天五六只船来回运输。我和李禄锌分别负责每船石料的收方计量，指挥卸船石料的堆放地。抬工班的工人有天府煤矿和养路段来的工班，也有起重工班（大多是川藏公路下来的桥工处老工人），一船石料百十来块，10至15个人负责一只木船，一个人专门在船上给石料挂抬绳，然后再两个人一组，接力将石料从船上起坡运到船下。抬工是力气活，一根抬杠的两人由个子高矮相当搭配，一般不会更改，缺一个人就少一副抬杠，每站的运输距离就得增加。抬工班多是天府煤矿和养路段来的青年工人，天天干重体力活，劳累使他们脾气暴躁，稍不如意就吵闹骂人，时有个别人装病不抬运，卸船的丢包抬运就得瘫痪——抬工班是最难管理的工班。

要管好抬工班先要学会抬石头。我和李禄锌下决心学会抬石头，我们先从抬水泥开始，一包水泥50公斤，由于不会喊号子，不会走抬工脚步，两个人抬起摇摇晃晃，迈不开步子。抬石头是技术活，各地方法不一样，凉滩工地抬石头采用的是重庆地区的抬法，加上改进提高了技术，形成了桥梁工地独有的方法，可以说是那时最先进的抬石头方法。首先是选杠子和系抬绳，抬杠长度1.5米，一般选用中间段粗，两段稍细的松木，轻而结实。麻绳用直径2厘米左右的亚麻绳，一端有个绳环，另一端没有。关键是根据石料的大小和人的高矮在圆环上拴的那个活动绳结，抬起石头越结越紧，长短收放自如，不练习几天是结不好的。两个人抬一条石头时，用撬棍将石头撬起，从石头中间挂上抬绳，收好抬绳高低，两人抬起就走，长的石头4个人抬，石头两端各挂上一根抬绳，两根杠子穿进去，4个人抬起走，这种抬法抬起和落地都十分方便。抬石头还要会喊号子，号子是抬石头的指挥号令，一长声“哟……”石头抬起离开地面。号子声由长到短，抬石人的脚步整齐划一，由慢到快，“哟、哟、哟”飞快向前行走，“哟，抬头望也！”这是通知对方准备上坡了，“哟，上坡上也！”大家配合上坡了，“天上明晃晃也，地上水凼凼也”这是大家过坑或坎的号子，一长声“哟……将心……落得”石头平稳落地。抬工号子是优美的抬工音乐。

经过努力，我和李録锌很快学会了抬石头技术，三四个月的时间过去了，我们两人能抬起40×40×100厘米的条石（400公斤重）了。工人们和我们亲热了，不再计较收方尺寸的长短，我们经常帮他们抬一两个小时甚至半天，抬工班变得好管理了。我们的颈椎处也和抬工一样被杠子磨起了肉包，几天不抬石头就会发痒，工地上叫抬石头为“压款款”，工人们给我和李録锌起了外号叫“小款款”和“大款款”。在全工地的一次表彰大会上，张振德处长在讲话中提到这两个外号，表扬这是技术人员与工人结合的典范。这两个外号很快传遍全工地，从此伴随我走过了30多年的岁月，直到大多数凉滩时期的工人退休。

李録锌1.75米高的个子，开朗热情，活泼好动，多才多艺，篮球技术很好，唱歌水平高超，吹笛子水平专业，是篮球运动和文艺表演不可多得的人才。此外，他还特别会打理个人生活，织毛线、缝补衣服的针线活不输女同志，衣服洗得干干净净，着装得体。工地生活枯燥单调，十分辛苦，工程处和工程队领导十分重视工地篮球运动，组织了有准专业水平的工程处篮球队，工程队间也有篮球队开展联赛。工程处的男女球队时常参加地区、县、区等组织的篮球赛，经常捧回冠军或亚军锦旗，李録锌是主力前锋。工地经常组织文艺演出，来了一批城市姑娘和小伙子后，各工程队文艺人才济济，周末在处机关院子和一队队部院子，轮流举办交谊舞会，节日都有文艺会演。一边是热火朝天的工程施工，周末晚上则是欢声笑语的舞会或演出，加上时常的篮球比赛，工地生活丰富多彩。我的乐器（三弦）和録子兄的笛子、黄增盛（重庆汽车运输公司来的青年统计员）的二胡、周德先（重庆运输公司来的，工程一队工会工作人员）的扬琴等民乐合奏大受欢迎，是每次文艺表演的主打节目之一。

共同的爱好和搭档工作，使我和李録锌形影不离。録子兄像亲兄长一样待我，帮我洗衣服、补衣服，处处关心我。我像跟屁虫一样跟着他，上班向他学习工程管理知识，下班参加文娱和体育活动，紧张的工地生活充满快乐。

转眼之间，冬季施工开始，凉滩闸坝工程迎来了水下施工的黄金季节，53米大坝的围堰施工开始了，围堰一旦成功，渠江将被拦往坝两端已建成的泄水槽（将拦水闸门提起）流向下游。第一工程队负责53米坝上游围堰施工：先在江中设计的围堰轴线上抛填大石块，大石块外面抛填直径8至12厘米的碎石（反滤层），反滤层外面抛填黏土隔水层，一船船的大块石、碎石和黏土，按抛填顺序昼夜不停运往江心抛卸。围堰工程采用两大班作业，每班12小时。整个围堰施工期间，李禄锌和我都是夜班值班管理，我负责每船石料收方计量，李禄锌负责抛填质量管理，晚上8点工作到第二天早上8点，而工人的两班工作时间是下午4点到早上4点。工人的交接班时间和管理人员的交接班时间错开，避免工地因交接班时缺乏管理造成混乱。数九寒天，长期值夜班，血气方刚的李禄锌和我，丝毫不感到累，每天下班后只睡四五个小时，下午照样打篮球、练乐器合奏。

1963年冬我和李禄锌（右）在凉滩闸坝工地

1964年的除夕夜，53米闸坝的围堰施工热火朝天地进行，围堰口抛填的大石块已合龙，渠江水被拦向两边泄水槽流出，正全力抛填碎石反滤层，合龙段江面的流速逐渐变为静水区。岸坡上，工程一队队部的四合院里热闹非凡，大喇叭里播放着侯宝林、郭启儒的相声，除夕联欢的舞会正在进行，人们欢声笑语度除夕。江面上，灯光昏暗，一船一船的围堰反滤层碎石料从上游运来，值夜班的録子兄在围堰上指挥抛掷碎石位置，我从这船跳到那船，忙碌着逐船收方。朔风呼呼，冷气袭人，紧张的工作使我们忘记了隆冬的寒冷，不知收完第几船石料，我正从刚收完方的这船往下一船跳的时候，对方的船突然撑开，“咕咚……”我一下便跨到渠江里了。少年时在长江练就的好水性帮了我的大忙，我没有喝水也没有下沉，很快从水里冒出来在江面踩起水来了，船工们向我伸出篙杆，几个人把我拉上船来。在水里还不觉得冷，上船后寒风一吹，浑身湿透的身子哪抵挡得住，上下牙冷得咯咯打颤。録子兄急忙把我送回队部，参加工作不久的穷学生哪来棉衣更换呀，施技组组长简国梁拿来了他的毛衣，党支部书记彭济渊拿来了他的棉衣，彭书记叫我不要上班了，在房间里休息。彭书记的话像一股暖流，让我的身子马上暖烘烘的，我说：“没事！”换好衣裤马上又跑到工地照样上船收方了，除夕夜渠江上的寒冷被领导的关怀驱散，我浑身充满工作的快乐和激情。

人就是这么奇怪，在充满团结友爱、大家庭般的环境里工作，尽管环境十分艰苦，每天12小时夜班跟班作业，且全是重体力劳动，却感到什么都那么美好，丝毫不累。

昼夜作业，围堰成功了。那是上午，我不值班，快到中午吃饭的时候，我正在办公室里整理工程日报表，技术负责人（相当于现在的项目总工程师）张观寅工程师走进来对我说：“小李，你去围堰上游把堰前水深测量一下。”我回答：“下班前测量过，大约五米一……”没等我说完，张工发火了：“到底是五米一或是五米一多少，五米一就是五米一，五米一二就是五米一二，技术人员没有‘大约’，快去重测！”张工的话震撼了我，技术人员必须严谨。我回答一声“是”后，立即跑上围堰重测。张工比我大16岁，是我的第一个师父，张工的教诲我终身铭记，技术人员必须工作严谨、一丝不苟。

抽水挖基速度很快，53米合龙段砌石大坝基础很快砌出水面，第一工程队安砌堂口技术员分两组值班，由我和工长曾子贵负责值一班，锬子兄和工长黄文彬负责值另一班。除了配合测量组放样，值班技术员的职责是和工长配合，调度本班劳动力和技工搭配，管理工程质量、工程施工安全、收方计量……现场技术人员那时通称施工员，跟班、值班除了以上工作，很重要的工作是参加班组劳动，和工人结合，在劳动中改造自己。紧张的水下施工季节，工人8小时一班，而技术人员是12小时大班，24小时两班倒。一两个月下来，开始还跟班劳动，每天要抬石两三个小时，几天后累得站着都想睡觉，哪有时间再跟班劳动？

转眼到了3月，当大坝料石安砌出水面进入正常的两班作业后，船闸基底石方清理处于水下部分尚未完成。为了在汛期前完成主体工程，实现船闸通航，闸箱两端筑有子堰抽出闸箱底的渗水，爆破清除船闸基底高出设计标高的石方，施工24小时昼夜进行。我和锬子兄被安排一人负责12小时值班。春寒料峭，寒气袭人，天快亮时更是如此，不活动身子就会冷得够呛，偏偏在这时，闸箱内阻拦渠江水进入基坑的子堰漏了，子堰和闸箱底的接合部，一个直径半米左右的旋涡深深地伸向堰底，如不及时处理，围堰会被掏空，江水会注进堰内淹没基坑。来不及思考，我一下跳进近5米深的堰前江水里，工人们将黄泥草袋扔到水面，我抓住黄泥草袋，一次次钻进水底堵塞围堰漏洞。天快亮时，水面的旋涡消失了，当我钻出水面扶着闸箱壁准备爬上岸时，一双温暖的手把我拉出了水面，彭济渊书记站在我面前，脱下他的棉衣披到我身上，德高望重的工程处主任工程师胡振先紧挨在他旁边望着我亲切微笑，我不知该说什么，眼眶却湿润了。

闸坝和闸箱安砌工程都出了水面，进入正常每班8小时、每日两班作业。大坝两边泄水槽的插板大开，渠江水被乖乖地引进了泄水槽下泄，泄水槽里激浪汹涌，泄下的江水惊涛拍岸，几斤重到十几斤重的一条条的鲤鱼、青波（渠江里的一种野生鱼）时时由浪中冲起，从浪尖飞向下游。大坝下的消力坎里，水深一米左右，挤满了各种渠江鱼类。那时的渠江鱼多不胜数，江边时有渔民卖鱼，两毛左右一斤。

又是一个清晨，53米大坝坞工料石安砌紧张进行。夜来桃花水涨势凶猛，停靠在江边供夜班施工照明的备用电源发电机船的系缆石被水冲翻，发电机船如脱缰的马摇摇晃晃向江心漂去，一旦进入激流，工地上唯一备用的发电机船将会在满布巨石的激浪中撞得粉碎。刚吃完早饭回到江边的殷驾长大声呼喊“快救发电船”，刚到工地上班的我和几个青年工人闻声立即赶到江边，顾不得浪高流急和个人安危，几个人扑进江里，游到漂出十几米的船边，费尽九牛二虎之力将船拉回岸边，保住了那年月少有的重要施工设备。第二天早上，全工地广播喇叭响起了工程处党委关于授予我等九人为“爱护国家财产标兵”的通知……做了力所能及事却得到这么高的荣誉，真是意料不到，艰苦的工地生活让我充满激情。

为了在汛期前完成闸墙安砌，第一工程队和第二工程队展开了对手赛。我所在的第一工程队负责下游闸墙安砌，第二工程队负责上游闸墙安砌，料石供不应求，谁抢运得多谁就可能获胜，100多米长的闸箱边都是料石堆场。下午4点，我带两个抬工班抬运料石到下游的闸箱安砌堂口堆码，第二工程队技术员刘炳坤也带第二工程队的两个抬工班抬运料石到上游的闸箱安砌堂口堆码。看了闸箱全部石料堆场后，受田忌赛马故事的启发，我安排工人由闸箱中线以上约30米的地方开始，由料场的远处往近抬运石料，而刘炳坤安排第二工程队的抬工按部就班，由近到远抬运石料。开始，我们的抬运速度较慢，落后于第二工程队，时间一长，我们运石料的距离越来越短、速度越来越快，而第二工程队抬运石料的距离却越来越长、速度越来越慢，下半夜后，闸箱中线以上的料石已经抬光了，而闸箱中线以下的料石基本未动，第二工程队的抬工不得不到我们下游来往上游闸头抬运料石，抬运距离是我们的三倍……对手赛我们赢了。第二工程队负责抬工班的刘炳坤是禄子兄的同班同学，输了不服气，跑到工程处主任工程师胡振先那里“告状”，胡总指着我笑着说：“你这小子会要机灵。”

全工程处4月底召开劳动模范和先进个人表彰大会，我被评为全工程处先进生产者，除了一纸奖状，还有一件印有“先进生产者奖”的短袖罗汉衫，这是我平生得的第一个物质奖励，以后的连续两年至“文革”开始停止评先进，我每年都得了一件印有“先进生产者奖”的罗汉衫。1964年得的第一件罗汉衫至今保存良好，以后得的罗汉衫早已不知到哪里去了。

渠江工程是三年困难时期四川省内少有在建的大型航运枢纽工程，是省内的重点工程，各级领导都很重视。工地生活充实快乐，紧张工作之余，文娱生活丰富，工程处节假日定期组织文娱会演、篮球比赛，还经常请各区县乃至地区一级的剧团或文工团来工地慰问演出。记得那是抢53米大坝围堰期间，我和録子兄早上8点夜班下班后，顾不得睡觉，坐船过渠江步行十几里路去望溪场迎接来工地慰问演出的南充地区文工团，该团演出水平较高，在全国会演时拿过奖。他们到工地演出是轰动全工地的大事，工程处工会人员邀请録子兄和我跟他们一起到望溪场汽车迎接。30多个文工团员个个是帅哥靓女，气质不凡，在工地给白班和夜班工人分别演出几场，我们的乐器演奏和优秀的歌唱节目也配合同台演出，演出效果很好。文工团的负责人看中了我，私下问我愿不愿意跟他们一起走，到南充文工团工作。那年月，工地技术人员稀罕，当然，彭济渊书记首先就不同意我去文工团。

参加工作的第一年，我是实习生，中专毕业生每月工资28.5元人民币，和一级工的工资一样。工人通过勤奋劳动，每月可以挣几元到十几元超产计件奖，而技术人员是没有奖金的。每月的28.5元工资，我雷打不动地寄给母亲10元，剩余18.5元是我的生活费，食堂吃饭要花掉七八元，剩余的10元就用于添置衣物和零花，足够了，但每月基本上都会花光。

22岁的大小伙子，和工地上新来的省内各运输公司及重庆天府、中梁山煤矿的少男少女一样，到了谈婚论嫁的年龄，紧张艰苦的重体力劳作掩不住青春的萌动。技术人员是工地的香饽饽，尤其是像我和録子兄这样表现出色的青年技术人员，自然成了运输公司来的美少女关注的重点。与我同住一屋的工长樊子良，40岁左右，个子高大，英武帅气，看见他会自然想到关云长的样子。他是个心地善良、为人豪爽的汉子，爱助人为乐，特别喜欢我，关心我的个人问题，主动给我介绍重庆运输公司来的美女小罗和我谈朋友。可是，工作之余，我想到的是几百公里外设计院的她，毕业后的两三个月一直没有她的消息，写了两三封信也没有回音。我在工地上忘我工作快一年了，得到各方面的好评，哪有时间和心思在工地上谈女朋友。樊工长的关心让我不好正面回绝，常常是小罗姑娘刚跨进房间找樊工长聊天，我马上借故离开。几次以后，樊工长看我没那意思，也就淡了。

到工地上三个月后，姑娘来信了，当时我还在兰子溪料石开采工地。我激动地捧着厚厚的信封跑到渠江边人迹罕见的草丛里，打开信封，密密麻麻的五页大号表格纸，写满了熟悉的蝇头小字，足有四五千字，我的手开始抖起来，泪眼模糊。姑娘诉说她的思念，诉说母亲不让她和我往来，诉说她内心的痛苦，诉说她的工作……姑娘满怀深情要我发奋努力，要我严格要求自己，要努力进步，给自己争气，一定要当总工程师。姑娘坚信我能努力当上总工程师（当时总工程师是技术人员的追求），她坚信我一定可以。姑娘的信是周末写的，为写这封信她考虑了好久，在办公室写了一个通宵，满纸泪痕……我的心在颤抖，眼泪无声地往下淌。水平如镜的渠江，水面上偶尔有几斤重的鲤鱼跃起，腾起一片涟漪，草丛里的水鸟不时飞起，掠过水面叼起小鱼，四周荒无人烟，此情此景，我心里五味杂陈。姑娘的深情和家庭、社会压力的无奈，震撼着我的心灵。家庭出身不好，使我的人生道路举步维艰，纯真的爱情，充满前途未卜的痛苦。

姑娘信中传递的深情激励着我，成为我人生拼搏的动力。

大坝安砌全部完成，闸箱安砌已近尾声，技术难度最高的船闸上下钢闸门安装，经过调集全省技术力量多次攻关，也已安装结束。工程建成，施工队伍就得转场到新的工地，这是我们流动施工单位的特点。先是第四、五工程队调离四川，成建制编入新成立总部在西安的交通部第四公路工程局，负责西北地区的公路建设工程。负责一半主体工程施工的第二工程队也从对岸调离，到甘孜州负责川藏公路建桥。四川交通厅公路第一工程处机关也陆续搬回成都，工地上留下第一工程队负责未完工程收尾。原来第二工程队队部的南岸工地变成一个工点，由我和康工长过去负责施技组工作。

早上，我和工人们一道走过大坝到北岸船闸安砌收尾工点上班，此时，大坝两边泻流孔的钢筋混凝土插板已关闭了多半，大坝上游成了平静的人工湖，渠江航运在此处已断航，上下游船运的货物须在此翻坝：翻坝工人将上游船上的货物运到下游船上，再将下游船上的货物运到上游装船，交换后再运到上下游的目的地，相当麻烦，大家都盼望船闸早日建成通航船只，货物不再翻坝。

初夏时节，江水开始泛黄，十几米高的大坝下的消力坎里却是一泓清水，挤满了各种野生鱼类，人们下不去，也够不着，看得人心痒痒的。大坝两端泄水孔倾泻的渠江水中，不时凌空飞起一条大鱼，我们站在泄水墩上伸出三四米长、平时用在激流上舀鱼的舀子，接住激流中飞起的鱼，美餐一顿。泄水墩两边激流汹涌，浪涛飞溅，站在上面舀鱼十分危险，为保证人员安全，队部下令严禁在泄水墩上舀鱼。这天快中午时分，工人都在上班，大坝上无人通行，我和施技组组长简国梁从南岸工地通过大坝往北岸走，泄水墩上，机动船的殷驾长正一个人悄悄地用舀子在接飞起来的鱼（全工地那时只有机动船上有鱼舀子），见到简组长和我，惊慌得不知说什么，简组长不慌不忙地说："殷驾长，你注意安全，给我们也接两条。"几分钟时间，3条共10多斤重的青波鱼就装到我脱下来的衣服里，简组长叫我立即送到食堂。中午，施技组十几个成员一顿美餐。事后，党支部干事高金山要追查此事，准备通报批评，彭济渊书记知道后对高干事说："管那么多干啥。"但他在事后还是批评了我们。

几十年过去了，彭书记的音容笑貌仍历历在目，他最喜欢勤奋工作和能力突出的人，尤其是青年人，特别喜欢铄子兄和我。此外，彭书记喜欢的青年人还有施技组副组长李四元。李四元，威远人，1960年毕业于成都工学院桥隧建筑专业，比我大五岁，个子不高，方头大耳，两眉正中一道疤痕，活像封神榜里二郎神杨戬那只闭着的天眼，显出格外的睿智。以后的几十年里，我一直以四元老兄相称。四元老兄是我事业上的兄长和领路人，30年后，我也成为他的副手和好搭档。那时的四元老兄只有20多岁，工作的时候言语不多，善于思考，专门负责全工程技术难度最大的船闸上下钢闸门加工、安装。一扇二十多米高、十几米宽的下钢闸门，加工和安装误差不能超过两毫米，那年月，难度可以想象。没有吊车，用扒杆吊起钢件，现场焊接组拼，仅控制钢闸门焊接变形一项就费了九牛二虎之力，全省留学欧美的土建工程专家面面相觑，无计可施。实践出真知，我们请来重庆唐家沱造船厂的七级焊工到现场解决了问题，他凭经验东焊一条焊缝，西焊一条焊缝（按现在的说法就是控制好钢材焊接变形的热效应），钢闸门的安装质量完全满足设计要求，而这一切的现场测量放样、尺寸检测和具体工作安排，由四元老兄主持完成。

四元老兄是青年技术人员的榜样。一次我俩一起抬石头上跳板，由于他个子比我小，平时没有我和録子兄抬石头的时候多，身子不稳一下摔落到跳板下，所幸我稳住了料石，两人都没有受伤。四元老兄在生活中平易近人，才思敏捷，喜欢开玩笑，録子兄笛子吹得很好，四元老兄笑他吹“虫打眼”（意思是虫蛀的眼孔）竹子筒筒儿，逗得大家哈哈大笑。四元老兄在施技组里有很高的凝聚力，十几个人的施技组，在德高望重的组长简国梁和副组长四元老兄领导下，团结友爱，和谐快乐，工作效率高，年年被评为先进集体。

重庆天府、中梁山煤矿来的工人，每个工程队有2至3个工班，约70至90人。一部分下井的工人，在煤矿时每月粮食定量45至56斤，收入高于凉滩工地，劳动强度可能还没有凉滩工地辛苦，接他们到工地来的工作人员对他们承诺的工地生活和工地待遇可能与到工地后的实际生活情况差距较大，一部分煤矿工人便私下组织起来上访。工程队的主要职责是负责工程施工，面对部分人的上访不知所措。党支部组织党员、团员、积极分子开会，说是阶级斗争的新动向，对这些人的骨干进行监控、跟踪，每天向支部保卫干事汇报。我和録子兄都是积极分子，也被召去开了几次会，于是，我知道工地也存在阶级斗争。二工程队告状的头叫殷贤良，一工程队的头叫周树森，好像上访人中的一两个骨干后来被送去劳教了，事情得以逐渐平息。1964年，“四清”运动正在国内展开，我们渠江闸坝工程施工单位，夜以继日紧张施工，力争汛期前完成主体工程实现船闸通航，受运动影响较小。部分煤矿来的工人上访告状风波，也许算是“四清”运动在我们这样的工程单位的一个实践。

凉滩闸坝如期建成了，7月中旬开始试通航，闸坝上下游的货运大木船，再也没有货物翻坝之苦。上水船依次进入船闸，关闭下闸门后箱内注水至上游水位齐平，打开上闸门，船只驶向上游；下行船只再由上游驶入船闸，关闭上闸门，打开泄水孔放水至水位和下游江面齐平，再打开下闸门，船只向下游驶出。两三个小时上下游可轮回一次，闸箱内每次可容纳十多艘大木船，船只平稳安全，从容通过，从此船过凉滩再无惊险，船民和两岸民众为渠江航运枢纽的建成欢呼雀跃，盼望正式通航的到来。我们也兴奋地抓紧收尾工程，都想尽快离开这四面不挨村的地方。

试通航快半月了，一连几天的暴雨降临渠江沿岸的达县、渠县和广安地区，江水猛涨。那是一个雷雨交加的暴风雨夜晚，半夜时分，随着一声惊雷，传来山崩地裂的巨响。我们被巨响惊醒，恐惧中生怕出什么事，但雷雨交加，黑灯瞎火，让人无法出门察看。

第二天早上雨小了，我和工人们准备出门下坡过坝到北岸上班，一推开门我们就傻眼了，浑浊的渠江上哪里还有船闸？建好的船闸处，江水滔滔，船闸垮了，上千人三年多辛苦建成的船闸变成了一堆乱石。我们这群闸坝的建设者，坐在驻地通向大坝的山坡上号啕大哭……

几个月后，这一重大工程事故的原因找出来了，为了抢工程进度，二十多米高的闸墙背面的回填土的“安息角”（土层自然稳定时，坡度和地面的夹角）过小，超过了设计假定值，在水的浸泡下，“安息角”更小了，产生的强大土压力挤垮了闸墙，造成闸箱垮塌的重大工程事故。此时我们已搬迁到长寿县的桥梁工地，也没听说追查过什么人的责任和处分过什么人，事故不了了之。艰辛的凉滩岁月，就此打住。

补记

1964年凉滩船闸只是岸侧闸墙因墙后回填土不合格垮塌，其他部位建筑质量并无问题，一两个枯水期即可全部修复。凉滩船闸约在20世纪60年代中期正式通航，迄今已运行50多年。

第二章

长寿建桥和乐山青衣江大桥工程

1964年夏天，渠江凉滩闸坝在建成试通航十来天后，船闸被洪水冲垮，两三千人几年的心血化为泡影。此时，国家三年困难时期刚过去，发展经济提上议事日程，公路建设是经济发展的先锋。我所在的四川省公路局第一工程处本来是修建川藏公路的桥梁工程处，在我们完成渠江凉滩闸坝工程后，该处也回归本行，建设四川省的公路桥梁。老的第四工程队和第五工程队整建制调到西北新成立的交通部第四公路工程局，承担西北地区的公路桥梁建设任务。第一、二、三工程队各抽出一部分人，组建新的第四、第五工程队填补调走的建制。

第二工程队进甘孜州的雅江县修建川藏公路上的雅江桥，第三工程队在什邡县境内，第五工程队在广元境内，承担新建或改建国、省道上的中小桥梁。

第一工程队调进新成立的渡口市（今攀枝花市），新建连接渡口市雅砻江两岸的悬索桥，主跨179.19米双车道，对于我国在1964年的建桥水平来说，那可是高难技术的特大跨桥梁。那时，渡口是我国新开发的钒钛铁矿基地，当地的好些工程都属高度保密的工程，对参建人员尤其是技术人员的政审非常严格。我因家庭出身不好通不过政治审查，分到了新组建的第四工程队，錂子兄也到了第四工程队，同班同学冯树林（家庭出身贫农）留在第一工程队进渡口工地。凉滩工地的工长曾子贵、樊子良、黄文彬都提升为工程队副队长，曾子贵到第二工程队，樊子良、黄文彬仍在第一工程队进渡口。

第四工程队的支部书记李锡时（1938年参加革命的南下干部），队长徐洪海、副队长王海瑚，都是省运输公司来的南下干部。徐洪海来自涪陵汽车运输公司，1943年（17岁）参加的新四军；王海瑚是解放的（国民党军队投诚过来的）南下干部，来自雅安汽车运输公司，徐、王来川交一处前在运输公司都是汽车运输队队长。分到第四工程队的干部还有支部副书记高金山（凉滩闸坝工程时期第一工程队支部组织干事），副队长陈立行（新中国成立前是地下党员），技术副队长简国梁，工长提拔起来的副队长周汉江（六级木工，木工工长），施技组组长韦日宝，我的同班同学温正烈也由处机关分到第四工程队。其他还有由养路段调来的技术人员边春怀（工程师）、叶登文、周松寿，第四工程队施技组还有刘玉龙（实验员、测工）、黄增盛（统计员）等。

第四工程队的任务是改建重庆到长寿公路上的梅溪桥和新建长寿县下河街的长寿桥。

梅溪桥跨越重庆到长寿公路的梅溪河，原桥是新中国成立前建的四跨15米木桁架梁桥，下部为石砌桥墩，木桥面已腐朽，单车道通行。那年月虽然车流量很少，最大荷载通行5吨汽车（荷载等级汽-10），通车安全隐患很大。改建工程的主要工作内容是更换上部的木桁架梁为混凝土T形梁。施工次序是先在梅溪河上安装的木笼里抛填大卵石形成临时桥墩，桥墩上架贝雷梁，铺木桥面板，单车道通行汽车临时便桥，临时改道公路，再人工拆除木桁架梁桥面系，加固砌石的旧桥墩基础，改造旧桥墩台帽，预制15米钢筋混凝土T形梁和人行道构件，采用无支架缆索吊装T形梁，安装桥面系构件，浇筑桥面混凝土，完成梅溪桥改建任务，施工工期8个月。

在此之前，四川建造的最大跨钢筋混凝土桥是1954年在苏联专家指导下建成的羌江大桥，主跨50米钢筋混凝土双悬臂梁桥，桥宽10米（2×1.5+7），满堂架现浇，仅现浇混凝土梁就用了上千立方米木料，50米跨主孔的两双悬臂梁间有31米长的钢钣挂梁。1960年建成多跨20米T形梁，新津南河桥和1、2、3号桥，投入了桥梁工程处全部力量。

1964年以后，闸坝工程下来的各工程队各自为战，分赴省内各地新建或改建公路桥梁，多为跨度不超过20米的混凝土T形梁桥或30至40米跨石拱桥。

那时四川省内公路的等级一般都是四级或五级，全是泥结碎石路面，坡陡弯急，多为单车道，间隔一定距离加宽路面错车，每小时行车速度不到20公里。如果说20世纪60年代开始成批建造钢筋混凝土桥梁是四川现代桥梁建设的起步，我则是早期桥梁建设的亲历者。现在从事桥梁建设的员工多数不知道那时修建钢筋混凝土桥梁有多难。

梅溪桥改建工程，没有吊车，没有混凝土拌和机，没有混凝土振捣器，仅有的设备是几台皮带轮带动的卷扬机，手摇绞车（那时叫绞关），发电机功率不超过50千瓦。桥要怎么改建？15米跨的T形梁，现在只要少量的农民工队伍即可完成，那时的T形梁是这样预制的：木工班将大原木在工地上用双人拉的大锯加工成符合使用规格的枋、板木，制作成预制T形梁的木模板；混凝土工班（石工班）人工作业手工完成预制T形梁施工的混凝土台座；钢筋骨架的弯曲、绑扎、焊接全部由钢筋班的工人制作完成，二十几个人将焊成的钢筋骨架用木杠子穿起抬到台座上绑扎安装成型；木工班安装完成模板，混凝土工班用方铲子人工拌和混凝土浇筑T形梁。一片T形梁10多立方米混凝土，需人工拌和混凝土50至60次，用8至12块一两毫米厚、长宽2×1.2米的钢板，铺在平地上形成拌和盘，以两包水泥（100公斤）的配合比拌和一次，将秤量好的卵（碎）石、沙和水，依卵（碎）石、河沙、水泥次序倒放在拌和钢板上，六个工人以两人为一组轮流以方铲拌和；干拌三遍使干料拌和均匀，再浇水湿拌三遍，混凝土搅拌完成后装入小铁桶，人工挑运到模板上面搭设的脚手架上，专人指挥，灌注工人按指定部位将混凝土倒入模板内；五六个工人拿打扁的钢钎快速插捣灌入模板内的混凝土，浇筑部位的模板外侧，每边几个人拿木槌不停地敲击振动模板，上下配合，使混凝土密实。拌和混凝土尤其是湿拌，消耗体力很大，身强力壮的石工六人轮流，每盘混凝土两人也只湿拌一遍。我当现场施工员时，经常主动参加拌和混凝土，那又湿又黏的混凝土很难铲动，铲完一盘混凝土，累得手都抬不起来。人工拌和的混凝土塌落度很难掌握均匀，人工振捣密实度难保证，拆模后，混凝土T形梁的蜂窝麻面在所难免，而桥梁工程对质量要求却是绝不含糊的，经历一两次全部拆除模板艰难而痛苦的重新返工制作后，人工预制成的T形梁，质量终于满足要求。这种混凝土T形梁使用了三四十年，直到改革开放，大规模的公路建设，高等级公路和高速公路陆续取代旧公路，它们才随着老旧公路的升级改造完成陆续退出历史舞台。

一片预制好的T形梁有30多吨重，采用无支架缆索吊机架设。这种架设方法是架设山区桥梁的主要工艺，也是我所在的川交一处（桥工处）的看家本领。每个工程队都有一批这样的技工（起重工），起重工是桥梁工程队最重要的工种，也是最吃香的工种。起重班班长德高望重，是桥梁工程队的灵魂之一（还有木工、电工、机械、石工班长等）。每个起重班都有几个经验丰富的起重师傅，吊装施工时他们是各关键工序的领头人。无支架缆索吊装T形梁是个复杂的系统工程，由预制场起运T形梁开始：横移组将T形梁用千斤顶顶起安放在轨道的移动走板，然后再横移到纵移轨道上；纵移组将T形梁沿纵移轨道拖拉到起吊位置；吊装组将T形梁吊起沿缆索吊机运送到安装位置，放落到墩（台）帽的横移走板上；落位组负责将T形梁在墩（台）帽上横移到安装位置，再用千斤顶顶起来取出走板，落放到预先安装在桥墩（台）的支座上，一片梁就算是安装完成了。安装好两片梁以后，再施焊连接板将安装好的梁连接，然后重复以上工序至全桥架设完成。每个环节环环相扣，必须百分之百的正确，任何闪失都会造成重大工程事故，那时的缆索吊机，索塔是枋木制的，用螺栓连接，地锚是用大原木外包钢筋或多根钢轨捆成一团，安放在地面上挖好的坑（槽）里，上面压重几十到数百吨的重力式锚。起吊和纵移都得是体积庞大的老式5吨卷扬机，落位歪拉索使用的多人推的齿轮绞关（3吨拉力）牵引。纵横移放置T形梁，使用的是木制的十字形走板，底部钉铁条，置放于铺在轨道上的几根3至4厘米直径的厚壁钢管滚筒上，卷扬机拖拽T形梁，走板下的滚筒滚动行走（专人安装移动的滚筒）。墩台上的走板用宽40厘米的一字板，适应墩台宽度，手拉葫芦起重装置移动T形梁。出学校和石头砂浆打交道的我，见到这些并不先进的机械感到很兴奋，认为这门技术深不可测。指挥吊装的起重大师傅除了受人尊重（都是有不同脾气的），还给我一种神秘感，激起了我这个小小施工员学习吊装技术的强烈欲望。

50多年过去了，我对20世纪60年代初离开后再也没去过的长寿县城景象早已记忆模糊。记得我们改建的长寿桥，是长寿县下河街当时唯一跨桃花溪的公路桥梁，距三道拐石梯子不远，上部为木桁架桥梁，旧桥已关闭，不通行汽车只过行人。我们桥工队队部驻在桥东岸当时有名的三八饭店内，施工任务是先在江边跨桃花溪搭设人行便桥供行人交通，再拆除旧桥建新桥。

第四工程队的主力在梅溪桥紧张施工，我们这个工地的负责人是支部书记李锡时（行政17级，月工资70多元），队长徐洪海（行政18级，月工资64元），技术负责人边春怀（技术9级工程师，月工资90元）。边工程师是甘孜养路段来的，40岁左右，北方人，长期在涉藏地区养护公路，没有从事过桥梁施工。施技组成员有我和同班同学温正烈（技术16级助理技术员，月工资34.5元）、甘孜州养路段调来的周松寿（技术14级助理技术员，月工资46元）和叶登文（技术12级技术员，月工资59.5元，是有10年以上工龄的老技术员，长期在甘孜养路段工作）、李録锌（技术13级技术员，月工资51.5元）、黄增盛（统计员）、刘玉龙（1958年高中毕业生，据说是没戴帽子的内控右派，测量、实验员，三级工，月工资43.15元）、工长王华先（五级石工，月工资60.5元）、潘俊臣（五级石工）。工人有两个石工班、两个普工班，约100人。

我们到长寿工地时值9月，长江水还没退出需要搭设便桥的河滩，桥上还得维持人员通行不能拆除，桥梁改建施工图纸还在设计院没有完成，我们只能做拆除旧桥和搭设便桥的准备工作，处于半停工状态。

那时还没有施工组织设计之说，施技组的内业工作就是做施工计划，我们能做的施工计划就是进行便桥设计和指导工棚搭设。因梅溪桥昼夜施工人手紧张，録子兄到长寿工地后不久就调到梅溪桥工地去了。録子兄离开后，支部书记李锡时和队长徐洪海指定我负责施技组工作。当时我大吃一惊，去找徐洪海队长说我干不了。徐队长和李锡时书记给我打气，叫我不要有什么顾虑，要像在凉滩工地时一样敢想敢干，有困难他们会帮助我。

技术负责人边春怀是个好人，为人和蔼可亲，因长期从事公路施工没建过桥梁，不具备凉滩工地第一工程队张观寅工程师那样的技术决策能力，对如何在桃花溪流入长江的流沙滩上搭设人行便桥，提不出什么方案，便要求我们施技组制定方案和组织实施。

出校门一年，我都是在闸坝工地和石料、砂浆打交道，学的是水工建筑专业，虽有港区桥梁建筑的内容，所学的知识怎么也和眼前要搭设在淤泥和流沙上的施工便桥搭不上边。当年可没有现在这么多的技术资料可以查找，也不知道上哪儿去找技术资料，施技组内部讨论了两次，对施工方案说不出所以然。要建新桥必须先搭好便桥，中断旧桥交通后让行人通行，为此我急得晚上睡不着觉。工长潘俊臣、王华先成了我的主要依靠，我向他们讨教搭便桥的方法：两位工长和我与工班的工人一起，几个工人穿上齐腰高的橡胶青蛙裤，站在大腿深的淤泥和流沙里，先是用树条在沙滩上打入木桩，在木桩上用抓钉（Π形大铁钉）固定横梁，横梁上铺钉木板成为便桥，头天晚上刚搭好，第二天早上去看，水流裹着泥沙把木桩冲得东倒西歪，哪里能过行人。连续两三次都失败了，便桥搭不成。当地老百姓对我们省级桥梁施工队的技术水平议论纷纷。正在一筹莫展时，我突然想起凉滩工地53米围堰用木笼作合龙口防止冲刷的情景，马上和两位工长商量，我们一拍即合。很快，几个2米宽、3米长、3米高的木笼做好了，木笼安放在流沙和淤泥上，里面装填大卵石做成稳稳当当的桥墩，再也冲不走了，2.5米宽的人行便桥就这样搭设好了。

驻地工棚已搭设完成，旧桥拆除开始了，施工图纸还没下来，等图纸期间工地按部就班作业，也有了过去难得的正常周日休息。我经常去梅溪桥录子兄处玩，录子兄也经常到长寿来玩。录子兄来时，他的笛子、黄增盛的二胡、我的三弦，优美动听的民乐演奏引得楼下、街边不少人驻足。青年光棍的工地生活，展现出其乐融融的一面。

我这个毛头小伙代理施技组组长，要想组内其他技术人员服气听从安排可不是容易的事。两位工长和我配合得很好，给我出不了少主意，使工作得以正常进展。但另两位老技术员可没有把我放在眼里，分配他们干什么，口里答应就是不动。温正烈可更好，跑到队长徐洪海那里质问："李文琪和我一个班毕业，家庭出身又不好，为什么让他当代理组长来领导我这个贫下中农，而不让我当代理组长？"徐洪海这位差点被打成右倾机会主义分子、新四军战士出身的老革命当然不会吃这一套："出身很重要，但出身不代表一切，关键看自己表现。李文琪吃苦耐劳，工作上爱动脑筋，能和工人打成一片，积极肯干，为什么不能用他？"支部书记李锡时对温正烈的答复和徐队长差不多，温正烈这才无话可说。

温正烈比我大近四岁，犍为县清水溪人，从小父母双亡，是个孤儿，家庭出身贫农，就读航务工程学校前在学校隔壁的解放军重庆通讯学校上过学，不知什么原因被学校勒令退学，以后又考上重庆航务工程学校，和我同班毕业分到一个单位工作。他在学习成绩属上等，始终对我的第一名成绩不服气；他社会经验丰富，三教九流习气较重，吸烟喝酒无所不来，在学校时包括我在内的一些同学对他避而远之。还没毕业他就结婚了，爱人阎国文是重庆西彭农村的民办小学教师，大方贤淑人品好。命运就这样作弄人，在学校都不想打交道的人偏偏就分在一起工作。近20年在一个单位相处，直到20世纪80年代初他调离交通系统到重庆西彭的西南铝加工厂夫妻团聚，我俩从对立到知交最后成为终身朋友，他是我人生道路上从技术新兵逐渐成长为称职桥梁工程师的见证人。

楼下三八饭店有个姓张的女服务员，模样端庄漂亮。施技组全是光棍，小伙子们有事无事经常去找张姑娘搭讪，按桥工队的说法叫"流口水"。22岁的我也是光棍，但除了全心工作，脑子全被远在成都的姑娘填满，日思夜想，正眼也没看过张姑娘一下。分别一年多了，除了每月的一封信，不知姑娘的一切信息，姑娘可好？

1964年10月，旧桥刚开始拆除，突然接到通知，我们长寿桥工地全部停止施工，将工程移交给长寿县城建局，我们搬迁到乐山徐浩，承建青衣江徐浩大桥一号桥新建工程。梅溪桥工地的人完成改建任务后搬迁到雅安，承揽青衣江上的羌江桥大修工程。

徐洪海队长带我和谢泽友工长以及十来个工人前往乐山徐浩工地打前站。我向徐队长请两天假，将行李托谢工长随前站车带到新工地，从长寿乘坐到成都的直达客车，于第二天傍晚赶到姑娘单位。虽然提前给姑娘写过信告知要到成都去看望她，但无法通知姑娘具体什么时候到达，两人在单位附近的餐馆吃了晚餐，逛了古色古香的成都街道，诉说不尽离别的思念和毕业后参加工作的进步。夜深了，在单位快要关门时，二人回到姑娘的寝室，没有亲吻，没有拥抱，两人分坐在床边和床前小桌边的小方凳上，手握手、额头对额头，就这样过了一个通宵。姑娘告诉我她母亲仍坚决反对她和我往来，不让她在单位说她有男朋友；单位很多小伙追求她，她从来没搭理过，她感到很痛苦。姑娘要我加倍努力，一定要争气，在事业上做出成绩……不知不觉，天大亮了，吃了姑娘在食堂买的馒头稀饭我就告辞了。坐公交车到老南门长途汽车站，上了到乐山的客车。我心情沉重，感觉人生渺茫，但又有一股劲从丹田升起，让我坚信唯一的路：努力，加倍努力！回工地后的日子里，我仍和姑娘正常通信往来，每封信的时间间隔却慢慢长了很多。家庭出身的阴影，成了我和姑娘之间挥之不去的梦魇。以后的一些年里，姑娘的深情厚谊，成为我自觉努力上进，严格要求自己的动力之一。

“天下山水之观在蜀，蜀之胜曰嘉州。”乐山境内江河纵横，拥有岷江、大渡河、青衣江和众多中小河流。

乐山徐浩青衣江渡口是乐山到峨眉的唯一汽车轮渡，东岸到乐山市区9公里，西岸到苏稽镇2公里，到峨眉20公里。枯水期的青衣江清澈秀丽，风景很美，汛期却经常突发洪水。江面由不到两百米一下变到六七百米宽，浪高流急，轮渡一不小心就会被打翻沉没，人车落水。1958年我们桥工处一队曾在此建桥。1958年高中刚毕业的一批学生分配到桥工处工作，能歌善舞的几个男女生调到桥工处的文工队。5月的一天，他们到苏稽镇演出后，傍晚乘轮渡回东岸驻地，恰遇青衣江突发洪水，轮渡被急浪掀翻，一车人落水，三个姑娘和一个小伙子遇难，他们的坟就在北面山坡上。

徐浩桥按当时的技术标准汽-13、拖-60荷载设计，桥面净宽为7米+2×1米人行道，桥下净空可以满足六级航道的要求，设计交通量为每昼夜500辆车次。该桥在河床范围内分设1号、2号两组桥，1号桥跨乐山岸支流，为7孔20米装配式钢筋混凝土6梁式T形梁桥，全长172.73米。一号桥所跨的青衣江支流，枯水期无水流，桥位上游形成了一个长约300米、宽约60米、深约2米的湖泊；2号桥跨峨眉岸主流，为10孔30米装配式预应力钢筋混凝土5梁式T形梁桥，全长347.2米。两桥间有246.66米长的河滩路堤连接，路堤边坡用卵石浆砌。路堤上下游的河滩上沙少石多，铺满了15至30厘米的大卵石，是修建浆砌路堤的好材料。该桥的预应力T形梁和钻孔灌注桩施工，在当时为省内首次运用。桥梁建成后改渡为桥，彻底解决青衣江汛期水患，是当时四川交通的重点工程。

我们的驻地在徐浩青衣江东岸河滩上，我到达的时候同事们已搭好前站车带来的三顶帐篷，这种帐篷是我们当年在渠县风洞子工地实习时20多个人挤住在一起的那种。十几个人分三个帐篷住下。时值深秋，要抢在明年洪水前将我们承建的1号桥6个桥墩和2个桥台的基础抢建出水面，必须尽快完成工棚搭建等驻地建设，大队伍上来有吃住的地方，才能全面投入基础开挖施工。

办理征租土地手续在那时是很简单的事，给公社生产大队打个招呼，国家建设需要，划出一块土地作施工用地就行了，青苗补偿费也就一亩地几十元钱。很短时间工棚就搭设了很多，长寿工地的人全部迁过来也能住下了。工地用电可费了老鼻子劲，怎么也解决不了。没有电，开挖基础是一句空话。省交通重点工程的问题很快汇报到了交通厅，老红军出身的厅长王长年视察基层路过乐山，召见支部书记李锡时去汇报工作。刚从部队转业不久的支部书记李锡时带上我去汇报徐浩桥开工存在的问题。

王厅长在乐山地区运输公司的会议室听我们汇报。李书记向王厅长汇报了工地人员和设备进场情况后，让我汇报工程安排情况、施工计划、开工存在的问题。我一下慌了神，一时不知怎么开口。李书记鼓励我不要紧张，大胆汇报，重点说工地情况和需要领导解决的问题。王厅长看出了我的窘态，鼓励我："小伙子不要紧张，慢慢说。"我很快冷静下来，像在学校应对毕业答辩考试一样，把在笔记本和心里准备好的汇报内容在脑子里稍微梳理了一下，开始汇报。刚开始还有点结巴，后来越说越顺，条理也越来越清晰。汇报内容包括从工地进场后的施工前期准备情况、工人设备进场情况，以及施工时间安排情况，等等。最后提出目前急需解决的问题：1号桥和2号桥各需安装500千瓦的变压器，解决工地用电；同时随墩台基础开挖施工进展，负责1、2号桥施工的第二工程队和第四工程队各需当地民工300至600人；还需在当地采购一批大流量低扬程的抽水机，以及相应的配套资金、钢材水泥等。汇报完毕，给厅长呈上已报给公路局和乐山交通局的施工计划、资金使用计划、设备购置计划，以及急需解决电力供应的报告。王厅长对汇报很满意，连说两句“小伙子不错，头脑清晰”，并安排秘书和地委联系，第二天带李书记和我去找地委副书记杜专员汇报徐浩桥施工情况，提出请地区帮助解决的问题。公路局张明华局长由成都赶来，参加第二天给地区的汇报。

有了给王厅长汇报的经历，我第二天的汇报不慌不忙、条理清楚，得到杜专员和王厅长、张局长的好评，李书记也很满意。回到工地的第二天，乐山地区电业局的施工队伍就开进了工地，不到一个星期，工地的供电解决了。地区物资局的人带着我和机料组的周绍怀在市里各大仓库寻找低扬程、大流量抽水机，也很快解决了问题。工地需要的几百民工，从夹江、青神、犍为等地的几个人民公社调到了工地，轰轰烈烈的冬期施工开始了。施工任务很明确：明年汛期前将1号桥的6个桥墩和2个桥台基础施工出水面。

我们的100多名工人和300名民工，由1号河槽最低处的三个桥墩开始，往两边高处陆续开挖墩台基础。人工挖基是重体力劳动，工人分三班作业，昼夜不停。我们施技组十几个人，需管理测量放样、施工组织模板设计、工程计量、施工计划、混凝土配合比设计等内业工作，现场管理人员必须在第一线跟班作业进行基坑测量放样、安全

1965年，乐山徐浩1号桥完成下部工程

技术管理、机具和劳动力调配。十几个人忙不过来，只能分成两班跟班作业。蒋友万、张崇德、潘俊成、谢泽友四大工长是现场施工的领头人，两人一班管理施工现场，每班还配两名技术人员负责测量放样和收方计量。我是施技组代理组长，因为人手不够，除了负责值一班外，内业外业工作都得安排，实际工作量每天都在16小时左右。一心上进的我，把这看作是组织对我的考验，精神十足，加上人年轻也不觉得累。墩台基础为混凝土砌块石，人工抽水明挖施工，平均埋置深度9米，墩身顶的尺寸宽1.2米、长8.2米，向下1%的放坡，墩身总高20米，基底尺寸宽3.6米、长10.6米，砂卵石透水河床，明挖透水基坑边坡最少须1：1.2才能稳定，每个桥墩基坑挖基数量2000方以上。每班投入40人挖基，昼夜三班120人，平均每人每班挖水下砂石一立方米左右，不发生流沙等地质问题，15至20天才能完成一个基坑的挖基施工。水上部分挖基速度较快，进入水下挖基后，工人先在基坑四周开挖排水沟，将基坑四周的渗透水引到基坑的一角，4至6个工人轮流在这个角上深挖安装抽水机龙头的龙头坑。龙头坑要挖得大、挖得深，抽水机龙头埋置低，基坑渗出的水顺着排水沟流入龙头坑被抽水机排出坑外，基底无水开挖速度才快。反之，龙头坑进度不快，基坑排水不畅，坑底有水挖基速度就慢，水多时基本无法挖出砂石料。开挖龙头坑是挖基进度的关键，是最累的体力活，得选派体力最好、责任心最强的工人承担，也是值班工长和值班技术员关注的重点。只要基坑稍一积水，工长或技术员就会轮流跳进水齐腰深的龙头坑，身先士卒地开挖。工长和技术人员是12小时值班，经常累得筋疲力尽。

挖基施工各班组开展劳动竞赛。徐浩青衣江河滩上，高音喇叭广播声和抽水机轰鸣声响彻云霄，入夜灯火通明，基坑里人头攒动，钢钎、大卵石的碰撞声和抬工号子声一阵接一阵，工地一派热火朝天的施工景象。每次交接班，技术人员都要测量基底平均标高，精确计算每班的挖基进度，据此进行工程计量和劳动竞赛评比。在挖基施工的两三个月里，我经常累得站着都想睡觉，心里却十分快乐。

挖基施工按由低处向高处进行的原则，三号墩基坑先开挖，抽水机的龙头坑设在基坑最低处的上游角，基坑内抽出的水排向上游的积水湖里。

基坑四周搭设四个出渣平台，分别安装两台人字扒杆和两台悬臂扒杆，吊运坑内挖出的砂卵石和吊运抽水机和模板等进基坑。随着基坑深度加大，坑内渗出的水越来越多，到了6米以下，投入三台口径12寸（每小时排水量超过1500立方米）的抽水机也难抽干坑内水。正在一筹莫展时，第二工程队的技术负责人王必初工程师到工地了。川交一处在凉滩闸坝工程施工5个工程队的技术负责人中，王工是水平最高的一个。他是新中国成立前毕业的大学生，头脑灵光，条理清楚，做事严谨，责任心特别强，施工经验丰富，在技术人员中有很高的声望。王工到工地的消息让我喜出望外，立即到对岸的第二工程队工地请教。王工到工地一看马上告诉我，抽水机位置不对，应该安装在下游，基坑水应排向下游流走，排向上游湖里又渗透回来，所以越抽越多。王工的指教使我茅塞顿开，立即改换抽水机的排水方向，果然奏效，基坑的水越抽越少，两三天后，上游积水湖里的水也干涸了，露出卵石河床，还抓了一些鱼。基坑的渗水量小到两台8寸口径抽水机（每小时出水量300立方米左右）即可抽干，挖基进度明显加快。

桥墩处砂卵石河床的含泥量小，透水性大，边坡稳定性差，开挖时决定的基坑1∶1.2边坡虽设了1米宽的排水沟（较为富余），基坑的稳定性仍然不够，经打入钢钎竹排档等加固边坡措施，边坡的稳定仍然不好，不时塌方。离基底标高还有约50厘米时，基底的排水沟位置越来越小，流沙从基底四周涌出，再也挖不下去了，开挖最后这50厘米基坑，成了不能逾越的坎。两天两夜过去了，挖基深度无丝毫进展，重新扩大边坡挖基和提高桥墩基底标高是不可能的事。我又请王工到工地指教，王工到工地看了后告诉我施工方法：用40厘米以上的条石铺底安砌，挖够一块条石位置到设计底高安砌一块，全部条石安砌到设计底标高后，从上游往下游浇筑混凝土，把坑内水挤到下游排出坑外（类似现在浇筑水下混凝土）。这个方法既满足了设计要求，也解决了基底因涌流沙挖不下去的难题。挖基施工的这两次技术难关，眼看山穷水尽，经王必初工程师这么举重若轻地点拨，马上柳暗花明，基坑开挖得以顺利施工完成。

王必初工程师和张观寅工程师都是我敬佩的老师，在以后的岁月里，尤其是泸州长江大桥的五年施工期内，他俩言传身教，教给我严谨、勤奋、不停进取的学习态度，传授我一系列桥梁施工技术和经验，最重要的是教会了我钻研技术、攻克难关的思维方法。终生感恩王必初、张观寅两位老师，他们是我初出茅庐遇见的两位贵人。张观寅91岁过世；王必初年过96岁，仍然耳聪目明，身体健康，由于各种原因不能经常看望他们，只有在这里向他们致敬了。

1965年3月，乐山徐浩桥人工挖基从基坑内上来吃午饭，居中为作者

10多米高的大卵石混凝土墩（台）身模板制作，现在是一般熟练技术工人就能解决的技术问题，那时可是我面临的又一个技术难题。那年月，没有现成的模板设计资料和施工图纸可借鉴，学校的课程也没有教过现浇混凝土墩身模板制作。运到工地的都是几十厘米甚至一米以上直径、数米长，刚从山里采伐的大原木，到工地后需按施技组技术人员提供的设计图纸，经木工班的木工用二人对拉的大锯将原木加工成所需的枋、板木料，再由木工按施技组提供的设计图纸制作成墩（台）身现浇大卵石混凝土模板，运到工地安装。当时的我对墩身模板设计图一窍不通。

20世纪50年代初建设川藏公路的桥工处是我们川交一处前身，十几年的建桥施工实践培养和锻炼了一批老技工，他们熟练地掌握了桥梁施工的各工种技能。木工班长曾光华、马良新，电工班长邱德祥，起重班长潘海云、龚福彬，钢筋班长苏光华，还有石工班、机械班、铁工班（钢结构加工班）等，加上和他们一起下来的各工种技工，组成了我们省级专业桥梁施工队作业层的技术核心。他们性格各异、脾气不同，却个个直率豪放。我天天和他们一起工作劳动，同甘共苦，逐渐和他们融为一体，与他们的多数建立了纯朴的友谊，施技组的四大工长是从老工人中选拔出的技术精英，他们为人憨厚、心地善良，是我的良师益友、工作依靠。

我多次请教制作过混凝土桥墩模板的木工班长马良新，他一边说我一边画，他讲模板主要由立柱（主要承力）、带木（次梁）、钢拉杆螺栓、木面板组成……模板草图出来了。我回到办公室进行设计验算，绘制模板加工图，经过施技组内部讨论和征求马良新班长意见后，提交技术负责人边工程师审核签字后再交给木工班制作，桥墩模板设计的技术难题得以解决。初次设计没有把握，选择的安全系数偏大，模板立柱又粗又笨，却也保证了浇筑时混凝土不发生胀板。

施工技术组是桥梁工程队的主要业务科室，负责生产计划、统计报表、施工组织设计、收集整理竣工总结资料、机具计划、700人工地每天的生产调度和工人的人事安排、测量放样以及和其他各组室的协调……工作极繁杂。施技组组长一般由德高望重、资历较深、施工管理经验丰富的老技术员担任。三年困难时期后，国家建设大上马，公路建设因四川开发攀枝花也开始大规模进行，技术人员奇缺，工地没有满足这样条件的人才，领导经过权衡和考虑后决定由我代理施技组组长。对我这个不到23岁、初出茅庐的中专生来说压力不小，几次找李书记和徐队长谈，表示自己干不了，没这个能力。他们对我说，年轻人就是要大胆挑担子，大胆去干，组织相信你、支持你，不要怕。

领导施技组，处理好人际关系比处理技术问题要难得多，我这个年轻的代理组长要开展好工作先要和施技组内部的人搞好关系。管理劳动人事的劳保干事郑天福和统计员黄增盛，30多岁，是跟徐洪海队长一起从运输公司来的，和徐队长较亲近。徐队长坚决支持我工作，加上我很尊重他们，取得他们对我工作的支持顺理成章。新调来的同学王培旭比我大四岁，忠厚温和，是我工作的重要助手。试验员兼测工刘玉农比大我四岁，为人严谨正直，我尊重他也得到他的尊重和支持。我视工长（已增加到6

个工长）如兄长和长辈，他们是我推动工作的主要依靠，他们也支持和爱护我这个小老弟。收方计量公平合理，因此取得了工班长的支持。勤奋和吃苦耐劳是当好施技组长的基础，除了每天12小时值一班，工地测量主要由我包干，内业工作的大部分也是我牵头，工地值班时，我经常下基坑和工长一起开挖龙头坑，水深时就干脆赤脚下水。虽然工作很辛苦，但眼看桥墩从基坑里冒起来，心里充满快乐。

12级技术员叶登文和14级助理技术员周松寿都有三十好几，都是甘孜州养路段来的，熟悉修公路不熟悉建桥梁，根本没把我这个毛头小伙子的代理组长放在眼里。挖基施工期间他们二人主动组合值一班，除了工地值班以外施技组的其他工作从不过问，第一个桥墩基础块石混凝土刚浇筑不久，他们下夜班一回来就质问我，说我测量的基底标高比设计基底高了1米。这个消息犹如晴天霹雳，基底标高比设计基底高了1米，这可是不小的差错！记得安排我当代理施技组组长时，党委彭济渊副书记（第一工程队的彭书记此时已升任川交一处党委副书记）到工地检查工作，关心地告诫我：安排你当这么大工地的施技组长，肯定会出差错，但不能出大的差错，大胆干不要怕，出了差错我们来给你捡摊子。我二话没说和王培旭拿起水准仪就去复测，复测结果基底标高是对的，是他们二位把水准点高程写错了1米。学校里扎实的功底让我站住了脚，二位老技术员对我再也不敢小视了，他们也开始尊重我，施技组内部的工作慢慢顺了。

重庆交通学院的毕业班到工地劳动实习，给紧张的工地带来了活力。林振科同学成了我工作的好帮手，突击任务他们抢着干。施技组内业工作紧张。我请业务尖子女同学徐君默等来帮忙，徐君默写得一手好字，业务能力强，很快上手。后来林振科、徐君默夫妇从贵州交通厅（林振科已是副厅长）调回四川，林振科任交通设计院院长，徐君默任公路局总工程师，我们成为业务上的好友，此是后话。

设计院派出现场设计组驻工地，工程边设计边施工，那时叫“三边”工程（后来国家明文禁止“三边”工程）。我与设计院的吕隆光、赵光华（女）、任君懿（女）等老大哥、老大姐建立了很好的关系，他们后来成长为四川交通设计院桥梁设计的主力，对我的工作帮助不小。

施技组驻地门前3米走道的对面是徐洪海队长的办公室兼寝室，4米开间、6米进深的一大间工棚用竹席隔成两间，里屋卧室、外屋办公室，离工棚几米远的耕地边，用牛毛毡竹席搭了一间约8平方米的厨房。徐队长的夫人瞿仁淑比我长两岁半，我叫她瞿姐。他们有个一岁多的儿子，小名江波，大名徐基伟，活泼可爱，班后饭余成了我们年轻人扛在肩上四处奔跑的开心果。徐队长和瞿姐也喜欢我们扛着江波玩，瞿姐特别喜欢我这个小老弟，我们上班后，经常到寝室帮我整理房间。我压在枕头下的日记本，瞿姐也翻出来看，知道了我对成都姑娘的思念，时常宽慰我。徐队长做的泡菜很好吃，我们经常吃午饭时端着碗到徐队长门口喊："江波的妈，要块泡菜。"

冬去春来，桥墩一天天伸出地面，重庆交通学院的同学回校了，设计院的工地设计组完成任务后也撤回了成都，汛期前将桥墩完成到设计标高已不成问题。

春暖花开，艰苦的冬天熬过来了，工程进展顺利。沙滩上麦苗天天长高，一片翠绿将驻地包围，对面的小山上桃花盛开，生意盎然的春天里大家心情舒畅，青年男女们不少成双成对，谈起了恋爱。工作的繁忙掩不住我对成都姑娘的思念。

青衣江开始涨桃花水了，汛期的警讯让我们不敢松懈，照样昼夜施工，务必在江水淹没河滩时将桥墩全部浇筑到设计标高。5月的一天，青衣江水咆哮着疯狂上涨，十几个小时便淹没了河滩，而我们的全部墩台已在此前浇筑到设计顶高。第二工程队岸边的桥墩施工由于桩基采用新的"火箭锥"钻孔灌注桩技术施工刚完成，来不及撤出设备。我们过去支援，和第二工程队的员工共同把全部设备撤退到安全地带，保住了国家资产。

青衣江大桥的上部构造图纸还没出来，我们却接到搬迁命令：青衣江大桥的全部上部构造工程交给第二工程队施工，国家开发攀枝花，我们搬迁到雅安工地，参加川云西线成都到渡口公路的改（扩）建工程施工。1965年的川云西线是由1941年建成的乐（山）西（昌）公路的一部分和1952年建成的雅安到汉源、成都到雅安、西昌到渡口的公路组成，都达不到四级公路标准。省交通厅为完成公路改（扩）建工程，新成立了公路工程局，将原公路局所辖的一、二、三工程处划归公路工程局管辖，扩张成9个工程处，全工程局4万多人。一处原有的5个工程队扩张到17个工程队，由原来不到3000人一下增加到9000人。徐洪海队长调到第十七工程队任书记，李锡时书记调回处机关任干部科科长，王海瑚、陈立行等老革命分别调到各工程队当队长或副队长。边春怀、川叶登文调到修路的工程队当技术负责人……新的任务在召唤我们。

第四章

为三线建设开路建桥

现在雅安到攀枝花（当时叫渡口）的高速路里程505公里，那时成都到攀枝花全程应在823公里（现在的108国道里程）以上。开车经过的泥巴山无人区（那时山上是原始森林无人居住），山的东边天天雨雾缭绕，道路湿滑难行，山的西边干燥少雨，道路狭窄陡峭，很多路段只能单车通过。经过3000多米高的拖乌山，10月开始下雪到来年3月，大雪封山，行车艰辛。石棉段公路在大渡河边离水面数百米高的悬崖峭壁上开凿而成，站在路边看脚下大渡河恶浪滔滔，正常的人都会心惊肉跳，头晕目眩，大多路段十分狭窄只能过单车。在这样崎岖险恶的道路上行车，难如登天，稍一不慎就会翻下悬崖车毁人亡。车祸时常发生，开车走完全程要5至7天。抗战时期，为运送国际援助物资，打通经滇缅公路到成都、重庆的通道，动员了川康两省的17万人建成乐（山）西（昌）公路。如今，国家投入几十万人开发攀枝花钢铁城，设备物资大多由成都通过这条公路运输到攀枝花。国家安排全国每个省（市）派出150辆解放牌汽车组成汽车队，加上军车车队和四川省的几个汽车队，上万辆解放牌汽车每天行驶在这条800多公里、布满几万筑路大军、崎岖难行的（四级公路扩建为三级）公路上，从成都出发到攀枝花来回往返，昼夜不停运送建设物资。不亲身经历，很难想象当时施工环境和行车条件的艰辛。我有幸成为这筑路大军的一员，参与沿途部分大、中、小桥的改建工程。

1965年，川藏公路（现在的318国道）经过雅安青衣江的唯一桥梁是川交一处建成的雅安羌江大桥（雅甘工程处一桥队承建，队长胡振先）。该桥1954年7月1日建成通车，长226.6米，8孔（12.6+3×33+50+33+25.5+6米），当时采纳了苏联援华专家别路·包罗多夫顾问提出的加大主孔跨径为50米、增加钢挂梁建议，将主跨增加为50米，两端主梁现浇挑出各10米悬臂梁，再设置一段31米长的钢板挂梁（目的是减少羌江河上明挖主墩深水基础难度），桥宽10米（7+2×1.5），南北桥头设花圃。至1965年，经过11年营运，钢筒支梁支座按常规需进行更换，第四工程队承担大修任务，更换钢挂梁支座和桥面。工程性质属于维修加固，现在做这样的工程二三十人就够了，也不必中断交通更换钢支座和重铺桥面，但在那个年代这可是高难度工程。首先得中断主桥交通，在乱石丛生、流水湍急的青衣江上用军用贝雷梁架设一座两车道的汽车便桥，川藏公路改道从便桥通过，再顶起钢筒支挂梁进行主桥维修更换支座，重铺桥面混凝土，重建桥面系构造。

架设主跨长40米、宽6米的贝雷梁便桥在当时是一件有技术难度的工程。先要在湍急的青衣江乱石中安装卵石木笼临时桥墩，桥墩两岸搭设木结构索塔，索塔上安装缆索吊机，在一岸拼装贝雷梁，另一岸布置牵引卷扬机牵引贝雷梁徐徐向对岸推出，索塔上缆索吊机的吊点吊住贝雷梁端，防止贝雷梁向对岸推出的过程中因悬臂过大下桡失稳。贝雷梁安装到位后铺行车道木桥面板，双车道的便桥搭设成功，车辆的过江交通改道由便桥承担。此后，再中断主桥交通进行挂孔和桥面系维修施工，加固工程进行了四个月时间。

随着我国近几十年的快速发展，雅安羌江大桥已不能满足现代交通的需要，于2004年3月10日爆破拆除，使用50年，满足当时桥梁设计规范的使用年限。

在距羌江桥约3公里的青衣江支流周公河上，有座2孔15米跨度、桥宽4.5米的木桁架（乌嘎式，一种老式木桁架梁）桥叫渍江桥，上部需改建成9米宽的混凝土T形梁，也由第四工程队承担。由我带领从乐山徐浩桥工地搬迁过来的一部分员工承担这个工程，管理人员住在养路道班腾给我们的小四合院里，砖瓦房，条件还不错。在全部人工作业的建桥年代，这么小一个微型工地得有近百个员工，混凝土、钢筋（电焊）、木工、起重工班配备齐全，材料、施技（测量、试验）、行政（办公室）、卫生员等，都得配备。

30多米长的渍江桥，当时是成都到攀枝花必经之路，也是由成都运送开发攀枝花钢铁基地全部物资唯一通道上的桥梁。桥梁改建工程必须在不中断交通的前提下实施，责任重、难度大。血气方刚的我，那时不知什么叫困难，和大部分刚从农村招聘来的同龄“合同工”及少部分由川藏公路（西康雅安至西藏拉萨，原称康藏公路，1955年西康省撤销后改称川藏公路）工程队下来的老工人一道，在周公河里很快建好了卵石木笼桥墩和型钢主梁组成的临时便桥，完成了交通改道任务，开始拆除木桁架梁主桥。

渍江桥的石砌桥墩高十来米，基础建在裸露的岩盘上，水深不到一米，在水面上安置木马凳，上面搁木板搭设成拆桥用的临时便桥。乌嘎式木桁架梁的构件多系断面为20×25厘米、长3至4米的枋木，每根重150至200公斤，拆下来后一般由两个工人抬一根从便桥上运到岸上。木工班新任的姜兴模班长和我年龄差不多，却是一个人扛一根拆下来的大枋木在便桥上来往自如，引起了我的高度注意，我们很快成了好朋友。姜木匠（成为好朋友后的习惯称呼）身体壮实，力大无比，为人憨厚，头脑特别灵光，细木工技术堪称一流，交给他的混凝土T形梁施工设计图，经他一琢磨，模板的草图就出来了，给我们技术人员省了绘制模板施工图的大把力气。1965年是讲究工程质量的年代，混凝土T形梁桥是800多公里线路上桥梁改建工程采用的主要桥型，省公路工程局高度重视T形梁的预制质量，决定在全工程局开展工程质量竞赛。姜木匠当班长的木

1965年雅安青衣江大桥大修工程搭设临时便桥

工班成员大都来自四川南充农村，在家都从事木工活，木工技术个个过硬。预制T形梁从模板制作开始，我和姜木匠的木工班认真研究制作模板技术，先做一段两米长带横隔板的试验梁模板，反复试验研究模板的防漏浆构造以及浇入混凝土后震捣时间的掌握技术——那时已经开始使用附着式振捣器和混凝土搅拌机了。防止混凝土过震和振捣不密实的问题通过试验得到很好解决，浇混凝土时每次我都亲自吹口哨指挥混凝土入模和振捣器开启时间。经过全工程局评比，我们的T形梁混凝土质量评为全路段第一，工程局在我们工地召开现场会学习我们T形梁预制经验，并进行全线推广。我尝到了和工人结合搞好桥梁工程质量的甜头。工程进展顺利，10片T形梁预制完成，桥梁墩台的改造也完成了，起重班在两岸架起木塔架安装好缆索天线，准备吊装T形梁。

自从长寿工地离开后，温正烈就跟随队部工地，从事工程内业工作，时常往来工地和成都处机关报送工程内业资料和报表，和我工作直接接触不多了，但我们毕竟是同班同学，因此我俩的关系很好，加上刘玉龙和几个工长，我们形成了“打平伙”（凑份子吃饭）、工作互相支持的团队，枯燥的工地生活充满生气。这天，温正烈由成都回来，带来设计院姑娘托他带的那时罕见的两双尼龙袜和一封信。信还没读完我便泪如雨下——姑娘告诉我，因家庭的反对她不可能和我在一起，她有男朋友了，要我保重，珍惜自己的前途，我永远是她兄长一样的朋友。（写到此处时，突接她先生的电话：因长期生病医治无效，她于2015年4月去世，享年72岁，50多年相识相知保持友谊的同学，就这样走完了她的人生，一辈子平平淡淡也平平安安。我心情很是沉重，连夜通知有联系的同学，接到通知的同学都发了唁电或打电话悼念，同学间纯朴的友情令人感动。）

我病了，躺在床上高烧不退、两天水米未进，第三天从昏睡中醒来，发现床边坐着一个面容姣好的姑娘在给我喂水，她是我们施技组17岁的材料试验员龙姑娘。之前我每天全部精力投入工作，工作之余全在思念远方的姑娘，对天天在一起工作、长相秀美的龙姑娘几乎视而不见，此情此景，心里一阵感动，也有一份感激。

几个月后，渍江桥的主梁架设完成，桥面混凝土也浇筑完成，剩余桥面系安装不多的收尾工程。羌江桥加固工程早已完成，队部搬迁到荥经县至汉源县间的泥巴山上改建108k（在泥巴山顶）石拱桥，我则奉命到离108k约10公里的三板桥主持改建工程任务，将旧木桥改建成一孔跨度20米混凝土T形梁桥。这是一个独立的工点。

冬季快要来临，一个上弦月的晚上，川交一处机运队司机廖纯骥（外号“廖地主”）驾驶一辆载重2吨的“跃进牌”货车（俗称“南京牌”），上面装满了运往三板桥工地的板木，板木上覆着一层薄霜。我穿着一件薄棉袄，内面一件棉绒衣，躺在车顶的木板上，腰上拴着一根抬石头用的小抬绳，绳的一端捆在车厢上，防止路上的颠簸将自己抛下车去，简单的被盖和行李箱也用抬绳捆在车顶的木板上。就这样向80多公里外的泥巴山三板桥工地出发了。

月牙如钩，云淡星稀，车在山间泥结碎石路面上颠来簸去，公路两边全是黑黝黝的森林，山风猎猎，才11月，寒气灌入棉袄，让人从头凉到脚底。“毛主席著作闪金光，闪金光……心里永远亮堂堂，亮呀么亮堂堂……”一路上我不停地唱着这几句歌词，声音越唱越大，用以抵抗透骨的寒冷。说来也奇怪，歌声好像真的把寒冷赶跑了，汽车一口气开了约4个小时到泗坪镇停车休息，我的身子居然没冻僵，还下车来跑步，这也可能是人年轻的缘故。

为了就近指挥川云西线公路改建工程，川交一处将处机关搬迁到荥经县的泗坪乡。那时只有几十户人的泗坪乡政府场镇，位于泥巴山深处，是川滇西线公路必经之地，因川交一处机关的入驻变得热闹起来。我们刚一下车，就听见满街吹口哨吆喝民兵集合执行任务，说是上山搜索台湾间谍飞机在泥巴山空降的特务，心里不由得一阵紧张。廖师傅和处机关炊事班很熟，带着我去炊事班胡乱吃了点东西，搜索空降特务的民兵们也了无声息，可能是有空降特务的消息不准确。上弦月已落山，四周一片漆黑，泗坪到三板桥工地还有10公里路程，廖师傅又开车出发了，约半小时后到达三板桥工地。廖师傅的车就留在工地跑短途运输了。

泗坪以上到泥巴山垭口以东的近60公里路段，海拔2000米以上，地形起伏复杂，峰峦高耸，沟谷深邃，气候阴冷潮湿。泥巴山隘口距三板桥16

公里，海拔2255米，是川滇公路108国道的要口，冬季乘车越岭，冰连千峰，雪满万壑，琼枝玉树不胜寒，年平均温度在13℃左右，年降雨量高达1800至2600毫米以上，是原始森林无人区。

月黑风高，工地的发电机早已熄火，什么也看不见。张崇德工长把我领进路边一间工棚，里面已经睡了三个人，疲乏至极的我在一间木板搭成的空床上摊开被子倒头便睡，醒来天已大亮。伸手一掀被子，大部分是湿的。出门一看，陡峭的山上连片森林全是白雪皑皑，公路弯道处的一座小木桥就是三板桥。路面上的积雪被过往车辆压碎，道路一片泥泞，桥下乱石突兀，流水淙淙，水量不小；溪流对面，一只黑熊正从密林里走出到溪边喝水；公路边和溪流间的一块小台地，刚好容得下我们建一溜工棚。工棚的屋面是一层竹席上面铺一层油毛毡，墙壁用单层竹席围起来，用木棍夹上竹席一边绑上铁丝就是门，地面是一层山间溪沟里的小碎石，这就是那些年我们建桥工人的标准宿舍。工棚里将做床的木板抬高一点就是办公桌。油毛毡的屋面上压着十来厘米厚的雪，雪水融化，透过缝隙漏到床上，被子都被打湿了好大一块。

现在施工20米跨度的混凝土T形梁桥，比较简单，但在当年冬季雪封山、夏季雨不断，除了过往汽车便荒无人烟的泥巴山上施工可不是那么容易的事。为了保证施工不中断交通，我们决定保留旧桥，在旧桥的外面另建一座下部砌石桥台、上部20米钢筋混凝土T形梁、7米宽的新桥。工地有上百个工人，石工班在山沟里和山坡上见缝插针寻找大孤石开采桥台石料，普工班（混凝土班）开挖基坑抬运石料，在桥头挖填T形梁预制台座，木工班将在渍江桥使用过的15米T形梁模板改制成20米T形梁模板再运到三板桥工地安装，钢筋班在桥头引道搭好的钢筋棚里制作好T形梁钢筋骨架，5片T形梁预制，工序一样不能少。仅上下车模板一项工作，由于没有吊车，得在工地上搭设专门上下车的三角扒杆，上面挂上手拉葫芦（导链）作提升机完成。砂石料从荥经运来，水泥由成都运来。施技组有我和王培旭、两个工长和材料试验员龙姑娘（工地有四个女职工，她们住一间工棚）。

在冰天雪地的季节施工，人工挖基砌筑石料桥台，多选在中午气温较高时浇筑T形梁混凝土，浇筑完成后立即盖上帆布，在帆布篷里烧煤炭炉加热保温，炉上用铁桶烧热水养生。我们要在大雪完全封山前完成T形梁预制和砌石桥台施工，工程虽小但很紧张。

虽然三年困难时期已经过去，但物质仍然匮乏，猪肉是罕见之物，蔬菜等所有食品从荥经运来，菜饭按顿发餐票定量，基本可以吃饱饭。我们所在的原始森林深处，山上盛产土三七和天麻等中药材，野生小动物和雀鸟很多，每到休息日（半个月休息一天），不管下雨雪或是天晴，工人们上山挖药、打鸟的人不少。休息日是吃肉的日子，人们拿着自己的那张餐票早早到食堂窗口排队，买到肉后回去加上从山上打回来的野味等搞个“连锅闹”，饱餐一顿。周日对于我，既不能上山采药，又不能去打野味，要步行十来公里到队部所在地108k石拱桥工地，找技术队长简国良和施工技术组长韦日宝以及温正烈、刘玉龙等，汇报工作和畅叙友谊。队部工地300多人，108k石拱桥只是一跨8米的石拱桥，由于是新建，超过一半的人都在山上采运石料。

自我转正以后，每月工资由实习期的28.5元增加到34.5元，比二级工的工资（36.32元）少，本科毕业的大学生月工资51.5元，少于4级工工资（53元）。每月领工资后，按时给母亲寄10元，山上找不到餐馆和零食，生活费花销不到20元，还可存四五元。工地开始发工作服，记得那时的工作服一年两套，是用再生布做的——再生布是旧棉花织的粗布，质地很差。工作服一般都偏大，穿不了两三个月就褴褛得不成样子，沾水后又厚又重，很难洗涤，这可是我们那时的主打服装。戴的安全帽以细竹丝编的为主，还有少量藤条编的，样式较好看，戴上不像细竹丝安全帽那样时有竹丝刺头很不舒服。

三个月时间，三板桥改建工程完成。队部搬迁冕宁县承建3孔15米跨混凝土T形梁桥新建任务，我的新任务是带领三板桥工地的人上石棉县前面的拖乌山，承担位于山顶垭口附近海拔3200米左右的雀儿窝30米弯石拱桥的新建任务（十多年后，此段公路改线，海拔降低几百米，雀儿窝大桥所在的山顶老路被废弃），负责施技组工作（实际技术负责人），工点的负责人副队长周汉江（六级木工工长），是修建川藏公路下来的老工人。

拖乌山位于石棉和冕宁之间，属于彝族聚居区，是成都到攀枝花最高的一座山，最高海拔3600米左右。碎石路面公路从高山密林中穿越而过，不多的彝族人家房屋不时地从远处映入眼帘。山间的流水淙淙，往山林深处走去，高山彝族群众的生活情景展现眼前。

拖乌山区，春季绿草茵茵，夏天山花烂漫，秋来满山红叶，冬至素裹银装。千百年来彝族人一直在静谧的大山里繁衍生息，这里同时也是野生动、植物生活的“乐园”。

我们建桥时当地人口不多，基本都是彝族人，很多不会说汉话。

我们前站组乘廖师傅开的“跃进牌”货车，下午时分到达川滇公路西线路边的拖乌乡，海拔3000米左右，当地不过几十户人家，多是彝族居民，没有商业店铺，只有接待过往军车的兵站可以投宿。兵站里挤满了过往车辆、随车司机和搭车的人。我们这一拨算是人数较多的客人，晚上的大锅饭装在军锅里抬出来，就一个大锅菜装在铁桶里，饭是夹生的，管不了那么多，囫囵吃进肚里，几个人挤在一间屋的大铺上睡觉。第二天起了个大早，赶到离山顶垭口十几公里外的雀儿窝工地，其海拔3200米左右，一条水量不小的溪流从山顶流下，清澈湍急，公路紧靠山边碎石铺成的过水路面。我们的任务是在过水路面外侧新建一座30米弯石拱桥跨过溪流，30米跨石拱桥在那年代已不算小跨径，何况是弯石拱桥，当时是有一定技术难度的。初春时节，山上积雪没完全融化，我们在溪流岸边的林地选了一块较空旷的平地搭好两顶帐篷，支起铁锅，用自己带来的米面菜，做好了第一顿饭，比兵站的饭好吃多了。

十多天后，供百多人住的工棚区建起来了。

50多年过去了，在条件异常艰苦的泥巴山、拖乌山，为打通开发攀枝花钢铁基地运输线，筑路建桥的往事大都记忆模糊，当年的工作笔记和日记本等一大箱资料，因多次迁徙早已遗失。几座桥的修建生活极为艰苦，那也是人生最困难的时期。当时什么都凭票定量供应，物资匮乏，工期紧张，每半月休息一天，早出晚归，从天亮工作到天黑。材料运输困难，水泥从成都运来，砂石材料就地开采，为保证工程质量，石工按试验规定要求精心打磨好石料试件，实验员就近选取砂石设计配合比做成试件，送到处机关所在地（全线开工后，川交一处机关由泗坪乡搬到荥经县城）荥经实验室检验。工作着快乐着，“毛主席著作闪金光，闪金光……心里永远亮堂堂，亮呀么亮堂堂……”那时我嘴里天天唱的这几句歌词，是当时心境的最好写照。

山高林密，我们在积雪未融化的山溪里开始了桥台挖基施工。在冰冷刺骨的溪流里挖基，撬棍和十字镐、抬杠、抬绳是主要工具，我和蔡兴胜抬出基坑里一块六七百斤大石头的情景还让我记忆犹新：那块石头从基坑渗水中刨出来，拴上抬绳后几个人上去试都抬不动，刚参加工作的合同工（1965年由南充地区蓬安县新招来的一批工人）班长、五大三粗的蔡兴胜冲我说：“你是有名的‘小款款’，敢不敢和我一起抬这块石头？”正在基坑里用钢钎撬石头的我回道：“抬就抬嘛！”在几个人的帮扶下，我们战战兢兢地将这块石头抬出了基坑。

周汉江副队长是个和蔼可亲的长者，一天我俩顺着搭设工棚这块平地向溪流下密林深处走去寻找沙料场，一路上有说有笑，周队长讲述他参加建设川藏公路的经历和见闻，说条件比这还要艰苦。走出几公里后我们找到一块基本满意的沙场。

我和试验员龙姑娘带上两个工人到和周队长选定的沙场取样回工地做配合比试验。自在雅安改建渍江桥大病一场得到她精心照料后，我心里一直对她存有好感，姑娘长相秀美，举止温柔，工地上的年轻工人，不少人像粉蝶逐花一样在她面前献殷勤，可我知道姑娘的心里装着我。龙姑娘的父亲是国民党少校军官（亲叔叔却是解放军的团级军官，“文革”时在成都军管会工作），在她出生后不久随国民党军队撤退去了台湾，留下她和母亲。她父亲是拂晓走的，龙姑娘以此取名。新中国成立后她母亲在天府煤矿教小学，和煤矿工人结了婚。龙姑娘16岁初中毕业参加工作调到凉滩闸坝工地，她父亲的情况工地上人人皆知。想到我这样家庭出身的人如果和国民党军官的女儿联姻，人生前途更让人不寒而栗。这也是我一直对龙姑娘心存好感却若即若离的原因。自心仪的姑娘来信绝交后，自觉人生已无任何退路，下定决心不管环境多艰苦、工作多艰难，必须咬紧牙关全身心投入，拼命努力！

凭借周汉江副队长等老木工的经验，加上我在学校学习的过硬知识，再请教简国梁副队长等老一辈技术人员，我自己完成了木拱架设计，由于经验不足，为确保施工万无一失，有意把结构安全系数选大，拱架卸载用的沙筒，当时是技术难点，反复修改设计，几次试验获得成功。我又把图纸拿到荥经处机关找胡振先主任工程师，请他安排技术人员复核修改完成拱架设计。胡振先这时较喜欢我了，在无设计资料、无标准图参考的20世纪60年代，设计现浇混凝土的弯石拱桥拱架，对我来说是不容易的，必须稳妥。当地石料较困难，我设计选用片石混凝土砌筑拱圈，和周队长商量后，在混凝土内掺入少量石灰膏，既保证了强度，又改善了砌筑混凝土的和易性，工程质量得到保证。雀儿窝石拱桥工程项目的顺利完成让我初步明白：工地技术负责人要顺利完成工程任务，首先自身要善于学习、刻苦钻研；其次要靠老师傅的经验，并运用集体智慧；最后按程序上报批准。

四个月后，拱圈砌筑进入上部收尾，我又奉命调到拖乌山西坡298k位于冕宁大桥区的彭家店工地，负责2孔16米的石拱桥基础加固，以保证汛期桥梁交通通畅。我们几十个人住在大桥镇边一个居民的院子里。跑工地的2吨“跃进牌”货车司机是机运队的董文芹，1.8米高的个子，复员兵，安徽怀远人，和我同年，性格开朗豪爽，身手矫健、武功好，打起架来三五个人近不了身。我天天乘坐董文芹开的车上附近山场收运料石到298k桥工地做加固准备，性格相近使我俩在这期间建立了深厚友谊，多少年以后谈起，他还记得当年在彭家店工地我天天唱着“毛主席著作闪金光，闪呀么闪金光哟……”和他上山运石料的快乐情景。我们住的院子四周有好几株粗大的核桃树，浓荫蔽日，院子里堆着好多个准备抢洪加固而编织好的直径一米的铅丝笼。

少雨的拖乌山西坡，盛夏连续几天暴雨，298k桥下的山沟里山洪暴发，不到半天工夫，桥墩浆砌块石基础被洪水淘空三分之一悬在空中，如果被继续冲刷桥梁就会垮塌，情况万分危急，桥上已禁止车辆通行，两边各排了几公里的车辆等待放行。责任就是命令，我不顾个人安危，带领十几个工人跳进洪水里，将准备好的铅丝笼横向安放在离桥墩几米远的下游，迅速往笼里装填大卵石和大块石，刚装满一层就被流沙填平，接着又再放下一层铅丝笼，用大卵石装填第二层铅丝笼，马上又被流沙填平，一层又一层，铅丝石笼的高度超过了基础顶面高度，桥梁基础稳固了，车辆开始放行，这时我才感到肚子饿了。抢险过程和洪水赛跑，如果我们抢不过洪水，桥墩基础被洪水冲垮，开发攀枝花的运输动脉就会中断。暴雨后，我们很快在桥下游用浆砌块石修建了拦沙坝，完成了桥梁基础加固工作。

第四工程队在川滇公路西线的桥梁改建工程一直保持两个工地，承担沿线桥梁改建任务的第三和第五工程队也都同时保持了两座桥梁改建工地。“文革”开始后，马尿河工地（第四工程队队部所在地）开始有人给领导写大字报，我们这种流动单位对大字报的反应是听之任之。我当时的任务是带着几十个工人在离队部往西十几公里的305桥梁基础加固工地，负责该处8米跨的石拱桥基础加固。在川滇公路西线改建的一年多里，我一直远离队部独立负责小项目工程，更不知大字报为何物。305工地在一个不高的山坡下，阳光明媚，灌木丛生，除了过往车辆，人迹罕到，我们在桥边找空地搭了几间工棚住下来，几天后才知道，原来此地是麻风病人隔离区，怪不得少有人迹。那年代对麻风病知识了解甚少，传言为不治之病，故而谈“麻”色变。好不容易星期天休息，我和张崇德工长沿小路向多是红土的山上走去，山不高、坡较缓，灌木、杂草丛生，时见小块耕地上还长有菜蔬等农作物，房屋稀疏，门窗紧闭，空无一人，有些门前屋后的梨树上挂满黄澄澄的梨子却无人采摘，据说此地产的糖梨很好吃。不少砖瓦房屋的白色墙壁上写有大字标语：“天大地大不如党的恩情大！”见不到一个人影，我们也绝不敢去摘梨子吃。

1966年秋天，第四工程队的两个工点终于会合在一起，搬迁到离石棉县不远的大渡河边，修建公路沿大渡河边的浆砌料石堡坎工程，离石棉大渡河大桥工地约四公里。

搬到石棉堡坎修复工地后，施技组工作相对少一些，一个休息日的上午，我搭乘董文芹开的“跃进牌”货车上山去栗子坪附近的第十七工程队工地，看望任支部书记的徐洪海老队长及夫人瞿姐。徐书记和瞿姐热情地接待了我们，徐书记亲自炒菜款待我，他们的儿子江波三岁多了，亲切地叫我李叔叔，作陪吃饭的有郑天福和王培旭，郑天福还是劳保干事（人事科长），我的同学王培旭因为人忠厚老实，被徐书记带到第十七工程队任施技组组长。第十七工程队是川交一处编制最后的工程队，在徐书记的带领下工作干得有声有色，是11个修路工程队中质量、进度的先进队。下午随王培旭上工地参观，天上下着蒙蒙细雨，道路上满是山坡上滑下来泥石流般的黄泥浆，工人们在齐踝深的泥浆里艰难地进行清除泥浆作业，为过往车辆清出一条通道。遇有大孤石，工人们在孤石上冲炮眼放炮炸开成小块，几个人再用撬棍撬出路基，整个上班时间工人们都是在泥浆里摸爬滚打，这是当年筑路工人打通川云西线的一个普通场景。

从石棉大渡河大桥向荥经走出几公里，是川云西线最艰险路段之一的宰羊段山路。原公路是在高几百米、陡峭壁立的山崖上爆破开出的一段断面为G形的凹槽，长度几百米，刚好能通过一辆汽车。改建工程将单车道改成双车道，在G形的危岩路槽上向内再拓展一个车道，仅爆破打炮眼一项，就得仰天向上或侧身挂在倒悬的岩壁上向内作业，随时都有危岩石块掉落下来，可能砸到通过的汽车或施工人员身上（2011年施工雅西高速13标段大渡河斜拉桥期间，开车从已经废弃的当年建成的旧路上通过，还经常见到由山上坠落的大小石块），施工无比艰险。承担此项工程任务的是全工程局先进的第七工程队，清一色1965年参加工作的阆中籍合同工，大都是20岁左右的年轻人。我们刚搬到石棉修复河堤工地不久，该路段的一个施工堂口发生重大伤亡事故，下午下班放炮时出现瞎炮，复员军人出身的工班长带领一个工人去处理瞎炮，刚走拢炮位，瞎炮突然爆炸，工班长和工人粉身碎骨，几百米的范围内只找回部分身体残片。

艰苦的施工条件同样考验着干部的身体。一个晚上，泥巴山上第九工程队支部书记符孝为，一个由运输公司调来的40多岁中年人，突发脑出血被送往雅安急救，车刚开到医院，人已去世了。我不认识这位书记，那年月，在艰苦环境的泥巴山上施工，对每个人来说都是身体和意志的考验，"为有牺牲多壮志，敢教日月换新天"，毛主席的教导鼓舞我们战天斗地。

1966年开始新建石棉大渡河大桥，主跨80米混凝土预应力T形刚构连续梁桥，主墩位于湍急的大渡河里，采用沉井基础施工，当时是国内最大跨度T形刚构桥，施工难度是当时省内桥梁施工之最，省公路局局长赵玉瑞（老红军，“文革”后期任省交通厅厅长）任指挥长，在专门成立的石棉大桥工程指挥部坐镇工地指挥。工地上聚集了当时四川桥梁建设的精英，设计院长和总工程师（留美老专家），公路局副局长兼总工程师余炯（留美专家，三级工程师，当时的月薪是我的近10倍）均住工地。设计负责人臧棣华（泸州长江大桥设计负责人，后来的交通厅总工程师），主任工程师王必初（第二工程队主任工程师，建成此桥后调入省公路局，我的主要师父）。第二工程队和新成立的第八工程队负责施工，丁长寿（第五工程队施技组组长）、李録锌（第四工程队技术员）等一批技术精英和工人调入新建的第八工程队。为建好石棉桥，还专门派李録锌去江苏同类跨度较小的T形刚构桥梁工地学习了三个月。川交一处全部投入川云西线的17个工程队中（第一工程队在攀枝花建雅砻江大桥，第二、三、四、五、八工程队系桥梁工程队），5个工程队建桥，11个工程队修路，党委书记孙洪熙、副书记彭济渊（原第一工程队书记），处长魏培德、副处长郐山（原第二工程队书记）均住石棉大桥工地。川交一处在全工程处9000人范围内挑选人员，成立了脱产的专业男、女篮球队和脱产的专业文工队。一时间，石棉大桥工地唱的、跳的，干活的，加上各级领导，热闹非凡，成为川云西线公路改建工程指挥、宣传、娱乐中心，全线员工向往的地方。

活泼好动的我，一有空就往石棉大桥工地跑，好朋友李録锌也经常带信叫我去看球赛，此时李録锌已经结婚，嫂子何佳丽是1965年重庆交通学院毕业的本科生，毕业后分配到承建石棉大桥的第八工程队，在特别爱惜人才的老书记彭济渊撮合下二人结婚了。

文工队（后更名为“毛泽东思想宣传队”），男、女篮球队，集中了全工程处9000人中的俊男和美女。文工队20来人，除了乐器和搞创作的，有演员十几个人，七八个女演员大都不到20岁，个个是经过精挑细选的美女，年龄最大的独唱演员、天府煤矿来的周银芳也不过20来岁，男、女篮球队里也是帅哥美女居多。不多时间，因李録锌的介绍，我和男子篮球队的队员全都熟了，也认识了女篮球队的主要队员，关键是认识了文工队的几朵金花。

文工队经常下工地演出。我们接到通知，文工队要来第四工程队工地演出，木工班用了一天时间在队部的后面平地上搭好演出舞台，舞台前面是有不少大卵石的草坪。

十多盏碘钨灯把木板搭成的临时舞台照得雪亮，台下黑压压地站满了第四工程队员工和当地农民，节目相当精彩，周银芳的独唱、杨灵浦的清音引得满堂喝彩，彭克用、周继仙（二人本身是工会干部、文工队的节目编导）和李録锌以及我等人的二胡、扬琴、笛子、三弦乐器合奏赢得掌声不断；林茂莲、赵玉琴、李淑华、邱继先、刘朝芳是文工队年龄最小的五朵金花，她们跳的藏族舞充满青春激情；李録锌和林茂莲演唱的《逛新城》，连演两次台下还掌声不断喊再来一次。小林清纯甜美的模样、熟练优美的舞姿，看得我心潮涌动。下来后情不自禁到后台找到李録锌，要他介绍正在卸妆的小林，邀请她到我们第四工程队来玩。

第二天下班后我立即跑到第八工程队驻地找到李録锌请他介绍我和小林耍朋友。李録锌听后满口赞同，专门给彭济渊书记作了汇报。几天后，彭书记检查工作到我队，找我去谈话，彭书记告诉我，小林人很纯洁，活

石棉桥工地川交一处毛泽东思想宣传队（居中为党委书记孙洪熙）

泼开朗，在文工队表现很好，同意我和她要朋友，但要我考虑她是家里六个兄弟姐妹中的老大，只有父亲一人在县里的街道榨油厂工作，母亲是家庭妇女，家庭经济较困难。我不假思索地满口同意。于是，下一个休息日，小林和好友李淑华一起到我们第四工程队驻地，我们一起到石棉县城玩了半天，在街上吃了午饭后又逛了一会儿才分手回去。休息日的前一天晚上，我早早吃了晚饭，急不可耐地跑到石棉桥驻地，李录锌把小林找来，他和嫂子冒着冷风出去逛，把我们二人反锁在家里，就这样，我们恋爱了。在大渡河的老石棉吊桥边，我们流连到深夜，我送给小林一条人造毛的大衣领，那时算是时髦的东西。因工作紧张，小林他们不停地到各工地演出，宣传毛泽东思想。信件成了我们来往的桥梁。

王必初工程师作为石棉大渡河大桥的技术负责人，工作严谨、技术过硬，他言传身教，给所有技术人员留下深刻影响，是技术人员学习的好榜样。仅以现浇沉井混凝土模板制作为例（隐蔽工程对外观无要求），王工要求木工班在模板内外钉白铁皮防混凝土漏浆，钉白铁皮的钉子要用墨斗弹好横竖墨线，按墨线位置钉得横竖整齐，这简直近于苛求。其对工程质量要求的严格程度强烈震撼了我，以后的岁月里，我不自觉地养成了对工程质量的精细作业，为国家建成了一座又一座精品桥梁。石棉大桥以优良的工程质量建成快50年了，大桥仍正常营运（后新建大渡河梯级电站淹没水下被炸掉）。

1966年底，我所在的第四工程队调遣到新津岷江1、2号桥，承担20米T形梁桥增加4孔的改建任务，施技组组长韦日宝调到一处机关施工科工作，我被正式任命为施技组组长。两个月后，第八工程队完成石棉大桥修建任务也调迁到新津，承担再增加2孔20米T形梁桥加孔改建任务。在岷江1、2号桥的河滩上，两个工程队相连搭建了大片工棚。

一处机关由荥经县搬回成都东郊老成渝公路边三圣乡的簧门铺。小林的文工队也随处机关搬迁到簧门铺。

我们新津工地的第四工程队和第八工程队也分别成立了革委会，我的施技组组长职务因出身不好被撤销，但工地的实际工作还是由我和工长王华先负责。

汛期来了，川藏公路咽喉的新津1、2号桥，必须在洪水淹没便桥前通车，桥面混凝土刚浇筑5天，强度只有设计强度的90%，一河洪水冲垮了便桥，新津桥不得不一边继续洒水养护，提前放行车辆，新津1、2号桥的改建工程就这样完成了。

川交一处的文工队和篮球队全部解散，队员们自选出路下工程队，没男朋友的女队员们因了解各工程队的情况大都选择到第八工程队。李淑华和邱继先（文工队的五朵金花之二）去了第三工程队和她们的男朋友在一起，小林一人选择来第四工程队和我在一起，姐妹们都劝她说第四工程队的风气不太好不要去，小林仍坚决来了第四工程队。果然，到其他队的人都分配做管理工作，因小林是我未婚妻的原因，被分配到钢筋班工作，钢筋班班长是从川藏公路下来的老工人苏师傅，为人厚道善良，在班上特别关照小林。

我们的新任务是搬迁到不通公路的乐山犍为县铁炉乡，修建位于铁炉乡政府所在地前边一公里处、岷江支流沐溪河上的4跨20米T形梁桥，第八工程队的任务是修建连接铁炉乡至岷江边的5公里公路。据说铁炉乡前面山里是新选定的三线建设工程（保密军工厂），我们作为先行队修建通往尚未开始建设厂区的道路桥梁。

铁炉乡的主街道如一艘船般停靠在沐溪河边，当地人称建在山丘上的罗城古镇为"山顶一条船"，铁炉乡古镇为"河边一条船"，这"河边一条船"至今外界知者甚少。铁炉乡位于犍为县城南38公里，沿沐溪河到岷江有 3 公里水路。铁炉乡船形街道随地势起伏，石板铺路，主街道为南北走向，两端较窄，中间宽敞。街道长约300米，最窄处 2 米左右，最宽的地方10余米。街面宽阔处建有一戏台，戏台前立着一根桅杆。街道北端建有一座石桥，南面立着石门坊，犹如一条"船"停靠在沐溪河边。"船形街"两侧长廊被当地百姓称为"凉厅子"，廊柱下石上木，被屋顶遮盖。在这里穿行赶街不怕日晒雨淋，人们在凉厅内喝茶看戏、抽烟下棋。溪口上有一座建于乾隆年间的兴隆桥，桥下为水码头，码头上游，是修建小电站水坝形成的十里湖面，两岸竹木林立、水平如镜，颇有江南水乡韵味。当地传说，最早是一位铁匠在此地建起铁炉打造农具，其手艺高超，远近农民闻讯购买，来往人多，便有人在这里开店做生意，逐渐形成了这条街。过去的铁炉乡作为岷江转沐川、马边各地的水码头，从清代到民国一直商贾云集，经济繁荣。古镇为何要修建成船形，至今还是谜。

铁炉乡的古镇建筑与犍为县有名的罗城古镇同建于明清时期，风格相似，对研究明清时期四川的政治、经济、建筑、宗教、文化等有较大价值。因结婚证在40多年的流动辗转中遗失，而办理护照签证必须要结婚证，2011年，我与夫人林茂莲再到铁炉乡政府补办结婚证。铁炉古镇主街陈旧如故，清一色的明清建筑却更加破败，唯一不同的是水泥路面的乡村公路通到了铁炉乡场，从犍为县城坐出租往返花费120元。

20世纪60年代，铁炉乡因地处偏远，“文革”巨浪波及较小，除街上的几个地主被劳动改造天天集中扫地外，其余动静不大。工程队的党支部和队部照样行使职权，造反派们活动较少，一时倒也相安无事。桥梁施工紧锣密鼓展开，水泥、钢材、砂石材料通过沐溪河运到水坝下游的码头，人工担抬转运到水坝上的小木船运到工地码头起坡，几千吨材料就用这种方法运到工地，其艰难可想而知。尤其运送每根三四百米长、架设吊装混凝土T形梁缆索吊机天线用的钢丝主绳，每米重达七公斤多，一根重两三吨，全工程队除了女同志全部参加抬运，上百人每间距三四米抬起一段，像一只三四百米长的巨大蜈蚣，摇摇晃晃穿过铁炉场镇走向工地，中途无法放下钢绳休息，累了的人由旁边跟着走的人轮换，现在回想起那时的情景还感到后背发凉。那年月修桥，尤其在不通公路的地区，劳作方式和蚂蚁筑巢没有区别。

那时，铁炉乡是个不通公路、封闭偏僻的小乡场，只有百十来户人家，三天一次的赶场十分热闹，四乡来赶场的人把街面挤得水泄不通，人们大都穿着对襟衣服，男女爱用白布包头。下雨天更是拥挤，满街斗笠攒动、蓑衣相连，不少人脚上穿着桐油浸过的粗布做成的钉子鞋（新中国成立前农村的老式防水防滑鞋），走起路来敲得街石咚咚作响。蔬菜、鸡鸭、小百货、地方土特产，买卖兴隆，收入不多的我们借此机会改善生活。刚到铁炉乡时鸡蛋两三分钱一个，400多个桥工的购买力注入小乡场，一两个月后价格上翻了两三倍，鸡蛋要五到七分钱一个，最贵时竟卖到一角钱，当地居民叫苦不迭。桥工们后来便不在本地赶场天买鸡蛋了，休息日跑到十多公里外的炭库等乡场购买，比铁炉要便宜许多。值得一提的是炭库场的猪蹄，每根猪蹄都是从猪腿弯处切下来，比通常的猪蹄多了好长一截，一根猪蹄三五斤重，煞是喜人，记得那猪蹄才两三角钱一斤，休息日到炭库买猪蹄的桥工不少。

1967年国庆节，是我和小林结婚的日子。铁炉石板街边的一间明清老宅，用竹席隔出的半间就是我们的新房，白天也得开着25瓦电灯，但光线仍然昏暗，而且还经常停电，很多时候靠蜡烛才能看见室内的物件。我们将单人木板床加宽一块木板约一米二宽，做成我们的新床，在街上缝纫店将两个单人蚊帐改成双人蚊帐，两床单人棉絮加宽成双人棉絮，床单也是旧的，枕头是各自从老家带出来的几代人用过的旧枕头，盖上两条新毛巾，记得我的那个枕套上还绣有“晨夕相依”四个字。这些东西加上我们参加工作时各自从家里带来的破旧黑色小羊皮箱，就是我们的全部家当。没有聘礼，没有婚戒，新婚礼服是平时舍不得穿的两套蓝色新工作服，唯有胸前的两朵红花是新的。

婚礼在铁炉人民公社30多平方米的会议室举行。行政组长左玉良是从川藏公路下来的、心地善良的中年人，通过铁炉乡供销社帮我搞到几斤水果糖和两条香烟。婚礼进行得热闹快乐，会议室挤满了来贺喜的人，温正烈同学任司仪，周汉江副队长当证婚人。大家齐唱《东方红》，向毛主席敬礼，向来宾、夫妻敬礼；再唱《大海航行靠舵手》，发喜糖喜烟，新郎新娘答谢大家提问，唱歌和背诵毛主席语录，按大家要求即兴表演……婚礼结束。新婚燕尔，婚假三天加上国庆假期，我们从铁炉步行经过第八工程队工地，和茂莲的好朋友小安等七八个人结伴一齐到犍为县城游玩。在孝姑镇坐小木船过岷江后，一行人走走停停、打打闹闹步行15公里，半天才到犍为县城。在铁炉乡住久了来到县城感到什么都新鲜，住在客栈里，寻找县城小吃和逛街，享受前所未有的放松……新婚的我这几天快乐开心。

转眼冬天就要过去了，4孔20米T形梁预制、架设终于完成，桥面混凝土也浇筑了，进行引道施工……突然接到通知，该项目下马不再进行，我们又该搬迁工地了。

1964年，中共中央根据毛泽东主席的建议正式作出了三线建设的决定。从1964年下半年开始，大规模的三线建设开始进行。中央将四川确定为三线建设的重点地区。绵阳地区地处中国内陆腹地，西北边缘是山高谷深的龙门山脉，向南地势渐次降低，形成四川盆地的盆周山区，很符合三线建设靠山、分散、隐蔽布点的自然条件，自然是当年三线建设的首选地区。

川交一处建桥队伍的一半都调进这里。我们和第八工程队搬迁到绵阳地区的广元和青川。

广元地处四川盆周北部山区、嘉陵江上游、川陕甘三省接合部，嘉陵江与南河交汇，宝成、广旺铁路纵横交错，川陕公路南北贯通。广元周边群山连绵，隐秘沉寂，其地理、自然条件独特，成为三线建设布局的优选之地，广元是国家三线建设的重要基地之一。

我们第四工程队承建青川白水镇白龙江支流白水河上2跨50米双曲拱桥，该桥位于从宝成铁路的昭化站到甘肃文县的碧口镇和青川的三岔路口，也是通往821厂和数个三线建设基地以及甘肃文县碧口镇白龙江电站的交通要道，地理位置十分重要；第八工程队和第五工程队到甘肃文县碧口镇，承建跨白龙江的80米跨双曲拱桥；第二工程队也搬迁到青川，修建从白水镇到青川县城沿途的几座桥梁。

夫妇在一个单位的双职工家庭，在流动单位搬迁工地是相当麻烦的。那时我们第四工程队双职工除我和茂莲外，还有林茂清与高正忠夫妇（林茂清是党支部组织干事，高正忠是卫生站的卫生员）及工人老彭、老林、老龙三对夫妇。由于双职工家庭有煮饭用的锅瓢碗盏等，行李比一般单身职工多得多。

我们把行李交给押运人员，步行半天到犍为县，第二天乘汽车到成都，第三天坐火车沿宝成线到广元县的昭化站。那时昭化是三线建设重要的中转站，卸大件的专用站台上耸立着40—50米高、能起吊100吨大件的“抬令”扒杆吊机（一根巨大钢结构立柱，四边用缆风固定，立柱底部有转轴，支承可变幅斜臂的桅杆式吊机）特别显眼，当时在宝成线所有站台上，这是一道独一无二的风景，至今仍深深地印在我这个桥梁工程师的脑海里，成为以后一些桥梁吊装技术创新的灵感来源。

1967年时的宝轮院是又脏又乱的几条小街，哪里有什么大庙（估计都是以后修复的）。三线建设的开展使这里拥挤不堪，我们在一个木板房小客栈挤了一晚，住在这小客栈的还有川交第一工程处机械运输队的司机，他们陪着邬副处长（建设渠县凉滩闸坝工程时期第二工程队支部书记）。第二天，一辆载重2.5吨的“跃进牌”工程车载着我们沿白龙江驶向60多公里外的青川白水河大桥工地。

当年，宝轮院到青川白水镇有60多公里，道路崎岖，沿着波涛汹涌的白龙江经姚渡镇往甘肃和青川，沿途人烟稀少，景色秀丽，和如今的白龙湖国家级风景区完全是两回事。

白水镇现在叫沙洲镇，是秦汉时期入蜀古道，著名的金牛道、景谷道和阴平道交会于此，为兵家必争之地，留下了许多古关、古道和文物古迹以及红军长征遗址。白水河大桥位于现在白龙湖中心区位置（宝珠寺电站建成后淹没于水下），当年的白水河蜿蜒清丽，像玉带般从青川流下，经白水镇注入白龙江，时而白玉翻飞、流水淙淙，时而水平如镜、清澈见底，两岸人烟稀少，好一个荒凉秀丽的地方。桥的东岸不通公路，是较宽的沙滩，沙滩后面是坡度较平缓的山坡，西岸山峰陡立难于攀爬，进青川的公路从山下通过，到甘肃文县碧口镇的公路（现在的国道212），在下游两公里的地方，一段过水路堤穿过白水河，桥位建在白水河的一个深水沱里，水面宽70—80米。施工队的工棚建在东岸坡地上，双职工住地和家属住地建在靠近山坡的最里边，离职工住地较远。

20世纪60年代末，50米两跨双曲拱桥，四川首次在三线公路建设的青川白水桥采用，第五工程队和第八工程队在白龙江碧口水电站建设的单跨80米双曲拱桥，是水电站建设的两岸联络通道桥，每天要往返通过几千辆当时载重最大的10吨翻斗汽车，设计标准汽–13、拖–120，双曲拱肋设计断面远大于白水河和到青川一线的小跨双曲拱桥，白水河大桥和到青川一线的双曲拱桥都采用小一级的设计标准汽–10、拖–60。20世纪80年代初，我参加四川省公路局桥梁调查组再次来到此地，查看通车十多年后的碧口大桥和白水河大桥以及白水到青川一线的桥梁，除碧口桥拱肋是大断面结构无任何裂纹外，白水河大桥和青川一线的双曲拱桥病害严重必须加固维修，这是所谓节约造价、盲目缩小结构断面造成的恶果。

到白水河大桥工地后，第四工程队的造反派活跃起来，并时有武斗发生。工程队里人心惶惶，纷纷准备逃离工地避难。

茂莲结婚后不久就怀孕了，到白水河大桥工地后，人年轻身体好，挺着越来越大的肚子天天在钢筋班上班。眼看预产期到了，为预防不测，我们不得不决定回她蓬安老家，也做好在路上生小孩的准备。我们将一条被子和一条垫絮及床单包上生小孩的物品和少量衣物，用直径5毫米左右的尼龙绳（结实）捆成五六十斤重的背包，背包外挂一床草席，背包绳子贴肩垫几层水泥纸以减小局部压力，再用一个白铁皮桶一层谷糠一层蛋装了50个鸡蛋，桶面上盖小脸盆，脸盆里装红糖醪糟和碗筷，盖上毛巾用细绳紧捆在桶上。背的和提的行李不下70斤。

碧口开来的“跃进牌”工程车司机廖师傅认识茂莲，将她塞进驾驶室，我自己挤上车厢，所幸沿途没受到当地造反派拦阻，四小时后到昭化火车站，车站早已挤得水泄不通，全是背着大包小包逃难的人。火车开过来了，我们无论怎样都挤不上车，急得像热锅上的蚂蚁。两个列车员看见大肚子的孕妇挤不上车过来帮忙，好不容易将茂莲推上车。我的背包被后面的人卡住，在车门口怎么也上不去，正当我精疲力竭眼看支持不住往后倒下时，说时迟那时快，列车员从后面顶住我的背包使劲往上一推，我一个踉跄一头栽进车厢里，好在前面的人挡住没有倒下，手里的铁桶却滚落到地板上（事后打开铁桶，里面装的鸡蛋未损坏）。终于上车了，虽然双肩被勒出两道血印。车厢里挤得人都会悬起来，好不容易找到个位置放下背包，我安顿茂莲在背包上坐下。晚上到达成都火车站，举目无亲，只有在候车室的地板上席地而卧。第二天晚上九点多到达重庆菜园坝火车站，出车站大街上空无一人，一派武斗的紧张气氛，从菜园坝步行到朝天门已是半夜——现在简直无法想象，当时茂莲挺着大肚子这一路是怎么走过来的。走进港务局候船室，门口几个“八一五”造反派拿着三角皮带做的鞭子，凶神恶煞地问我们是不是成都来的“土麻砸”（指成都“八二六”造反派）。他们看见大肚子孕妇逃难的样子，没有难为我们，放我们进了候船室。第三天到舅舅家里，外婆十分心疼地做醪糟鸡蛋给茂莲吃，舅舅家人多拥挤，不是生小孩的地方，茂莲这时还没发作迹象。第四天我们又坐汽车到南充，南充所有旅馆客满，茂莲的发小、南充文工团的汪继清、何本生夫妇，找了个地下室旅馆安顿我们，第五天又找车搭送我们回到蓬安，茂莲的身体居然没问题，小孩仍然没出生，真是逃难中的奇迹。到家第三天，也就是逃难出来的第七天，在茂莲家里，我们的大女儿李林顺利出生了。

林家在蓬安是大姓，在县城主街东端有很大一个林家院子，住着林氏家族几房的好几代人，1958年“大跃进”，县里成立了合作社性质的机械厂，生产小型农业机械和铸铁件，征用林家大院做厂房，十来家林氏家族成员搬到街对面一栋破旧的老式穿斗结构的棚屋里，棚屋每个开间的一进住一家人（开间约4米宽，进深12米），两边用竹席隔开。解放初期定成分时，茂莲父亲林洪泉等几个人合伙开有榨油坊，榨油是重体力劳动，合伙人都是劳动者，在农村无土地，故定其为城市贫民，公私合营榨油坊成了集体性质合作社。茂莲父亲有文化，除了跟班榨油作业，还兼任榨油合作社财务会计和实际负责人。茂莲是六个兄弟姐妹中的老大，其下依次是儿子茂刚，女儿茂琴、小琴，儿子茂杰，幺女茂英。母亲章芝惠是家庭妇女，无工作，还有一位70多岁的老祖母。

茂莲全家个个吃苦勤劳，男孩放学后要么帮父亲拉架子车，要么去机械厂锅炉房后面捡锅炉灰里的二煤炭，家里从不缺煤烧。母亲带着女儿们在机械厂里包一二十个工人的衣服洗（每人每月1.5元），每天背两大背篼衣服穿过县城下河街到嘉陵江边洗衣服，一洗就是大半天。70多岁的太婆负责做饭，一家人起早贪黑，忙碌和谐，日子过得有滋有味，并不像外人猜测：这么大一家人只有父亲一人工作且是集体企业职工，几兄妹除茂英年纪小未上学外，在家的四兄妹都在读初中或小学，家庭经济一定困难。我这个逃难来的上门女婿被勤劳的家庭气氛感染——虽在岳父的坚持下我没有去跟班拉架子车，却也背过几次衣服下河清洗。

嘉陵江边的蓬安县离南充60公里车程，20世纪60年代是南充地区以农业为主的小县城（当时无人知道是司马相如故里），广柑、生猪、鱼类、红苕、粮米等物产丰富。主街磨子街是一条不到一公里长的小街，古色古香，破旧凌乱，县城不到十万人，民风淳朴，“文革”对此地影响不大，人们照样日出而作日落而息，普遍不富裕但自足快乐。因为武斗，在外工作的蓬安人回家避难的不少，时间一天天过去，我在这里认识了何本身、母伯禄二位同年人，我们常在一起谈天说地，下河钓鱼，也为国家的前途担忧。我们共同的心愿，就是盼望武斗尽快结束回单位上班。谷子收获了，终于等来了回工地上班的通知。

白水河大桥终于正式开工了，安排我负责拱肋和拱波预制，简国梁副队长亲自负责水中桥墩的钢筋混凝土沉井施工，施工方法是在水中用木笼围堰筑岛，在筑岛上预制钢筋混凝土沉井，汽车吊挖泥斗挖泥配合吸泥下沉。这是我第一次参加和见证混凝土沉井施工的工程。

50米拱肋采用拱架预制要用很多木料，我和木工班长姜兴模、木工工长曾光华反复商量，经简队长（技术队长，相当于现在的总工程师）批准，决定采用土牛拱预制（用黄泥和片石做成拱曲线，表面抹砂浆铺油毛毡），此举获得成功，节约了大量拱架木材。但事后却感到后怕，若土牛拱预制拱肋不成功或质量出问题，我这个出身不好的黑五类狗崽子就会吃不了兜着走，不知会被造反派批斗成啥样。

那时青川白水河地区生态环境很好，大桥沉井下沉到位后，工人们在水底放了一炮炸鱼，潜水工下去，河底铺满白花花的青波、鲤鱼、边鱼，捡了500多斤起来。一个休息日，双职工驻地的林某、余某和其他几个人拆开老式电话机，装上两根电线到离驻地30里外的刘家沟（小河）手摇电话机发电烧鱼，下午回来居然收获180多斤野生黄辣丁（手摇电话机可电激起黄辣丁等无鳞鱼在水面浮游，再用小网舀起来），鱼多可惜无调料，只能加盐和姜炖汤喝。此地的核桃、鸡蛋等物产丰富且价格便宜，因此我们工资不高但吃得不错。工程队住的工棚区为防火灾，历来不准烧火煮饭，双职工和家属区离工棚区较远，“文革”时期无人管，双职工区和家属区煮饭也就无人过问，施技组的人休息日都到我家来凑份子煮饭打平伙。

双曲拱肋和拱波刚预制完成，我和刘玉龙被下放到工班劳动，成为普工班的工人，天天上班挖桥台土石方。所幸我当技术员时和工班工人关系很好，受到同班工友关照，不让我干重活，和大家相处融洽。

江油县城，从现在的青莲大桥过涪江（那时可没青莲大桥，记不起怎么过的涪江），穿过两个没有灯光的隧道，进入龙门山脉，顺着现在的九寨环线走15公里，四面被大山包围的小山坡叫松花岭，从松花岭再向山沟里走3公里，路边一条清清小河叫平通河，是涪江一级支流，从龙门山深处流出。此河发源于平武县、松潘县与北川县三县交界处的六角顶，最高海拔3326米，向东南流经锁江、大印镇、豆叩镇，在平通镇转西南流经桂溪然后向南于彰明镇汇入涪江。全流域总面积1299平方公里，河道全长123千米，天然落差2300米，年平均流量25.5立方米/秒，年平均径流量8.04亿立方米。

青川白水河大桥还没完成，在工班劳动三个月后，我又回到施技组，和周汉江副队长一起带领工人到任家坝大桥工地打前站。任家坝位于平通河中游大峡谷上游两三公里处的一块平地。沿205省道前行，绿水青山，壁立上千米的两边高山秀美如画，有著名的4A级风景区药王谷和猿王洞，再往前行不远是大禹故里。45年前，松花岭和任家坝是谁都不知道的荒山野岭，最先来到这里的是一批军人——军管会（师级）成员，接着来的是我们建设任家坝大桥的桥工队和在松花岭建基地的建筑队。

任家坝大桥跨平通河，为6孔22.2米T形混凝土简支梁桥，桥宽12米（9+2×1.5），荷载等级汽-13、拖-60。钢筋混凝土钻孔灌注桩基础。建桥过程中，一种神秘的气氛笼罩我们。任家坝是个只有二三十户人家的小村，坐落在平通河右岸（公路对面）不长的一块台地上，除了不远处风景秀丽直插云天的峡谷和背靠坡度陡峭的高山，什么都没有。军管会规定我们只管建桥什么也不要打听，写信只写江油305信箱桥工队地址。我们当然明白，这是个重要的三线建设基地，具体是什么谁都不知道。

一个休息日的下午，我和刘玉龙、温正烈拿着施技组的135徕卡相机，在驻地外的树林边，以大峡谷为背景拍照。此时，从大峡谷那边的山坡上走下来几个人，其中有两三个白发老人，气质不凡，军管会的人也在里面。军管会的人对我们说：你们是桥工队的吧？这个地区是不准照相的哟，你们待会儿到军管会来一下。此时拿相机拍照的正是我，吓得双脚发软，急忙跑回队部，把情况告诉了保卫干事唐孝坤。唐孝坤陪我们三人带着相机到松花岭军管会找到管我们桥工队的军代表，说明了照相过程的情况和动机，军代表告诉我们：“这地区是不准照相的，我知道你们拍工程照片也没管，可你们知道吗，刚决定基地的位置你们就对着位置照相，而且被北京来的领导和专家看见了。这次也不处分你们，把胶卷拿出来曝光就算了。”一块石头落地，悬着的心也放了下来。

当时，冲击钻孔桩正在紧张施工，除预制T形梁的部分人员，全工程队分成两大班昼夜作业，必须在汛期到来前完成全部基础施工，力争在最短的时间内建成大桥。一天上午，阴天有风，工地正在进行正常桩基冲孔施工，突然，工棚区冒出了浓烟，经风一吹，马上变成大火，火随风扬，风助火威，油毛毡和竹席搭成的工棚都是易燃物，一间连着一间，十多二十分钟的时间里，整个工棚区变成一片火海，人们跑回工棚区时，只能眼睁睁地望着全部工棚烧光，任何东西都无法抢出来。一两个小时后，上千平方米的工棚变成了冒着青烟的灰烬。

我们少数几家双职工，租住在远离工棚区的村民家里，得以幸免。两三百人受灾，办公室的物品资料烧得干干净净，损失最大的是木工班长陈和清，他从修建川藏路开始，多年省吃俭用积蓄下来800元现金（在当时可是一笔巨款）一分钱也没剩下，急得坐在地上号啕大哭。军管会和处机关很快调来救灾物资，用了近一个月时间重新搭建好工棚，也给了每个受灾职工物资和现金补贴，让大家能正常生活。起火原因有两个说法：一是起重工田茬口（“茬口”是“大嘴”的意思，记不住他名字只记得外号了）的老婆违规在工棚外煮饭，风吹火苗点燃了席棚；一是工会干事冯志奇在办公室修扩音机用电烙铁时短路电器起火点燃了工棚。最后，田茬口的老婆被判了三年管制。

三线工程，质量尤为重要，几次负责T形梁预制质量优良的好声誉（我明白了这可能是让我由工班回到施技组的原因之一），使革委会安排我和姜兴模负责T形梁预制。在强烈的责任心驱使下，我和姜兴模还有钢筋班长苏光华，带领工人更加兢兢业业，全力做好预制工作，预制好的T形梁质量优良。

1971年初，任家坝大桥用一年的时间建成通车了，作为参建的施工人员，我没机会参加通车典礼，又带领工人奔赴广元宝轮院郭家渡白龙江大桥打前站。

2015年清明节，到川内有名的江油药王谷度假看辛夷花，驱车沿205省道路过松花岭，突然看见路边熟悉的景物，不由一阵激动——45年前建成的松花岭大桥现在如何了？运行还好吗？我专门前往查看。经45年的运行，大桥基本完好，桥面铺上的沥青混凝土无破损，栏杆完好，桥头栏杆端柱上浇筑的那年月特有的“提高警惕保卫祖国，备战备荒为人民”口号，阴刻仿宋字完好如新，桥墩的盖梁和部分梁体上长满青苔，留下岁月的沧桑。2008年“5·12”汶川特大地震后，专业单位对这座重要的军工用桥梁进行了检测，得出如下结论：“综上所述，目前桥跨结构的强度和刚度尚能满足通行80吨重车的要求，但需要严格按照静载试验结论选择通行车辆，并同时低速匀速通行。”任家坝大桥设计为汽-13、拖-60的荷载等级，45年后仍能通行80吨重车，据桥上遇见的厂区内保部人员讲，当年桥上通过的最重车辆是400吨平板车。说明那时我们这个桥梁施工队，包括我这主管T形梁预制的技术人员，对工程质量的严苛要求。

建桥人一生奔波，走南闯北，留下一座又一座桥，供后来者行走使用，建桥人留下的是辛劳和汗水，有的甚至付出了生命。我是一个建桥人，为桥梁建设已奋斗50多年了，桥梁承载了我全部的喜怒哀乐，生命不息，建桥不止!

1971年底，第四工程队接到新任务承建广元宝轮院郭家渡白龙江大桥，这是一座8+5×60米钢筋混凝土箱形拱桥，桥宽10.2（8+2×1.1）米荷载等级汽-13、拖-60，明挖基础重力式桥墩，广元岸第二孔设制动墩（墩身较一般墩大，可单侧承受拱推力）。箱形拱桥是四川交通设计院在双曲拱基础上创新的桥型，第一次在郭家渡大桥使用，同时在建的有通往甘肃方向，位于姚渡附近821厂的白龙江大桥（简称821桥），3跨66米箱形拱桥，由第二工程队承建。这两座桥是当时的新型大跨高难度桥梁，设计院专门派出由主要技术骨干组成的现场设计组常驻郭家渡工地对两座桥梁进行现场设计。任家坝大桥完成后，我送茂莲回蓬安老家生产第二个孩子李倩，再到郭家渡大桥工地。

我在郭家渡大桥施技组工作，在技术队长简国梁的领导下，负责全桥测量放样、箱形拱肋预制吊装，工作量很大，责任不小。有了白水河大桥用土牛拱预制拱肋的经验，我再次和姜兴模合作，预制出尺寸准确、质量好的箱拱节段。由于测量和制作都由我一人经手，安装精度较高，得到了大家的好评。靠自己自学和不懂就请教设计院现场设计组的老大哥老大姐们，我圆满完成了任务，自己也学到不少大跨桥梁施工技术。

“文革”期间，知识分子和工农结合，设计院派出了十几个人的设计组驻在郭家渡工地，现场设计821基地白龙江大桥和郭家渡大桥。他们的驻地和施技组在相对的两栋工棚，和施技组关系处得很好。我家二女倩儿三个月大，小模样特别乖，成为设计院大姐们的掌上明珠，工作之余她们都要逗上一会儿。白龙江右岸支流（名字记不起了）水量不小，清澈见底，滩多流急，鱼特别多，搬开滩里水中的大卵石，附在卵石底部的石虫（我们叫“石蚕子”），是上好的钓鱼饵料。我和设计院设计本桥的负责人范远才迷上了钓鱼，只要是休息的日子，我们早上四五点起床，到白龙江对面的支流上开始搬石蚕子，天一亮就开始在滩上钓鱼（我们叫刷鲹）。鱼很多，一根石蚕子可钓上两条大小约一两重的鲹子鱼。到下午回来时，竹鱼篼和军用书包都装满了鱼，八九斤是有的。回到驻地，设计院的大姐们拿出她们从成都带来的罐头等食品，施技组的工长们出力烹饪，不一会儿，大锅美味可口的鱼就做好了，我们嘻嘻哈哈美美地吃上一顿。设计院和工地的技术人员关系融洽。

工程进展顺利，大桥拱肋吊装顺利合龙进入拱上建筑砌筑施工，我由于工作认真精细，拱肋预制质量好，安装精度高，满足设计安装标高误差最大四厘米的要求，得到设计院和大家的好评。

一个春天的下午，我刚从工地回到施技组办公室，还没喝口水，突然开始胃疼，越疼越厉害，不一会儿就全身冷汗，脸色蜡黄，路也不能走了。刘玉龙、温正烈把我扶到医务室，医生彭宗云一看就立即确诊“急性黄疸性肝炎”。那年月的中国人营养状况极差，急性黄疸肝炎病多发，是当年最凶险的病之一。真是屋漏偏遭连夜雨，在“文革”如火如荼的时候，这种病竟然落到了我这种家庭出身不好、社会地位如此低下的人身上。一家人老的老、小的小，此时的茂莲才24岁，听到此消息如五雷轰顶，哭成一团。刘玉龙他们把我送回离医务室约300米的驻地，茂莲从痛哭中冷静下来，给我收拾好被子，立即住进了搭在白龙江边、离工棚区有一定距离的隔离帐篷里。帐篷里已有两个急性肝炎病人，记得一个是年轻的射洪民工任道炎。肝炎病人最需要的就是吃糖保肝，那年月糖是稀罕之物，每人每月定量供应的二三两白糖是工程队食堂集体掌握，不发给个人，到哪里去买？肝炎病人需要的是营养，营养要钱，此时，我和茂莲的工资加起来只有92元，每月还要给母亲汇去10元，六口之家，老的老小的小，这点工资保证最低的生活费都很紧张，哪有钱来看病和补充营养?

从出生开始，贫穷、痛苦、屈辱一直伴随我，虽尽了最大努力走好自己的人生路，30岁时却突然得了这么险恶的疾病，工地已有青年工人得重症肝炎暴毙的先例，以当时的经济条件、我的家庭出身和工程队的生活环境，得了这个病离鬼门关也就不远了。求生的欲望让我又一次鼓起勇气向肝炎病抗争，我要活下去!

最苦的是茂莲，一个24岁的年轻女工，带着两个幼小的女儿、母亲和6岁的小妹，每天坚持8小时上班，还要把大部分精力用来照顾我这个住在隔离帐篷里的肝炎病人。从文工队出来分到其他工程队的姑娘，在文工队时受领导的喜爱和群众欢迎程度大都不如茂莲，而她们分到其他工程队都被安排在办公室工作，受我的影响，茂莲到第四工程队被分配到钢筋班每天跟班劳动。我一生病，家庭重担全部压到她身上。从小就和母亲一起下河洗衣服、做家务劳动、打零工挣钱养家的茂莲，身体里有足够的吃苦耐劳、克服困难的基因，文工队到处表演，接触人多，认识的人不少。她找到支部书记陈某某，陈某某破天荒地批准从食堂分到五斤白糖，那可是救命的白糖啊……茂莲不知哪来那么大的能耐，每天给住在隔离帐篷的我送来热气腾腾的猪肝菠菜汤和不同的猪肉丸子汤，香极了。卫生站每天吃药打针输葡萄糖（当时葡萄糖也是稀罕的），加上每天的静卧休息，急性期的肝炎恢复得较快。

参加工作九年来，因为我的脚踏实地，和工程队的工人尤其是老工人以及姜兴模等技术骨干结下了纯真友谊，他们个个为人正派，只看工作和为人而不管家庭出身。我与施技组的温正烈和刘玉龙等技术人员，近十年工地生活的同甘共苦，结下了深厚的友谊。在我生病的日子里，木工班长姜兴模安排部下每天将刨下来的木刨花装一箩筐或一背篼送给我家，家里便不愁煮饭柴火。工长黄维银、王华先，每天吃饭时轮流端着饭碗到帐篷里和我同吃，不管我怎样说，他们不在乎急性肝炎强烈的传染性，感动得我不知说什么好。温正烈和刘玉龙，每天来隔离帐篷看望，给予必要的帮助……那年月在艰苦的建桥工程队里，人与人的关系友好淳朴，至今回忆起来心里还充满暖意。

急性黄疸性肝炎是那时多发的重症，在工程队得此病一般休息3个月。我在帐篷隔离一个月后，肝功能有所恢复但传染性还强，不能住在家里，工程队将我安排到位于眉山县白马乡的川交一处疗养院，一边治疗一边休息。别妻离女，我踏上了到眉山白马疗养院住院之路。

大病未愈，一人上路从广元宝轮院到眉山的白马乡，路经成都住在川交一处机关招待所。招待所住满了各工程队来串联的造反派，谁也没注意我这个肝炎病号。到设计院拜访在宝轮院工地现场设计刚回成都的张联燕工程师，令我十分感动的是不管我怎么推辞说我的病还有传染性，他一定要留我在他家用专用碗筷吃了中饭。已调到处机关工程处工作的韦日宝，在工程队时是我的良师益友，给我建议：患了这样严重的病加上携家带口，已不宜继续在工程队工作，要想法调到成都来，最好是想法全家都调到成都工作。我心里一动，之前从未想过到成都工作的事，好几千人的川交一处，大部分员工都在工程队（包括双职工），长期在川内穷乡僻壤的建桥工地流动，到大城市固定单位尤其是到成都工作，是大家梦寐以求的事，要想全家调到成都，我单位的工作性质决定了这是特别困难的事，老韦的告诫却在我心里留下了种子。

从成都坐客车到眉山，再转车往洪雅方向，到白马乡已是下午，步行3公里，公路边一个孤零零的小院子就是川交一处职工疗养院（也是职工医院）。院子不大，一栋两层小楼，几栋简易砖房围成一个小院便是医院全部，这原是川交一处的一个库房，如今改成医院。白马乡是稻米产区，四周都是水田，医院离最近的农户也有几百米距离，除了不多来看病的农民，显得十分安静。医生、护士和工作人员20多人，疗养的病员20多人，没有什么医疗设施，虽闭塞，对恢复期的病人，却是休息疗养的好地方。

“文革”期间，20多人的医院分成两派，为了治疗，大多数病号和我一样两边都不参与，对每派一样尊重、依靠。护士长彭筱云、青年护士陈丽金和我这个青年技术员病号（住院的病号只有我是技术人员）很谈得来，她们时常在给我的治疗药物之外拿葡萄糖液给我增加营养。病号们大都是年轻人或中年人，他们熟悉环境，带我一起去捉黄鳝、捕青蛙，赶场天上白马街上买鸡买蛋，一起煮来吃。茂莲按月将工资收入的一半汇给我加强营养，她们五个人在工地只用一半工资，日子可想而知。没有工作压力，远离造反派的争斗，生活安静加上营养不错，我病情恢复快，一转眼三个月过去了，肝脏功能全部恢复正常，体重明显增加。我出院了。

回工地路过成都，去到已是川交一处党委副书记的老领导彭济渊家里，请求因病调到成都工作，彭书记对我的好印象依然如故，亲热地接待了我，答应考虑考虑。此时，被打倒的老干部们陆续走上领导岗位不久，他们在“文革”中的不同经历，有的被打倒批斗，有的只是靠边站，有的参与支持造反派，致领导班子关系复杂，涉及人事调动意见尤难统一。由流动单位的工程队调到成都一处下属固定单位工作特别困难（当时，川交一处在成都的固定单位有处机关、机械运输队和房建第六工程队，全部人员不到全工程处人员的10%），须在党委会上研究通过。彭书记让我去找机械运输队支部书记徐洪海，说他和党委书记孙洪熙、郧副处长（南下干部、川交一处副处长）的关系都很好，请他也为我的调动帮忙。机运队在东郊成渝公路簧门铺路边，有以解放牌为主的汽车150余辆和若干台空压机、发电机、推土机等工程机械，员工400余人，当时是个不小的机械运输队（机运队）。

徐洪海书记和夫人瞿姐用丰盛的饭菜热情接待了我。我说明来意，凭着对我以往工作的信任，徐书记当场表态想法把我调到机运队，在他的手下负责基建工作。徐书记的表态使我大喜过望，满怀希望回到广元宝轮院大桥工地，白龙江大桥已进入上部工程收尾阶段。

老干部们恢复工作后开始抓生产，“文革”造成各单位人际关系错综复杂，为了缓解人际矛盾，各工程队技术人员在全处范围内进行调整。回到工地不久，接到我和第二工程队技术员刘炳坤对调的通知，刘炳坤1961年毕业于成都工学院桥隧专业，与禄子兄是同年级同学，为方便工作和我对调。第二工程队是川交一处的主力桥工队，也是主管生产的邬副处长的嫡系，选我和刘炳坤对调是对我这些年工作业绩的肯定。时任第二工程队党支部书记的雷兴林也表态欢迎我去。

川交一处老领导恢复工作后，党委会决定在成都召开全处职工宣传毛泽东思想文艺调演，茂莲主演的节目被选为代表第四工程队到成都处机关汇报演出，茂莲有机会到成都。当年党委书记孙洪熙和其他老领导们是最喜欢文工队活泼可爱的小姑娘茂莲的，茂莲找到老领导们尤其是孙书记，向他们述说拖着两个小孩在工程队流动，爱人又生重病家庭十分困难，要求调到成都固定单位工作。孙洪熙书记很快同意了，加上党委副书记彭济渊同意，邬副处长想我单身到第二工程队后专心工作，不反对茂莲调成都，真是机缘巧合。我找到机运队徐洪海书记，他同意茂莲调到机运队，同时要我也留在成都机运队负责房屋基建工程，由他去找邬副处长借调，我暂时不去第二工程队上班。邬副处长尽管心里极不愿意我离开工地，还是同意我借调到机运队工作。30岁的我终于全家调到成都（我是借调）机运队工作，暂时实现了流动单位员工梦寐以求到固定单位工作的愿望。

机运队是负责汽车运输和工程机械使用、维修、管理的单位，茂莲被安排在漆工班和几个女工负责汽车喷漆，我是从事桥梁建筑工程的土木技术人员，负责房屋建筑，不是机运队的主要专业。

“文革”中，工人阶级领导一切，领导阶级中机运队最吃香的是汽车司机。一百多辆汽车，一些车辆在各工程队的路桥工地跑短途，部分车辆往返于成都和省内各工程队之间运送水泥、钢材等建材物资。司机技术好、车况好的车跑甘（孜）、阿（坝）、凉（山）和西藏，从这些地方的森林里运送木材到各个工地。物资匮乏的年代，车轮滚滚跑遍各地，司机们除了完成运输任务，在家的修理工和管理人员委托自己熟悉的司机，用最少的钱从各地把最需要的生活物资捎带回来，因此汽车司机是香饽饽。

机运队占地23亩，只有两栋长20多米宽8米的修理车间，无法满足车辆和工程机械的修理需要，大部分修理工作都在露天进行。机运队负责基建的就我一个人，设计、施工、工程管理、材料采购、工程结算都由我一人负责。学水工建筑的我，要从事房屋建筑的设计和施工管理，在资讯高度发达的现在不会是难事，可在专业书籍和资料奇缺的那年月，一个水港专业的中专生承担此任务，难度不能说不大，但若胜任不了此项工作，就得卷铺盖卷走人。在这样的条件下，我开始了长达五年的机运队房屋基建工作。

我从处机关工程科借来仪器，测量、绘制机运队平面布置图，对机运队的房屋作了改扩建的平面布局，把场地中间小而杂乱的车间拆建到西边和南边场地，办公区放到北边，腾出中间分区停放车辆和工程机械，场地宽敞了。东边生活区（职工宿舍）用围墙将工作区、办公区分开。徐书记对此布局提出修改意见，我按他意见修改后，分期分批实施。

第一个工作是将旧的修理车间拆除重建新的修理车间。房屋设计、修理车间设计我一片空白，但对于有九年建桥施工经验的我，却也不是一点基础都没有，这是一个重新学习的过程。修建围墙的农民工队伍进场了，他们是房屋建筑的准专业施工队，包工头张天献是和我年纪差不多的年轻人，高中毕业生，带领他们村的农民承担房屋建筑劳务施工十多年了，刚完成龙泉驿区政府砖混结构五层办公楼施工，他成了我的第一个房建老师。他借给我一辆自行车（那时的自行车是家庭的奢侈品之一，借到是不容易的）连续几天陪我骑自行车进城，先是到峨眉汽车修理厂和其他汽车修理厂参观汽车修理车间建筑结构，大多是12米进身（宽）4米开间（长）的砖混结构，三角形屋架，屋面采用那年月特有的机制大瓦（仿苏制），不少车间有跨全开间（12米）的桁车梁，吊重2—3吨，汽车修理车间的基本结构就这样了然于胸。到了北门大桥附近的西南建筑设计院，问到资料室和标准图室，我的妈呀，找到知识宝库了，这里什么样的车间设计标准图都有，都可以成套购买，资料室也有建筑定额卖。真是踏破铁鞋无觅处，得来全不费功夫。买回车间设计标准图后我依葫芦画瓢，一套12米进身（宽）12个开间（48米长）、有两台3吨桁车的修理车间设计图，不长的时间就设计完成，工程预算和材料数量表也同时完成，上报到处机关工程科审批备案。徐书记的办法多，很快就要到了修理车间的建设资金，半年多时间，修理车间改建完成，汽车修理工作条件得到很大改善。机运队上下都满意，邬副处长来看了也满意，不再天天催我回工程队了，我在机运队的位置稳定了一些。第二年，车队南边新建的工程机械修理车间也建成了，汽车修理和工程机械修理场地完全分开，机运队的工作环境改善了。

职工宿舍建设提上日程（机运队此前一直没有职工宿舍），徐书记在机运队东边从生产队里搞到一块地，紧邻食堂和厨房，和生产、工作区完全隔开，新建职工宿舍。我又开始和张天献一起骑自行车进城考察。看各类在建不同构造的单元宿舍，了解宿舍的基本功能和构造。宿舍要比车间复杂，有厨房、厕所、主卧、次卧、客厅、采光、门窗通风、上下水管道、电力线路等组件，首先考虑实用性，再考虑舒适性。去四川省建筑设计院的资料室和标准图室，经过考察、比较选择，在各种单元宿舍标准图中选择、设计出一套6层楼3个单元的职工宿舍。3个单元住54户，能解决机运队全部双职工的入住需求。这种户型是当时成都市的流行户型，不同的是将1梯4户改成3户，中间的两个特小的1室1厅改成1户3室。布局虽别扭但面积要大些，36户全部变成3室。20世纪的70年代初，机运队建的这栋职工宿舍是川交一处第一次建职工单元宿舍。

图纸有了，工程预算、材料计划、施工队伍，都是我一人包办。宿舍建筑复杂很多，张天献（他自己在城里另有车间工程）推荐他们一个村的李文元带的民工队（刚承建完成龙泉驿城区的类似宿舍）承担施工，经徐书记认可，民工队伍就定下来了。工作量很大，一个人忙不过来，徐书记从第一工程队调来石工工长周某某负责条石堡坎修建，施工队是他兄弟从安岳老家带来的民工队，计量结账时可把我头都搞大了。

在一段时间里，我都在市区和成都周边区县出差，寻找和采购各种材料。在龙泉驿山上选定石料场，利用回来报修的车辆排班修理的空隙上山拉几趟条石，砌筑堡坎和宿舍基础。宿舍地基是遇水膨胀的红土层，极易滑动，本地很多房屋因地基处理不好滑坡，墙面出现大的裂纹和沉降。我决定承重墙用条石做基础，基底放置在页岩面上，基底填上50厘米的砂卵石再浆砌条石基础，基础面上浇筑30厘米高的钢筋混凝土圈梁（混凝土标号和钢筋直径较一般房屋圈梁大一倍），宿舍建成后使用了近40年（修建成都三环路因位于娇子立交桥内被拆除），墙体未出现裂纹。

那时建房，砖、水泥、沙、卵石、石灰、下水铸铁管道、上水管道阀门、电工材料还有门窗等，门类繁多，都需逐一采购，不像现在建造房屋，什么配件都有半成品或成品可买，由不同品类、不同的专业公司或专业建筑队进场安装，简单方便且质量好。我买来五金手册、管道手册、电工手册，结合宿舍设计标准图，从学习每个配件的功能入手，精确算出各种材料的品类和数量（每种材料的备件数都得计算清楚），做出采购计划。主要材料我亲自出马，到处问质询价，选好后再请示徐书记确认后签约采购。小件材料，提出采购计划请材料室采购代办。

采购过程中如何杜绝现今社会普遍存在吃回扣、中饱私囊现象？尽管徐书记给了我全部一手包办计划和采购材料的权限，有不少吃回扣的机会，我却想都没想过采购过程吃回扣或贪污。我给徐书记提出派一个人共同出去采购，好互相监督。徐书记的几句话让我记住并一辈子奉为座右铭："你怕啥，只要你自己在采购过程中不揣腰包，你什么都不要怕！"我买回的材料，计划、发票、单价、总价一清二楚，质量上乘，入库、领用手续清清楚楚。几年下来，没有任何人对我在这方面有微词，确实做到了清清白白做人。和张天献及后来的李文元一起外出办事时，我规定每人吃饭不能超过6毛钱（两人一荤一素一个汤），超过这个标准我就不吃，饿着肚子回来。春节到了，李文元送来极为紧缺的草鱼和猪板油，给徐书记和我各一份。请示徐书记后，徐书记照市场价付钱，我也一样照市场价付钱。徐书记这样的老革命，以自身的廉洁行为给我树立了榜样，值得我永远学习和尊重!

要想有优良的工程质量，必须认真学习房屋建筑知识，研究制定保证质量的技术措施，坚持每天认真检查现场工程质量，执行质量保证手段绝不手软等。学习房屋建筑知识从三个方面实现：

第一是获得尽可能多的房屋建筑书籍。感谢徐书记同意我购买房建等书籍予以报销，这期间，房屋建筑所需的设计施工书籍、水电材料及安装书籍、五金手册、机械手册、电工手册，甚至钣金工手册等，买了不少。我如饥似渴地读书。宿舍工程需要什么知识，我先是买回相关书籍，面对书本中浩瀚的资料，很快找到对自己有用的部分，认真学习并做好笔记，融会贯通用于立即进行的生产实践。在锅炉安装和油库管道安装时，需要对接钢管弯转接头，按照钣金工手册介绍的方法，学会了在钢板上放样展开图，切割后卷制焊接成尺寸准确的钢管弯头。学会了这套技术，我时不时帮助一些人做个白铁水壶或铜水壶，钣金画线放样就不在话下了。

第二是实践验证。在读书学习的同时，我经常骑自行车进城，去城里的房屋建筑工地参观，了解同类宿舍施工现场的工程质量情况。以砌砖质量保证为例，我发现他们在砌砖时大多数只在砖的两端抹点灰浆就砌上墙，而规范规定砌缝砂浆的饱满度不得低于75%，这样砌砖方法显然不符合规定但可提高砌筑进度，被工人普遍采用；砌筑的砂浆大都用的纯水泥砂浆，强度和合易性都很难保证；砖混结构楼房四角墙体垂直度至为重要，偏差不能超过千分之一。经过多次实地考察和熟读房屋建筑施工规范，从保证墙体砌筑几何尺寸和砖砌的砂浆密实度入手，经试验，砌筑的水泥砂浆改为水泥石灰胶泥砂浆，并规定当天拌制的砂浆须当天使用完。施工队开始不适应这种管理方法，仍按老规矩在砖的两端抹灰浆砌筑，我坚持每天上工地检查，凡是有透得过亮的砖缝，立即全部拆除返工，连续几天，工人们叫苦不迭，有的竟然和我吵闹说他们历来就这样砌砖，我毫不让步，向他们讲解规范要求和保证质量的道理。由于我没有拿过他们任何好处，敢于逗硬，几天下来终于保证了砂浆质量，纠正了不能保证质量的砌筑方法。职工宿舍建成后使用了近40年直至建三环路拆除，墙体未出现过裂缝。

第三是向工人师傅学习，互相取长补短，解决技术难题。民工队长张天献是我的老师，在工作交往中教会了我很多房建知识和经营管理知识，我们互相学习，年龄相当，个性也投缘。这位善于经营管理的高中生民工队长是他们那个村先富起来、第一批穿西装骑摩托当包工头起家的人。可惜好景不长，在他骑着摩托往来于城区和龙泉驿的途中出车祸亡故了，才

30来岁。承建宿舍的民工头李文元是我的第二个房建老师，比我小两岁，从事房建工作却有十多年，带领民工承包房屋施工也已好几年了，文化不高却天资聪明、经验丰富，为人善良厚道，教了我很多实际操作知识。结合施工规范和专业书籍知识印证，我很快成为房建业务内行。民工唐幺爸（名已记不起了）是必须介绍的好帮手，他40岁左右，在机械厂当过几年钳工，为人谦和话语不多，聪明能干无所不会，是李文元民工队里的万能操作手，我俩配合，完成了宿舍全部上下水管道的设计、采购和安装。我俩通过学习研究，圆满完成以后建筑的油库和锅炉管道设计安装，没有花钱请专业安装公司。唐幺爸一直在机运队工作20来年，负责供水、锅炉等管道维修直到锅炉拆除。

机运队积累的这些工作经验对我以后的工作大有裨益，勤奋、学习、总结、创新的思维方式和工作方法，为今后负责高难的特大桥项目奠定了基础。

前面提到的徐书记从第一工程队调来的石工工长周某某（修建川藏公路老工人，六级石工）负责石砌工程施工。设计的堡坎是方正块石砌筑、粗条石纹凿面，砂浆勾缝；宿舍基础全部方正块石砌筑砂浆灌缝，顶面粗条石纹凿平顶面。计量时周某某提出全部按条石砌筑计量，这比实际采用的方正块石砌筑的人工单价高出一倍以上。一道难题摆在我面前：按周某某要求的计量吧，职业良心不容许；按实际的方正块石计量，面对贫下中农出身、德高望重的老工人，难以拒绝。经过一个晚上的反复思考，我决定实事求是按实际工作内容计量，意味着比周某某要求计量的价少一半。周某某当然不同意，还送来了10斤白糖（我婉言谢绝了），几天僵持下来，又不能和他撕破脸，百般无奈，只有请示徐书记。徐书记也考虑了一个晚上，第二天通知我：按条石和块石各一半计量。此后，周某某在我心里的高大形象消失了，周某某也一直对我耿耿于怀。

机运队所处的三圣乡簧门铺地区，20世纪70年代还是成都市郊区，不通自来水，机运队几百人靠一口水量很小的井供水，到夏天连喝的水都不够，要用车到外面拉水。宿舍建好了无水可用，解决供水是大问题，这个任务不用说就落到我头上。

钻孔打井是解决供水问题的唯一方法。我进行一系列调查了解，通过处机关工程处技术员向雪芹找到她的同学兼湖南老乡、省水文地质大队的董技术员，联系上打井专业队伍。他们“文革”期间没什么任务，发扬革命互助精神，同意无偿进行技术支援，免费用他们的设备进场为我们打井，作为他们的技术练兵，工作期间我们每天好酒好肉招待（在只有固定工资，不能拿加班费的年代，这有很大的诱惑力）。进场的运输、300型钻机安装，机运队有的是汽车和汽车吊机。半个月过去了，钻孔到120米深，仍然没有水涌出。原来这里的地质构造是个小山坡，下面是完整的页岩地层，透水性极差，没有裂隙水，在机运队驻地内打井找水的工作失败了。

省水文大队的董技术员有丰富的寻找水源经验，建议我们在附近找含水地层打井，保证出水。机运队凭借汽车运输的实力，在当地办什么事都不难，在离驻地800米的东边找到含水量丰富、适合打井的井位，钻到60米深，丰富的地下水涌出了，抽水试验，每小时出水量80立方米，水源彻底解决了。我全程跟班打井，学习、了解了反循环钻孔泥浆使用、井管反滤层、深井泵安装、自动控制等技术（为以后泸州长江大桥桥墩桩基钻孔施工打下技术基础）。

供水是系统工程，深井泵安装、输水管道安装、蓄水池、水塔、供水管道系统、自动控制系统等，都要我自行设计、自己组织施工完成，而且要保证宿舍建成入住时实现供水。

徐书记要求给水塔供水的蓄水池容积要有200立方米，水池的净高得5米（平面净尺寸5×8米）。水池地基下有一层软泥，所有的标准图都满足不了这个尺寸，必须自己设计，而且要就地取材设计。详细讲克服困难的设计过程毫无意义，说说建成后的水池结构吧：建在软泥上的水池采用钢筋混凝土筏式基础，基础四周现浇一层0.30米高、0.9米宽的300号（旧时的混凝土标号）钢筋混凝土圈梁，水池墙身用0.3米方正条石砌筑，每3层条石中间浇筑一圈0.3米×0.3米钢筋混凝土圈梁，圈梁的钢筋下面层大上面层小，通过计算能承受5米高的水压力；用建宿舍时多余的钢筋混凝土楼板（一个规格）做成有2%坡度的水池顶盖；支承楼板顶盖的6米多跨度的承重横梁，用拆除旧人防工程时找出来的11号轻便钢轨制造（我一看就认出这是建凉滩闸坝时运石料的小火车轨道的旧钢轨），上弦用钢轨下弦用直径36毫米的钢筋制作成下承式双排钢桁梁。水池圆满建成，使用20多年后因建设成都三环路而拆除，淤泥土层上建造的5米高200吨容量的蓄水池，未出现任何漏水或裂纹。

宿舍建好了，供水系统全部建成，验收合格，解决了双职工的入住需求。当压力十足的自来水从每家厨房的水龙头里哗哗流出时，职工们的高兴劲可想而知。值得讲的还有54户宿舍的分房情况。三个老革命领导住进每个单元最好的大三间房。仅次于领导的三套房分给了与徐书记同为汽车兵复员的三个安徽老乡，他们的驾驶技术也是最好的——车队刚来的四辆进口法国产载重10吨的翻斗汽车，当时是性能最好、载重最大的工程车，有三辆由他们开。双职工老师傅技工分到四楼以上的三套。我算是技术人员，却不是车队主业技术骨干的技术人员，虽然也分到二楼的三间，却是布局最小、位置最差的小三间。我楼下住的是“文革”结束平反成为离休干部，当时因历史问题还在被管制劳动的老技术人员吕坤，当然也是最差的小三间房。

虽分到最差的宿舍仍盖不住我的兴高采烈：在工程队8年多，住的都是工棚或民居的屋檐边（民居的屋檐接出一间工棚房），现在一下分到3间面积虽小（可能总面积约60平方米）但功能齐全的单元宿舍，太满足了，简直是一步登了天。

徐书记是个敢说敢干、有作为的领导，刚建好宿舍，马上又建锅炉房，安装2吨（蒸发量）燃煤蒸汽锅炉。锅炉可是高压容器，要到现在，没有专业资质是不能安装的。新建成的机井里抽出来的自来水，水质经化验虽满足饮用标准，但硬度已达到德国硬度19.8（超过20即不能直接饮用），这样的硬水显然是不能烧锅炉的。我这样一个不熟悉高压容器的外行要完成水质净化器的设计安装，难度很大，弄不好会出大问题。可不管难度大不大，必须完成锅炉用水净化设备设计安装，这是我完成任务的压力也是动力。

解决硬水处理的唯一途径是学习。我跑了几天新华书店，在浩瀚的书海中找出了一本薄薄的《水质处理》，书价0.58元人民币，我如获至宝。每次进城茂莲给我的午饭钱是0.6元，这次的饭钱换成了这本书，午饭就免了。

按照书上介绍的水质处理方法，我决定采用磺化煤对硬水进行软化处理，经计算，每10天在软水处理器中投入10公斤食盐，重复循环还原磺化煤，进行水质软化，软化后的水再进入锅炉蒸发成蒸汽。直径不到1米、高约1.5米的水质处理器，管道复杂，进出有64个阀门进行水流转换，我和唐幺爸昼夜摸索加上锅炉厂技术员指导，顺利安装完成，水质净化情况良好，锅炉使用20多年无水垢。集体淋浴房、全天热（开）水、蒸汽馒头（米饭），得以一一实现，机运队员工的生活质量大为改善。

在机运队工作的五年，最难的是两个储油罐容积各为100吨车用柴油和汽油的油库设计和施工。油库是高危建筑，设计施工审批手续极为复杂，要办齐全部手续不是容易的事，更何况我们是自己设计、自己施工。从油库选址、土地征用，到安全审批、设计审批、施工手续审批，等等，要多麻烦就有多麻烦。徐书记亲自出马，先把需征地的生产队、村、乡摆平。接下来的各个批准手续得我自己努力。开始的时候，我找处机关工程科和市里相关部门熟悉并有交往的技术员吴孟良办理相关手续，半个月过去，办手续的事无任何进展，吴孟良甚至连面都不露了。给徐书记汇报后，尽管我人生地不熟，但只有硬起头皮自己去市里办理。先是去市建委（城建局）办土地和项目建设许可证，徐书记知道办手续的不容易，专门派老成都人张师傅开小货车送我，连续去几次都因排班的人太多或因资料不全被拒之门外，每次回来我都按要求修改完善申请资料。多少次以后，资料差不多了，和审批项目的科长也熟悉了。科长是个和善的中年妇女，见我是汽车运输队的，问我下次去办手续时能不能帮她买点围篱笆的小竹竿，我满口答应。科长很快给我办好了油库建设许可和土地征用手续。第一件难办的手续就这样迎刃而解。之后，又办好了更难办的油库的消防许可证。油库设计最关键的是安全设施，降压阀、溢流阀等是关键管路构件，防渗、防漏，甚至防鼠蛇进入库内排气窗用的不锈钢防护网等结构的设计都至关重要，通过十多天在石油设计院的资料室和标准图室学习选择，我回来依样画出半地下式、容量各为100吨的钢筋混凝土圆形柴油、汽油库全套设计图。不到一年，油库投入了运营，除了车队用油，也对外给过往车辆加油，该油库也使用了20多年，直到成都建设三环路拆除。

在机运队工作的五年，我的户口和人事关系一直在第二工程队，队里一直卡住我的关系不放，不停地催我回第二工程队上班。最恼火的是粮食关系，每月的粮食都是打条子在机运队食堂借粮票，半年或是一年，再由第二工程队给我寄过来或我自己到第二工程队队部所在地去领，相当麻烦。

“文革”后期，邓小平复出，开始大抓经济建设，国民经济有了较大起色，各行各业出现了兴旺景象。

这时的机运队已建成两个车间、一栋办公大楼宿舍楼、一个油库，配套的冷热供水系统、所谓的豪华厕所等，地面铺设了混凝土，围墙、大门整齐规范，一派生气。在当时算是个像模像样、具有现代气息的机械运输队。这一切只不过花了四年左右的时间。

在机运队工作五年，由于徐书记在政治上保护我，使我没有因家庭出身不好受到造反派的冲击，这五年是学习与奋斗的五年。1973年，我的一个同学许高鑫到机运队看我，见到我在努力学习建筑设计和结构力学知识，奉劝我说：“你现在学习这些还有什么用，不如得过且过，让自己轻松点。”他不知道我完不成基建任务就得从机运队滚蛋的苦衷。我只有一笑了之，回答道：“天生我材必有用，咱们各管各。”

在机运队的五年里，我这样家庭出身不好的人前途无望，加上工作是借调，岗位随时不保，思想长期痛苦压抑。现在的我体重近142斤，可那时，肝炎未痊愈，成天汤药不断，随着两个孩子陆续长大，每月的收入给母亲雷打不动汇去10元后，家庭经济入不敷出，经常是发了工资归还上月借款就所剩无几，又得想法借下月的生活费。病痛和穷困生活加上思想包袱的几重压力，体重只有82斤，是单位有名的“半条命”。得急性黄疸肝炎病时我成天担心自己能不能活到30岁，过了30岁又担心能不能活到35岁。

感谢徐书记的保护和对我工作的信任，让我平安度过了“文革”时期，终于过完35岁生日，活了下来。通过自己努力，我学到了过硬的业务本领，为今后从事的桥梁工程建设，奠定了扎实的技术功底，关键的是掌握了一套攻克技术难关的自学方法。

1977年，泸州长江大桥开始建设，该桥是交通部第一次在长江上建设深水基础大跨桥梁，从全省各地区交通系统调集技术人员参加施工。主任工程师王必初、设计负责人臧棣华都是我的恩师，他们自然想到了我。于是，川交一处机关下了强制令，调我到泸州长江大桥，回第二工程队工作。机运队的基建任务基本完成，再待下去家庭收入看不到转好的迹象，几经折腾，我7月份离开机运队，到泸州长江大桥工地，开始了又一个五年的泸州长江大桥建设工程的工地生活。

第五章

泸州长江大桥

1977年，泸州还是隶属于宜宾地区的县级市。随着位于泸州南岸的泸天化、赤天化的发展以及长江起重机厂、长江挖掘机厂、长江液压件厂等在南岸茜草坝形成茜草工业园，泸州成为四川的经济重镇，经济快速发展。人、车流量连年增加，给当时处于咽喉要道的长江蓝田渡口带来巨大通行压力，两艘大马力轮渡，满足不了汽车渡江的需要，经常发生严重堵塞，尤其洪水期，两岸汽车每天像长龙一样排在江边待渡，排二三公里长队是经常的事，严重影响了川南经济的发展。客运渡口同样紧张，遇到洪水雾天，过江更是困难，上下班和往来的人因过江问题苦不堪言。有人用打油诗描述："走遍川南路，最难蓝田渡。要过蓝田渡，自备吃和住。"泸州人民盼望建成彩虹跨江，改渡为桥。

修建长江大桥成了泸州的头等大事。市委有关领导多次向省里党政领导及有关部门汇报情况，提出修建泸州长江大桥。费尽周折，泸州长江大桥被列入四川省公路建设重点工程，划拨建桥经费4800万元。1977年10月5日，开工剪彩大会召开，泸州市委向全市发出了"人民大桥人民建，人人为桥做贡献"动员令。

泸州长江大桥主桥长1252.5米，宽16米，全桥13孔，主桥共计5孔，引桥共计8孔。主桥为预应力混凝土T形刚构，40米T形梁挂梁。主桥孔跨布置为105米+3×170米+105米=720米，引桥孔跨布置为27.6米（T形梁）+20米（钢板组合梁）+6×70米（箱形拱桥）+20米（石拱桥）=487.6米。桥梁按长江百年一遇特大洪水流量设计。主桥桥面比枯水位高出45米，最大洪水期，桥下可通行3000吨位的轮船。设计荷载为汽-20，挂-100。主桥与两岸连接桥、引道、支线长达7150米，三级公路标准，沥青路面。

泸州长江大桥是交通部和四川省交通部门在长江上建设的第一座有深水基础的公路大桥，也是当时我国在长江上修建的最长的公路大桥，具有主墩基础施工水深、流急、覆盖厚、上下部结构技术复杂，工程规模宏大、艰巨、实施难度高的特点。面临设计、施工单位没有深水基础设计、施工技术和施工经验，设备简陋、物资匮乏等一系列严峻考验。

建桥指挥部由泸州市政府和四川省交通厅共同组建。宜宾地区派出军分区副司令员任指挥长，泸州市市长徐明国、常务副市长李先志任副指挥长（李先志为大桥常务副指挥长），省交通厅派出著名桥梁专家黄渭全（三级工程师、时任交通厅科技处处长）任副指挥长兼总工程师负责技术决策，泸州市物资局局长张怀江任副指挥长兼后勤处长，建委副主任曾思鲁任工程处副处长，泸州市相关局级负责人也同时兼任大桥指挥部相关职务，负责地方协调和后勤供应。

大桥指挥部下设工程处负责工程具体施工，工程处长兼主任工程师王必初，副主任工程师张观寅，工程处副处长李四元、张传贤。设相关科室，全省每个地区养路总段抽调一名技术人员到工程处工作，省公路局、泸州交通局、城建局及有关部门也抽调工作人员和技术人员到工程处工作。一时间，指挥部、工程处的地方官员和技术人员云集，人才济济。川交一处第二工程队和第五工程队上千人负责主桥施工：第五工程队负责北岸的1号主墩（嵌岩明挖重力式基础）和江心南岸深水3号主墩（双壁钢围堰）施工以及北岸的引桥简支T形梁桥施工；第二工程队负责主河槽深水基础2号主墩（双壁钢围堰）和南岸水边的4号主墩（大直径钢筋混凝土钻孔灌注桩基础）以及南岸6孔70米跨钢筋混凝土箱形拱连接桥。泸州地方交通局工程队负责其余引道和引桥施工。

1977年8月，我到泸州长江大桥川交一处第二工程队报到。长途客车到达泸州客运站已是下午，找到大桥指挥部时快到晚饭时间了。副处长四元老兄和王必初主任工程师热情接待我，王总留我在指挥部吃了晚饭，温正烈坐交通船由南岸过来接我到第二工程队驻地。大桥指挥部、工程处在长江北岸的主城区，第二、五工程队驻地在长江南岸蓝田坝的百年老桂圆林里，有专门的交通船往来两岸解决南北交通。第二、五工程队的驻地紧挨金鸡渡码头（现在的金鸡渡是现代化港口码头，和那时完全不一样）一个腾出来的军营里，搭了大片工棚。我和温正烈住一间工棚用竹席隔出的两个小间，门外有一株百年桂圆树，挡住不少夏天酷热的阳光。正对第二工程队队部四合院的大门，我工棚的隔壁是五间钢筋班宿舍。队部四合院后面，是一大片建在桂圆林里的工棚，第二工程队全部员工都住在里面，环境优美，冬暖夏凉，和住在公园里一样。紧挨四合院外面，是第五工程队的驻地。上千建桥员工住在一起，在以往的桥梁工地较少见，甚是闹热。

此时第二工程队的支部书记为雷兴林（团支部书记出身），队长为曾子贵（1964年凉滩闸坝工程和我管理53米合龙段闸坝主体料石的安砌工长），副队长为陈福清（凉滩闸坝石工3班工班长，省劳动模范）、熊开福（起重大师傅，由工长提升为副队长）。除书记外，全是工人出身的当家领导。没有技术负责人，施技组主要技术人员有廖先孟（组长，女，1960年成都工学院桥隧专业毕业，朱庆余（1960年成都工学院桥隧专业毕业），刘桂芳（女，重庆交通学院1969年毕业），石维平（1968年东南大学毕业，1979年援外回来到第二工程队，1986年升任川交一处处长），另加我和温正烈。1980年后陆续由学校分配来的有张毅（女）、文青峰、孙云、曹平辉；由养路段来的技术人员两三人（名字记不起了）；测工郑国君、孙会远、许昌沛；试验工冯德太；总工长胡元成和五六个工长，以及统计员邓本会、劳动人事员陈爱华（修建川藏公路的老员工）和黄传福等近20人。此时第二工程队无技术负责人，由施技组长廖先孟代理。第二工程队是川交一处专打硬仗的主力工程队，技术力量强，技术人员以大学生为主，中专毕业的技术人员由于长期当配角，没有承担主要工程管理，缺乏锻炼，大多个人能力较差，全队存在瞧不起中专毕业生技术人员的风气。

第二工程队工长和工人的技术能力特强，每天的生产安排，由总工长胡元成请示副队长熊开福后，用粉笔写在黑板上调度。廖先孟、朱庆余等主要技术人员只负责工程技术管理，一般不插手日常生产调度（技术人员甚至可以几天不上工地，这种工作方法易造成工程主流程和工序衔接脱节，有时易发生工程事故）。这和我原来在第四工程队和机运队的工作方法（技术人员除了工程技术管理，还主管日常生产调度安排，一竿子插到底，工长主要职责是配合技术人员进行生产调度和施工现场管理）完全是两码事。

几年来在机运队独立工作和在第四工程队工作时积极努力、业务能力强，不参加造反派的表现，让我在川交一处留下较好口碑。被造反派吊过尿桶、跪过瓷渣批斗的支部书记雷兴林因此对我较友好。曾子贵、陈福清和我原来在一个工程队且工作配合好，结下了友谊，较信任我。熊开福副队长是第二工程队老起重工出身，从曾、陈队长口里知道我的情况，对我也还算可以。

紧挨第二工程队四合院队部（曾经的军营）围墙外往蓝田镇方向、桂圆林外沿河边一溜工棚，是第五工程队驻地。支部书记姚云翔是川交一处党委委员（当时支部书记是处党委委员的不多），在同级的支部书记中地位和声望较高。技术负责人丁长寿（新津工地时八队的施技组组长），技术人员刘正贵、姚汝爱等，都是中专毕业生。总工长何文明（修建川藏公路的老工人，起重大师傅）特别爱动脑筋，搞了不少技术革新。我到第二工程队不久，和何文明师傅建立了很好的工作和私人关系，他搞的不少技术革新，都先和我商量，请我指导和提出修改意见。我到第二工程队后因为积极肯干，很快熟悉了工程管理业务，加上指挥部王必初、张观寅、李四元等上级的了解和信任，我得到普遍尊敬，和姚云翔书记也建立了很好的私人关系。相比“文革”时期在第四工程队时朝不保夕、心存恐惧、担心造反派批斗、前途无望的工作环境，现在轻松愉快的工作环境激发起我全心投入工作的热情。

分配给我的任务是负责南岸水边的4号主墩施工。4号主墩基础有12根直径2米的嵌岩钻孔灌注桩，桩深33米，钢筋混凝土承台厚4米，薄壁空心墩身高44米，采用液压滑模施工。大直径冲击钻孔桩和特大跨桥梁墩身液压滑模施工，这在20世纪70年代末，是全新施工技术，国内特大桥梁第一次采用，技术难度高，没有先例可借鉴。

长江洪水还未消退，4号主墩施工从测量放样开始，先要对主要测量仪器读数精度达0.5秒（夹角测量读数误差0.5秒，此精度能保证跨江三角网测量距离误差1厘米左右）的威尔德（瑞士产）经纬仪和水平仪进行误差校正。这台经纬仪是新中国成立前公路局留下来的，至今还有七成新，是建特大桥的宝贝，要动用得施技组组长批准。过去曾有精密测量仪器在使用中损坏判责任人坐牢的先例，谁使用都得小心翼翼，丝毫不敢马虎。

这天上午，在长江边的一块平地上，施技组组长廖先孟与朱庆余、温正烈、郑国君、许昌沛和我一起，调试经纬仪和水平仪。我先上，演示调平对中经纬仪，大约22秒完成；温正烈接着上，37秒完成调平对中；接着郑国君近50秒完成。这如同不是比赛的比赛。由于平时少用测量仪器，朱庆余、许昌沛（新学测量）不愿再上，由我动手完成了仪器调试，这以后，许昌沛就跟着我学习测量了。

我按自己习惯的工作方法主持4号主墩施工——从测量放样开始。指挥部有专门的测量组，在两岸布置有基线点（那时的跨河测量采用基线加三角网测量法，由指挥部测量组完成）。工程队的施工放样测量是以基线为依据，用三角网交会法测出4号主墩中心点，再用从桥轴线上的基线点直接丈量，两种测量方法复核4号墩中心点位置。这种方法和以后使用的红外测距仪以及现在的GPS高精度定位测量方法，完全是两码事。其难度很大，尤其是在高低不平的地面直接丈量，得先用水平仪测出桥轴线上各水平测点的高差，采用铟钢尺使用恒定拉力丈量测点间的斜线距离，再用对数表计算各测点间的水平距离（没有计算器的年代，使用对数表是唯一精确计算距离的方法，但查表麻烦易出错），从而丈量出4号主墩中心点。我和许昌沛以及两个青年工人，经过好几天折腾，完成两种测量方法误差调整，终于测出4号主墩中心点，完成桩基中心放样。

我按自己习惯的工作方法实施分配给我的任务：独立完成4号主墩的专项施工组织设计，提交施技组讨论修改后定案，每天4号墩需要的劳动力由我提出计划交总工长胡元成安排，坚持现场跟班作业，指挥施工不摆技术员架子。这和第二工程队施技组传统的技术员不直接在生产一线指挥的施工管理方法有很大不同。我坚持在一线、脚踏实地的工作赢得了工人的信任，与领导和工人建立了良好感情，较短时间便在第二工程队站稳了脚跟。

4号主墩在长江南岸水边的12根直径2米钻孔灌注桩，桩底嵌入弱风化岩层4米，砂卵石覆盖层厚28米左右，透水性强。国内首次在长江上游特大桥采用大直径钢筋混凝土钻孔灌注桩基础，设备、施工技术都是一片空白，全靠在施工实践中摸索。

五年来独立承担机运队房屋、供水、油库建设的经验（设计、施工、管理），让我懂得掌握不熟悉的新技术、新知识方法须先从学习入手。虽然泸州长江大桥是当时国内最大跨度T形刚构长江大桥，我是第一次承担主墩高难度施工任务，没有先例可借鉴，但我仍然对完成任务充满信心。我精读国内当时施工规范对冲击钻孔的技术规定，结合在武汉长江大桥实习时了解的钻孔技术，机运队钻120米深水井时掌握的泥浆知识，收集国内能找到的冲击钻孔技术资料，将冲击钻孔全部成孔技术及要点了然于心。在脑子里建立施工每一步的立体形象（相当于在大脑里建立施工每一步的透视图），这是重要的思维方法：在大脑里建立的桥梁结构立体形象越清晰（甚至连尺寸都能标注出来），对施工的每一环节（工况）越熟悉，施工过程就越顺利。精心编制大直径冲击钻孔灌注桩施工组织设计（那时叫技术手册）、施工组织文件、施工技术规程及要点、人员安排、设备料具供应计划表、工期安排、安全保障措施、施工设计图等，通过施技组召开有老技术工人参加的技术讨论会修改完善，我亲自送到指挥部工程处交王总和李四元审核。王总和李四元对我写成的技术手册（施工组织设计）很满意，王总要求每个主墩都要写技术手册（即现在的专项实施性施工组织设计），4号主墩的施工在长江汛期后开始了。

直径2米的冲击钻头重4吨，需铸钢整体铸造，寻找加工单位成了大桥指挥部的难题。几经周折，经过市政府协调，长江挖掘机厂分两段铸造成功，再焊接成直径2米重4吨的冲孔钻头。主要钻孔提升施工设备，5吨双筒摩擦卷扬机，那时可是新鲜玩意，技工经过专门培训，才能掌握冲击钻孔技术。钻头和卷扬机钢绳连接的钨金套接头是易损配件，由通过培训、熟练掌握热灌铅技术的技工在工地制作完成。9米高的木钻架用断面20厘米枋木拼制，一个钻架钻一个孔，又粗又笨，移动困难。出渣桶、护筒、黄泥、片石等消耗材料按质量和进场计划要求准备到位。

9米高的木钻架安装冲孔钢绳时遇到麻烦，高中毕业的起重工陈师傅坚持从钻塔顶将钢绳直接拉进卷扬机滚筒（钻塔顶将承受卷扬机的水平拉力产生巨大的倾覆力矩致钻架倾倒），而不是从塔脚转线后与卷扬机连接（钻塔只承受竖直压力不会倾倒）。可见那时有文化的工人力学水平不高，现在争论这样的问题会成为工程笑话。当时我反复告诉他们这样做的后果，他们就是不听，起重工出身的熊副队长也支持陈师傅他们的做法，朱技术员到工地来不问青红皂白，也支持他们的做法，这说明刚到第二工程队的我技术管理威信还没建立起来，同事中瞧不起中专毕业生的观念仍然在作怪。我从工作袋里拿出工程日志本，大声告诉熊副队长："熊副队长，你既然决定这样穿钢绳，其后果是冲孔钻架被拉倒，现在我就按你的决定写进工程日志，后果与我无关。"熊副队长一下傻眼了，僵持了一会儿，只好说："这里是你负责，就按你的意见办。"4号主墩桩基的冲击钻孔开始了。5吨双筒卷扬机是冲击钻孔的关键设备，三天两头出毛病，为了弄清机械构造，我和几个脑袋灵光的起重工将一台抛锚的卷扬机全部拆开，弄清楚内部构造和易出的问题是刹车鼓和摩擦片易损，需要配备足够的易损件定期更换，以减少卷扬机的故障率。4吨重的十字冲击钻头，刃脚表面焊有一层耐磨焊条减少磨损（耐磨焊条300元1公斤，很贵），在卵石粒径最大四十厘米的紧密砂卵石层里冲孔磨耗大，需要组织多组焊工昼夜施焊。

第一次在长江上进行大直径冲击钻孔施工，哪能一帆风顺？技术难题接踵而来。在含有大量20厘米以上大卵石的砂石河床上冲孔，易冲成三角孔（冲孔不圆）造成卡钻；20多米厚的砂石覆盖层里含有一层早年沉积的淤泥，黏度很高，吸住钻头使其提不起来；砂石层里还有一层像混凝土一样坚硬的胶结砾石层，钻到此层时很长时间无进尺冲不下去，遇上这类难题，冲孔基本陷于停顿。我们在钻孔过程中不断摸索经验，有时甚至将孔全部用卵石和黄泥回填重新造孔，边冲孔边想法攻克各种技术难题。通过克服冲孔过程中出现的各种技术难关，我们慢慢积累了一套冲孔经验，找到了对付各种技术难题的方法。

一个木钻架只能钻一个孔，移动困难，占地面积大，两个多月过去了，第一批开工的两个桩孔，终于进入岩层穿过中风化层达到设计标高。

桩基设计是嵌岩桩（当年的施工技术规范对嵌岩桩清孔规定不够完善），要求清孔完成后潜水工进入孔底检查清孔质量，孔底残余沉淀物厚度不得超过规范规定。孔内水深超过33米，川交一处潜水工从未下潜过如此水深，他们下潜检查孔底清孔质量后，上浮过程太快，出水后，全身剧烈疼痛无任何药物可缓解。送到泸州医学院附属医院抢救，医生诊断后才知道得的是减压病：深潜时，由于水压过大，血液里的氮气变成气泡溢出堵在血管里，出水过快，氮气泡来不及被血液吸收，堵在血管里使血液无法畅通，全身产生剧烈疼痛，严重的甚至送命。出水时，潜水工要在不同的水深停留足够时间，等待血管里形成的氮气泡重新被血液缓慢吸收后再缓慢出水，不同水深停留时间有严格规定。一旦得了减压病，药物治疗效果甚微，须进入减压舱重新加压，让堵在血管里的氮气泡重新被血液吸收再逐级减压至血液流动正常，才能痊愈出减压舱。四川地区从未有深潜作业，哪来减压舱？指挥部请示成都军区，找东海舰队借来减压舱，空运至成都转运到泸州，治好生病的潜水工。

成孔后第一次浇筑水下混凝土可是全工地的大事。指挥部、工程处全部领导到场，按编制的技术规程做好充分准备，也反复进行了技术交底，但浇筑混凝土时还是手忙脚乱。混凝土导管开球后浇了十几盘混凝土，一罐混凝土搅拌质量不好（混凝土用手推车运到孔位，倒进吊罐用卷扬机提升倒入水下导管）进入导管后产生了卡管，怎么也落不下去。浇筑水下混凝土怕的就是卡管，导管底埋在入孔的混凝土内至少2米，入孔的混凝土从导管底流出往上翻，逐渐浇筑至桩顶，才能保证桩的内在质量。如果发生卡管，处理方法一般是不停提升导管使管内混凝土落下。导管提升过高，一旦管底脱离孔内已浇筑的混凝土面形成脱空，就会断桩，发生重大质量事故。

半小时过去，再提升导管就会离开孔内混凝土面了。工地上乱作一团，这个也在指挥，那个也在调度，尤其是朱技术员，东跑西跳说个没完，管内混凝土就是下不去。我冷静下来，请示王必初老总该怎么办。王总说，这里是你负责，你说了算。没有丝毫犹豫，我一下跳到导管的漏斗口上，大声吼道：这里是我负责，大家听我的！乱哄哄的现场安静下来，我叫上几个起重工也跳到漏斗口，几个人握着一根长自来水管伸入水下混凝土导管内，卷扬机上下轻提导管晃动，我们几人将自来水管像打夯一样喊着号子往下插，两三分钟后，管内堵住的混凝土轰的一声落下（以后我们把此法叫作“打针”），浇筑恢复正常，一场虚惊就此结束，水下混凝土成功浇筑完成。

第一批两根桩的完成，我取得冲击钻孔桩施工的基本经验，掌握了对一些钻孔故障或事故的处理方法。但是，下期钻孔再用又笨又重的木钻架钻孔，两年也完不成4号主墩的桩基施工，必须改变一个钻架冲一个孔的施工方法。那时的特大桥梁施工，能使用的起重和搭设支架的设备和料具主要是卷扬机、万能杆件、三角军用梁和贝雷军用梁，掌握万能杆件和军用梁的使用方法是桥梁施工技术人员的基本功之一。到泸州工地后，我通过各种渠道找到几种军用梁图纸和使用手册，努力学习掌握了万能杆件和军用梁的使用方法，每个构件的尺寸、重量、容许承载力我都倒背如流。对万能杆件29个型号每个的螺孔数量和螺孔大小、每个杆件和各种组合杆件的承载力等，记得一清二楚。除了自己清楚，我还培训起重工，叫他们记住和使用这些桥梁施工的基本设备。康中华、罗友云等青年起重工，通过他们自己努力，掌握了使用万能杆件和军用梁，成为川交一处有名的起重大师傅。康中华和我40多年的友谊，至2015年（70岁）他还活跃在桥梁工地。

我打起了军用梁的主意，很快有了利用三角军用梁搭净空9米高钻孔平台的思路。通过和起重师傅讨论，绘制成三角军用梁钻孔平台施工草图，取名为“满堂式钻架”。王必初和李四元审查后都支持，我又请教设计负责人藏总，藏总也同意我的思路，还教我钢桁架梁承力的简易计算方法。我设计的满堂式钻架，就是在岸边用三角军用梁搭了一个净高9米的钻孔施工平台满布全部孔位，冲孔施工全部在平台上进行，一次同时钻6个孔，分两批完成全部桩基。现在采用钻孔平台施工已经是常用的施工手段，那时可是要冒很大风险的技术创新。

寒冬腊月，4号墩钻孔作业在钻孔平台搭设的工作棚里进行，几个汽油桶改成的炉子里炭火通红，作业棚里温暖如春，工人们脱掉棉衣，有的只穿一件单衣操作卷扬机，作业棚外却是朔风凛冽寒气袭人。三个多月时间，全部桩基顺利施工完成。于1979年长江洪水到来前，完成了钢筋混凝土承台施工。

我将钻孔施工全过程详尽记录、统计并进行数理分析，对这种地层中冲孔施工每米进尺消耗的耐磨焊条、钨金套，片石、黄泥投入量等，整理成数理统计表。将钻头冲程和冲击速率、出渣时间和泥浆浓度关系，整理成具有参考意义的经验计算公式。制定选用优质黄泥的质量标准，孔内泥浆浓度合理范围，实时监测泥浆浓度，根据孔内泥浆浓度决定出渣时间，以最少材料投入实现最佳冲孔进尺。编制大直径冲击钻孔桩施工作业规程。以后又写成论文在《四川交通科技》杂志上发表，这是我参加工作以来第一次发表论文，俨然成了冲击钻孔的权威专家。行业内以后编写的施工规范有关冲击钻孔施工的内容，不少参考了这些施工经验（指挥部编写出版的泸州长江大桥施工总结里纳入了这些内容）。

工程技术人员必须通过亲历工程实践，经历工程困难，在实践中学习，善于总结思考，解决工程技术和工程管理困难，积累经验，增长智慧，长期坚持不懈，才能成为优秀的技术人才。

1979年汛期前，4号主墩的承台浇筑完成，汛期后进入墩身施工。空心墩宽8米、长16米（上下游圆弧），墩壁和两道隔墙厚0.8米、高40米，采用液压滑模施工，是国内首次在特大桥采用墩身液压滑模施工。北岸5队施工的1号主墩是明挖基础，4号墩还在冲击钻孔阶段，1号墩已开始墩身滑模施工。第五工程队承担1号墩身液压滑模施工的模板、提升系统、水平和垂直运输系统，委托华西建筑总公司设计加工完成。施工现场布置由第五工程队工长何文明（我的好朋友）和华西公司派出的技术人员

1979年于泸州长江大桥工地

共同完成。墩身滑升施工时，随着滑模以每昼夜2米的速度上升，提升混凝土和钢筋等材料的卷扬机等却全部放置在地面。钢绳和转向滑车组像蜘蛛网一样密布工地现场，地面作业人员乱成一团，上下重叠作业，地面人员随时可能受坠落物伤害，施工安全风险大，这种上下重叠施工作业的局面必须改变。我决定在4号墩身滑模施工时彻底改进，自己设计和这完全不同的液压滑模垂直提升系统。

1979年整个夏天，我全心投入4号主墩液压滑模设计。钢筋班长邓明全是技术革新能手，心灵手巧，车钳铣刨什么都会，简单的齿轮传动卷扬机他能用手工做出来，手工制作的齿轮和机床制的几乎无差别。电工班长陈胜祥是技术能手，熟悉并擅长使用各种电器。我们三人紧密配合研究，从拆开滑升千斤顶和液压油泵研究滑升系统开始，在长江液压厂技术人员的指导下，共同完成了液压滑模设计，改变1号主墩液压滑模垂直提升卷扬机操作系统放置地面的问题。将原来两层布置的滑模系统增加成三层布置，提升系统的卷扬机全部放到第三层，两个卷扬机提升架安装在滑模架的两个墩身空位里，两个提升架上安装4台提升扒杆，提升能力确保混凝土入模量30立方米/小时以上，每昼夜滑升高度1.5—2米。增加滑升千斤顶的数量到198个（每个允许提升力2—2.5吨），满足浇筑混凝土的垂直起吊系统随液压滑模同步上升后需增加到400吨的提升力。提升油泵由一套增加到两套，将液压滑模系统改制成带有随液压滑模同步上升的垂直起吊系统，取消地面作业提升系统。

墩位四周利用承台混凝土平面，用三角军用梁搭设高出最高洪水位的墩身混凝土浇筑工作平台，保证汛期正常施工墩身。

在国内建筑工地还在用小斗车推运混凝土浇筑施工的20世纪80年代初，尚不知混凝土输送泵和混凝土拌和楼为何物。我们在4号主墩墩身施工平台上布置完成了类似现在的混凝土自动拌和系统，取名为混凝土半自动拌和运输系统。岸坡上设置混凝土拌和场，用推土机（那时还没有装载机）给拌和机后的储料斗进料（堆垒料仓）；运用砂石料称量系统（磅秤上装电磁阀和储料斗上安装电磁开关控制），实现进料自动称量，称量斗里进料的重量由安装在磅秤上的电磁开关控制，当磅秤杆抬起触动电磁开关时，进料闸门的电磁阀立即断电关闭闸门，实现每拌混凝土砂石料称量精确自动进料。那时的水泥都是袋装，仍由人工进料。在没有混凝土自动拌和系统的1979年，一套半自动进料的混凝土拌和站安装运行成功。

泸州长江大桥4号主墩混凝土半自动拌和站和机械运输系统

军用三角桁架搭成的施工平台上布置两套皮带运输机系统，拌和机出来的混凝土进入皮带运输机送到墩位装入垂直提升的混凝土吊罐（滑模高度在平台以下时直接进入串筒灌注墩身混凝土），墩身滑模架上的提升卷扬机吊起进入墩身灌注。施工全场除了开拌和机、水泥进料、掌控开关和吊罐挂钩的人，供应混凝土的现场人员减少80%—90%，大部分工人从繁重的体力劳动中解脱出来，工作效率成倍提高。1979年在国内尚无混凝土自动拌和站和混凝土输送泵的情况下，我和邓明全、陈胜祥等共同完成技术创新，实现了泸州长江大桥墩身滑模混凝土浇筑半自动化施工。创新过程得到第二工程队领导和指挥部王必初总工、李四元的全力支持。泸州长江大桥当时是交通部在长江上第一次承建的特大跨江公路桥，全国来参观的人络绎不绝，看到这半自动化墩身液压滑模施工现场无不赞叹，表示要回去照办。

从机运队到泸州长江大桥第二工程队一年多时间，我努力工作获得了一些业绩，彻底扭转了第二工程队一直存在的瞧不起中专毕业生技术人员的传统观念。我深得领导和工人信任，与邓明全、陈胜祥等师傅和起重班的老工人，成了无所不谈的亲密朋友，在他们之中扎下根来。

实践告诉我，离开和有经验的工人师傅合作，技术人员难有成就。

墩身液压滑模施工是桥梁施工最累的活，从第一罐混凝土灌入模板开始一分钟也不能停歇连续提升作业，要严格掌握混凝土的入模速度和滑模提升速度，二者要匹配均匀，提升快了模板会脱空，提升慢了模板会黏住已浇的墩身混凝土提升不动。提升过程随时掌控墩身垂直度，进行模升纠偏，确保误差在规范容许范围，对主管技术人员的技术能力和责任心要求高，稍不小心就会造成重大质量事故。滑模施工24小时不停歇两大班作业，工人累，技术人员更累。

主管值班的技术人员我只能干一班，另一班由谁来担任呢？我想到了温正烈同学。“文革”期间温正烈早期是第四工程队造反派头头，到第二工程队后仗着自己家庭出身好，造反派脾气不改，经常和第二工程队的造反派混在一起吃饭喝酒，有两次喝醉了大闹党支部，把水壶等都砸了。粉碎“四人帮”后，清理“四人帮”小爬虫运动在第二工程队展开，祸事自然落到他头上。他此时正在被隔离审查写检查，吃饭睡觉上厕所都有人跟着，不能随便和人交谈。我看在眼里急在心里，想着用什么办法才能把温正烈从“牛棚”里解放出来呢。我先找熊副队长和已是支部书记的曾子贵要求派一位技术人员，主持4号主墩液压滑模施工一个作业班的技术管理工作，他们说没有技术人员，要我推荐，我推荐温正烈，他们都不同意。同时，我给已调离川交一处到石油部门的好朋友刘玉农写信，告诉他温正烈的情况，请他写信告诉温正烈的老婆阎国文老师，要阎老师来工地探亲。阎老师很快就来了，温正烈晚上可以回来和阎老师一起住在他的小屋里。我又去找第五工程队支部书记、川交一处党委委员姚云翔（这时我和姚书记已建立很好的关系，可以随便开玩笑），给他汇报温正烈是个有才华的技术人员，“文革”中虽有些错误但无大问题，大桥施工缺技术人员正是用人之际，应该让他出来工作。几天以后，曾子贵书记通知我，同意温正烈参加4号主墩液压滑模施工管理。

我和温正烈两人负责4号主墩液压滑模施工，每人每班12小时，除了值班，我每天睡醒后还得花三四个小时进行上部构造混凝土主梁施工设计准备。

日子过得很快，辛苦但快乐，至此，我和温正烈真正成了无所不谈、互相关心的知心朋友。温正烈成天烟酒不离，和工人打成一片，一顿酒饭下来平时不熟悉的人都成了朋友。长期的烟酒严重损害了他的健康，一年后他调回重庆西南铝加工厂，负责基建质量管理任基建质检处长，但我们的友谊一直没有中断。2000年初他到成都我家时我发现他人已开始糊涂，除了上午头脑是清醒的，中午晚上必须喝酒，喝酒以后就说胡话、睡大觉。后来得了肝癌，2005年66岁时去世。

不知温正烈后期是不是得了古人说的“酒痨”，烟酒让他早逝。看见街上过往的人，不管年轻或年纪大的，不少人嘴里叼着烟，悲哀油然而生，吸烟的舒服是以缩短寿命为代价的啊！

酒要少喝（我自己一辈子不沾烟酒，连啤酒都不喝），严格掌握适度饮酒，决不滥饮；任何时候绝不吸烟，吸一口都不行！这是我一辈子的人生领悟。

40天后，40多米高近4000立方米的4号墩身混凝土圆满浇筑完成，工程质量优良，进入上部构造T形刚构箱梁施工。

这年冬天，工程队按上级指示通过群众评选决定给2%的职工提升一级工资，从1964年转正以后十几年都没动过的工资终于要给2%的优秀员工提升一级，经过评选我获得这个殊荣，这是对我到泸州长江大桥工程工作两年的认可。

指挥部工程处专门设有施工设计组，吴明东（同济大学1957年毕业）组长牵头负责混凝土T形箱梁施工挂篮设计。

第一次施工技术复杂的大跨T形刚构箱梁，因有人牵头，比全部独立设计墩身混凝土液压滑模，略感轻松。工程队的职责是编制施工技术规程，组织挂篮加工安装，进行技术交底，确定挂篮模板的立模标高（要计入预抬高度，计算较复杂），进行箱梁混凝土浇筑并对施工过程监控，确保箱梁线形美观，标高误差满足设计要求。混凝土的拌制供应系统仍用墩身滑模施工的半自动拌和站。施工过程较顺利，8个月时间浇筑完成T形刚构的双悬臂段，边跨合龙段也顺利完成。

1、4号主墩上部施工同时，3号、2号深水基础主墩开始施工。3号主墩靠南岸水域，不是此段长江的主河槽，水深较浅，流速小，砂卵石覆盖层厚度较小，1979年汛期后由第五工程队为主施工。主墩基础为双壁钢围堰施工承台，再施工钻孔灌注桩基础，采取先（承）台后（钻孔灌注）桩的施工方案。这是采用和长江下游建成的南京、九江长江大桥深水基础相同的施工方案。泸州长江大桥河床覆盖层地质和下游河床覆盖层不同的是含有大量大粒径卵石，因此施工难度大于下游深水基础。下游已建成的武汉、南京、九江长江大桥是铁道部大桥局承建的公铁两用桥，泸州长江大桥是交通部第一次承建的长江公路桥，四川交通厅和地方政府联合成立工程指挥部负责大桥设计和施工。

双壁钢围堰高桩承台基础的形象概念是：双壁钢围堰是一个巨大钢盆的盆壁，壁内浇筑混凝土后吸泥下沉到河床设计底标高，形成四周是钢壁的围堰，扎在河床桥墩的位置上；浇筑封底混凝土前在盆底内定位埋设完成15根直径2.3米的钢护筒，在钢围堰壁底浇筑5米厚封底混凝土，钢围堰和封底混凝土形成隔断江水的巨型钢盆；利用钢护筒顶面搭支架冲击钻孔施工，15根直径2米的钢筋混凝土桩插入河床弱风化岩层8米以上；抽干钢围堰内积水，清除钢围堰内淤泥，剥开混凝土桩头，绑扎钢筋浇筑5米厚的承台混凝土，一个巨大的钢外壁承台和15根钢筋混凝土桩的基础像凳子一样（承台是凳面、15根桩是凳脚）深深扎根在长江河床微风化岩层里，承受桥梁上部重量。钢筋混凝土高桩承台基础就此形成，在承台上进行墩身液压滑模施工。

直径24米的双壁钢围堰在泸州造船厂加工，第一节段用下水滑道入水，拖运至已布置好导向船、锚碇定位系统和龙门起吊船间的墩位，由龙门起吊船吊起，注水下沉第一节段钢围堰定位在桥墩的设计位置；用浮吊船起吊船运来的第二节段钢围堰的拼装单元，逐段在第一节入水的钢围堰上组拼焊接第二节段，组拼完成后用起吊船吊住灌水下沉；逐节段依次拼装下沉，至钢围堰准确定位着床；在双壁钢围堰内浇筑压重混凝土，围堰内两台直径40厘米的真空吸泥机吸泥，下沉钢围堰至设计底标高。吸泥机的动力系统是个庞然大物，一台吸泥机用40立方米/分钟空压机送风驱动，那时，40立方米电动空压机仅600千瓦电动机就有5吨重。江面上的导向船、定位船、起吊船、浮吊船、材料船、工作船、交通船……黑压压一片铺满半个江面。入夜，工地上灯火通明，机器轰鸣震天，如同一座不夜的水上施工城堡，加上南北两岸1、4号墩夜间施工灯光，好一幅长江大桥夜间施工声和光的动画，水天辉映，气势如虹，照亮半边天空。3号主墩靠近长江南岸，不在主河槽上，水不深、覆盖浅，钢围堰下沉到设计标高后，冲击钻孔完成3根桩，再浇筑完成封底混凝土实现渡洪，汛期后再施工混凝土承台和墩身。

主墩施工是全桥施工的大事，指挥部成立3号主墩施工领导小组，副指挥长兼总工程师黄渭全任组长，王必初任副组长。黄渭全副指挥长是我国第一代桥梁专家，年近60（和公路局局长余炯同年代），上海人，解放前留学美国，回国后一直从事公路桥梁建设，“文革”期间在缅甸等国援建桥梁，临近退休回国任泸州长江大桥副指挥长兼总工程师。王必初主任工程师和张观寅副主任工程师等都是他的老部下，工程的关键技术决策，由黄渭全最后拍板。工程处副处长李四元、第五工程队技术负责人丁长寿、指挥部以及第五工程队有关领导都是领导小组成员。领导小组制定施工方案，组织料具供应，协调各方关系，直接指挥施工。第五工程队负责

3号主墩施工，工程处和第五工程队技术人员统一编成两班24小时跟班，在各作业面带领班组施工，紧张有序。领导小组每天下午在工地现场开碰头调度会，及时解决人、财、物的调度及技术问题。强有力的领导，严密的施工组织管理，保证了3号主墩施工进展顺利，于1980年汛期前顺利完成3根桩基和封底混凝土浇筑，实现安全渡洪。

2号主墩位于北岸主河槽，水深流急，覆盖层厚，含有大量大漂石，施工难度大，不能像3号主墩施工一样可以从岸边搭浮桥，只能用交通船往来。1980年汛期刚过我们立即展开2号主墩钢围堰下水，全桥关键工程施工。钢围堰的锚固定位系统比3号主墩强很多，最高施工流速时，受力吃紧，必须在汛期前将钢围堰下沉到设计底标高，浇筑完成封底混凝土并施工完成3根钻孔桩才能安全渡洪。工期紧迫、施工难度大，钢围堰下沉过程中直径47.5毫米的定位钢绳在激流江水的抖震中两次绷断，弄得大家好一阵忙活，工地上气氛非常紧张。钢围堰终于着床，堰内水深10米以上，吸泥下沉受大漂石（吸泥机吸出的最大漂石54公斤）影响，钢围堰下

在泸州长江大桥2号墩工地浮吊上，左起：朱庆余、黄渭全、丁长寿（后排）、王必初、张观寅、段君谷、臧棣华

沉缓慢且需时常纠偏，潜水工还得下水清除塞在刃脚口的大漂石。一个初冬周日的上午，江面上冷风冷雨薄雾蒙蒙，围堰上只有吸泥下沉值班人员和潜水工，吸泥机在围堰上游吸泥，潜水工在围堰下游江底清理排出大漂石。30多岁的潜水工陈师傅上浮出水时，惨剧发生了，吸泥机强大的吸力将陈师傅的头一下吸进了直径40厘米的钢管内，等关闭空压机，陈师傅早已毙命。这是缺乏深水基础施工经验造成的重大安全事故——钢围堰吸泥下沉时，潜水工一定不能下水作业。工程最怕安全事故，接下来的好些天，追查事故原因、处理事故、总结经验吸取教训、调整钢围堰吸泥下沉工艺，工地停顿了10天才恢复正常。陈师傅14岁的小女儿中断学业顶替父亲参加工作，后来成为一个技术不错的电焊工。钢围堰终于下沉到设计底标高，埋置好护筒开始钻孔施工，好不容易将三根桩冲孔到嵌入岩层的设计底标高，靠江心的桩在浇筑水下混凝土时突然发生断桩事故，连浇筑混凝土的导管也埋进孔内了。眼看江水一天天上涨，如果汛期前完不成三根桩并浇筑完成围堰封底混凝土，不能确保钢围堰安全渡洪，节骨眼上发生断桩事故简直要命。我受命处理这次断桩事故，4号墩积累的钻孔经验虽然派上了用场，断桩事故却未处理过。我绞尽脑汁，和工人师傅商量，群策群力，拟定处理方案报告主任工程师王必初，经他在工地开会拍板同意后实施：先将孔内水面以上的钢筋笼和钢导管全部割除，孔内一层卵石一层黄泥回填重新冲孔。说是运气也好，歪打正着也好，处置方案成功了。几天工夫重新冲孔到设计孔底标高，埋在孔内的钢筋笼、钢导管和混凝土，经不住4吨重钻头的冲击，变成裹在泥浆里的钻渣由出渣桶排出孔外。

冲击钻孔灌注桩在浇水下混凝土过程中断桩的处理方法，成为一项重要施工技术，推广应用到以后的冲击钻孔灌注桩施工中。

一场钢围堰封底混凝土施工和洪水赛跑的竞争展开了。江水涨势迅猛，2000多立方米封底混凝土要灌入位于江心的钢围堰里，在那个年代不是容易的事。市政府动员全市机关干部、工厂工人等近6000人轮流参加混凝土运输（手推车运到船上装入吊斗），船运到墩位，汽车轮渡船上的汽车吊机和两台30吨的浮吊吊起灌入水下混凝土导管。那时最大的拌和设备是0.8立方米的鼓式拌和机，两岸十几台拌和机，混凝土每小时实际入模量约40立方米。

为了激励士气，副指挥长黄渭全提议、经指挥部办公会议研究决定：钢围堰封底混凝土浇筑设6万元工期奖。在20世纪80年代初做出这样的决定，要担一定的政治风险，弄不好会被戴上“奖金挂帅”的帽子。

2号墩位处最大流速已超过3米，浑浊的江水在围堰两边形成连串旋涡，水位不停上涨，钢围堰两边的浮吊、轮渡船汽车吊、往来运输混凝土船只，黑压压一片，铺满大半江面；围堰上站满灌注混凝土的工人、指挥人员、测量人员。江水咆哮声、机器轰鸣声、指挥口哨声响彻云天，封底混凝土浇筑紧张有序进行。工人12小时轮换一次，主要值班技术人员必须坚持连续值班作业，我负责测量组并管控混凝土拌和浇筑数量和封底混凝土厚度均匀。连续53小时的封底混凝土浇筑作业，我和四元等几个技术人员，眼睛也没合一下坚持着，有时实在太困了，便不停地用湿毛巾给头部淋水，尽量保持清醒，当我昏昏沉沉地宣布封底混凝土浇筑完成时，疲惫不堪的全场员工的欢呼声盖过了江水的咆哮。封底混凝土浇筑完成6小时后，江水淹过了2号主墩钢围堰顶，汛期到来了，2号主墩钢围堰成功实现了安全渡洪。泸州长江大桥最关键的2号主墩水下工程，通过和洪水惊心动魄的拼搏，圆满完成。包括我在内的一批技术人员，通过工程实践得到了锻炼，学到了技术和特大桥梁建设工程管理知识，成长为四川公路桥梁建设骨干。

1980年秋天，一批大中专学生分配到泸州长江大桥工地。分到第二工程队的有文青峰（重庆交通学院）、张毅（女，重庆交通学院），孙云、曹平辉（成都交通学校），到国外经援的技术员石维平（1968年东南大学毕业）也完成任务回到第二工程队上班。我负责完成4号T形刚构施工后，被指挥部调到工程处任资料组副组长同时兼任3号T形刚构施工墩代表（代表工程处管理第五工程队负责施工的3号T形刚构墩）。资料组长是西昌公路养护段副段长余贵庚，我们二人负责收集整理泸州长江大桥竣工资料，我按当时公路桥涵施工验收规范编写泸州长江大桥竣工技术文件大纲，经讨论审批后执行。

每天的工作内容：上工地现场指导施工；在工程处自己的办公室编写竣工资料大纲和整理竣工资料（我和王总、四元一样，有一间办公室兼寝室），内业、外业工作同时进行。现在回想起来，让我当资料组副组长是主任工程师王必初和四元对我的信任和培养，是对我在泸州长江大桥前期工作中编写4号主墩冲击钻孔、墩身滑模和T形刚构施工技术规程的认可，也是学生时代喜欢文学练就的写作功底的回报。修建泸州长江大桥同时培养了四川交通桥梁技术人才，参加大桥建设的技术人员回到原单位后都成为公路桥梁建设的骨干。随着我国经济建设高速发展，一座又一座世界级特大桥建成，一批又一批技术人员崭露头角，通过工程实践成为桥梁专家和路桥行业企业家，是我国成为桥梁大国进而迈向桥梁强国的核心力量之一。

顺利完成2号主墩基础，泸州长江大桥工程进入全面施工，墩身滑模、上部T形刚构施工等关键分项工程，均突破技术难关，按计划工期顺利进展。

南岸6孔70米跨箱形拱桥吊装场面壮观，两组缆索天线离地面70多米高，每组天线有3根直径47.5毫米的钢绳，平面排列宽度约20厘米，钢绳表面满是黄油。一次，纵移滑车组在离索塔50米左右的部位，起吊钢绳跳出滑车槽卡住无法运转，这时需要起重工从天线上悬空走出去用小撬棍将钢绳拨进滑轮槽内才能让机器正常运行。这可是惊险的高空绝技，全工地只有身轻如燕、技术娴熟的青年起重工吴道直能在没有任何安全措施（很难安装安全设施）的情况下从3根天线钢绳上徒步走到故障部位处理，小吴师傅之前不止一次处理过这类故障。人们在地面上仰望小吴师傅从70米

建设中的泸州长江大桥

高空的3根钢绳上一路下坡走出，为小吴的安危捏一把汗。小吴平稳走到故障部位，将随身安全绳拴在天线上才开始操作，十几分钟后处理好故障再取下安全绳，一路上坡平稳走回索塔顶。此时，难以想象的事出现了，工程处副处长四元老兄也徒步从天线上不慌不忙走出，到达故障部位，认真检查钢绳归入滑轮槽后有无断丝或破损情况，确认一切正常后再慢慢走回索塔顶，拱箱吊装恢复正常进行。技术人员能在70米高的缆索吊机天线上没有任何安全设施徒步行走检查故障，四元老兄是前无古人后无来者。四元老兄是缆索吊装系统的设计人，具备强烈的责任心和高超的高空作业技能，敢于冒风险在高空行走排除事故隐患，我对他的敬佩之情油然而生。40来岁的四元老兄无论是技术能力和人品都是第一流的，在川交一处有很高威望，以后的几十年岁月里，四元老兄一直是我的良师益友、学习榜样，我们保持了一生的友谊。

已经完成和正在施工的墩身液压滑模、T构、引桥拱箱吊装、引道施工在泸州的长江上全面展开，泸州长江大桥初现雄姿，全国各地来参观的人络绎不绝。资料组负责接待讲解，大多数时间我是主讲人，忙得不亦乐乎。这是一个绝好的学习锻炼机会，事前要准备各种讲稿，收集整理各种资料，面对不同地区、不同要求的参观者讲解不同的内容，写作能力和讲话口才得到提高。接着是主办面对全国的“泸州长江大桥设计施工技术研讨会”，收集编写论文，布置设计施工图片展览。在王总和四元老兄的指导下，我和余贵庚密切配合，工作干得有声有色。我发表了《泸州长江大桥大直径冲孔灌注桩关键施工技术》论文，在研讨会上宣读交流，为以后国内的同类冲击钻孔桩施工，提供了可供参考的技术借鉴。

交通部副部长潘琪要到工地视察，为此工地准备了很久。我们重新布置了泸州长江大桥展览馆，进门一幅泸州长江大桥通车后的泸州全景油画特别醒目，很有气势。展览内容包括高质量的摄影图片、以长江大桥为主题的当地名人书画作品、建设过程中有纪念意义的实物展品、建桥先进模范事迹、科技进步创新……开创了长江特大桥建设过程布置展览馆的先河（泸州长江大桥展览馆是临时设置，以后的长江特大桥布置的展览馆多为永久性）。

1982年，作者（左一）在泸州长江大桥展览馆讲解

潘琪副部长是1937年在武汉大学读书时即加入共产党的老革命，抗战时期任过新四军支队和根据地地委宣传部部长，口才极好，他不用讲话稿，现场给泸州交通系统和全体建桥管理人员作的《我国交通建设发展规划》报告鼓舞人心。我在方格稿子本上飞快记笔记，潘琪副部长讲了40分钟，我一口气记录了4000字，可惜该记录本后来遗失了。潘琪副部长在泸州待了三天，除了报告，还深入工地查看施工现场，看望工人，这既是对泸州长江大桥工程的重视，也是对泸州长江大桥工程进展的肯定，鼓舞了建桥员工的士气。

资料组编写竣工资料等工作给我提供了熟悉文字工作、熟悉关键技术方案决策过程的机会。只熟悉施工现场业务，不亲自动手进行施工组织设计和竣工总结，对关键技术方案不能决策拍板的技术人员，难以成为技术全面的桥梁专家（按现在的说法是无法胜任特大桥梁项目经理或总工）和企业掌舵人。桥梁专家（企业掌舵人），必须经历严酷的工程实践，在磨砺中锻炼成长，个人天赋、拼搏努力、机遇和恩师传承，同等重要。感谢泸州长江大桥给我提供机遇，感谢臧棣华（臧大姐）、王必初、张观寅、李四元等恩师的教导提携。

泸州长江大桥指挥部有一个强有力的领导班子，泸州市主要领导是指挥部负责人，半个市政府搬到了指挥部。

市长徐明国、常务副市长李先志等领导（大桥常务副指挥长），精明强干、正派务实、平易近人，其班子团结，配合默契。指挥部给泸州长江大桥提供了宽松、和谐、高效务实的施工环境，这是大桥建设克服各种困难、进展顺利、质量优良的保证。

指挥部提出“人民大桥人民建、四面八方来支援、群策群力排万难、双管齐下”的建桥方针，组织了数千名的义务劳动大军，每天到工地参加义务劳动，运砂石、抬水泥、挖坑基，为大桥出力流汗。水下施工急需的直径24米的沉井钢围堰、主桥墩施工用的钢滑模、安装定位导向船的万能杆件、深水桥墩高桩承台基础、冲孔成桩使用的直径2米特大钻头等，一时无法解决，都是指挥部请当时的泸州船厂、西南驻泸建筑五公司、泸州柴油机厂、长江挖掘机厂等单位赶制出来支援的。大桥建设缺少运输工具，指挥部动员省运输公司29队、33队将车队的大货车提供给大桥无偿使用。电力紧张，泸州供电局坚持满负荷供给，以满足大桥施工的用电需要，大桥建设呈现出八方支援的轰轰烈烈的场面。

泸州长江大桥建设培养了大量人才，泸州市里来的年轻技术人员后来很多都成为泸州交通建设的骨干。如年轻技术人员邱世成成长为泸州长江大桥建设主要专家，70岁还活跃在工作岗位上；工农兵大学生出身的青年女技术人员余淑芬成长为泸州交通局局长、纳溪区区长；其他青年技术人员都各有建树。其他地区来的技术人员如万县地区的潘清江、达县地区的林小泉、雅安地区的毛新民等回去后分别任段长、总工等职务。交通部公路规划设计院（现为中交公路规划设计院有限公司，以下简称公规院）大桥设计组长彭宝华回京后任公规院总工到70岁才退休，我和他的友谊持续到现在。我和工程处的技术人员相处融洽，维持多年友谊。大桥设计负责人四川交通设计院的臧棣华升任四川交通厅总工（交通厅党组成员），四

建成后的泸州长江大桥

元升任川交一处副处长，1982年底被派往南也门民主人民共和国经援，任亚丁到木卡拉（中国1972年援建的600公里沿红海边公路，是该国的交通动脉）公路水毁工程修复技术组副组长。

1982年10月1日，泸州长江大桥建成通车。

1982年底，我完成泸州长江大桥全部竣工资料后，回到成都川交一处。可能得益于熟悉生产、了解全部技术人员的邬副处长的厚爱，我被安排到第六工程队（房建队）施技组工作。这不是我希望的工作，但因为我有泸州长江大桥五年建设的实践，第六工程队支部书记王黄海（1941年参军的老革命）和工程队长张时祥（懂房建业务的老队长）安排我负责第六工程队最难的房屋建筑工程施工。位于东大街的色织染整厂主体车间，建筑面积1200平方米，全部由钢筋混凝土预制块拼装组成，要求两个月内完成主体结构安装施工，全部用16—24吨吊车吊装，技术工人是刚从国外经援回来的老起重工肖代庆带领的全工程处抽调到处机关十几个有经验的起重工，我和他们一拍即合，尤其是和肖代庆关系融洽。要如期完成任务，每天的安装进度不能少于30块预制件，进出场道路处于成都闹市，要如期完成任务的难度很大。

面对第六工程队书记、队长的信任和期望，我得想法如期完成施工任务。泸州长江大桥2号主墩抢工期的承包经验给我提供了好的借鉴，我决定按倒推工期分配的办法将每天安装任务承包给吊装小组，并和肖代庆商量好具体承包方案，规定每天必须完成的安装数量和相应的奖金提成，提前工期超额完成的奖金计算办法以及与工资奖金挂钩的安全责任。书记王黄海对我的意见坚决支持。肖代庆领导的作业班组欢呼雀跃，毕竟这是“文革”后在成都的房建工地第一次搞与奖金挂钩的施工班组目标责任承包，王书记点头拍板了我就敢大胆干。安装任务按计划进行，工程队上下和建设方业主均满意，到了工资奖金兑现的日子，一上班我就先给王书记电话，请一定要按承诺兑现，王书记亲自带领财务出纳到银行取钱，上午10点半左右，王书记和出纳气喘吁吁赶到工地把工资奖金亲自发给大家……工程比计划提前三天安全完成。第六工程队第一次在成都市赢得了良好信誉，我也在第六工程队赢得了信誉。

交通厅影剧院（对外是工会办公楼）施工由第六工程队承担，那是当时较现代的钢筋混凝土组合结构影剧院。舞台宽度22米，现浇舞台钢筋混凝土横梁是工程难点之一，影剧院工程施工由我负责。

经过修建泸州长江大桥的历练，我对房建工程项目也习惯用管理大项目的思维管理。我按全面质量管理办法，先绘制出影剧院工程施工网络图（当时在第六工程队可是从未见过的新鲜事），编制出施工组织设计（简称“施组设计”，包括关键部分工程模板、脚手架等施工设计图及结构验算书）。在色织染整厂混凝土构件安装承包经验的基础上，班组作业采取承包办法（先考核制定作业定额，按定额承包），极大调动了工人的积极性。基础施工时，年轻的女工姑娘们纷纷叫来自己的男朋友参加挖土方施工，进度快质量好。在交通厅眼皮下的影剧院工程的管理和进度良好，得到交通厅上下好评。

影剧院施工在交通厅大院里，为避免噪音，晚上不能上班，我的业余时间多了起来。在机运队承担房建的龙泉驿建筑队负责人李文元当时在工作中和我建立了深厚的友谊，他对我的业务能力敬佩有加，他那时已是独立承揽工程的包工头。这天下午他来找到我，要我连夜编制东郊九里堤府河上一座拱桥的施工预算，明天一早凭预算去签工程合同（没有预算合同签不下来）。下午5点开始，我凭借几年房建预算的实力和修建泸州长江大桥的经验，迅速列好工程细目，反复检查，后按照市政定额编制预算。我那时正是精力充沛和施工经验成熟的年龄，到天亮时，预算已编好并复写了5份。早上8点钟，李文元准时把施工预算拿走，约一个星期后，施工合同签下来了。李文元的队伍进场施工，这是一座3跨25米的拱桥，李文元的队伍第一次建拱桥，缺技术人员和管理经验，当然又找到我。每周有三四个晚上，在交通厅影剧院工地下班后，我骑着自行车前往城东九里堤附近的府河桥工地，测量放样、指导工人操作，工作两三小时后，再回家。晚上不去工地的时间，为李文元工地设计条石拱桥的拱架。李文元第一次承担的桥梁工程，在他自己的努力和我的帮助下，五个月后得以顺利建成。

1982年时，国有单位工作人员下班后再干第二份工作是走资本主义路线的行为，轻则受批评，重则会受行政处分。李文元找到我一是朋友所托，不好推辞；二是从泸州长江大桥工地回成都后，工地津贴少了不少，家庭经济拮据，李文元和我说好去工地工作一晚上给10元钱辛苦费（我自己坚持只要10元，不能多要），以缓和家庭收入紧张的窘境。

石拱桥建成约一个月后的晚上，李文元到我家，给我一个装有600元人民币的大纸包，说是帮他们编预算、设计拱架的辛苦费。这笔钱将近我一年工资，那时可是不小的数目，我从未有过这么多钱，吓得心里直哆嗦，通夜不寐，为这笔突然来的钱发愁，和茂莲商量了一个晚上，我们不敢要这么多钱，找到李文元，我要了一半，强行退给他300元。有了300元，我也算发了财，心里却忐忑不安，像做了贼一样，怕别人知道。

机运队1980年劳务输出选派到伊拉克承建公路桥梁的人回来了，其中有茂莲的蓬安老乡、在机运队同在一个修理组的蔡培根。他们在伊拉克工作两年，每人可带回四台彩电、四台冰箱、四台洗衣机、四台“三洋”收录机，称“四大件”，还有“四小件”（如英国进口“兰令”自行车、瑞士“劳力士”手表、日本相机、进口时装等精品），电器全是日本货，均是当时国内市场普通百姓谒望却无力购买的高档奢侈品，价格只有国内市场价的约1/4。以14英寸的日立彩色电视机为例：百货商场的价格为1550元，回国人员在出国人员服务部用外汇买只合人民币400元多一点，我这样的技术人员，那时一年的工资不过600元左右，百货商场的彩电想都不敢想。出国人员带回来的电器，亲朋好友人人想要，有的高价卖出（但比商场价低），有的只卖购买指标，也有将指标馈送给亲朋好友的。一时间，回国人员成了人人想套近乎的贵人。蔡培根是蓬安县农民出身的实诚人，和茂莲大姨一个村，都是姓蔡一家的亲戚，参加工作后和茂莲在一个工程队，现在又同在一个修理组，出国前经常来我家蹭饭。经茂莲要求，他大方地送给我们一台彩电和一台洗衣机的购买指标。

用回国指标在出国人员服务部购买20英寸的彩电要800多元，14英寸日立彩电400多元，购买日立洗衣机180元，两个指标让我和茂莲犯了愁。此时的家庭存款全是为李文元建桥的工程服务得来的，全部不到400元，买一台14英寸彩电都不够。但彩电和洗衣机指标高价难买，哪能轻易放弃？想尽办法，找我弟弟和茂莲弟弟以及好友同事借到200元，终于凑齐了买一台14英寸彩电和一台日立洗衣机的资金。

彩电在东郊仓库提货，离簧门铺住地十几公里。我骑自行车，搭茂莲坐在后架上，兴高采烈去提货。排班、缴费，再排班、提货，终于拿到精美纸箱装着的14英寸日立彩电，兴奋之情难于言表。茂莲坐在自行车后架上，双手抱着彩色电视机纸箱，我骑着自行车兴冲冲地赶往簧门铺家。那时公路上跑的汽车不多，一路顺畅无阻，一个多小时后平安回到家里。1982年下半年，我家就这样有了令人羡慕的日立彩色电视机和日立洗衣机。

转瞬到了1983年，交通厅工会办公楼工程进展顺利，舞台钢筋混凝土主梁现浇支架开始搭设，我每天还是在工地现场操劳。粉粹“四人帮”已经六年多了，国家一天天变好，人们对生活充满希望。我已经41岁了，人到中年，几十年穷困潦倒的日子也许该结束了。好事成双，两件好事到来：一是检查身体，准备出国到南也门公路水毁工程修复技术组工作当专家——四元是技术组副组长，是他通过我国驻南也门大使馆经参处直接给省交通厅打电报要我出国；二是川交一处干部处通知我到重庆交通学院读两年书，提升文凭。两件事都是我梦寐以求的好事，但此时为到底选哪一项犯了难。

检查身体虽满足出国条件，但此时我患有12指肠球部溃疡，胃腹部经常疼痛，十年前的急性肝炎已痊愈，肝功虽已全部正常，但肝区阴天下雨还不时疼痛，阵发性心动过速（发作时心跳200次）不时发作。我自己得权衡，出国到南也门夏天最高温50℃，冬天最低温35℃，全年干燥少雨的恶劣气候条件下身体能不能吃得消，弄不好一场病命就会搭在南也门。但出国两年回来就是万元户，拿到国内人梦寐以求的四个大件不说，还可彻底改变家庭经济贫困的现状，巨大的诱惑使我产生强烈的出国欲望。上重庆交通学院读书也是我从童年时就开始的向往。“人生好比一盘棋，关键就是一步两步”，我不得不认真考虑这人生关键一步棋的取舍。

我请教稳沉持重的好朋友、人生导师韦日宝。老韦说：“你上重庆交通学院读书能提高文凭，对你今后事业的发展有好处，但丝毫改变不了目前你家庭的经济困难状况，读书期间家庭经济还会更困难。出国能彻底改变家庭经济困难状况，但你得考虑身体受不受得了。”经过几天的思虑，我觉得还是改变家庭经济状况重要，至于身体状况，自己在国外注意调养，其余就只有听天由命，管不了那么多了。茂莲也怀着矛盾的心情，同意我选择出国。

后来得知，1983年开始，家庭出身不是选择出国人员的必然条件了，出身不好的人只要自己表现好、本人无政治等问题，也可以选派出国。交通厅通知川交一处要我出国，邬副处长以我出身不好不同意。四元在国外知道这一情况后，亲自到南也门大使馆经参处找到乌兰参赞，汇报一定要我出国负责建立混凝土半自动拌和站的理由。

那时，国内还没有混凝土自动拌和站，都是用鼓型拌和机拌和混凝土，拌和混凝土大多是人工手推车进料出料。如果在国外的经援工程也这样干，将会有损国格（那时国际上混凝土拌和站极为稀少，就是有也价格昂贵，经援的南也门水毁修复工程混凝土工程量不大，不可能购买国外的混凝土全自动拌和站）。乌兰参赞以南也门经参处的名义给四川省交通厅发电报：调李文琪出国。交通厅据此给川交一处下文调我出国到南也门经援，川交一处再不同意我出国看来是不行了，我终于实现了出国愿望！

第六章

民主也门（南也门）公路水毁工程修复技术组

1983年5月，川交一处干部科通知我出国经援，到南也门公路水毁工程修复技术组当专家，有不到两个月的出国准备时间。交接工作、检查身体（包括打预防针）、学习培训、制装、和亲友告别……

为人忠厚老实、从事房建多年、技术娴熟的陈敦瑞工程师接替我的工作，交接工作很快完成。支部书记王黄海、队长张时祥出面为我饯行，感谢我在第六工程队给工程管理带来的新气象。施技组的同仁和部分老工人也给我饯行，感谢我提出的承包管理模式使他们收入增加且能兑现。

身体检查没有问题（十二指肠球部溃疡和阵发性心动过速不是检查内容），防疫部门给的预防疟疾和登革热的红色和黄色小药片到也门后开始吃。从南也门回来的同志介绍经验，南也门是高热地区，要带够两年的清热饮料和药物。于是，我到处跑药店，买黄连、胖大海、金银花、黄连素、感冒药等一大包药物。听说当地人特别喜欢小盒的虎牌清凉油，那时卖人民币1角1盒，我买了140盒。每个人的置装费1000元，买西装、领带、衬衫、皮鞋等礼服，足够了。和亲友告别，安排两个女儿的学习，她俩一个上初中，一个上高中，少了我平时的督促辅导，不禁为她们的学习担心，但我相信她们在母亲的督促下学习不会掉队。

在交通厅援外办公室进行3天的学习培训，培训内容为介绍出国经援工作内容、所在国风土人情、出国注意事项，出国人员纪律，尤其是要求背得出国人员十不准，外事无小事，任何小事都会影响我国的国际形象。举个例子：当年在国外经援公路项目中的一座小桥，主墩箍筋间距改变未请示国内，就犯了错误，技术组和经办人受到对外贸易经济合作部通报批评。外事场合喝酒要严格控制，只能喝酒量的三分，绝不能喝醉。我们反复学习外事礼仪和少量英语、阿语单词，大家基本掌握了出国必备的注意事项。再就是分组，记得我们同行的小组10个人，由成都运输公司党委副书记孙光远和多次出国的共产党员司机杨文龙任正副领队，成员有26岁四川交通设计院试验工刘淑林，设计院工会去南也门技术组搞行政工作兼拍照的刘仁文，川交一处第二工程队石工工长周宗国（修建川藏公路的老工人），川交二处电焊工李友芳，第二次出国的川交一处机运队严正武、金权、王仁全等，他们大多成为我在南也门工作期间的好朋友、好伙伴。

1983年7月4日，别妻离女，我踏上当时人们梦寐以求的出国经援之路。我们先由成都坐飞机到北京，这是我平生第一次到北京，住在安定门外黄寺交通部招待所。20世纪80年代初的北京城，大街上汽车少，自行车不多，人们出行大都靠步行和公交车。行人不多，老式街道和老北京民居古色古香，我第一次到首都，也是第一次到北方，对什么都感到新鲜好奇。吃饭是件不习惯的事，早餐在招待所的大食堂，凭购买的餐票排队打饭，一个开花馒头，一碗小米粥加几根咸得发苦近乎黑色的大头菜或其他难咽的咸菜，是那年月这类招待所的标准伙食，只能将就填饱肚子。中餐排长队打饭，稍去晚一会儿，饭菜没有了，只有到外面小胡同一样的街边小餐馆吃饭。招待所出门沿不宽的小街（现在都是大街了）往东走约一公里，是现在的安外大街，往北走不远就是郊区公路，记忆中那时的北京就这么大。街上远没有现在这样的商业店铺，店铺和餐馆天一黑就早早关门，在招待所一旦吃不上晚餐，到外面街上找到吃饭的餐馆可不容易。

在北京学习一天半，听外经委的人作形势报告，多次出国的老援外讲国外工作经验和注意事项，学外事礼仪，加上半天学习讨论，我们做好出国前的充分准备。

我和刘淑林很快成了好朋友，利用自由休整的一天，和他结伴到天安

1983年作者出国前和刘淑林（右）于天安门留影

门游玩。从交通部招待所步行到安定门半个多小时，记不得转了多少次公交车，终于来到天安门广场。我和刘淑林在天安门前合影，两人都显得青涩消瘦，但两眼炯炯有神，掩不住的青春活力。那照片是同行的刘仁文用他带到南也门技术组的公家黑白相机拍摄的。幸好有刘仁文同行，我们沿途和在埃塞俄比亚景色如画的大使馆才留下了几张珍贵的照片。

1983年7月8日，前一天我们已将各自多余的行李从北京邮寄回家，只带随身换洗衣物和出国用品，一行出国人员个个西装革履，顾不了盛夏北京的暑热，从北京出发经巴基斯坦卡拉奇到埃塞俄比亚的首都亚的斯亚贝巴，等候转机去南也门首都亚丁。行前，每人发1美元零花钱，手捏着绿花花的1美元，像握着一件宝贝，这是我们身上唯一的外币现金。

舒适的波音707客机载着我们飞越喀喇昆仑，当地午夜时分到达巴基斯坦卡拉奇真纳国际机场，经停上下客人。走下飞机舷梯，一股热浪迎面扑来，气温40℃以上，不一会儿，汗水湿透白衬衫，我立即脱下西装解下领带，只穿衬衫，走进候机厅。候机厅里，有空调和无空调的效果一样，我热不可耐，口渴急欲喝水，一看，矿泉水1美元一瓶。原来，发1美元零花钱是做这个用的，揣在兜里那1美元是宝贝，哪怕嗓子冒烟也得忍。我怎么也不愿意把这1美元花掉，好不容易熬到再次登机，才从火炉中解脱出来。

埃塞俄比亚全名埃塞俄比亚联邦民主共和国（旧称阿比西尼亚，Abyssinia），是位于非洲东北的国家。

亚的斯亚贝巴是埃塞俄比亚的首都，同时也是非洲联盟及其前身非洲统一组织的总部所在地，位于海拔2400米的东非高原。按当地提格雷语，亚的斯亚贝巴意思是“新鲜的花朵”。亚的斯亚贝巴是一个州级特别市，城市有80多个不同的民族，说80余种不同的语言；有基督教、伊斯兰教及犹太教等社群。

1886年，埃塞俄比亚孟尼利克二世的泰图皇后，选定在亚的斯亚贝巴的温泉旁建一座房子，并允许贵族在这里划地建房，这是亚的斯亚贝巴建市的开始。现今城市人口350万左右，每年以8%的速度增长。

市中心革命广场一带，街道宽阔整齐，附近多高层办公楼和公寓。离广场不远，有昔日的皇宫。在附近的一条花园式的林荫大道两旁，井然有序地分布着议会大厦、政府各部大楼、博物馆、非洲大厦、亚的斯亚贝巴大学和大议会等著名建筑。在孟尼利克二世大街的广场上，矗立着孟尼利克二世身跨战马的高大铜像。广场西南角有市政大厅。连接市政大厅和火车站的大街，地势从北向南倾斜，两旁商店林立，车水马龙，蔚为壮观。

市中心以外，富人区和穷人区有天壤之别——穷人区大都是建在土路边的低矮的铁皮房；富人区是绿树成荫的别墅，和西方流行的别墅没有什么区别。

初到非洲高原，一切都让我感到新奇。中午的阳光耀眼火辣，却不感到热。我们到达亚的斯亚贝巴是上午，大使馆的汽车将我们接到中国大使馆招待所住下来。

亚的斯亚贝巴中国大使馆是我国驻非洲地区的中心使馆，面积很大，环境优美。当地每天午后都要下一场瓢泼阵雨，阵雨过后马上又蓝天白云，使馆内植被茂盛，常年鲜花缭绕，像一座公园。使馆招待所的伙食很好，早餐有牛奶咖啡可可、馒头花卷茶叶鸡蛋，中餐晚餐顿顿鸡鱼牛肉，花样翻新，味道可口。

我国航空公司那时没有飞往亚丁的航班，只有南也门航空和埃塞航空有亚丁和亚的斯亚贝巴互通航班，但不是每天都有。我们在亚的斯亚贝巴使馆招待所住了六天等候去南也门首都亚丁的班机。六天时间里，我们几人一组经批准可以步行上街观光。当地货币比亚尔那时和人民币的汇率比值0.95∶1，当地农贸市场（路边地摊）的鸡蛋一个比亚尔买一个，不算便宜，其他菜蔬价格也不比国内便宜。当地人个个皮肤黝黑，穿得却很鲜

1983年作者于中国驻埃塞俄比亚大使馆（亚的斯亚贝巴）

艳，小孩儿不少光屁股，见到中国人就围上来用手指抹着额头，嘴里不停地喊叫："sun……sun……"我们很快明白，他们是在向我们索要清凉油，这里蚊虫多，清凉油特受欢迎（到南也门后，清凉油成了我们重要的外交礼品和攻关武器）。在全市的主干道孟尼利克二世大街和现在的革命广场，繁华整齐现代，除了人的皮肤是黑的，其余都充满浓郁的欧洲风格，显示出这里曾是殖民地的痕迹。大街上豪华气派、中国援建的非洲统一组织大厦，让我们充满自豪。

到亚的斯亚贝巴第七天上午，我们终于登上了飞往亚丁的民主也门航空公司班机，螺旋桨小飞机在空中颠簸两小时，平安降落亚丁机场，到达我们经援目的地也门民主人民共和国。

在亚丁机场一下飞机，热浪像火烤一样袭来，40℃以上的高温不是玩儿的，汗水先从额头接着从全身冒出来，很快湿透衬衫。天空无一丝云彩，强烈的阳光射得人睁不开眼睛，幸好我们早有准备，立即戴上墨镜，脱下西装换上准备好的薄衣裤。在小而简易的候机厅过海关安检，清凉油帮了大忙——安检人员打开箱子，拿走摆在衣物上面的清凉油，随便看一下就过关了。技术组毕业于北京第二外国语学院的蒙古族阿语翻译小马接我们出关，坐上技术组马师傅开的中巴车，前往50公里外阿滨洋省的津吉巴尔大桥中国公路水毁工程修复技术组驻地。

南也门为不发达的阿拉伯国家，全国大部分土地是荒漠，可耕地很少，全年干热少雨，水是最稀缺的资源。亚丁是印度洋扼红海南端的重

1983年作者于亚丁大街留影

要港口，过往停靠补给船只不少，城市规模小，除了不大的富人区和清真寺，可用破旧来形容，房屋带有浓郁的阿拉伯风格。男人个个皮肤黝黑，头上包着厚厚的花头巾，长袖衬衣花围裙；女人全是面纱黑袍，看不见面目。无论男女，脚上都趿着塑料三角拖鞋。从亚丁沿印度洋海边往东600公里到南也门第二大城市穆卡拉，有一条中国在1972年援建的公路连接，公路净宽6米，沥青混凝土路面，由于大多路段地势平坦，大部区段公路线形笔直，陡坡和弯道不多，是南也门国内的公路主干道。干旱少雨的南也门每年会有一两场倾盆大暴雨，下雨时间不长，却往往造成山洪暴发，平时无水的干涸河床顿时洪水滔滔，泥沙夹着山石滚滚冲下，破坏力很大，冲毁公路桥梁和涵洞等建筑，造成水毁工程，600公里沿线有好几十处水毁路段和桥涵。津吉巴尔处河段在英国殖民时期建的桥梁和1972年中国援建的桥梁多次被洪水冲毁。这次我国援助水毁工程修复要彻底解决洪水冲毁问题，在干涸河段上重建一座6跨20米的T形梁桥，采用钢筋混凝土钻孔灌注桩基础，每根桩埋入河床深度34米。水毁修复工程技术组设在津吉巴尔桥，约100人，管理和技术人员以及工人都是中国人，没有当地工人，集中技术组全部力量先修复津吉巴尔大桥。

津吉巴尔大桥所在的阿滨洋省是南也门不多的农产区，阿滨洋市区离亚丁到穆卡拉公路约5公里，有支线公路相通。水毁修复工程技术组驻地在离桥位约500米有几株高大椰枣树的村庄旁，四周有灌木、骆驼刺矮树及草丛，离几户当地居民的住房和果园不远，村边有一口水量不小的机井，建有十几平方米的蓄水池（约两米高），据说是当年中国筑路大军修桥时打的机井。因为有水，附近农家果园绿树成荫，一片生机。我们技术组的生活用水和部分生产用水依靠此水源，大部生产用水由专用运水汽车从几十公里外运回。几排活动板房搭建成技术组驻地，管理人员和技术工人一样待遇：四个人住约20平方米的房间，水泥砂浆地面，每个房间安装一台2匹窗式空调，依靠当地电力和自备发电机维持24小时供电，房间温度26℃—28℃，舒适宜人。我们寝室四人，蒋志煌、徐中云、刘淑林和我，他们三人都是设计院的，徐中云负责道路设计，蒋志煌负责桥梁设计，配合蒋志煌设计桥梁的还有住另一寝室的郑远鸪，配合公路设计的还有李待煊。蒋志煌、徐中云、李待煊是老技术人员，郑远鸪是工农兵大学生（后来也是设计院桥梁设计骨干）。

食堂是一栋无隔断的活动板房，炊事员挑选的是国内三级以上的川菜厨师，饭菜可口。牛肉价格贵，羊肉更贵，鸡和鱼价格低廉，顿顿以土豆、西红柿、洋葱（这三样蔬菜价格较低，是当地居民的主要食品）等作配菜，吃久了变得难以下咽。大量的副食如豆瓣、辣椒粉、酱菜等，每批出国到技术组的人都有任务携带几公斤郫县豆瓣和国内蔬菜籽等解决部分需用，国内后勤部门定期通过海船（那时还无集装箱）发运到每个国家的每个技术组，发来的酱菜（咸菜）中，尤以“雪里红”腌菜最受欢迎。技术组也有自己解决菜蔬和副食改善生活的方法。当地人不会种菜，蔬菜奇缺奇贵，技术组每个人下班后都会自己开发房前屋后的土地成菜园，用汽车拉来的生活用水浇灌，排泄的粪便是精贵的肥料，日照充分加上不缺水，国内带来的菜籽在这里长得特别好，辣椒一年四季都开花结果，个头是国内两倍以上。萝卜每个长到四五斤，豇豆、茄子、空心菜郁郁葱葱，产量不低。食堂定价收购员工种植的蔬菜，种菜既改善员工生活，又能增加收入，大家积极性很高。我国驻南也门大使夫人的一个外事活动是不定期组织其他国家大使夫人来技术组菜园采摘蔬菜、吃可口的四川菜，联络感情。

南也门的印度洋边当时未经开发，海产特别多。当地珊瑚礁不少，涨潮时礁石淹没，退潮后礁盘四周裸露，几百平方米像一个大水盆，水深刚好没膝，里面不少几斤到上10斤重的石斑鱼，休息日几个人拿上木棒在里面将鱼打昏捕回，收获颇丰，取名“棒棒鱼”。沿有礁石的海边黑乎乎的一片，全是海参，当时大多数人不懂，称为“海蚂蝗”，少数识货的人拾回晒干后带回国。

休息日活动丰富多彩，刘淑林和我退潮后去海水坑里捉螃蟹，礁石边有不少螃蟹洞，手上戴四层帆布手套伸进洞里抓，一抓一个准，螃蟹很大，刘淑林抓的最大一个螃蟹（青蟹）重两斤半，大夹钳就有拳头大小，两三个小时能捉一桶蟹。机械班的几位师傅和肖代庆开皮卡车到退潮后的大水坑边，用当地渔民扔了的破渔网，在水坑里捕捞起来1500斤小鲨鱼、金枪鱼和石斑鱼，欢欢喜喜运回来装满冰柜，几天后冰柜的鱼全臭了，原来是装鱼时冰柜四周没留间歇，冷气无法在冰柜内循环，冰柜不制冷所以臭了，只好用挖掘机挖深坑掩埋。有的人开车到港口附近礁石上，用小鱼作饵垂钓，能钓起几斤重的章鱼和墨鱼。章鱼足上有吸盘，上钩后趁其还没反应时立即快速拖离礁盘，只要章鱼有一只足吸住礁盘，鱼线拉断也拉不起来。章鱼是海八鲜之一，但缺少调料的技术组做出来的味道可不那么好。墨鱼个头有蒲扇那么大，是国内东海墨鱼体积的好

在印度洋海边沙洞里抓的这个螃蟹1.25公斤

在印度洋海边和当地渔民捕获大海鱼

几倍，可味道没有东海墨鱼鲜美。当地渔民出海捕回的大龙虾，两盒清凉油就可以换一只几斤重的。渔民从海里捕回不知名的大鱼好几十斤重，俗称海牛，渔民不要鱼肚，剖开扔到海滩上，我们捡回来洗干净做成上等美味。在海滩上见到渔民捕获后上岸扔掉的老虎鱼（蝠鲼，又叫魔鬼鱼），渔民说这种鱼鲨鱼都不敢惹，有毒不能吃。我们可不管有毒无毒，大着胆子抬回来洗净炖汤，哪知不放盐都鲜美无比，胜过放味精，鳃部的肉无刺无骨，比最好的土鸡肉还嫩。现在才知道蝠鲼是最名贵的海鲜，香港市场1公斤价格可达上千英镑。

周日晚餐是例行每周一次加餐，大多时候是海鲜盛宴，红烧金枪鱼（小鲨鱼、石斑鱼）、爆炒鲜墨鱼、姜葱大蟹、清炖章鱼……伙食丰富。

南也门的羊品种奇特，在绿色植物稀少的也门荒漠，这种羊的生命力特别旺盛。平常连人都不敢用手摸的骆驼刺树，树身长满几厘米长的毒刺，一不小心被树上的刺扎一下，皮肤又痒又痛，久不能止，这里的羊却能轻松爬上树吃刺间的嫩叶。这羊连装水泥的纸袋都能吃，吃下去照样消化，只是拉出来的羊粪颗粒像石头一样坚硬，可以做弹弓子弹。羊是南也门牧民的重要生活伴侣，我们看见过牧羊人赶着几只羊走在沙漠里，饿了拿出背袋里的铝盆挤羊奶喝。羊肉味道鲜美、价格奇贵，买一只成年羊要30个地拉尔（当地货币，那时1个地拉尔兑换3.5美元），而买一头毛驴只要2.5个地拉尔。因此，毛驴肉、毛驴汤成为我们替代牛羊肉的食品。

我任公路水毁工程修复技术组工程组副组长，负责津吉巴尔大桥6孔20米T形梁桥上部构造的30片普通钢筋混凝土T形梁和栏杆等桥面构件的预制、安装。经援工程，机械化程度较国内同类工程高很多，配备人员少。一个萝卜一个坑，技术人员和操作工人都是精挑细选，一顶仨的技术能手，大家自觉怀着为国争光的信念，不怕苦，不怕累，责任心强，工作积极性高。

国外供应条件差，大部分材料靠国内船运过来，从上海港出发3个月才能运到，加上供货计划报回国内和审批采购时间，须提前半年报出供货计划，紧缺材料只能用当时稀缺的外汇到沙迦国际市场购买。

上部构造施工，先要完成上部施工组织设计，提出需国内供应的材料和设备供应计划。这对在国内完成过几座混凝土T形梁桥施工的我不是难事，计划很快就报回国内，但要等国内半年后运来材料设备才开始施工，工期将受到严重影响。

交通部公路第一工程局（简称一公局）是当年援建亚（丁）穆（卡拉）公路主力，一公局当时在穆卡拉有规模不小的公路技术组，承担由穆卡拉通往东至约旦的谢赛公路建设项目。一公局不少人员长期在南也门，有的已待了十多年，穆卡拉驻地的推土机、装载机、平地机、货运汽车和运水汽车等，留下来不少。我国在北也门也有多个经援工程和劳务承包工程项目，人员和设备不少。通过大使馆经参处协调调度，我们由四川交通厅派出，1982年刚成立的公路水毁工程修复技术组很快调配齐了新建津吉巴尔大桥的车辆、运水车、吊车（36吨汽车吊由北也门调来）、推土机、平地机、装载机等基本设备。但关键设备混凝土自动拌和站（当时我国还没有混凝土自动拌和站以及混凝土输送泵或泵车）和预制场内运梁的龙门桁车，南、北也门所有我国承建项目都没有，不能等国内运来，得想法就地加工解决，这也是派我出国要完成的主要工作内容。

干涸的津吉巴尔河全是寸草不生的黄沙，岸坡长满骆驼刺和茅草等耐旱植物灌木丛，不远处有不多的椰枣树，原有的桥梁已被洪水冲得无影无踪，公路是穿过黄沙河道汽车轮碾压出的便道。预制场设在东岸（驻地岸）平整出的一块平地，我每天背着绘图板和文件包与预制场的工人一同上班。从早到晚，天空没有一丝云彩，强烈的阳光刺得人睁不开眼睛，晒得滚烫的沙海腾起阵阵光雾，气温超过45℃，桥梁施工人员整天在烤炉般的高温中烘烤。为适应干热气候，当地人穿长袍，戴大头巾，使皮肤不被阳光直射，不可思议的是多数穷人脚上趿塑胶拖鞋甚至赤脚，在50℃—70℃的高温沙漠里行走，若无其事。我们专家组的中国人，穿着土黄色卡其布工作服，头顶大草帽，眼戴深色墨镜，脚穿高帮军用牛皮鞋，肩上背着工具包和水壶（水壶里泡黄连或金银花等清热品）。上工地不久，身上的棉纱背心和卡其布工作服就被流出的汗水湿透，然后又被炽烈的阳光晒干，不一会又被流出的汗水湿透，到灌木丛脱下来拧去汗水穿上继续工作，土黄色的工作服上留下一道道白色盐渍——绝不能怕流汗脱下厚工作服打赤膊，设计院来的郑姓小伙子不信邪，连续几天上班打赤膊，背部皮肤被强烈的阳光晒出一层炭黑，并裂开好几道口子，露出鲜红的肌肉，与被火烧了无二，从此再也无人敢上班赤膊了。出国时间长短很容易通过上班时衣服汗湿程度区别。出国半年以上的人逐渐适应当地气候，在阳光下工作衣服基本不被汗湿，一个个成了三色脸：鼻梁以下草帽遮不住阳光的皮肤黝黑，鼻梁以上草帽遮住阳光的皮肤颜色较浅，两个眼圈被墨镜罩住，取下墨镜后眼圈部位皮肤白皙，看上去就像熊猫。我们寄回国的照片都是戴着墨镜大草帽的，避免露出三色脸真容让家人担心。

灌木丛下温度比阳光直射低不少，工人们在阳光下进行预制场施工作业，我在施工现场完成测量放样，交代好施工要点后就躲到灌木丛中绘制T形梁钢模板、T形梁起吊纵横移龙门架和混凝土半自动拌和站施工设计图，保持着在国内工程队养成的跟班作业习惯，方便师傅们工作中有问题随时可和我商量。

经过大家共同努力，参照泸州长江大桥半自动混凝土拌和站设计的津吉巴尔大桥半自动混凝土拌和站建成了，满足了钻孔灌注桩和大桥下部工程混凝土供应。

国内供应的万能杆件半年后才能运到，预制场纵移龙门架主梁材料成了大问题，等国内运到再施工会严重推迟工期，造成经援项目违约，后果不堪设想。跑遍我国在南北也门所有经援和承包项目的仓库，没找到可以做预制场龙门架主梁的材料。正当大家一筹莫展之际，老工长肖代庆忽然想起，他乘装载机沿津吉巴尔干涸河道往海边寻找砂石料场时，在几公里外的河床沙堆里看见过一段工字钢露在外面。我心里一动，立即请肖代庆带上工具和两个起重工，和我一起乘装载机往发现工字钢的地方开去。我们拴上钢绳制作的千斤头，用装载机从河床沙堆里拔出一根8米多长的工字钢，其高度有75厘米（当时我国还没有这样大的工字钢）。拉回来后找当地人一问，得知殖民地时期津吉巴尔河上有英国人用工字钢作主梁建的桥梁被洪水冲毁，工字钢被冲得无影无踪。听到这个信息，我立即组织人沿河搜寻，很快找回16根同样长度的75号工字钢——干旱高热气候下，这批工字钢虽年代久远锈蚀却不严重，场内运梁龙门架主梁的材料就此解决了。真是“踏破铁鞋无觅处，只需动脑费功夫”！

预制22米T形梁钢模板还没有着落，钢材虽可全部购买或通过经参处到穆卡拉公路一局谢赛路项目调拨，但全部钢模板新加工只预制30片T梁成本太高。受场内运梁龙门架制作经验启发，我们到当年施工亚（丁）穆（卡拉）公路现在的公路一局谢赛路项目总部基地穆卡拉寻找，找到两套当年施工14米跨度T形梁使用过的钢模板，将其改制成22米T形梁模板将会节约不少工程成本。技术组领导决定由我带领一个小分队组成T形梁钢模板改制组，到穆卡拉一公局谢塞工程部基地改制钢模板。

加工预制场龙门架和混凝土半自动拌和站钢构件时我就测定，在南也门气候条件下，加工1吨钢构件平均需30个工作日。根据国内泸州长江大桥2号墩基础施工时为抢工期推行的工期目标承包和在第六工程队工作时推行的单位工程劳务承包经验，我认为可带领小分队单独外出加工，加快施工进度，我向四元提出这次钢模板加工实行定额承包。四元听完我提出的承包设想和承包办法后，要我写成文字材料向技术组汇报，经技术组领导研究决定，同意我提出的承包办法，四元到经参处向乌兰参赞汇报并获得口头同意后，批准我们提出的劳务承包办法。我将测定的30个工作日加工1吨钢模板改成20个工日完成1吨，要求在90天内完成全部钢模板加工，每提前或延后一天按国外日津贴费的50%奖励或处罚。我、金权、严正武、王仁全、刘铜匠（设计院来的，记不起本名了）、李友芳、秦师（运输公司来的，记不起名字了）7个人签字，组成去穆卡拉公路一局项目部的T形梁钢模板加工小组。除刘铜匠和秦师，其他人都来自川交一处，我一人是技术人员，其余个个都是技术全面的机械加工能手。

津吉巴尔到穆卡拉公路一局谢赛路工程部有600公里车程，公路路面6米宽，弯道少、线形好，沥青路面平直顺畅，平原直线路段居多，车辆不多人烟稀少，车速可跑80公里（这个车速那时在国内是达不到的）。

驰骋在南也门沿印度洋海边公路上，风土人情和国内完全不同。公路左边一片荒漠，稀疏生长着一堆又一堆骆驼刺，烈日下见不到绿色植物，远处不时吹起阵阵小龙卷风，一根根沙柱腾空，此起彼落——也门荒漠里常见的这种龙卷风和美洲大陆的不一样，没有多大破坏力。荒漠上稀疏点缀着几米高的土堆，一问才知是白蚁窝。穿行过一片山区，严重风蚀将不高的小山雕塑成奇形怪状，有如史前洪荒之地。公路右边是大海，蓝天碧水，阵风卷起印度洋的层层白浪，山崖下的海水里，布满黑乎乎的海蚂蝗，成群海鸥在浪间翩跹。不远处，数百头海豚追波逐浪，翻腾跳跃，场面蔚为壮观，我们忍不住停车观看。天际边，一艘又一艘巨轮正在远航。

离开津吉巴尔几十公里，路过一个小村庄，几十间树枝做围墙，茅草做屋顶的房子，不能遮风避雨，却可挡住强烈的阳光。每家都有树枝围成的羊圈和毛驴等牲口圈，门口都有装水的塑料桶，从水井里装水饮用。几只单峰骆驼在沙漠里徜徉，一个身穿白袍头戴花巾、斜背布袋的青年人跟在后面。

中午时分，我们来到位于穆卡拉和亚丁中间较大的村镇马库，这里有当年建设亚穆公路的物质仓库，是往来人员的中间接待站，十几栋活动板房仓库装满工程机械和解放牌汽车配件，据说不少货箱一直都没开过箱。接待站有三名留守人员，我们拿出干粮向他们讨要热水，并在他们食堂吃午餐（很多时候午餐是在路途中找一个涵洞或小桥下的阴凉处吃带的干粮）。马库当地的房屋不少是独栋四层石砌楼房，每栋楼房四周有不低的围墙，楼房四角和门楣装有日光灯，家家都有发电机。漆黑夜晚楼房大放光明，照亮一方天地。值得称道的是建筑楼房的石材，也门虽没有烧制砖瓦的技术，却有进口欧美石材加工设备的加工厂，将山上开采的石料加工切割成建筑楼房的“石砖”，石砖砌成的阿拉伯楼房形态各异，简洁大气。一些有水井的房屋四周绿树成荫，多有果园，刚从树上摘下来的青皮广柑味道也甘甜可口。

一路上见到的也门人对我们十分友好，竖起大拇指招呼我们：“舍尼塔玛姆（中国人好）。”行车途中若有什么事，路过的车会马上停下来问需要什么帮助。阿拉伯人很文明，曾多次见到开车途中身披黑袍戴面纱的女性招手搭车，也门司机会立即停车，而且不用招呼，坐在驾驶室里的男乘客会立即爬上货箱，让不认识的搭车女乘客坐驾驶室，看来女士优先在阿拉伯文明中深入人心。路上男乘客招手搭车，也门司机也会一样停车让搭车人爬上货箱搭乘。

离开马库约100公里便进入火山喷发造成的几十公里无人区。海边鳞次栉比耸立着好像刚喷发过的座座黝黑的火山，大地被黑色的冷却了的岩浆覆盖，在强烈日光下寸草不生，一片死寂。湛蓝的海水波光粼粼，层层海浪拍打着黑漆般被冷却岩浆铺盖的海滩，不见飞鸟，看不到生命，笔直的公路是生命留下的唯一痕迹，恐惧和激情由心底涌起，想象着当年中国人修筑这条公路经历的艰辛。我们来了，来重建这条前人修建的被洪水毁坏的公路！

到达穆卡拉时已经是傍晚，穿过古朴优美、显得破旧的阿拉伯风格街道，出城约3公里，见到用报废解放牌汽车连在一起做围墙、几十栋活动板房错落有致排列的、占地面积不小的地方，这就是我们此行目的地——中国交通部公路一局谢赛路建设工程项目部。

第二天，我们就在自行搭设的临时遮阳棚内布置好加工钢模板工装台，开始钢模板加工。7个人不多但工种齐全，配合默契，每天工作10小时以上。上班时间我负责钢板画线和配料，下班后，同伴们唯一的娱乐是去食堂守着20英寸电视机看电影录像，而我得加班绘制第二天加工钢模板的图纸。4天过去了，第一块钢模板终于加工完成，但按此进度，90天也完不成钢模板加工任务，我不由得着急起来。晚上大伙儿在一起讨论，7个人加工一块钢模板，抬的抬，敲的敲，等配好尺寸再切割焊接，挤在一起施展不开，窝工，难以按期完成。经过讨论思考，我很快想出了加快进度的办法：7个人分成4个加工组，我一人一组负责选料划线，同时负责操作4米高的摇臂钻机给每段加工好的模板钻孔。4个人分两组将工装台扩大一倍，同时加工两段模板。为解决几

1983年于津吉巴尔到穆卡拉行车路上

百公斤重的钢模板在工装台上的翻身和运输，跨越工装台安装一台以工字钢做空中轨梁，重型轴承做滑轮，悬挂起吊1吨重链子滑车（导链），成为跨过工装台的小桁车，一人操作即可轻易将几百公斤重的模板吊起移动翻身，安放在工装台任意位置，不用几个人一起费劲地翻抬模板了。另外两个人专门负责开叉车或装载机运输材料和已成模板。技术革新使模板加工变得有条不紊，我们配合越来越默契，加工进度提高4倍，最快每天加工完成两段合格模板，不用每天拼命赶工加班了，工期一天天加快。我很快学会了操作4米高的大钻床，在开装载机和叉车的严正武和金权两位师傅配合下，完成了几十段模板4000多个钻孔作业，无一差错。多少年后大家时常在一起回忆在穆卡拉加工钢模板辛苦而快乐的日子——我们成了终身朋友。

津吉巴尔传来有人得了登革热住进阿滨洋省中国医疗队医院的消息。登革热是一种由蚊子传染的可怕热带疾病，发病时40℃高烧一周不退，对身体伤害很大，出国时注射的预防针药和出国后连续吃一周的粉红药片就是预防登革热和疟疾的。这预防药片对身体伤害不小，我们出国后一直坚持不吃，现在可不得不吃了。预防药片的副作用让我一连好几天通宵失眠，白天工作量不小，晚上失眠困扰，食欲迅速减退。公路一局多是北方人，厨师也来自北方，四川人接受不了北方饭菜口味，我得了严重胃炎，开始是腹痛腹胀吃不下东西，一天未进饮食，第二天开始严重腹泻，一天拉十多次肚子，连续两三天。弟兄们特别关心我，金权和严正武轮流到厨房给我张罗稀饭，工作他们抢着干，将需要钻孔的钢模板调整好位置，我只负责开钻机钻孔，团队的友谊让我倍感温馨，停止吃预防药片后，病也慢慢好了。功夫不负有心人，只用了28天，我们提前完成了模板加工。

在等待技术组派车来运回模板的几天日子里，我发现穆卡拉是个优美的海港城市。它是也门东部哈德拉毛省的省会，也是也门东部最重要的港口，现在有4.5万人，当时不过两三万人。碧蓝透明的海边，不长的街道上黄白或蓝白相间的阿拉伯风格房屋古色古香，在耀眼日光下格外艳丽。港口不大，可停泊一艘万吨轮船。渔民乘小船在离岸十几米的海上，用在礁石上敲开的牡蛎肉作鱼饵，不到一分钟就可钓起一条一公斤左右的鲳鱼，几个小时下

1983年，津吉巴尔大桥工地举行开工典礼，作者和李四元（右）合影

1983年津吉巴尔大桥工地（背景为旋挖钻机）

来，小船里铺满一层鱼，看得人眼睛发直。用钓竿在海边钓墨鱼和章鱼，一天下来收获也不少。当地妇女身穿黑袍头戴面纱，和亚丁不同的是面纱上彩绘各种花纹。

提前两个月完成模板加工，我们兴高采烈回到技术组，令人想不到的是不但没得到表扬，更不要说兑现承包奖励，反而遇到不小的麻烦。原定要3个月完成的钢模板加工任务，实行内部承包后，加工组通过技术革新28天完成了，在100多人的技术组引起不小轰动，开始是赞扬的人不少，几天后却质疑陡起，说我们去穆卡拉的几个人，援外目的不是经援，是为了多挣奖金而搞承包。矛头所指，我是承包提出和执行者，更主要是指向技术组副组长李四元，是支持承包的决策者。

刚到也门时，国外经援工程人员的待遇是每人每月津贴40元外汇人民币（国内工资不变由家属领取），当时外汇人民币兑美元汇率1.41：1。经援人员的国外收入除了津贴，其次是每天5美元伙食费的结余。每月总收入津贴加伙食结余，不到100美金，按当时经援项目的管理规定（大锅饭），项目内部推行劳务承包是不允许的。国内改革开放大潮涌动，工程项目开始实行内部工期目标承包，泸州长江大桥2号主墩基础因采取工期目标承包在洪水到来前6小时完成钢围堰封底混凝土浇筑实现顺利渡洪，四元是参与者。将国内的承包办法引到国外项目，而且经过技术组领导研究同意报经参处乌兰参赞口头同意，现在看来，应该是项目管理的进步。

但在当时，事情可没这么简单。技术组的工程组组长（我是副组长，主管上部构造施工）是同单位来的技术人员，之前有过出国经援经历，总觉得四元不重用他（其技术能力平平，搞混凝土半自动拌和站难于胜任，所以才有指定要我出国完成），于是借此写信回国内告状，说四元在国外搞承包违反外经部规定，奖金挂帅，重用家庭出身不好和参加过造反派的人（家庭出身不好指我，参加过造反派指老工长肖代庆和吊车司机黄国瑜），告状信寄到四川省交通厅和北京经贸部。一时间，原本生气勃勃、工程进展顺利的南也门水毁修复工程项目，在国内谣传中变成了人员不干活、闹奖金，乌七八糟（国内的这些谣传当时技术组并不知道）。我主动找到技术组组长，表明我是管理人员，不能领提前工期奖，但请求给去穆卡拉加工钢模板的工人兑现一半提前完成奖金。组长在国内是四川省交通厅公路勘察设计院管政工的副院长，对我的请求不置可否，只说了一句“等研究以后再说”。

津吉巴尔大桥重建工程顺利展开：桩基施工需要的磨桩机（德国造，护筒跟进冲挖钻机，当时国内无法制造）由沙迦采购进场，调试完成进入正常施工；T形梁预制场布置完成，开始预制。

四川省交通厅厅长郭洪喜、厅援外办人事处长骆国良、内江交通局总工等四人，组成交通厅工作组来到南也门津吉巴尔工地，技术组大部分人都以为是国内看我们工程进展良好，郭厅长亲自带队来南也门工地慰问。

长年酷热的南也门不是适合旅游的国家，技术组有带空调的房间，室外不适合久待。郭厅长一行来工地，就是在房间里找人谈话，到大使馆拜访大使和乌兰经济参赞。郭厅长带队的工作组实际上和技术组的每个人都谈了话，了解情况，征求意见。郭厅长也几次到桩基施工现场和预制场看大家的工作情况，我也在工地上向郭厅长汇报了用废弃的英国工字钢加工预制场运梁龙门桁车，制作半自动混凝土拌和站，以及用废旧钢模板改制T形梁钢模板，技术组批准实行的工期内部承包，通过技术革新提前两个月完成。

郭厅长一行到工地快一个月了，周末加餐晚饭后，郭厅长在他住的房间里找我单独谈话：“他们都叫你小款款，我再给你起个外号‘小诸葛’。我这次来后一直在观察你，你每天和工人一样上下班，连绘图都是在工地上，不像有些技术人员，成天窝在办公室不上工地。你出国来干的工作，是在材料设备缺乏的情况下动脑筋想办法完成的，解决了技术组的困难。有人说你闹奖金，希望我这次来让你回国，我看你是干实事的人，你不但不能回国，今后这个桥的现场技术管理担子就交给你担起来，有没有什么问题？”郭厅长的话像一股暖流涌进我心里，我不由得流出了热泪：“只要组织信任我，一定把工作干好，坚决完成任务！”接着，我又详细给郭厅长汇报了国内搞内部承包的情况，尤其是泸州长江大桥，实行工期目标内部承包后，抢在洪水淹没钢围堰前六个小时完成封底混凝土浇筑，实现了主墩安全渡洪。如不搞工期目标内部承包，很难说能实现钢围堰安全渡洪。郭厅长又教了我不少工作方法，特别是如何处理民主与集中的问题，党的需要、组织需要，个人都得无条件服从。我又从我个人经历、家庭历史，毫无保留地和郭厅长谈了快两个小时。郭厅长告诉我，以后有什么事直接给他写信。看得出来，郭厅长较喜欢我，回国以后，我没有什么事求过郭厅长，也没去找过他。

1983年津吉巴尔大桥工地自行研制的混凝土半自动拌和站

几天以后，技术组召开全体员工大会。到工地快一个月了，郭厅长第一次在大会上讲话，除了代表交通厅问候国外工作员工，表扬水毁工程项目全体员工顶着常年酷暑，动脑筋想办法，克服材料设备供应困难，使工程取得良好进展；又讲国际国内形势，四川交通建设情况。讲完这些，他接着讲到这次来南也门的目的：关于项目内部劳务或目标任务承包，国内一些工程项目已开始推行，对调动员工的积极性、推动工程进展，有较好效果，经济效益良好。但我们国外经援工程项目，一切按经贸部的规定执行，在经贸部还没有下达项目内部承包有关文件规定前，不宜推行工程项目内部承包，已经搞了的不要再搞，这次也不下错误的结论。今后经贸部有文件规定搞内部承包，那是另一回事。因工作需要，李四元同志完成任务回国，任四川省公路局副局长……会场一下乱了起来，议论纷纷。

1983年，民主也门副总统视察建成后的津吉巴尔大桥

1984年，民主也门总统参加津吉巴尔大桥通车典礼（左二为中国代表团副团长交通部副部长王展意）

四元此时在国外工作了20个月，差4个月才满期（出国人员在国外工作两年为一期），提前回国意味着犯错误或有问题。我很不服气，大会后去找郭厅长：四元没有错误为何要他提前回国？郭厅长的回答让我像泄了气的皮球：“四元同志在国外做了大量工作，成绩显著，我从来没说他有问题，提前回国是工作需要，他回国是担任更重要的公路局副局长，不是降低职务。”郭厅长的话

让我一时无语，只好表态请厅长放心，四元走后我们一定把工作干好。郭厅长和蔼地给我讲了些鼓励的话。

其实，郭厅长之前也找四元谈过几次话，讲清楚提前回国不是因为搞承包给予处分，确实是工作需要，四元虽想不通，也只好服从。

郭厅长走了，四元也已回国，不久，写信回国告状的人也调到南也门由四川省交通厅承建的另一项目技术组任副组长。津吉巴尔大桥工程施工现场管理实际工作由我负责。两个月后，国外经援项目开始推行工作目标管理（目标任务承包）。承包前，我们技术组人均每月完成工作量不到2万元外汇人民币，承包后人均每月完成工作量10万—12万元外汇人民币。

津吉巴尔大桥比原定工期提前两个月建成通车，南也门副总统（国民委员会主席）安道尔和交通部部长等政府官员以及我国政府代表交通部副部长王展意和经贸部官员以及四川省交通厅副厅长陈林共同参加通车典礼，对大桥工程质量给以充分肯定。

安道尔设国宴招待参加大桥建设主要中方人员，我有幸参加。国宴主菜是烤全羊，配以其他阿拉伯菜肴和手抓饭以及木瓜等果汁饮料，我通过味道鲜美的国宴，知道了阿拉伯饭菜同样美味可口。

公路水毁工程修复技术组分成几个工地，分布在津吉巴尔到穆卡拉的各个水毁路段工点，修复水毁道路和中小桥梁。

在离穆卡拉不远的海边，我主持修复一段3公里被水毁的公路路面。没有沥青拌和站，采用目前国内早已不使用的灌入式沥青路面施工方法。先用推土机、平地机和压路机整平碾压好路基，铺上低标号混凝土次基层碾压，铺6厘米碎石层，沥青洒布车灌入沥青再铺2厘米碎石碾压，再洒布沥青第二次铺碎石碾压，洒布沥青铺1厘米碎石第三次碾压，如此三次洒布沥青，加铺不同粒径碎石碾压成型路面，铺成的沥青路面平整，行车舒适。为克服中小桥涵桥头不均匀沉降造成跳车的质量通病，将桥头的台背用挖掘机挖开到硬土层，用低标号片石混凝土回填碾压完成后再施工路面，防止因桥头不均匀沉降跳车的效果良好。

南也门修复水毁公路全机械作业，技术难度不高，工作按部就班，业余时间多了。出国日久身体已逐渐习惯当地酷热的气候环境，高质量的国外伙食，尤其是早上大碗牛奶和顿顿鱼肉海鲜，体重比出国时重了17斤。

我还年轻，为了适应回国后技术复杂的工作，趁现阶段工作空闲时间较多，得学习，首先自学英语。设计院来的道路工程师李代煊期满回国，送我两盘许国璋英语磁带、书以及一本汉英词典。我如获至宝，开始自学英语，主要从背单词开始，几个月后，背熟约2500个单词（发音蹩脚）。国外语言环境较国内好，英语单词加上到也门后学得的阿拉伯语口语，再加上手势，回国时居然可以和当地人简单交流，到商店购物的一般语言交流也可以凑合了。异国风情和令人心旷神怡的海洋环境，激起我的写作欲望，我坚持每天写5000字日记，记录和白描大海、荒漠、人文、生活……每天一个题材，哪怕熬到半夜，必须写完5000字（十分遗憾的是，因长期在工地，装有日记和全部工作笔记的两个大木箱遗失，至今痛心不已）。每天还要在旧报纸上完成10张毛笔字，国外生活丰富充实。

穆卡拉工地驻地离海边不过500米，沙滩是晚饭后和休息日流连的好地方。印度洋翻腾的海浪一重叠一重，涌到岸边仍有两三米高，谁也不敢下海游泳，大多时候站在海水没过脚踝的沙滩戏水，不远处成群海豚腾跃嬉戏，落日余晖将海面染出大片金色。海风吹来阵阵凉意，一个大浪从头顶翻过，将戏水的我们全部打入水中，等大家嘻嘻哈哈从海水里爬起来，高度近视的工程师徐宗荣脸上的眼镜不见了，哪里还找得到？沙滩往西约一公里是一片礁石，包围着几个小海湾，无风无浪，是游泳的好地方，运气好时潜水下去还能摸起美丽的虎斑贝，那时的四川人可少见这玩意，这是回国的好礼物。

穆卡拉是个阿拉伯古城，休息日参观不远的古堡和不大的阿拉伯风格老王宫，用手里的雅西卡日本相机（此时大部分人都有从沙迦带回的日本相机）拍摄了不少黑白照片，记录国外生活和也门风情。技术组有冲洗黑白照片设备，我们都学会了自己冲洗照片。

孙光远书记和我带队进驻305k工地，距亚丁305公里，四周一片荒漠，离最近的当地人居住点几公里。选这个点的原因是这里是当年中国人筑路的工点，有个废弃的深水井，打开水井盖板，重新装入深井泵，开动发电机，水就抽出来了。有水就有生命，305k工地成为我们修复前后几十公里公路水毁路段的驻地，孙光远书记是工点负责人，我负责技术管理。最远的修复路段离驻地70公里，几座小桥涵坐落在浅丘山区，早饭后乘交通车出发，上下班来回在路上三个小时，中饭在工地上吃自带的干粮。除了过往车辆，偶尔遇见当地牧羊人，身背自动步枪（据说多数是中国制造）和我们友好地打招呼，现在从新闻里知道这一带是胡塞武装控制区，不知是不是这些人的后代。

这里生活枯燥辛苦，工点人不多，发电机不能24小时运行，空调无法开通宵，荒原上万籁俱寂，手电筒成为宝贝。摇着由国内带出来的纸扇，点上盘香驱赶咬得全身又痒又痛的小虫，躺在工房外铺开的单人床上数着满天繁星。从来没见过这么多、这么明亮的星星，我天文知识太差，火星木星都不认识，北斗七星也没找到，一颗星星代表一个人，谁能说清楚地球人加起来有没有星星多。想家，想两个女儿，出国一年多了，除了每月信使带来的一封家信，不知她们生活到底如何。国外比国内挣钱多，回国后长期处于缺钱窘境的贫穷家庭状况应该结束了。国外挣钱虽多却接触不到特大桥梁工程，听说四川省内特大桥梁工程项目开始实施。我才40岁出头，正是拼搏的年龄，人生的路还长，国家实行改革开放，国民经济进入高速发展快车道，各行各业欣欣向荣。回国后，几十年罩在头上的家庭出身不好的阴影应该消失了，没有技术和工作能力适应不了公路桥梁建设的高速发展。国外挣钱多的诱惑力确实很大，我早已适应这里的艰苦环境，生活充实，工作着，快乐着。

人的一生就像一盘棋，关键就是一步两步，只顾在国外挣钱，回国后跟不上桥梁技术发展怎么度过后半生？钱不是万能，虽然没钱万万不能，但只有事业和技术才能安身立命。我要回国争取投入特大桥建设，掌握特大桥梁工程施工技术，奔

1985年，作者（左）和好友李録锌（右）在也门相会

自己理想的前程。理想其实简单，就是多建桥，建特大桥，不在碌碌无为中虚度人生！数着永远数不清的星星，心里充满对桥梁事业的激情，数着数着缓缓沉入梦乡……这是月明星稀的也门荒原夜晚，皎洁月光将近处平原镀上一片银色，远处不高的群山在月光中若隐若现，神秘朦胧。童话里的故事正在出现，月亮打开两扇门，一群吹吹打打的乐队簇拥着花轿走出天门游荡在天际，寂静的夜空顿时热闹起来，嫦娥坐在花轿里出嫁了……原来是个温馨的南柯梦。这正是："四十"功名尘与土，"两万"里路云和月，人生难得有此梦，荒原深处梦情真。

木地耶离亚丁近200公里，是孙光远书记和我带队进驻的公路水毁工程修复技术组又一个工点。木地耶是一个有水井的小村，在南也门是不多的面积很小的农作物生产村庄。我们驻地离最近的农家果园不到1公里。记得最清楚的是结满青色果实的广柑树，和善的果园主人是个50多岁的大爷，我们走近果园参观，大爷从树上摘下广柑让我们品尝，看见青涩未成熟的广柑，我们都摆手婉拒。大爷看出我们的心思，掰开广柑让我们品尝，入口却是纯甜不酸，原来日照充足的水果口感竟这么好。大爷的儿子是县警察局的上尉连长，却未能解除父亲因侵占国有土地（可能是私自垦荒）而坐牢的困境。果园大爷所受的刑罚在我们看来近乎不可思议：每天于上班时间自己步行到警察局，进入用于实施刑罚的铁笼子罚站，下班回家，第二天继续走进铁笼子罚站；刑期10天。果园大爷的小儿子不到10岁，爱到我们驻地玩，看见我们种的萝卜白菜又大又嫩，而他们自己种的萝卜白菜又细又小，我们送给小孩大萝卜他却不要，用手势告诉我们，我们种的菜虽然又大又好，但我们使用人粪尿浇灌，太不干净，所以他不要。他们种的虽然很小，但没浇过人的粪尿，是干净的。小孩对我们种菜方法的看法有点让我们哭笑不得。

当地人阿卜杜拉是也门公路局工人，20世纪70年代中国人修建公路开始就为我们担任驻地警卫至今已10多年，实际年龄不到40岁看起来却有50多岁，有空经常找他拉家常。阿卜杜拉的工资收入近40地拉尔（140美元），按也门当时的物价水平，养活一家几口没问题。可阿卜杜拉瘦骨嶙峋，衣衫不整，一副好多天没吃饭的萎靡样子，单身一个。可用中国人的俗语“白天风都吹得倒，夜晚狗都撵不着”形容阿卜杜拉，每到周五开始阿卜杜拉就开始嚼卡特（当地的一种作用类似大麻的植物叶，半公斤5个地拉尔，价格奇贵），嚼到下午像换了个人一样精神焕发，摇着瘦削的身子走路生风，跑到县城里面找妓女去了，周一早上拖着疲惫的身子，又像风都吹得倒的样子回到工地，一个月的工资不到半个月就花光。

1970年开始，安徽省派出的中国医疗队约30人进驻南也门阿滨洋省医院，给当地老百姓看病。中国医生医术精湛，不怕脏不怕累，平易近人，医护人员两年一轮换，10多年来，在缺医少药的南也门救治了无数病人，从死亡线上挽救了大批生命，在也门人中有崇高威望，为我国树立了良好的国际形象。医疗队也是我们援外人员的保护神，登革热严重肆虐技术组的那段时间，病员得到医疗队的及时治疗全部痊愈，无一人留下后遗症。我们常请医疗队员到工地联欢，他乡遇故人，格外亲热。

技术组承担的经援工程为也门人带来交通便利实惠，见到我们的当地人个个竖起大拇指招呼：“舍尼塔玛姆（中国人好）。”阿滨洋国营农场的工人，每次运送果园出产的香蕉到亚丁经过津吉巴尔大桥工地，都要停下车送我们一大枝刚摘下的青香蕉，教我们如何把香蕉放进草堆里催熟，一枝香蕉三四十斤重，黄熟后香甜无比。

木地耶工地实行目标任务承包，我除了负责现场施工管理，还负责内业下达每月生产任务和统计考核每月完成工作量，计算超产奖金报技术组审核发放。员工的月收入显著增加，积极性空前高涨，水毁修复工程质量良好，进度加快，利润成倍增加。我回国移交工作时测算，仅木地耶工地利润即达400多万外汇人民币，这可是不小的成绩。

木地耶工地水毁修复工程即将完成，我出来也快满两年，到了该回国的日子，两年来，我的工作得到技术组领导和大家的认可。水毁修复工程还没完成，我国在南也门又承揽到新的公路桥梁工程项目，需要从现有项目的技术人员中挑选人员参加。公路水毁工程修复技术组总工程师万树仁和技术组长前后数次和我谈话，希望我回国休假后再返回南也门工作。习惯了南也门的工作和生活，国外工作的高收入对出国人员有不小的吸引力，虽然第二期再回南也门工作也是我的意愿，但南也门的公路工程没有技术难度，难于提高业务能力，对一心想通过参加特大桥施工磨炼自己、积累经验提高业务能力的我来说继续留在南也门工作除了多挣钱，不是最好的选择。老韦从国内写信告诉我，四川省内犍为岷江大桥、宜宾小南门大桥等多座特大桥由川交一处承建，技术人员奇缺。国外工作高收入和回国后参加特大桥施工的事业心、上进心碰撞的结果是我感谢技术组领导要我再次出国的好意，最终选择了回国工作，参加省内特大桥施工。

出国难，回国更难，这是当年出国人员中流行的口头禅。国内工资收入和国外尤其是实行目标任务承包后的国外收入相比有不小反差，回国人员都是令人眼红的万元户。在国外工作两年的收入，挣的是外汇人民币（以人民银行公布的外汇牌价计算的人民币，我回国时人民币兑美元官方汇率为2.8：1，而当时国内黑市美元价格是8—12元人民币换1美元，即外汇人民币1元的购买力是国内人民币的三四倍）。回国人员两年期满回国时，可在国内免税商店用外汇人民币购买四大件、四小件及其他不要指标但国内稀缺的免税商品。

回国难，难在购买回国礼品，这需要提前一年甚至一出国就开始计划。亲戚、朋友、同事还有领导，不同亲近程度送什么样的礼品，既要说得过去，又不能把国外挣的钱都买成礼品送人，颇费周章，弄不好就会得罪人。

回国时乘飞机经停沙迦，可停留48小时购物，沙迦是国际有名的免税港，每人只发100美元现金在沙迦购物远不够，只有在南也门的黑市用地拉尔以1：1的汇率换美元（那时南也门地拉尔和美元的官方汇率可是1：3.5），如此高的价差谁都心疼不愿多换但又不得不换，我狠心换了80美元，踏上回国之路在沙迦购物。我手中的180美元在沙迦购物清单如下：法国产电搅杯1个15美元（国内商场价格400—500人民币），飞利浦蒸气电熨斗1个15美元（国内价300多人民币），日本松下便携小收录放机共4个24美元（国内价约1200元人民币），台湾产化妆品盒24个24美元，台湾产太阳镜10个10美元（国内价至少5倍以上），18K金项链90美元。

茂莲带着二女儿李倩在北京迎接我回国，倩儿初中毕业了。20世纪80年代中期，古都风情令人流连忘返。回国后在北京的大事是到回国人员购物商店（外经商店）用手中的外汇人民币购买回国人员特供商品。记得外经商店在安定门东边的一个小巷进去的一栋三层楼房（那时安外大街往北不远还是农村，房屋不多），门庭若市，购物提货的回国人员很多，更多的是收购倒卖回国人员指标大件的倒爷，他们用比国内市场价低20%—30%的价格收购回国人员手中的大件（提货单），然后加价卖出，从中赚取差价。回国人员留够自己需要的电视机、收录机、电冰箱、洗衣机、摩托车等大件，不少选择将多余的大件就地卖掉，免去回老家后处理的麻烦。值得一提的是摩托车，那年头是稀罕之物，排量1.25升的日本本田摩托车，国内市场价12000多元，外经商店价3000多一点，就地卖出价差可观。那年月的回国人员大都忠厚老实没有市场观念，选择买摩托车再倒卖的人少之又少，我们一起回国的10人都没有人选择买摩托车再倒卖赚大钱的。为了回家送礼，除了规定的几大件，记得我还买了如下物品：上海牌双日历手表12只（每只30元，商场每只110元），欧米茄手表1只（大约400元），海鸥牌120相机2个（价格记不清了，也只有商场价的约1/4），135日产亚西卡相机到南也门不久就托人在沙迦买了，日本产摄像机、磁带录放机以及一大堆录像磁带和录音磁带，不少磁带至今还未拆封，摄像机和磁带录放机也已淘汰过好多代，成了一堆电子垃圾，英国产兰令自行车一部，出口型长城牌电子钟4个（每个30元，家里自用的一个至今走时精准），还有大堆蚊帐、衣物等，质地精良，不少是进口货，价格均约商场价格的1/4。除了购物，还剩现金近4000元，这可是当时5年的国内工资收入。

两年出国回来，我体重增加17斤，体质增强，基本告别了疾病；时髦的彩电、冰箱、收录机、照相机、摄像机等电器一应俱全，还有存款4000元。

穷则变，变则通！赶上改革开放好时代，加上不怕吃苦、努力拼搏，命运就这样改变，大多数中国人都和我一样，赶上了改革开放带来国强民富的好日子。

经过一座又一座特大桥的艰苦磨砺和勤奋努力，1993年我成为四川路桥集团副总裁兼总工程师。

人生为了钱什么都不顾是成就不了事业的。学习拼搏，不停进取，一心为事业不存私心，敢于担大任冒大风险，一丝不苟、脚踏实地、认真去做，总会成功！

第七章

用生命演绎特大桥

20世纪80年代中期，四川公路建设还是计划经济，同时开工建设史无前例的三座特大桥：主跨200米的涪陵乌江转体钢筋混凝土拱桥，主跨240米的宜宾小南门劲性骨架中承式钢筋混凝土肋拱桥，犍为岷江主跨240米双塔双索面斜拉桥（引桥为15孔30米T形梁桥）。三座桥都具有当时亚洲或国内数一数二的施工难度，是新中国成立以来国内建设的高难度大桥。四川交通厅公路局拨款建设并管理（业主），公路局下达计划，三座特大桥由四川省交通厅公路勘测设计院设计，川交一处承担施工。

回国休假一个月后，我被分配到川交一处工程科工作，此时川交一处当家的老革命已陆续退出领导一线。工程处处长石维平（原第二工程队技术人员），党委书记张家齐（部队团政治部主任转业），副处长李文超（部队转业），总工程师卢震（原第三工程队技术负责人），工程科长丁长寿（原第五工程队技术负责人），工程师雷显余（1960年毕业于成都工学院桥隧专业，由交通部二公局调来），工程科副科长李録锌，工程师王祥云（雷显余同班同学），老工程师张国汉（20世纪50年代初毕业的大学生），向雪琴（重庆交通学院1965年毕业，管理内业资料），工人工程师黄昭安（七级木工，拱桥无支架吊装专家，技术革新能手，对缆索吊机进行了大量技术革新），韦日宝（此时主要负责全处成都地区房屋基建）等。工程科是川交一处技术管理中心，集中了全工程处经验丰富的高水平技术人员，相比之下我是学历最低、资历最浅的技术人员，职称为助理工程师。

川交一处同时承担三座不同桥型的特大跨桥梁施工，技术管理压力很大，正在需要技术人员时我从国外回来。工程科副科长李録锌负责涪陵乌江大桥技术指导（相当于现在的总工程师），涪陵乌江大桥由川交一处第二工程队一部分人承担施工任务。项目负责人副队长孙云不满25岁，血气方刚，脑子灵光，善于处事，特别尊重老技术人员。200米跨转体拱桥的涪陵乌江大桥当时是亚洲第一大跨钢筋混凝土转体桥，技术难度大，集中了四川省交通厅设计院和川交一处的技术精英，石维平处长和李録锌副科长常驻工地。主跨240米中承式钢筋混凝土劲性骨架肋拱桥是当时同类型桥梁亚洲最大跨度，川交一处第三工程队承担施工任务，工程科雷显余工程师负责技术指导，大部分时间驻工地。犍为岷江大桥主桥主跨240米双塔双索面预应力混凝土斜拉桥，主梁为单箱3室箱形梁，结构体系为塔墩固结、梁墩分离悬浮体系，桥塔为钢筋混凝土双层门式框架；犍为岸引桥3跨30米预应力T形梁，五通岸引桥12跨30米预应力T形梁，为满足通航要求，引桥墩最高32米。大桥全长886米，加上两岸13.8公里接线公路和石马河大桥，造价超过以上两座桥之和（1986年开工，1990年5月建成），川交一处第四工程队承担施工，我负责技术指导（正式开工后任主任工程师），四川省交通厅设计院杨开域工程师负责设计，设计院张主任工程师设计指导。张不久到犍为工地给我说，我们工程科谁都不愿承担犍为桥，知道我要回国给我留起的，等我来负责。

开工之时国内同时有天津永和大桥（主跨260米双塔双索面混凝土斜拉桥，1987年底通车）及重庆石门嘉陵江大桥（主跨230米独塔劲性骨架混凝土斜拉桥，1988年底通车）两座大跨斜拉桥在建，是我国建设的第一批特大跨混凝土斜拉桥。设计院的桥队队长范远才（广元宝轮院白龙江拱桥设计负责人，当年每逢周日天不亮就与我一起去钓鱼的好朋友）告诉我，犍为桥设计难度很大（那时没有结构有限元分析软件，最多就是PC1500可简易编程的计算器），不知该怎么计算，一道方程的未知数就有几百个。

1985年10月底，我和工程科长丁长寿一起乘长途公交车早上由成都出发去犍为县，在眉山停车吃中饭，过夹江后沿途山川景物十分秀丽，乐山大佛更是云腾雾绕，青山碧水美不胜收，蜀山风光令人心旷神怡，心情随之轻松，到犍为岷江大桥川交一处第四工程队工地已是下午4点。在工程队队部工棚招待所住下，和支部书记许均波住房相邻。

第二天上午，丁长寿主持开会，第四工程队支部书记兼队长许均波，副队长张正福（技术负责人）、孙会远，施计组长邓国君，施计组邓洪炎、王明琪和各组室负责人参加。许均波是泸州长江大桥时期第二工程队党支部保卫干事，工作能力较强，五年时间升为工程队双料一把手，算是熟人。其他主要人员都是原第二工程队和第三工程队调来的，大都认识。丁长寿在会上转达处领导决定，派我担任犍为岷江大桥工程代表，指导第四工程队施工岷江大桥进行工程技术管理。许均波书记表态欢迎我到岷江大桥技术指导，并介绍了工程进展情况。工作就这样交接了，丁长寿第三天离开工地回成都，我在工地上驻下来。

犍为岷江大桥位于国道213线犍为县城下游3公里，是犍为县连接乐山和省会成都的唯一通道。国道213线犍为县以西经沐川，翻越常年云雾缭绕的五指山，通往凉山彝族自治州的喜德县，在当今著名的溪洛渡水电站（那时可没有水电站）下游大桥过金沙江进入云南。开车从乐山到犍为县城，要在县城上游10公里的地方乘汽车轮渡过岷江，汛期过岷江的汽车常排成长队等待渡河。犍为岷江大桥施工时两岸均不通公路，五通岸需新建改线公路10公里和石马河大桥，犍为岸需新建改线公路3.8公里，由于不通公路，大桥施工难度增加不少。

从第四工程队驻地到犍为大桥工地沿岷江边一米多宽条石小道步行一公里是犍为造纸厂，纸厂生产车间就在桥边。每天早晚两次，纸厂排放的废水不经处理直接进入岷江，排放的废气味道像高度腐烂的尸体气味，弥漫几公里令人窒息。20世纪80年代中期的四川，风景如画的岷江上居然有这样的生存环境，在这里工作可要极大的勇气和身体耐受力，不知纸厂职工和当地居民是如何适应纸厂废气的。

第四工程队转场搬到这个工地时间不长，设计图纸跟不上，工地一

犍为岷江大桥施工技术交流会

片荒凉。岷江枯水期早已到来，施工重点早该进入主墩深水基础24小时三班施工作业。工地上看不出黄金施工季节的紧张，仍按部就班在岸上进行引桥桥墩人工挖基施工正班作业。熟悉跨江特大桥施工的人都知道，枯水期不抢水下基础施工是桥梁施工大忌。初来乍到，我对第四工程队内部情况不了解，只是感觉工程管理存在问题，什么话都不能多说。时间一天天过去，工地依然按部就班，看不出有明显进展。我决定从熟悉第四工程队情况入手开展工作。支部书记兼队长许均波一直从事工程队党务和行政管理，工作能力较强，不苟言笑，对特大桥施工技术业务不熟悉，工地生产安排靠技术副队长和施技组的技术人员和工长。技术副队长张正福测量工长出身，每天虽然上工地却缺乏准确抓住大桥施工主流程的判断能力和工作魄力。第四工程队是由原来修公路的第七工程队改为的桥梁工程队，技术人员和工人综合技术能力比长期担任大桥施工的老桥梁工程队差，工人大都是1965年改建成都到攀枝花公路时在南充的阆中县招来的合同制工人，不少工班人员来自一个乡甚至一个村，不像第二工程队是从修建川藏公路下来的老工程队，具有多年的专业经验。第四工程队工人习惯了修公路养成的按部就班作业，要想立即开展轰轰烈烈三班作业抢基础工程真还不是容易的事。我逐渐和大家熟悉，建立友好关系，利用技术交底开会和平时谈天给大家讲解大桥施工关键技术，抓好枯水期，力争汛期前完成基础工程施工。然而主墩施工设计图还没提交，1985年到1986年的枯水期眼睁睁过去，只能下一个枯水期再施工主墩。

四川第一次建设主跨240米斜拉桥，也是国内第一批建设的200米以上斜拉桥之一，缺乏可借鉴的技术和经验，设计、施工难度很大。我经常跑设计院和设计负责人杨开域、设计指导张总（设计院桥队主任工程师）交流，建立了良好的工作关系，逐渐了解斜拉桥的构造细节。对于关键构件，PE（聚乙烯）热挤护套冷铸镦头锚斜拉索，国内湖南路桥承建的广东九江大桥，由交通部重庆公路科学研究所（简称交科所）引进日本技术正在边研究边制作。在建的蚌埠淮河大桥（二公局承建主跨200米双塔双索面斜拉桥），全部购买日本生产的斜拉索，每吨价格人民币3万多元（天价）。没有经验也未见过实物，杨开域和张总也讲不出斜拉索的构造，要我们自己去了解。门形索塔超过100米高（含主墩44米高），塔梁固结现浇混凝土单箱3室主梁……均是之前闻所未闻，见所未见的桥梁结构。当年可不像现在有无尽的资料和实物可查阅参观，找不到可供参考的资料和实物，脑子里对斜拉桥一片空白。

1985年到1986年汛期，犍为岷江大桥工地处于边施工边等待设计图纸的半停工状态。我却天天处在紧张和忙碌中，第一次负责四川省第一座大跨斜拉桥施工，缺乏可借鉴和参考的资料，对施工过程心中无底，唯恐因自己技术实力不够造成差错，思想压力不小。在泸州长江大桥时共同配合完成多项技术革新的好朋友、第五工程队起重工长何文明，担心我担不起这副其他技术人员都不愿接手的重担，到交通厅找到臧棣华总工程师说：李文琪只有中专毕业，又不是学桥梁专业的，担不起犍为岷江大桥技术负责这副重担，万一出了差错，给国家造成损失，对他自己也不好。臧总回答他：干都还没干你怎么知道他不行，先让他干起来再说，确实不行再考虑。何工长转告了他和臧总的对话，更激励了我必须圆满建成犍为岷江大桥的决心。

建设泸州长江大桥时学的全面质量管理派上了用场，我运用全面质量管理抓施工关键路线的方法，分析出全桥的主要施工难点和施工主流程，逐项考虑施工方法和施工组织设计。依靠研究图纸建立桥梁各部构件空间概念，根据以往施工经验摸索考虑，确定施工方案，编制施工组织设计绘制施工设计图。

全桥工程主要难点梳理如下：一是13号主墩围堰施工，岩层水下挖深6米；二是44米高薄壁主墩施工；三是60米高门形索塔施工；四是单箱3室混凝土主梁挂篮悬浇施工；五是边跨主梁支架现浇施工；六是热挤PE护套冷铸镦头锚斜拉索制作；七是斜拉索跨江运输安装；八是五通岸10孔30米T形梁（桥墩高28—34米，不通公路）预制安装。

2020年，我国已建成80多万座桥梁，建成的世界第一流特大跨桥梁遍布祖国甚至世界江海大地，桥梁建筑技术进入世界桥梁大国行列。犍为岷江大桥是我国迈向桥梁大国起步阶段的一座现代大跨桥梁，用现在的建桥水平看这些技术难点都不是问题。20世纪80年代中期，犍为岷江大桥建设执行的还是计划经济，建设资金匮乏，工程项目的每一阶段，先编制用款计划上报省公路局审批拨款，资金压了又压，购置一件施工设备（如5吨汽车吊）难上加难。设计人员、施工队伍、作业工人没有一个参加甚至参观过斜拉桥施工，市面上找不到斜拉桥施工的资料。我凭着热情和责任心投入大桥施工，像爬一座从来没人攀登过的高山，如何攀登只能摸索前进。

1986年10月，汛期刚过就开始了犍为岸岷江边上的13号主墩围堰和12号主墩抽水挖基施工。13号墩位处最大水深超过3米，流速1—2米，围堰难度大。依靠刚出学校就参加凉滩最后53米闸坝围堰施工的技术管理经验，主持岷江边上的13号主墩围堰驾轻就熟。浅水区用卵石竹笼，深水区用木笼做堰坝骨架，堰坝中间填1—1.5米黄泥隔水心墙，第一道外堰成功将基础区的水抽干，在围堰坝内再设置1至2道子堰，配上功率不等的抽水机，将基坑内的水完全抽干，昼夜作业挖去沙卵石覆盖层，在基坑岩面四周立模浇筑0.8米厚的钢筋混凝土围堰，堰顶高度超过设计施工水位0.5米。至此，13号主墩钢筋混凝土基础嵌入沙岩弱风化层4米的水下基础工程，由水下挖基作业变成了干处垂直开挖施工。基坑长18米、宽10米，平均深度4.5米，开挖800多方强度50兆帕以上砂岩，设计要求不能爆破只能人工开挖，以防震裂基础岩层。寒冬腊月，朔风呼呼，抽水机昼夜轰鸣，高音喇叭不停地播放音乐，石工的大锤声、錾子声叮叮当当响成一片，人工开挖13号索塔基坑热火朝天，一天天，基坑深度一寸一寸加深。春天来了，随着基坑的加深，基底已到水下5米（还有2.5米到设计底高），坑壁沙岩层裂渗水越来越大，基坑内不断增加抽水机排水，坑内涌水仍难全部排出，在齐踝深的水里人工开挖岩层，施工极为困难，进度越来越慢，止住岩壁裂隙水降低开挖难度成为施工难题。我从未经历过岩壁堵水，想不出止水办法，基坑却必须挖下去。四处咨询，经成都水利设计院专家指点，到武汉地质学院（中国地质大学）请来岩层堵水教授到工地指导。教授指导用水玻璃和速凝水泥等止水材料局部浇筑子堰等堵水方法，几经磋磨，基坑内渗水减小，挖基缓慢进行。1987年汛期到了，基坑还有最后底层未到设计底标高，随着水位上涨坑内渗水量越来越大，工人们很多时候在没膝深的水里工作，异常艰苦却毫无怨言，一块一块将坑内砂岩开挖到坑外，场面令人感动。女电焊工迭素秀，20来岁年纪，容貌娟秀、个子不高，在齐腰深的水里焊接多数时候她都主动上，总是乐呵呵的不喊苦和累，谁说女子不如男？迭素秀被评为“三八红旗手”。

岷江水不停上涨，离混凝土围堰顶部不到1米，基底开挖到达设计底高了，洪水淹没堰顶前是否采用水下混凝土施工方法浇筑基础混凝土，我请示因基坑开挖困难到工地坐镇指导的川交一处处长石维平、党委书记张家齐、总工程师卢震，汇报我个人的意见：鉴于钢筋混凝土围堰渡洪无问题，建议汛期后再浇筑基础混凝土，岷江水不断上涨，汛期前浇筑基础混凝土风险太大。在13号主墩基坑边，面对上涨的岷江水和搭设好的水下混凝土浇筑设施，三位领导商量后决定立即浇筑水下基础混凝土，要求在洪水淹没堰顶前完成。参加过泸州长江大桥2号墩钢围堰封底混凝土施工的石维平处长想再次复制洪水淹没堰顶前完成水下混凝土浇筑的幸运。石处长告诉我，这是党委的决定，有问题不要我负责由党委集体负责。

水下混凝土开始浇筑了，然而岷江水的上升速度比长江要快很多，混凝土刚开始浇筑不久，洪水就淹没堰顶涌进基坑，浇筑混凝土变成了通宵抢洪撤出现场。在总结会上，石处长像小孩一样流下痛心的眼泪，可眼泪代替不了工程损失。

13号主墩基础混凝土浇筑的失败，让工程处领导认识到此桥的施工难度和工程规模远超其他大桥，更难的斜拉索制作（或采购）、索塔、主梁等施工还没开始，靠第四工程队一个工程队的力量难以按期优质完成施工任务。经我建议，处领导办公会研究决定，采用泸州长江大桥的管理模式成立经理部，由川交一处直管大桥施工，已升任川交一处副处长的丁长寿任项目经理，我任常务副经理兼主任工程师（现在称总工程师），项目经理部日常管理由我组建并负责日常工作。第二工程队在完成阆中嘉陵江大桥后，进场承担乐山岸工程，第四工程队承担犍为岸工程。犍为岷江大桥成为四川公路第一个采用项目经理部模式管理的工程项目（泸州长江大桥是指挥部管理）。我选择的项目经理部成员：徐基伟（四川公路技工校筑路机械专业毕业，从建犍为桥开始跟我一起工作，在工作中坚持学业完成硕士学位，后成为教授级高级工程师），李志强（机料组长，也是公路技工校毕业），马青云（现铁投城乡建设集团总经理），曹瑞（在四川路桥股份公司总工程师岗位退休），修建川藏公路的老起重工长肖代庆，重庆交通学院王强、冯强林（1988年毕业，现四川路桥副总经理）、杨明（1988年毕业，现铁投集团下属项目公司经理），财务人员吴坤华，统计龙祖军（现为四川路桥人事部经理，那时刚从统计学校毕业，写一手好字），经理部试验人员张蓉（四

自行设计制造的滑升翻模施工索塔

队有试验员龚少平，二队有试验员冯德太，都有丰富的实践经验），1997年后请来四川公路局工程科吉工程师（设计计算能力强）负责索塔施工设计。

经理部组成由我负责的犍为桥管理团队，经过一个洪水期的运行磨合，从建立大桥工程管理、技术管理、安全管理等制度入手，大桥工程因不熟悉新型桥梁结构和不了解复杂结构的施工技术，在困难中摸索前行。经过不断学习摸索，我总结出项目负责人面对复杂工程工程技术管理，项目经理亲自负责主流程分项工程的施工组织设计和施工管理，对一般流程的分项工程施工组织设计和施工管理进行合理分工，专人负责，项目经理做到及时指导督促检查等一套行之有效的工程管理办法。新的枯水施工期开始，全工程逐渐形成以主流程分项工程进展为主线，其他分项工程按施工计划平稳进行的良好局面。

齐心协力，依靠各种力量进行高难分项工程技术攻关，实现技术创新，是突破全桥技术难关顺利建成大桥的关键。项目经理勤奋努力、废寝忘食，做好技术创新和工程管理带头人，是技术创新成功的重要一环。

整个汛期，我组织制定全桥工程管理和安全管理制度，安全管理制度中突出了严格的安全奖惩办法（如高空作业不戴安全帽罚款30元，设立分项工程安全质量奖），工程管理制度中设立与质量和安全挂钩的目标工期奖。经过工程队各级讨论后实施并报川交一处备案。

我拟定好施工组织设计大纲，按大纲进行施工组织设计分工。我负责施工组织总说明和工程总体安排编制，请龙祖军绘制施工图表，自己设计索塔主墩墩身液压滑模，精细到亲自绘制爬升千斤顶细部构造图并标明构造细节，晒成蓝图供有关人员学习；安排新来的大学生王强设计五通岸引桥格构扒杆吊装30米T形梁；要求第二工程队和第四工程队安排技术人员设计T形梁模板和桥墩模板；定期召开施工组织设计专题讨论会，完善落实施工组织实施方案；完成施工组织设计后报川交一处工程科审查（备案）。现在看来这些极为普通的技术管理内容，那时可是相当于第一次吃螃蟹，一边学习一边摸索出来的管理办法，是我国改革开放后现代工程项目管理的雏形。管理制度和技术攻关是完成复杂工程项目的重要措施。

1986—1987年的岷江枯水期，13号主墩基础顺利抽干基坑内积水，清除汛期淤积泥沙，成功完成基础混凝土浇筑。1987年3月开始，安装工地上我们自己加工的墩身液压滑模，经过了近两个月的安装调试。滑升施工前，我和设计负责人杨开域亲自钻到绑扎好钢筋，安装好液压、垂直提升、交通系统等全部滑模设施内检查，结果吓出一身冷汗。第四工程队的钢筋工和电焊工没有参加过液压滑模施工，尽管反复技术交底，他们不但将滑升的模板和墩身主筋点焊在一起，而且用大卵石将主筋和模板间的间隙楔死，工人们给出的理由是防止模板变形。如果不是我和杨开域亲自检查发现，滑升施工时再大的液压提升力也无法将模板提升，连滑升失败的原因都难找出来，我也得承担滑模施工失败的责任。经过停工处理，再次进行技术交底和岗位培训，进一步明确和落实岗位责任严格交接班制度。液压滑模施工终于开始提升，逐步进入正常施工状态。技术人员的强烈责任心和重大项目开始施工前亲临关键位置详尽检查，是避免工程事故的重要环节。

液压滑模施工是特大桥梁施工中最累也是管理难度最大的分项工程之一，从混凝土灌进模板开始，连续滑升施工昼夜不能停，实行12小时两班作业，交接班在作业面进行不能停止施工，吃饭也各岗位轮换，不能停止混凝土浇筑。每半个小时左右混凝土灌注一层提升一两次，防止模板和混凝土黏结造成无法提升，每个提升行程2厘米，昼夜滑升高度1米—1.5米。随着墩身的升高，值班主管技术人员每小时一次在墩上爬上爬下检查垂直对中仪有无偏位，若发生偏位提升时及时纠偏，确保墩身垂直度

自行设计制造的液压滑模施工主墩

误差不超过三千分之一。滑模施工垂直面上下三个作业层（由下而上砂浆抹面作业层，混凝土浇筑作业层，钢筋绑扎和液压滑升起重操作层），无法避开重叠施工，严格的安全管理特别重要。不少作业人员不习惯戴安全帽，严格管理从管理人员开始，有一两个工长自认经验丰富不戴安全帽，严格管理从他们开刀，抓住不戴安全帽的工长（和我最要好的康工长成了我的目标）当场宣布罚款30元并在公示栏张榜公布，连续两次，不戴安全帽上班的现象基本绝迹。第四工程队施技组的两位当班负责人正副组长在一次交接班时没在墩上现场交接，接班的没按时到现场，下班的却到下班时候离开现场了，不管什么理由，毫不客气地在工地广播上宣布各罚款30元。接班的小伙子组长王明琪不服，说他是去调度民工延迟了到工地，赌气说“要罚款那我就不上班了”。我立即往墩上爬，一边爬一边说：“那你回去休息，这一班我来值班，看能不能收拾下来。”王明琪跟着我爬上桥墩：“凭什么你来值班，我就要值班！”引得我哈哈大笑，小伙子也笑了。认真培训、严格管理、精细操作，墩身滑升圆满完成，质量优良，无安全事故，垂直度误差为零。

13号主墩身滑模完成几个月后，乐山岸12号主墩身滑模施工完成。2017年汛期快到了，12号主墩混凝土主梁起步段混凝土现浇0号块模板安装完成，准备择日浇筑混凝土。5月了，进入初夏的犍为工地白天高温难耐，为防现浇混凝土高温开裂，我选择晚上浇筑箱梁0号块50号混凝土。一切准备就绪，天气没有下雨迹象（当时的县气象站提供不了准确天气预报），开始浇筑混凝土，计划到第二天早上6点完成。人算不如天算，接近午夜，起风了，团团乌云涌过来，夜晚的天空更加漆黑，不一会，黄豆大的雨点下来了，半个小时后大雨如注。可以想象工地的混乱，从来没经历过这样的情况，我东奔西跑，安排先盖住堆码在现场的水泥，声嘶力竭呼喊大家不要停工，一定要将刚灌进模板的混凝土振捣密实。大家都知道中途停止浇筑混凝土的后果，没有一个人离开工地，混凝土是无法继续浇筑下去了，风雨中作临时停工处理。此时的我，只顾安排和督促处理已入模混凝土的振捣善后，头戴安全帽遮蔽不了风雨，浑身工作服连内裤和衣兜里工作笔记本全都湿透，高度紧张使我对之无任何感觉。天亮了，工人们一个个像落汤鸡一样待在各自岗位，无可奈何，只有安排大家下班。0号块混凝土浇筑失败了，等员工离开现场后我才沮丧透顶回到寝室，这可是少有的重大工程事故。淋了一夜大风雨，半数以上员工感冒生病，有的病情严重住进了县医院，可忙坏了医务室的医生。我似乎还好，没有生病，大脑一直高度紧张地和大家商量处理事故的方案，一面向川交一处机关和公路局汇报。处机关和公路局的联合工作组到工地，经过调查研究后认定为自然灾害事故，决定将0号块模板和已浇混凝土拆除重来。一个月后我突然后脑一阵又一阵剧痛，不得不住进医院，检查确诊为“枕大神经炎”，系通宵淋雨加着急的后遗症，至此落下病根，只要一感冒就会时不时后脑剧痛。

13号墩水下混凝土的失败和12号墩0号块混凝土浇筑的失败，虽然没有追究我的责任，但我感受到主持特大桥施工的巨大压力，工程资金严重不到位，经常两三个月发不出工资，职工情绪不稳，趁工作组来了我也有不干回成都的想法。公路局工程科负责预算的季翠华季大姐把我叫到一边语重心长对我讲：“李文琪你千万不要退，再大的困难也要坚持干下去，你已做了这么多工作，难关都快过去了，你要是离开别人接手干，什么成绩都是人家的，所有问题都是你造成的……”一语点醒梦中人，此后的岁月里，我带领四川路桥团队，通过激烈市场竞争夺得一座又一座特大桥工程项目，不管多大的困难，对承担的工作坚持干下去，团结大家用智慧和创新战胜困难，走向一个又一个成功，再也没有退缩过。

经理部成立后，工程管理和工程进展逐渐走上正轨，随着墩身液压滑模完成和12号墩0号块浇筑事故处理完成，对圆满建成大桥信心倍增。进场快一年多了，连斜拉索是什么样子都不知道，斜拉索的设计图迟迟不能提交，谈何制作？经过到设计院多次联系，终于拿到PE护套冷铸镦头锚斜拉索设计图纸，我开始费尽心思考虑斜拉索制作。

交通部重庆公路科学研究所（简称交科所）在研究PE热挤护套冷铸镦头锚斜拉索制作，眼下正在HN路桥承建的广东九江大桥工地帮助HN路桥制作斜拉索。我带领徐基伟和李志强来到重庆南岸的交科所，科研办宁主任接待我们，他和他的团队在广东九江大桥工地正在制作该桥的斜拉索，日常往来于广东和重庆，指导斜拉索制作和管理院里的科研开发任务。宁主任亲自带领我们参观，这是我第一次到交通部直属的科研单位参观，这里是科技人员科研设施扎堆的地方，人员素质高，科研设备先进齐全，不少科研课题和设备闻所未闻。常年生活在工地和土石方打交道的我，算是开了眼界，像刘姥姥进了大观园，肃然起敬。第三天和宁主任会谈进入委托斜拉索制作的主题，委托制索会谈是商业会谈，是我工作以来的第一次。江苏人宁主任一口流利的重庆话，娓娓动听又不失诙谐幽默，我们诚惶诚恐听学术报告似的听宁主任介绍斜拉索制作开发。不愧是部属科研所科技开发办主任，宁主任让我们大概明白了PE热挤护套冷铸镦头锚斜拉索的基本组成和构造，可惜制作现场在广东九江大桥工地无法参观。从日本进口斜拉索每吨3万多人民币，宁主任他们制作的斜拉索每吨只要2万元，全部运到工地另加运费70万。我的妈呀！犍为桥300多吨斜拉索，加上到工地运费差不多800万元，而犍为桥全部斜拉索的施工预算不过300万元，这个委托制作还能谈吗？不管我们怎么讲预算情况，宁主任他们能降的价有限，他们非常清楚，这种斜拉索除了进口日本的（每吨3万多）眼下就是他们能做，非科研所莫属。磨了两天谈不下去，只好说回去向公路局请示汇报后再回话。告别时我和宁主任握手（击掌）：“一年后请看我们的斜拉索！”

牛皮是吹了，怎么实现自己制索还丈二和尚摸不着头脑。世上无难事，只怕有心人，有心人可不好当，得绞尽脑汁想办法。交科所能制出来我们也一定能制出来，我们决定到广东西江的九江大桥参观。

回国后曾受广西柳州建筑机械厂的邀请，我和李録锌乘飞机到广州参加斜拉索张拉600吨穿心式千斤顶新产品发布研讨会。那是平生第一次去广州，舍不得吃飞机上发的一人一盒分量不算小的绿豆糕，准备作礼物带回家给孩子们。会议宾馆在黄花岗附近，会议伙食有烧鹅和广东海鲜，味道好得没法形容。晚上步行到黄花岗夜市，人山人海挤满了全国各地到广东批发货物的，从打火机到小电器、服装、化妆品，全是内地稀罕、流行时髦、价廉物美的商品。我和録子兄如获至宝，连续两晚逛夜市，内地100元多一件的保暖棉服这里只要32元，我买的一件夏秋季加冷热穿的牛仔背心，30多年了现在还在穿，每人购了两大包衣物，全家每人一件。会议结束我们多待一天浏览广州市容，越秀公园正在演出古装粤剧，自“文革”开始就没见过古装剧的我们十分稀奇，立即赶上前去想买门票，一看票价，不觉倒抽一口冷气：公园看粤剧每张门票2元，在一张电影票1毛钱的那年月，看一场粤剧2元钱，简直是天价，只好作罢。没有了会议伙食，进餐馆吃饭，一看菜谱贵得离奇，舍不得点菜，到糕点铺蛋挞糕点也要0.5元一个，很好看舍不得买，回宾馆将就飞机上发的绿豆糕和开水对付了两餐。那时，内地的工资收入是难以在改革开放的广州生活的。

参观九江大桥是我第二次到广州，经设计院桥梁队长范远才介绍，找到承建九江大桥引桥的广东公路工程处（现在的广东长大公司）工程科长王宝君（范远才同班同学）说明参观九江大桥的来意。王宝君，四川泸州人，重庆交院1964年毕业，毕业后被分配到广东公路工程处工作，为人豪放开朗。老乡见老乡两眼泪汪汪，王科长热情接待我们，他在单位要了一辆中巴车，亲自陪我们到九江大桥参观。九江大桥主桥为主跨160米单塔斜拉桥，HN路桥施工，HN路桥是最早出省承揽特大桥梁施工任务的省级企业，比四川路桥出省承揽特大桥梁施工早五年，在国内享有不小名气。九江大桥两岸引桥为主跨50米顶推施工连续箱梁，在当时是国内最先进的桥梁施工技术，HN路桥和广东公路工程处各施工一半。王科长带领我们参观了箱梁顶推施工，还带领我们爬上HN路桥正在施工的索塔参观，带我们拜访了HN路桥总工程师上官。上官毕业于湖南大学，任HN路桥总工程师前有多年湖南省交通设计院桥梁设计经历，具有丰富的桥梁设计和施工经验。上官头脑灵活，有很强的创新思维，工程点子多，一个点子出来就要修改设计院已经投入施工的设计，经常弄得设计院措手不及，这种恃才傲物的个性不易与人相处，尤其是和设计单位很难处好关系。几年后的湖北郧阳汉江公路大桥（又称郧阳汉江大桥）投标，上官的这一个性帮了我们大忙，让四川路桥一举战胜HN路桥，夺得郧阳汉江公路大桥施工标（此已是后话）。

上官总工程师热情接待我们，留我们吃中饭而他自己却不吃，他告诉我们他基本不吃饭只喝蜂蜜水，真是奇人。饭后，当我们提出参观制索场时，不管王宝君科长怎么撮合，他就是不答应，告诉我们上次广东交通厅厅长要来参观制索场也照样吃闭门羹。上官说，他们的制索设备和制索技术是国内最先进的，要保护自己的知识产权不能参观，我们要参观也可以，须先和他们签订委托制作斜拉索合同并交定金40万元。我们只好悻悻回到广州，王科长安排我们在离海珠大桥不远的沿江路上广东公路工程处招待所住下，给招待所负责人打招呼，我们一日三餐在招待所吃饭只签字就行，由公路工程处派人来结账。我们一行三人不甘心此行参观不了九江桥制索场，决定不找广东公路工程处王科长帮忙，乘长途客车再到九江大桥工地。

HN路桥的制索场被砖砌围墙围得密不透风，进出口多人守卫，非HN路桥制索场工作人员严禁入内，看来真是参观不成了。后几经周折，终于弄清楚，斜拉索就是包有黑色塑料外套的电缆，那黑色塑料护套是在一台机器上挤出来（挤塑机）包裹上去的，只是比普通电缆要粗很多。斜拉索就是大型电缆的描述让我心中有数：PE护套斜拉索不就是用大型电缆的制作方法制作的吗?

广州此行不虚，我们虽没亲眼见到斜拉索的制作过程，但了解到它的基本原理，更多的是开了眼界，看到了改革开放的广州是如何进行工程管理、企业是如何重视知识产权保护的。我们在广州待了三天，广州公路工程处除了用专车送我们，每天吃饭都是他们招待，在公路工程处住宿的几天（我们只给每人每天20元住宿费），吃饭全部签单不付钱。离开广州前我给王宝君科长电话表示感谢并提出结算几天吃饭的钱，“到广州吃饭还要付钱？不收不收，你们走好了，欢迎你们再来。”王科长的回答让我深有感触：改革开放，公司管理还能这样！此后，我的工程管理思维起了很大变化，由谨小慎微向大胆开放，逐渐引申为犍为岷江大桥技术创新的灵感和底气。

回成都后找到成都电缆厂，那时可是成都响当当的军转民企业。成都电缆厂生产主管让我们参观了严格保密的电缆生产线，详细介绍他们的各种产品。他看了我们要求生产的斜拉索图纸后告诉我们，他们的挤塑设备生产不了这么粗这么重的斜拉索，不可能为我们几百吨拉索重新投入设备建立新的生产线（现在看来这是不熟悉路桥行业缺乏战略眼光，如电缆厂决策人那时投入开发斜拉索生产线，现在的市场无比广阔）。电缆厂的同志推荐我们找成都东郊军工企业国营719厂合作，他们是专做航天工业塑料件的，有制作PE热挤护套斜拉索的实力。

巧的是老工长肖代庆的亲弟弟就在国营719厂挤塑分厂工作。没有花多大力气，我们就和国营719厂挤塑分厂签好技术支持在工地联合制作斜拉索的协议，成立了联合制索科研课题攻关组，立即展开工作。不得不说采购斜拉索PE热挤护套挤塑机的插曲：在我原来工作过的川交一处机运队隔壁，是成都挤塑机厂所在地，我们上门询价才得知HN路桥在广东九江大桥制作斜拉索PE热挤护套的挤塑机就是他们厂出产的，张仁之去参观时发现他们把挤塑机上的出厂铭牌故意敲掉了。719厂的同志推荐我们不买成都挤塑机厂的产品，国内最好的挤塑机是大连生产的，我们很快买来大连生产的挤塑机，运到犍为岷江大桥工地。

719厂派出制索技术组常驻犍为桥工地，我们派出徐基伟等参与学习，我自己任制索攻关组长主持公关。制作斜拉索要过五道难关：第一是制作PE护套斜拉索，钢丝丈量下料编索、绑扎成型、通过挤塑机头热挤包裹PE护套，主要难点是挤塑机头的设计和准确控制下料长度（带微应力下料，计入低松弛高强钢丝的应力延伸量）；第二是冷铸镦头锚的采购或制作，挤塑完成的斜拉索用环氧钢球冷铸封锚，斜拉索和锚头间连接套管用PE热缩管封闭隔雨水；第三是成品斜拉索用1.2倍设计索力超张拉检验；第四是斜拉索跨江运输和安装，最长斜拉索长约130米重6吨，运过岷江到对岸索塔安装，不通道路可是大难题；第五是制作斜拉索的材料采购。斜拉索的冷铸镦头锚国内还没有专业厂家生产（几年以后柳州建筑机械厂成为国内第一家专业生产斜拉索冷铸镦头锚的厂家），必须自己想法加工；PE护套的高密度聚乙烯，要能保证在大气环境里耐30年老化（耐环境应力开裂指标n值不小于1500小时）；封锚材料羊毛脂、硅脂、环氧树脂、钢球和恒温炉；制索场的超张拉千斤顶，安装斜拉索的穿心式千斤顶和牵引设备，等等。列出这些见所未见闻所未闻，涵盖化工、机械、专业起重一系列的材料设备一大堆，不要说制作，就是弄清这些名字和性能、找到

自行设计加工的格构扒杆抬吊引桥T形梁

合格供货厂商并检验合格都很困难。对于完全是设备人才齐全的大型专业制索厂家开发高新产品的工作内容，我们工地上就这几个外行加上719厂派来的几个技术人员，制索难度可想而知。

仅以冷铸镦头锚加工采购为例，制索难度可见一斑。冷铸镦头锚需大型钢件整体加工，因数量只有几百件且有7种型号，国有钢结构大厂加工都嫌麻烦不愿承接。719厂挤塑分厂余厂长推荐和他们有合作关系的民营机械加工厂，范厂长（范老板），通过多次考察和对加工工艺严格要求洽谈，范厂长给出极低报价和严格工艺质量保证，低价诱惑加上余厂长担保，我冒险拍板签下了委托加工合同，余厂长作为担保方也在合同上签字。制作冷铸镦头锚的钢坯需用45号中碳钢在大型锻压机上锻打成型，成都地区难找到有大型锻压机的工厂。范老板和余厂长有办法在成都机车车辆厂找到大型锻压机。真是运气，川交一处机运队王占清副队长的大儿子就是锻压车间副主任，锻打问题得以解决。车制锚头和锚杯的大型车床、锚头和锚杯硬度要求不同及表面发蓝，需在专门的热处理车间淬火，也顺理成章在同一工厂完成。现在写起来觉得这些工艺并不复杂，但以那时的生产工艺水平和人际关系，可是要绞尽脑汁，花老鼻子力气才能办成。耐心加坚持得以一一解决，合格的锚头锚杯如期运到工地。经过一年多跑遍东南西北全国各地，采购齐全制索全部制索料具，几乎每样制索主要设备和料具都经历过锚头加工采购一样的艰难，几十上百次试制，在一次又一次的失败中找到成功的路径，一年多后，合格的斜拉索终于制作成功并圆满通过公路局组织的专家验收。

验收工地自行制造的斜拉索

缆索吊装是我的看家本领，以两个索塔的上横梁作索塔安装跨岷江的缆索吊机，制作好的斜拉索用手推车轮轴像滚动的千脚虫一样运到索塔下多个吊点起吊过江到对岸安装位置安装。世上无难事，只怕有心人。借助外部力量自力更生，成功解决了犍为岷江大桥关键的斜拉索制作安装技术难题，成本只有外购价格的不到1/2（进口价的不到1/3）。

第一次承担大跨斜拉桥施工，施工设计难度堪比桥梁结构设计，我们技术管理团队大都是现场施工人员，熟悉结构设计的不多，缺乏施工设计骨干，尤其是主梁浇筑的施工挂篮和索塔施工设计，靠项目部内部和川交一处现有技术人员难以完成。20世纪30年代，文学巨匠鲁迅先生的“拿来主义”，是工程技术主管解决复杂技术问题的思维指南。引进施工设计骨干，完善犍为岷江大桥技术管理团队，是我的重要工作内容。此时川交一处领导班子发生变化，李四元由公路局副局长回川交一处兼任处长，转业的部队团政治部主任张家齐继续任党委书记。丁长寿升任副处长，李録锌升任总工程师，我升任工程科长兼任犍为岷江大桥常务副经理兼总工程师，主持犍为岷江大桥经理部工作。

公路局工程科工程师吉工，1965年重庆交院桥隧专业毕业，比我小一岁，参加过援越抗美，在设计院工作过，精通桥梁设计和结构验算，患过类风湿病，走路有残疾。在公路局这样的管理单位，吉工难有发挥特长的用武之地。川交一处副处长兼犍为岷江大桥项目经理丁长寿和我共同做工作，再请臧总和他谈话，吉工乐意到犍为岷江大桥协助工作，负责主梁施工挂篮和索塔施工组织设计。

吉工是结构设计高手，设计计算能力强，虽腿脚不便，却恃才傲物，少有他看得上的人，一般人难以和他相处。吉工的到来，使犍为岷江大桥的主梁挂篮设计和索塔施工设计问题圆满解决。与吉工相处，磨炼了我的意志，学会了与不好相处的人和谐相处。一方面学会尊重别人，另一方面自己要有很强的工作和技术能力，关键是拍板能力，让人信服。和吉工相处不错，吉工主持完成了主梁挂篮施工设计和索塔滑升翻模（名字我起的，创新方案由吉工完成）施工设计，我和肖大爷（即肖代庆，多年搭档后现都亲切地称他“肖大爷”）的起重知识对方案的成功起了重要作用。

索塔采用滑升翻模施工是重大的技术创新，应该说是现在高塔液压翻模施工的前身。滑升翻模由两大系统组成。一是模板系统，门形索塔每肢由3节4.5米高、每节4块钢模板组成，每次浇筑高度4.5米，每节模板背面焊有24号钢轨，供悬挂万能杆件组拼的作业提升架。3节模板下面两节锚固在已浇筑的索塔混凝土上，上面一节绑扎钢筋浇筑混凝土。二是垂直运输系统和人员操作系统，悬挂在模板背面钢轨上的14米高、平面2×2米的万能杆件桁架，桁架内安装带有安全抱闸的提升吊笼供人员上下交通；桁架上安装两台1吨卷扬机操作的扒杆提升机解决垂直运输；每层模板四周顶部安装人员操作平台。滑升翻模系统的作业方法：提升系统悬挂在下面两层模板上，浇筑完成混凝土后用挂在上层模板顶部的手动葫芦（手动提升机）向上牵引提升架沿钢轨滑升到顶部2层模板后穿销锚固，再用滑升架上的扒杆吊机拆除下层模板到上层安装，完成一节4.5米高的索塔混凝土浇筑作业需三四天。索塔横系梁浇筑专项设计解决。滑升翻模施工索塔技术操作简便安全成本低，每座索塔滑升翻模仅用32吨钢材（不计万能杆件），10台1吨卷扬机（每肢塔柱5台），全部在工地自行加工安装，8个月完成索塔施工。

五通岸10孔30米T形梁引桥墩高24—34米，位于不通公路的五通岸河滩，预制安装成为犍为桥的又一难题，刚进场不久我就着手制定T形梁预制和吊装方案。五通岸河滩运送重件设备的唯一方案是临时租用上游轮渡码头轮渡船，将当时唯一能进场的5吨解放牌汽车吊车运到南岸河滩吊运5吨卷扬机，最关键的运输问题得以解决。

“技术人员技术能力强不强，是看他拥有的书多不多和会不会运用书上的知识”，这是我长期奉行的解决技术难题的方法。在网络发达的今天，应该改为“技术人员技术能力强不强，是看他会不会运用网络和在网络上找到并运用能解决实际问题的资料和方法”。

自制格构扒杆抬吊安装不通公路的引桥T型梁

泸州长江大桥时用1元多钱买的冶金吊装手册和五金手册给了我灵感、教了我知识，肖代庆等老起重工教给我起重实践经验，20年的工作实践培养了我的创新能力。构思并完成引桥T形梁安装用格构扒杆抬吊安装的施工方案。在不通公路的河滩上，格构扒杆吊装完成一孔T形梁后行走方法土得掉渣但又精妙绝伦，就是俗称的“钓鱼法”行走：在两个桥墩盖梁上安装起吊点将两根38米高、最大断面尺寸各为1米，万能杆件改制的格构式扒杆竖立起来，扒杆顶端安4组缆风索固定，T形梁用龙门架吊机横移送到桥墩下的轨道平车上，再纵移到起吊位置，两根扒杆吊机抬吊，歪拉落位到盖梁上的横移滑板上，用导链移动到安装位置，千斤顶顶起落

施工中的犍为岷江大桥

位。38米高的格构扒杆完成一孔T形梁安装后需要移位到下一孔吊装时，将需要移动的这根扒杆用不移动那根扒杆的吊点和安装在下一个桥墩盖梁上的吊点，在空中放倒吊起，同时放和收两个吊点，需要移位的扒杆在空中抬吊移位到下一个墩位竖起安装。土法管大用，4台5吨卷扬机和几台1吨卷扬机，加上20吨改制万能杆件，几吨钢绳，以四天安装1孔T形梁的速度完成了五通岸引桥安装。世上无难事，全靠动脑筋，土法上马建特大桥就是这样实现的。我国的公路桥梁建设事业，至少在四川是这样，从技术设备采用土办法创新开始，随着国家经济高速发展，走向现代化。

技术创新是艰难痛苦的过程，资金匮乏不到位给技术难度很大的犍为岷江大桥增加了更大的施工难度。最艰难的时候，我怀着“脚踏实地、一丝不苟、认真去作、总会成功”的信念，同时给我们团队灌输，形成共同意志。一步一个脚印，充分发挥集体智慧，在施工方案讨论成熟时果断拍板，合理分工，及时检查指导，团队力量变成攻克技术难关的执行力，技术难关就这样一个个攻克下来。大桥进入主梁挂篮现浇和斜拉索安装施工，工程进展顺利。犍为岷江大桥的名字开始在省内和国内响亮起来，前来参观的人不少。

我的行政职务变成了川交一处副总工程师。1988年开始，川交一处先进生产者称号落到我头上，到2002年鄂黄长江大桥通车，没间断过。党委书记张家齐几次到工地蹲点，关注我的工作，找我谈心，在一次谈心后，张书记建议我写入党申请书，我大吃一惊："我从小连少先队员都没当过，说我家庭出身不好不要我，长大了写过十几次入团申请，当了多次先进生产者，就是不批准我入团，我还能入党吗？"张书记笑一笑说："党对家庭出身的政策有改变，按你的表现是可以申请入党的。"我也笑了，感谢张书记的关怀。

当时成都的民主党派很活跃，四川交通系统不少有能力的技术人员如德高望重的工程师王必初以及丁长寿、李録锌、张国汉、雷显余等老技术人员，都参加了农工民主党，王必初还当上了四川交通系统农工民主党主委。我的师傅王必初还多次带口信给我，希望我参加农工民主党。

我到交通厅找臧总谈了张书记和我谈话建议我写入党申请的情况，臧总告诉我："你只能加入共产党，不能加入农工民主党，要么你什么党都不要参加。"

几次谈话后，张书记又到我家，找我爱人林茂莲做工作，要求家人动员我写入党申请书。工会主席何元林也数次和我谈话，让我打消不被批准的顾虑，说组织上经过长期考察，认为我已具备入党条件，应该积极申请入党。何元林比我早一年参加工作，前文说过，当年参加工作到凉滩闸坝川交一处报到时，他是干部科工作人员接待我们，为人正派随和。张书记和何元林的话温馨感人，激励我有了争取入党的信心。

深思考虑，我终于放下不被批准的思想顾虑，向党组织递交了入党申请书，介绍人张家齐、何元林。

三个月后，机关党支部书记何元林通知我参加机关支部大会，让我在会上发言，讲了个人经历、家庭情况、入党动机。接着是党员评议，投票表决，全票通过我加入中国共产党，成为预备党员。一股热流涌上心头，激动的眼泪哗哗流下，我是一名共产党员了！我要终身以共产党员的标准严格要求自己，全心全意为桥梁建筑事业努力工作。党委书记张家齐在会上发言："李文琪同志参加工作20多年如一日，脚踏实地，兢兢业业，经受了党的长期考验，完全具备了一个共产党员的条件，经过组织慎重考虑，决定接受其加入中国共产党。"我像小孩一样放声大哭，抽噎着表态："感谢党组织对我的信任，吸收我入党，我一定不辜负党的希望，时刻以党员标准严格要求自己，终身为党的桥梁事业做出更多贡献！"

经过三年努力，犍为岷江大桥突破全部技术难关，工程进入上部施工，大桥雏形一天天展现，越来越雄伟，在省内和国内名气越来越大，全国各地参观者纷至沓来。

此时我的职务为川交一处副总工程师兼工程科长。工程科副科长老大姐王祥云（1960年成都工学院桥隧专业毕业）带给我她在二公局的同学写给她的一封信，介绍正在由湖北交通设计院设计的湖北郧阳汉江公路大桥。这是一座主跨414米的地锚式混凝土斜拉桥，宝石形索塔，是当时国内第一座跨度超过400米的混凝土桥梁。这封信引起我极大兴趣，通过打听，知道湖北交通设计院这座桥的设计负责人是副总工程师彭新，带着一群刚出学校的年轻人进行设计攻关，正在选择到国内有大跨混凝土斜拉桥施工的工地去考察。我终于和彭新副总工联系上，向她发出参观考察邀请。

彭新带着她的设计团队主力宋继宏、裴炳志、邓海、张巍、姜友生等来到犍为岷江大桥工地参观。这几个年轻人当时均初出茅庐，跟着彭新学习特大桥梁设计。时势造英雄，他们在我国大规模公路建设中摸爬滚打，后来均成为湖北省交通建设技术骨干。宋继宏先后任设计院长、副厅长、高速公路指挥长（在指挥长任上贪污受贿下狱）；姜友生后来担任多座长江大桥设计负责人、设计院长，副厅长；裴炳志任多座长江大桥设计负责人，项目业主总工，高速开发公司副总；邓海任多座长江大桥设计负责人，下海单干；张巍成为湖北省公路造价权威专家。

彭新20世纪60年代初毕业于湖南大学，长期从事桥梁设计，积累了丰富的桥梁设计经验，为人敢说敢干，接受新事物快，思维敏捷，有强烈的事业心和创新精神，是湖北省为数不多的桥梁专家。加上她的先生（同学）湖北交通厅副总工（那时湖北交通厅只有副总工没有总工）何儒清也是设计人员出身，精于桥梁结构计算，他们的设计创新夫妻店真是绝配，深得交通厅领导尤其是主管计划的副厅长熊国贤支持。

彭新主持设计的湖北郧阳汉江公路大桥为主跨414米地锚式斜拉桥，七项技术指标世界领先，是我国第一座主跨超过400米的混凝土桥梁。该桥建设资金主要靠十堰市下属的郧县（革命老区贫困县）自筹，资金严重不足，设计风险大，施工风险更大。

彭新一行到工地考察正是犍为岷江大桥主桥合龙时节，巍巍大桥立面如两把巨伞托起一条银链锁住岷江，在刚开始改革开放风景秀丽、物华天宝的乐山福地，优美的桥梁线型，成为新的地标，亮丽的风景线。彭新一行参观了工地，在工地和我们开了施工管理和技术创新的座谈会。我又陪同他们到成都公司，总经理四元出面主持座谈会，介绍了公司管理和在建几座特大桥的情况。彭新对大桥的施工管理、施工质量和公司管理很是满意。临别时彭新单独问我：“如果郧阳汉江大桥施工你们中标，是不是由你带队伍去施工？你如带队伍去，这座桥就交给你们承担。”我一口答应：“如果中标，肯定由我带领犍为岷江大桥原班人马到郧县实施。”

1990年5月1日，犍为岷江大桥顺利建成通车。

突破犍为岷江大桥全部施工技术难关，进入正常施工后，安排我同时承担内江西林沱江大桥技术指导任务。1988年开始，近两年的时间内，我乘公交车往返于犍为和内江，两边工作。内江西林沱江大桥为主跨6孔70米混凝土箱形拱桥，由川交一处第五工程队负责施工。当时第五工程队承建大桥的技术能力自丁长寿离开后，相比川交一处的其他四个桥梁工程队，实力差距不小，要自行

建成的犍为岷江大桥

设计6孔70米箱型拱桥的大型缆索吊装系统难度很大。我的主要任务是设计缆索吊装系统并组织指导吊装完成。

我在内江工地住了近两月时间，一周连续下雨的日子，自学完成结构力学。同时，和同龄的吊装工长赵德宽及其他几个主要起重工成了好朋友。赵德宽是我的好朋友老工长何文明的徒弟，何文明退休后赵德宽成长为起重工长，指挥过拱桥缆索吊装。何文明爱搞技术革新的精神传承给了徒弟赵德宽。

1987年，内江西林沱江大桥主拱吊装指挥台（前排左一为赵德宽，左二为作者）

1987年，作者于内江西林沱江大桥主拱吊装现场接受记者采访

关于西林沱江大桥的缆索吊装系统，经过讨论研究，我决定采用三塔两跨，一组主索起吊安装（通常用两组主索起吊安装）的缆索吊装系统，主索在索塔上采用横移索鞍满足箱梁吊装位置要求，地锚设置在两岸土层中，采用板桩式后锚系统。与通常采用的双主索加重力式后锚的缆索吊装系统相比，这是不小的创新，可节约一组主缆钢丝绳和大量地锚材料，冒的风险也不小。负责技术监督（相当现在的监理组长）的廖先梦老大姐（泸州长江大桥时第二工程队施技组组长，后调到内江养路总段任工程科长）好心地警告我：“你李文琪胆子也太

大了，敢在双跨缆索吊装中采用一组主缆，在土层中采用板桩地锚，谨防吃不了兜着走！”我笑着面对老大姐的忠告，更加精心地进行设计计算和结构细节处理，对索鞍歪拉稳定缆索的受力都精确计算，并告诉操作起重工要配置多大直径的歪拉钢绳。对吊装组织更不敢马虎，亲自落实每个细节，每个操作岗位的人员配置，和赵德宽一起，一个一个面对面在现场进行技术交底，制定完善的安全技术操作规程，分发到每个人头多次组织学习并多次试吊演练。

正式吊装开始，市领导、交通局领导、电视台记者以及两岸大批围观群众，众目睽睽下箱梁稳稳吊起纵移，准确落位安装好扣索……第一根拱肋顺利合龙……吊装圆满成功。

自南也门回国五年，两座特大桥在我的主持和技术指导下建成。我积累了特大桥施工和技术管理的经验和能力，增强了投入更大桥梁施工管理的信心。

在湖北省交通设计院彭新副总工的帮助下，湖北郧阳汉江公路大桥建设指挥部向我公司发出了招标邀请。国内刚开始在工程建设项目中实行招投标，被邀请参加投标的只有HN路桥工程公司和四川桥梁工程公司（以下统称HN路桥和四川路桥）两家单位。

HN路桥在改革开放的20世纪80年代初就进入广东市场，有多次经营投标和沿海工程承包的经验，设备实力也超过四川路桥很多，而四川路桥还是第一次走向省外通过投标承揽工程。郧阳汉江公路大桥当时是国内首座主跨超过400米的混凝土斜拉桥，承担施工可是重大工程业绩，HN路桥和四川路桥都全力以赴参加投标，力争拿下该项目。

1987年内江西林沱江大桥一组天线吊装主拱

通过竞标，四川路桥中标了。

HN路桥比四川路桥早几年在改革开放全面展开的广东承包特大桥工程，有丰富的市场经营和工程承包经验、较雄厚的资金实力。在郧阳汉江公路大桥投标竞争中，四川路桥处于弱势，中标希望渺茫，事后总结四川路桥最后弱者战胜强者中标，采取的主要策略是精确分析主要矛盾，抓住配合好设计这条主线，求得关键方设计方也就是湖北交通厅的支持，最后得以中标。

1990年10月14日，我们接到郧阳汉江公路大桥中标通知。经过准备，10月17日到21日经过4天唇枪舌剑的谈判，终于签订承包合同，合同总价2793万元，合同工期28个月。工地现场只有前来签合同的九个人，留下来参加大桥施工的五个人，按指挥部尽快开工的要求，在当地租来推土机开始锚固桥台推土挖基施工。秋雨淅淅沥沥，桥位处的膨胀性黏土被雨水泡透，道路泥泞，烂泥没脚踝，连行走都困难更不要说挖基施工，11月7日的开工典礼只好在县礼堂进行，交通部副部长和省地县领导讲话，奠基仪式选在引道开始处事先铺了砂卵石的平地上进行，艰苦的施工岁月就这样开始。

20世纪90年代初，国内没有一条高速公路，跨省公路也是三四级路为主，多半路段还是泥结碎石路面，最快车速不过每小时30公里，公司的运货汽车由成都到郧县桥工地需要五至七天，交通困难，大件设备只有靠火车运输，申请运货车皮十分困难，施工设备进场是出省施工的第一道难关。人员进场从成都乘火车到十堰（25小时），再由十堰车站乘客车到郧县（30公里）。农忙和年节火车一票难求，十堰只是中转站，买一张站票还得托熟人，建桥员工每次回家成为畏途，包括我在内的全部桥工，都有多次从十堰在拥挤不堪的火车上站25小时回成都的经历。

郧县地处鄂西北属贫困县，风土人情接近河南，和四川完全不一样，县城不大，餐馆不多，饭菜味道差，一到天黑家家关门闭户，街上空无一人。

当地人尤其是指挥部和县领导，见我们进场除了卷扬机和万能杆件、两台装载机（25吨汽车吊和推土机都在当地租用），其他没有什么设备。对来自四川的建桥队承建中国第一座超过400米跨混凝土斜拉桥将信将疑，常务副指挥长彭泽柏在他的日记里称我们四川路桥是“土搞匠（土包子）”。

事实就是这样，四川路桥长期在川内建桥，主要设备只有万能杆件、卷扬机和钢丝绳，长于缆索吊机架桥，其他设备基本没有，就是有，运到郧县工地也困难。三年多建桥全过程投入设备购置费仅89万元，主要购4台600吨张拉千斤顶，制索挤塑机，以及4台8吨双筒卷扬机（桥面吊机动力）等，其他设备就地加工或公司运来（万能杆件和钢绳）或就地租赁。

开工第三天，给业主发出第一份请求变更施工方案的文件：“鉴于地锚式桥台开挖后，两岸找不到设置缆索吊机地锚的位置，投标文件主梁安装采用缆索吊机方案已无法实施，必须更改为桥面吊机悬拼主梁施工方案。”业主很重视，张传贵指挥长、彭泽柏副指挥长带领指挥部相关人员，会同设计、监理、施工单位，在十堰岸桥位旁边找到主梁预制场。业主和设计监理商量后回文确认同意方案更改（为以后变更索赔留下的文件依据）。

项目经理管理低价中标工程项目，工程开始就要注意变更索赔文件及时合理，有充分的合同和法规依据，能精确核算计量。20多年施工管理经验积累，省外第一个投标实施的低价中标特大桥工程项目，管理本能让我想到工程一开始就积累变更索赔文件，尽管那时对变更索赔还是模糊的概念。

省外施工，人生地不熟，当地风土人情和四川完全不一样，搞好和当地政府、指挥部、设计、监理关系顺畅地进行协调沟通是工程成败的重要环节，是项目经理圆满完成工程项目的重要日常工作内容。

改革开放还没全面展开的20世纪90年代初，地处鄂西北的郧县交通闭塞，经济落后，街上找不到川菜馆，也没有一家像样的餐馆，菜品味道差。我们请来几代家传川菜厨师出身的大师傅李志全任项目经理部食堂掌勺，他做得一手地道的好川菜。现在无法形容县四大班子春节到工地慰问建桥职工后被我们千请万求留下来吃正宗四川火锅后个个赞不绝口的情景，李师傅这以后成了县委招待所厨房的常客，县里只要有重要的接待活动，都要请李师傅去掌勺，深得各级领导的好评。重庆来的监理组吃不惯当地饭菜的，经我邀请，请示指挥部批准（按规定是不能在施工单位食堂吃饭的），来我们食堂搭伙。经理部食堂名声大噪，我们因工作时常请指挥部和当地有关部门人员前来进餐。几年以后的1998年，在非洲厄立特里亚首都阿斯马拉的四川路桥办事处，李志全大厨烹制的川菜招待该国建设部部长大获好评（非洲小国也廉洁，请建设部部长来办事处吃饭可以，送其他礼品一律谢绝），临走还要求专门制作美味可口的“松鼠鱼”带回家去给老婆孩子品尝。

值得回忆的是那年月除了偶尔因会议到工地吃饭，指挥部和县里官员廉洁做得很好。县里出台文件严格规定，尽管这里是贫困县，却绝无一人到工地要过水泥木料之类物资，更无人来工地索要过金钱或收过什么礼。

尊重业主、设计、监理，保持有效沟通，所有正规沟通以文字为依据，是顺利完成特大桥项目的重要前提。工程实施过程中各方难免出现矛盾，有时也会争执吵架。努力突破技术难关的共同目标将一桥四方（现在还要加上监控方）连在一起，再大的矛盾也是工作上的冲突，容易解决。搞好和建桥各方及地方关系给施工创造了好的环境。没有过硬的施工技术、良好的工程进展和优良的工程质量，建不好大桥，也不会改变当地人视我们为“土搞匠”的形象，对我们如期优质建成大桥一直持高度怀疑的态度也不会改变，须用事实说话！

国内第一次建设主跨414米的地锚式混凝土斜拉桥，最低价中标，承建队伍只有我带到这里的四川路桥200人左右的小分队。缺乏施工经验，技术力量短缺，设备、资金匮乏；斜拉索制作安装、宝石型混凝土索塔施工，预应力混凝土箱梁预制安装（每节段重量误差不超过设计重量的1%，且要精确称重）等高难分项工程……困难像山一样压在项目经理兼总工的我的头上。项目经理兼总工的核心工作是调动全体员工智慧，正确完成特大桥梁施工关键技术决策，用好每一个人和能找到的所有资源，群策群力组织实施。

两岸索塔桩基各为16根直径2米的钻孔灌注桩，嵌入强度为30多兆帕的20米深砂砾页岩层，郧县岸桩底在汉江水下16米，边坡陡峭场地狭小，用冲击钻孔成桩须4批成桩（场地只能摆放4台冲击钻），工期得四个月以上。中国最不缺的是人力，那时的四川多的是技术娴熟的石工，从四川的隆昌和达县（现在的达州）请来300多石工，24小时两大班作业，每岸索塔同时开挖8个孔，在经理部严格安全管理下，“土搞匠”的“土”办法解决大问题。三个月时间，靠砂砾石页岩层透水性差挖到桩底基本无渗水的好运气，分两批顺利完成两岸索塔32根钢筋混凝土灌注桩施工，初战告捷。给指挥部和当地政府一个好印象。

安装跨中剪力铰

引进和依靠外部技术力量和外部协作解决关键技术，成功突破技术难关。现代桥梁的高技术含量，任何一个桥梁施工企业都不可能靠自己一家的人员和技术独立完成。项目经理和总工程师是特大桥梁建设复杂系统工程实施的决策和组织者，重要职责是调动所能调动的一切资源，以最低的成本、最好的工程质量，安全如期建成大桥。当年如此，现在更是如此。只不过当年我是首批吃特大桥梁施工系统工程管理“螃蟹”的人，没有先例可借鉴，举步维艰，一步一个台阶，不能有半点差错，稍一不慎就会堕入深渊，造成无法弥补的损失，自己也会身败名裂，甚至锒铛入狱。什么叫创新？建成郧阳汉江公路大桥的全过程就是创新！

优秀人才组成的项目实施团队，是完成高难工程项目的核心。知人善任，人尽其才，才尽其用，各司其职，是项目负责人完成任务的基本素质。

人才不足，培养新生力量使其在实施团队中尽快成熟，发挥骨干作用，实践出真知，通过工程实践的学习和锻炼，个个成为优秀人才，项目难题迎刃而解。

引进和用好人才，给他们创造良好的工作条件和工作环境，充分尊重和发挥他们的才智，解决关键技术难题。

吉工就是这样的人才，虽腿患残疾，却爱动脑筋且精力过人，常常白天一个人坐着冥思苦想，看似打瞌睡，其实是在进行设计创新构思，每当夜深人静，他便开始坐在办公桌上计算或绘图，经常一干就是通宵。从公路局请他到犍为岷江大桥协助施工设计，至大桥建成后，我继续请他搭档到郧阳汉江公路大桥负责索塔施工设计，他欣然接受，前提是他必须当总工。作为项目经理的我也欣然同意，可交通厅臧总却坚决不同意，他太了解吉工了，只同意吉工当副总工，总工仍要我兼任，以后我才明白，心里太佩服臧总的用人水平了。

在经理部，吉总和我住一个房间，共用一个办公室，他的任务是负责索塔施工图设计。郧阳汉江公路大桥的索塔为108.5米宝石形索塔，一个索塔两上肢向内的收坡3.5∶1，到80米高时两肢合成一肢，这和犍为岷江大桥的门形索塔不收坡是两码事，采用犍为桥施工成功的滑升翻模工艺施工宝石形索塔，难度不是一个量级的。我们经常讨论施工设计方案到深夜，也经常争论，我的施工经验，他的理论知识，通过争论形成共识，再通过白天老工长、老工人和技术人员参加的多次方案讨论会，形成施工设计方案，吉总负责设计计算，绘图实施。同吃同住，每月的工资加奖金，吉总的是我的1.3倍。我们相处融洽，配以严格的索塔施工专项技术规程和安全管理规程，严格精准的工程测量和施工组织管理，索塔施工技术难关就这样被攻克。采用自创的滑升翻模施工索塔，除了卷扬机和钢丝绳，模板滑升、交通系统（包括人员提升吊笼的电磁安全抱闸系统）等全部在工地自制完成，一个索塔施工用钢材32吨，最重的施工设备不超过5吨。浇筑4米高一个索塔节段用时五至七天，索塔外观美观且内在质量优良，不输于现代专业工厂制造的液压爬模施工的索塔外观，全部索塔施工净工期8个多月。用最少的施工设施，最低的工程成本，如期完成索塔施工。优良的工程质量，零重伤记录，彻底扭转了当地各界对我们是“土搞匠”的看法。

交通部重庆交科所是国内第一家引进并研制成PE（高密度聚乙烯）护套冷铸镦头锚平行钢丝斜拉索的科研单位，制索科研项目负责人宁总，也是本桥的总监理工程师。郧阳汉江公路大桥采用的PE热挤护套、平行钢丝冷铸镦头锚斜拉索，最大根的重量和长度是犍为岷江大桥的2至3倍（13吨重近250米长），量变到质变，制作难度比犍为岷江大桥斜拉索制作难几倍。中标单价太低，买不起国内生产此类斜拉索的专业厂家上海浦江缆索厂（当时国内仅他们和重庆交科所可生产）生产的斜拉索（2万多元人民币1吨），更买不起日本进口的斜拉索（3万多人民币1吨）。斜拉索的制作安装是控制全桥施工成本的关键，为降低工程成本，必须在工地自己制作斜拉索。这么大的斜拉索，制作完成后测试拉力（设计索力的1.3倍）都要600吨，制索场250多米长600吨拉力的测试台座就是大难题，更不要说平行钢丝斜拉索编织时需要扭绞成有4度的螺旋绞角，用缠包带缠包成形，挤塑6—8毫米厚PE护套后方可弯曲打成盘运输。犍为岷江大桥制作斜拉索的经验

滑升翻模施工索塔

主梁节段啮合预制场

这里派不上多大用场，斜拉索制作是建成本桥的一大难关，也是建成全桥的最大风险之一，无论绞尽多少脑汁，真是到了“山穷水尽”的处境。大型工程项目的决策人和实施负责人，在项目实施最困难、自己没有能力完成时，一定要找到“柳暗花明”之路。在与上海浦江缆索厂（给上海南浦大桥制作斜拉索的单位）厂长两次前来兜售大桥所需的斜拉索的会谈过程中，我们也借机参观了上海浦江缆索厂的斜拉索生产线，结合自己制作犍为岷江大桥斜拉索的经验，自己制作斜拉索的方案就在参观、思考中形成：“在工地上设立制索场制作斜拉索，制作关键工序风险外包！”

交通部重庆交科所是我国最早从日本引进“PE热挤护套冷铸镦头锚斜拉索”制作技术的单位，我单位也是独立研制成功斜拉索的单位，经过和交科所制索负责人兼本项目总监理工程师宁总多次谈判，我们达成协议：四川路桥承认他们独立申报制索专利，双方共同研制郧阳汉江公路大桥斜拉索，成立斜拉索制作联合科技攻关组，我方有我、徐基伟、龙勇参加，交科所方有宁总、邹晓燕、关幼平参加；交科所指导我方徐基伟绘制挤塑机头设计图并监督工厂加工，提供我方一台斜拉索扭绞机，指导我方工地制索全过程并承担全部制索责任；四川路桥项目经理部支付18万元给交科所制索科研组（其中5万元为扭绞机制作费）。徐基伟和龙勇两位青年技术人员组建工地制索场并在交科所指导下进行相关制索厂设备全部设计。除挤塑机头和超张拉铸钢连接头必须外包机械制作件，大部分设施在工地自行加工。经过一年多的努力，斜拉索制作技术难题攻克了。我亲自外出选购日本产高密度PE材料（现在还记得聚乙烯牌号为6060V6），到广州老化试验所实验结果，在大气环境中耐老化年限超过60年（耐环境应力开裂指数n值超过4000小时），质量优良。一年多辛苦努力，工地制索场圆满完成全部斜拉索制作，斜拉索质量完全满足设计要求，还为成都双桥子高架桥和四川内江提篮拱桥制作斜拉索和吊杆80多吨，本桥斜拉索实际使用22年才更换，超过现行规范规定的使用年限。徐基伟和龙勇两位是刚出学校的年轻技术人员，徐基伟是四川公路局交通技工校机械专业毕业生，承担起设计挤塑机头和斜拉索600吨超张拉铸钢连接头的设计任务，夙兴夜寐，不知熬了多少个通宵，一笔一笔绘图，在交科所宁总监的指导下完成了300多张图纸设计（完全手工绘图），委托二汽专业机械加工厂一次加工成功。龙勇经过制索场锻炼、自身努力，一个又一个工程项目历练，后来成长为独当一面、分管3P项目的四川路桥副总经理。

技术最难、计划要亏损的斜拉索制作项目，经过和国内有实力的科研单位联合技术攻关，关键技术风险外包，不但没亏损，还通过为四川省内其他桥加工斜拉索，为项目创造利润超过百万元。

项目经理和总工程师（项目施工决策人）对项目关键技术的实施决策（联合攻关，关键技术风险外包，千方百计降低施工成本），是圆满完成高难工程项目、创造利润的重要举措！

吉总主持设计的混凝土索塔施工滑升翻模应用于宝石形索塔的施工取得圆满成功，吉总是主要设计人，但设计的各个细节和关键技术方案的完善则包含了我、肖代庆和主要起重师傅们的集体智慧（当时吉总对于起重结构和起重工艺并不熟悉）。这确实是当时国内施工外形复杂混凝土高塔的又快又好又省又安全的创新工艺，也是从没有过的先例。吉总提出以他个人的名义申请发明专利，经过几晚长时间的协商，他不同意以他排第一名、我和肖代庆等排其后的团队名义申请发明专利的意见。至此，对他个人的看法出现了裂痕，发明专利申请因此搁浅。

吉总提出的长导梁架设主梁施工方案，导梁重量达80吨，远超过设计要求的桥面吊机重量不超过20吨的要求，无论怎样天天和设计院协调，设计院就是不让步，坚持桥面吊机重量必须控制在20吨以内，关键技术难关之一的主梁安装施工组织设计陷入困境，急得我像热锅上的蚂蚁。吉总不干了，决定回四川公路局上班，临走时抛下一句话："要建成这座桥，难！"

吉总是从省公路局借调到犍为岷江大桥负责索塔和挂篮施工设计的，犍为岷江大桥竣工后自愿到郧阳汉江公路大桥负责索塔滑升翻模设计和主梁悬拼吊机设计，担任项目副总工程师，是两座特大桥梁索塔和悬拼吊机施工设计的核心骨干。在郧阳汉江公路大桥进入主梁安装施工关键时刻，因提出的主梁长悬臂吊机安装方案，吊机自重超出设计要求4倍无法满足设计要求，加上要个人申请滑升翻模发明专利不被经理部认可，他扔下工作回成都不干了。他是借调人员不用承担任何责任，我们可不敢有这样的想法，如果遇到这样的困难就撂挑子跑掉，后果不堪设想。桥面吊机设计这道坎，必须依靠自己的力量迈过去，绝不能“离了张屠夫就吃混毛猪”。20多年桥梁施工经验的积累，加上肖代庆等一批有经验的老起重工，是我们克服技术难关的力量源泉！

主梁节段装船

大桥施工进入最困难阶段，啃不下桥面吊机重量不超过20吨这个硬骨头，大桥建设就会功败垂成。最低标中标造成的经济困境、一个比一个难的技术难关，压力像山一样压在心上，绞尽脑汁，每天由中药伴着熬到深夜……压力就是动力，人的生命在重压下会迸发出智慧的光芒。

一连几次主梁安装方案讨论会，起重老工长肖代庆和起重工长康中华、杨富邦分别提出用人字扒杆和台令扒杆（均为起重量不大，可以自行加工起重设备的老式起重方法）吊装主梁。几位起重老师傅的建议启发了我的灵感，我不由自主地把军用三角桁架梁受力构造和杠杆受力原理连在一起思考，终于构思出满足设计重量要求的三角吊机，亲自绘制完成三角吊机总体设计图，曹瑞（以后成长为四川路桥股份公司总工程师）完成结构验算和细节设计，胡建军制图。经过连续多个昼夜构思和设计计算、绘制图纸，完全自主创新的成套桥面三角吊机安装主梁施工方案形成了。

三角吊机构造简单、受力明确，吊机自重19.6吨，两台8吨双筒卷扬机置放在已安装梁段距梁端8节段以后（不计入吊机重量），承担三角吊机双吊点起吊和变幅的动力，安装两个箱梁节段前移吊机一次，用导链两小时移动到位，吊起一段主梁安装到位四小时，操作简单安全。在二汽仓库买来旧钢材，在工地自己加工完成三角吊机主三角桁架，每吨加工费

自行研制的三角吊机安装主梁节段

仅人民币120元（内部承包加工工资），施工成本极低，完全满足设计要求。业主评价这项成果创造了特大桥梁施工奇迹。

最难的主梁安装施工难关圆满攻克，工程进度按施工计划进度顺利进展。

三角吊机成功获得实用新型专利（我、曹瑞、胡建军三人共同完成，专利号ZL92221959.1），四川省科技进步三等奖。当地政府、指挥部、百姓，对四川路桥施工能力好评如潮。

大桥常务副指挥长、郧县交通局长彭泽柏写的长篇纪实作品《郧阳汉江大桥记》第12章“三大奇迹川军创造”部分内容，可管窥四川路桥承建大桥经历的艰辛和创造的辉煌业绩：

汉江大桥建成后，回过头来想一想，选择四川施工队伍，不是选错了，而是选对了。四川队伍刚进场时，我认为他们是“土搞匠”。索塔建成后，我才认为他们也行。他们用“蚂蚁啃骨头”的精神，“土、洋”结合施工。汉江大桥主梁合龙后，我彻底佩服了。

川桥公司经过三年多的风风雨雨，建成了汉江大桥，确实不容易，而且在郧县这么困难的环境中，取得成功更不容易。对于这么大的跨径的桥（中国第一座主跨超过400米混凝土斜拉桥），又是新型地锚式不对称钢筋混凝土斜拉索大桥。川桥公司从240米跨径连跳两个等级，第一次施工这么大跨径的斜拉桥。川桥公司攻破了八大施工难题：1. 索塔高塔无支架施工；2. 高标号混凝土配制与施工（首次用50号混凝土）；3. 箱梁预应力筋的连接；4. 大直径长拉索制作与安装；5. 跨中“无轴力铰”接头的制作与安装；6. 预应力混凝土箱梁的预制（创造半长线台座啮合预制施工法，拼装缝小于5毫米，每段梁必须称重，重量误差不得超过设计重量的百分之一，梁体三向全预应力）；7. 主梁悬拼吊装（创造三角形桥面吊机悬拼主梁，吊机重量小于吊重的1/5）；8. 冷铸镦头锚斜拉索的安装。（这八大施工难题是川桥公司自己总结的，其实不是八大施工难题，应为九大施工难题，还有一大施工难题“主梁现浇段施工方案”，他们自己没有总结，我在后面文章中有记载）这八大主要难关，无论是谁施工都是难！！

四川桥梁公司是一支川军，一支年轻的队伍。职员里年轻人多，而且多是来自农村或者是贫困山区。所以，他们特别能吃苦，特别能战斗，也特别爱动脑筋。他们在郧县汉江大桥建设中不讲条件，不计报酬，不讲待遇，长年累月在外施工，贡献很大。他们在广州、深圳修桥时，每月人平均1000多元的工资收入，而在我们这里修桥，每月人平均才200—300多元工资收入，但从没听到有人有怨言。修郧县汉江大桥，显然无利可图，整个工程干下来，公司只能保本微利，不图利，只图名，川军是为公司争气，为公司争名。汉江大桥建设成功了，他们公司也出了名，知名度也大大提高了，为他们公司以后争取修建更大跨径的大桥打下了坚实的基础。同时，培养了川军的技术力量，锻炼了川军各种人才，也积累了经验。这八大施工难题，道道都有一段鲜为人知的故事，道道难题的攻破都付出了血和汗，都有血和泪。要讲回忆，讲故事，多得很，几天几夜也说不完。在这里，我只讲三段故事，也是我最佩服的三大难题。举一反三，每道难题每道关，每攻破了一道关，他们都经历千辛万苦，都费尽了他们的九牛二虎之力。

在汉江大桥接近完工时，我和李文琪谈心，我坦白地对他说：“李老总，我对你们川军开始时是不信任的，也是怀疑的。通过几年的大桥建设，我现在才真正佩服了你们川军！”李文琪问：“你最佩服的是什么？”我说：“我最佩服的是你们创造了建桥史上的‘三大奇迹’！”李老总追问：“是哪‘三大奇迹’？”我说：“第一大奇迹是索塔高塔无支架施工，第二大奇迹是‘三角扒杆’轻型吊机，第三大奇迹是‘无轴力铰’接头钢箱的制作与安装。”这是我个人在他们的八大施工难题中总结的“三大奇迹”，也是我最佩服的三件事。之所以号称为建桥史上的“三大奇迹”，因为在以往的建桥中没有相同处，也没有遇到过。

第一大奇迹是索塔高塔无支架施工，郧县汉江公路大桥是坡桥，南、北两端均有-1.5%的坡度，这个坡度用肉眼是很难看出的。设计时考虑丹江大坝二期工程加坝，为满足汉江四级通航的要求，桥面中心离水面近40米高。为节省钢筋混凝土，两个索塔采用倒Y宝石形，上斜腿交叉处至垂直柱间过渡段高11米，宽度由9.32米逐步变为5.2米，壁厚为0.7米。垂直柱段（挂索段）高40米，壁厚1米。从桥面至塔顶为90.5米高。索塔里面是空的，从桥底爬“百步梯”一样，可以爬到塔顶，为了今后检修、调索、换索时便于施工。我们考察的其他已建成的斜拉索桥的索塔基本上都是H型，设计者们把此桥索塔设计为倒Y形，更轻巧，更新颖，更省材料，更省资金（国内首次施工倒Y形索塔）。按常规施工，这么高的索塔，施工要搭“满堂红”脚手架。搭两个索塔的“满堂红”脚手架，至少需要2500吨的贝雷梁（或万能杆件），不要说它的成本，光算往返的运费就不得了。从成都到郧县，路程遥隔千多公里，用汽车需500车次左右，如用火车也需50车皮左右，按最保守的估算，运费也得80万元至100万元。再说，这么多的贝雷梁堆放在大桥两头，没有这么大的场地，堆放在一起也不安全。何况川桥公司也没这么多贝雷梁。如要新置或租赁的话，必定会加大开支。而且，索塔靠河的那一面悬空，不易搭脚手架。根据此情况，川桥公司采用了索塔高塔无支架施工，即“滑升翻模”施工。

说白了，就是采用索塔四周内外各四块大的钢模定位后进行浇筑混凝土，每浇灌4.5米高的柱子后，又把钢模往上滑升一段，定位后又浇灌混凝土，滑升一段，浇筑一段，如此反复。利用已成型的钢筋混凝土索塔代替了脚手架，塔身一节节地往上长，直至封塔顶为止。浇灌上斜腿部分，难度很大，特别是浇灌上斜腿与垂直柱段的过渡段的难度更大，因为是变截面，每段都在变化。1991年5月15日开始浇筑索塔，至1992年6月16日索塔浇筑完毕，历时一年零一个月，中间因供应的卵石骨料强度低造成混凝土达不到设计强度问题停工三个多月，实际施工时间为263天。他们用蚂蚁啃骨头的精神，一点点地把索塔完成。“滑升翻模”是川桥公司的专利，他们开始在犍为大桥搞试验，并取得了成功，在郧县汉江大桥得到了发扬光大，并已向国家专利局申请并取得了专利权（实际未申请）。这个专利在今后的建桥工程上要值得多少钱啊！据李文琪说，此专利转让给某地修跨海大桥，一次就得了30万元（实际是有一个技术人员辞职把三角吊机图纸偷出去卖了30万元，三角吊机已申请实用新型专利）。澳门有一跨海大桥（澳凼大桥），索塔高近200米，别人都望而生畏，但川桥公司却信心百倍去分包承建。“滑升翻模”施工开创了建桥史上的奇迹。

第二大奇迹是“三角扒杆”轻型吊机：索塔施工的同时，主梁（箱梁）预制同时进行。主梁预制场设在十堰岸山嘴上。现浇段主梁36段（郧县岸16段，十堰岸20段），以桥塔处零号块主梁为起点，向岸侧、河心侧对称现浇。预制悬拼段主梁88个节段，最重主梁段（4.3米）105吨，高跨比1/207，顶、底板厚20厘米，侧腹板厚16厘米，单箱三室，高1.883米、宽15.6米，为三向全预应力薄壳结构。梁段预制好后均要称重，误差不能超过设计重量百分之一，梁段须存放三个月完成收缩徐变才能安装，安装拼接缝不得大于5毫米，在当年工地用简陋设备自己加工钢模板和最低造价的条件下，施工难度之大可想而知。川桥公司创造的“半长线台座啮合预制主梁”施工工艺（细节略）采用4台0.5级精密压力环（压力标定传感器）制成称重台称重，圆满解决了主梁预制精度和称重难题，可以说开创了长大桥梁混凝土主梁高精度啮合预制先河。

1992年5月23日至11月1日主梁现浇段施工完成。1993年6月15日预制主梁施工完成，设计要求主梁安装桥面吊机自重不超过20吨。川桥公司第一次设计的吊机“长导梁式悬臂吊机”，自重80多吨，施工荷载超过设计要求4倍，不能采用被设计否定。如再搞缆索吊机，需一次性投入150吨钢丝绳和较多起重设备，施工成本高且两岸不能同时施工，需延长工期三至四个月和增加投资，汉江大桥指挥部不同意。“万事俱备，只欠吊机”。

看到此局面，我心里非常着急，没有轻型吊机怎么能搞吊装？当时我对李文琪说：“没有轻型吊机怎么办？”李老总笑笑说：“不要急，到时我们总会有办法的！”李老总为什么说这话，好像蛮有把握似的，我感到很纳闷。

不久，吉高工调回成都。“长导梁式悬臂吊机”是吉总设计的。吉总在调回成都之前，对汉江大桥的施工组织设计和施工图起了举足轻重的作用。当时李老总侧重管理方面的工作（管理、安全、质量、对外关系、价款结算等），吉老总侧重技术方面的工作。

吉总回成都后不久，李文琪老总亲自主持召开几次吊机设计方案研讨会，肖大爷在会上提出“能不能用扒杆吊装”，一句话惊醒了梦中人，触动了李文琪的“灵感”。李文琪的脑子特别聪明，像“化学”脑袋一样，心思敏捷，脑筋转得快，闻一知十。他有技术和管理两方面的天才，有魄力，有能力，有驾船行驶惊涛骇浪脸不变色、心不跳的镇静劲儿。他按肖大爷“扒杆”吊机思路进行构思和设计，通过几次“诸葛亮”会议集思广益，巧妙运用“杠杆原理”，很快设计出了满足设计要求自重20吨以内的“三角吊机”。“三角吊机”工作方式是：悬拼两块主梁并安装一组斜拉索，向前移动一次吊机；每前移四次吊机，后锚变幅和起吊卷扬机组前移一次。在起吊105吨主梁预制块时，实测吊机主要受力杆件应力仅为容许应力的40%，起重潜力很大。两岸各布置一台吊机对称悬拼主梁；平均七至八天完成4块主梁和安装2组斜拉索，较缆索吊装方案提前工期四个月。这种“三角吊机”

自重轻巧，稳定性好，构造简单，工作方便，易于操作，工地自己加工成本低廉。人们说它是一个“天才的发明”，真是巧夺天工！

“肖大爷”名叫肖代庆，当时已退休，在此桥负责施工质量、安全和吊装工作。他是吊装工，搞了一辈子的吊装工作，出了几次国，川桥公司在国内外的许多座大桥的吊装任务都是由他指挥吊装完成的。他人老心红，身体也棒，工作认真负责，不愧工人阶级本色。

李文琪因出身不太好，度过了艰辛的童年和少年，1963年毕业于重庆河运学校水工建筑专业。阴差阳错，他没有从事水工建筑专业，却搞上公路桥梁工程。虽然文化程度不高，又不是科班出身，但勤奋好学，聪明伶俐，在桥梁界闯出了一番事业。中专刚毕业时，他主持修建了几座中、小桥，1965年后参加了青川白水河大桥和江油任家坝大桥的建设；1971年他又主持修建了广元郭家渡大桥；1983年出国援助民主也门国，主持修建了津巴吉尔大桥；1985年7月回国后主持修建了内江西林沱江大桥和犍为岷江斜拉大桥。李文琪来郧县汉江大桥投标时职称是工程师，因修建了郧县汉江公路大桥，知名度大大提高，成了桥梁专家、教授级的高工，享受高级工程师和政府特殊津贴。这些成就与他刻苦好学、奋力拼搏及过人的天分是分不开的。

“三角吊机”制成后，施工方在三门预制场临江岩壁陡峭处搭建一座栈桥式码头，用龙门架吊机辅以轨道运输将主梁预制块转换成和河流平行方向，通过悬臂式栈桥吊机将主梁预制段吊装到租用的大驳船上，驳船运主梁到桥位下用三角吊机起吊悬拼安装。1992年10月26日，郧县岸主梁预制块件正式试吊。观看的群众像潮水般涌来，坐在汉江河两岸。一切吊装工作就绪，在肖大爷指挥下，“三角吊机”上的缆索缓缓起动，主梁预制块件随着缆索提升而徐徐上升，每分钟上升1米，经过40多分钟起吊，主梁预制块件缓缓到位。说实话，在起吊的过程中，我提心吊胆，心都像要蹦出来。当主梁预制块缓缓就位的一刻，心中的石头才放下来。这时河两岸的人群发出惊天动地的欢呼声、惊喜声，“试吊一次成功！”人群中有人自动地放鞭炮，以示庆贺。还有人跑到桥上（锚固桥台和现浇段）放鞭炮，炮声震天，鞭炮壳落了满桥。“三角吊机”把主梁预制块件一块块地吊起悬拼合拢！1993年11月2日主梁合龙，吊装完工。“三角吊机”获得国家专利。20吨重的“三角吊机”，吊起105吨庞然大物，这不是奇迹是什么？

第三大奇迹：“无轴力铰”钢箱制作与安装。

郧阳汉江公路大桥跨中接头“无轴力铰”的制作安装，是全桥六大科技攻关难题之一，被列为交通部科技发展基金科研项目。

大桥主梁和斜拉索长度随着温度变化，一年四季都在变化，温度高，桥面变长；温度低，桥面缩短。大桥中间设35厘米宽的橡胶伸缩缝，就是为适应桥面伸缩。桥面也随着斜拉索的伸长和缩短而低、高浮动。温度高，斜拉索伸长，桥面高度就下降；反之，温度低，斜拉索缩短，桥面高度上升。温度每变化1℃，桥面高度变化为0.3厘米—0.5厘米。这么一座主梁两端固定的斜拉桥，温度造成的桥梁伸缩在桥跨中变化，跨中接头采用何种方式就成了大难题，何儒清老总绞尽脑汁地构思了“无轴力铰”接头，并运用于设计。“无轴力铰”接头采用四根长10米、宽1米、高1.2米的闭合钢箱（每根钢箱重14吨，外壁为“18锰”25毫米厚钢板），深入两端主梁，钢箱与混凝土箱梁的支承横梁间用128块四氟滑板橡胶支座垫平，与伸缩缝组成跨中接头。混凝土箱梁在温度变化时可沿钢箱自由伸缩滑动，上下左右相对位置却不改变。设计要求钢箱加工的平直度误差小于8毫米，主焊缝全部经过探伤检查，须满足一级焊缝要求。按当时工地和国内的加工条件，这种当时国内难于买到的合金钢件加工成了技术大难题。

工期紧张，川桥公司制定了严控焊接变形（超强定位固定钢件的焊接工装台），确保焊接质量的钢箱梁加工方案，请来了重庆船厂八级电焊工焊接钢箱梁，1993年6月初已经下完钢料并在工装台上组拼成型。我也和郧县航运公司造船厂的老电焊工谈妥，以每天20元（是当时普通技工日工资的3倍）的工资请予支持，他们满口答应，1993年6月13日，正当川桥公司按计划加工焊接完成一根钢箱梁时，汉江大桥指挥部突然收到省交通厅的加急电报，要求工地停止钢箱加工。

电报是何儒清请熊厅长签发的，因“无轴力铰”接头是何老总的得意之作，钢箱的质量好坏，关系到“无轴力铰”成败。何老总担心工地因陋就简，怕影响钢箱加工质量，下令停工，要求指挥部另请正规厂家加工钢箱梁。副指挥长温明信和史恩才跑遍十堰地区和二汽能加工大型钢结构件的厂家。一听时间紧，质量和精度要求高，便没有一个厂家答应加工。大桥指挥部又和何老总联系。1993年6月26日何老总亲自出面和武汉二航联系，二航答复同意加工钢箱，精度能保证达到8毫米。但是，因为他们活路饱满，要等一个月以后才能加工，加工的工期要一个多月的时间，且加工费每吨3000元。这意思是要我们等待三个月以后才有钢箱用。十堰有一厂家勉强答应，但要实验一个月，加工工期为两个月，加工费为每吨900元。在十堰加工，拖的时间会更长。

我们算了几笔账，认为在武汉加工钢箱不现实。其一，汉江大桥在时间上等不了三个月，延长工期，甲方要多支付停工损失费。其二，川桥公司已下完了料并加工好一根钢箱梁。重新加工要另外购买50多吨钢板，多30多万元开支，而且这种钢材市场无货。就是买到加上运费和加工费，指挥部要多开支60多万元，在经济上损失太大。其三，重14吨、长10米的四根钢箱从武汉运回工地不容易。我们这里是山区，坡陡、弯急、路窄，大型平板挂车长途运输，安全得不到保证。其四，长途运输，钢箱在车上要上下颠簸，如果发生变形，精度不合要求，怎么校正？岂不是变为废品？如果川桥公司说安装不进去，又怎么办？鉴于上述原因，大桥指挥部反复研究决定，不同意在武汉二航加工钢箱梁。

指挥部一边向地区大桥领导小组汇报，一边和川桥公司研究商量，要求施工方报送详细的加工方案施组设计报告。1993年6月17日，施工方向大桥指挥部报送了《关于报送合龙段钢箱加工工艺方案报告》。1993年6月22日上午，地区大桥领导小组副组长彭豫汉专程到大桥指挥部请指挥部、监理和施工方研究钢箱加工方案。李文琪在会上说：“钢箱梁加工是施工方的事，料已下完。按标准我们能达到设计的要求。钢箱加工我们也不愿意做，但停工对大桥损失太大。箱梁7月中旬吊装完成，大桥要以最快的速度合龙以确保主梁结构安全。”此时，汉江大桥建设处于主梁合龙前的关键时刻，果不其然，1993年6月23日晚上，狂风暴雨，天气预报有7—8级大风（实际上是9级大风），万幸风由南向北吹（由十堰岸向郧县岸吹）与大桥主梁同方向，大桥安然无恙。如果大风横向与大桥未合龙的主梁发生“共振”，后果不可设想。当晚郧县城内多少高楼大厦的玻璃被毁，大桥工地除工棚外，几乎无损失。

1993年7月16日至7月18日，省交通厅邀请省内外专家在十堰柳林宾馆召开“汉江大桥技术研究评议会”。参加会议的专家组有：先立志（组长，中国国际工程咨询公司专家委员）、熊哲清（交通部工管司教授级高工）、唐家祥（华中理工大学教授）、李存权（湖南大学教授）、王建瑶（交通部公路规划设计院副总工）、周相略（交通部公路二院总工）、万珊珊（女，山东省交通规划设计院总工，教授级高工）、黎祖华（女，大桥局桥研所高工）、翁永红（长办施工处副

老领导徐洪海（左）视察郧阳汉江大桥

主任）、顾思齐（湖北省公路局高工、总工）等11人。参加会议的还有部、厅、地、县的领导和其他专家：陈云鹏、谢敏、梁吉祥、蒋汉洲、张传贵、彭新、李文琪、周平、周永成、我和王吉仁等人。专家进行了认真研究和讨论，肯定大桥建设成绩。大桥指挥部研究决定，钢箱由川桥公司在工地加工。

7月28日，请二汽专家用超声波金属探伤仪检查钢箱焊缝并写出检测鉴定报告：钢箱梁加工实际误差3毫米，比二航8毫米的精度高、比何老总提出的12毫米的精度更高。焊缝质量经过严格探伤仪检测后完全合格，每米允许3—4个小气泡，实测每米仅1—2个小气泡。

钢箱加工反反复复折腾，使工期耽误了两个多月。张传贵曾说过："何儒清阻止钢箱梁工地加工，会下不了台的！"其实，何老总是好心办了"坏事"，他捧着卵子过河——小心过度了，不相信工地也能加工，但事实胜过雄辩。

钢箱表面热喷涂锌铝，油漆两度防腐。钢箱加工成功后，钢箱安装工作也是十分不容易。跨中"无轴力铰"接头的安装方法是：十堰岸主梁悬拼至50号块，郧县岸主梁悬拼至46号块后，将四根钢箱装入十堰岸主梁箱室内，再拼装完成郧县岸47号至50号块预制主梁，用人工、导链将放在十堰岸主梁箱室内的闭合钢箱逐根拖入跨中设计位置定位，再安装钢箱与支承横梁间的128块四氟滑板橡胶支座，最后安装跨中组合伸缩缝。

1993年11月5日上午9点31分，钢箱全部就位，汉江大桥胜利合龙。川桥公司在工地的简易临时工装台上完成了大型工厂都不愿意接受的钢箱加工任务，质量和精度超过了大型工厂的标准，超过了设计要求，缩短了工期，节约了原材料，加工费每吨才120多元，只有大型工厂的1/251—1/75，顺利、准确地安装成功，这难道还不是奇迹吗！

川桥公司通过郧阳汉江公路大桥的施工，取得了建特大跨桥梁的丰富施工经验，锻炼了队伍，提高了人员素质，公司的知名度大大提高，为他们以后组建四川路桥建设集团有限公司打下了坚实的基础。李文琪为该公司打江山立下了汗马功劳，他现在是该公司的副总裁、总工程师、教授级高工。汉江大桥制索场原负责人徐基伟，现是该公司总工办负责人、高工。汉江大桥项目原质检员冯强林，现是该公司的副总经理、高工。

郧阳汉江大桥于1994年2月1日按合同工期如期建成通车，竣工验收质量评定94.5分，取得同期四川和湖北特大桥梁工程最高质量得分。

带领四川路桥200人左右的小分队，用简陋的施工设备、最低的施工成本，通过艰苦努力和技术创新，如期优质建成我国第一座主跨超过400米混凝土郧阳汉江地锚式斜拉桥大桥，是四川路桥为我国桥梁建设工程具有样板意义的贡献。

大桥指挥部彭泽柏副指挥长的长篇纪实介绍了川桥队伍艰苦创业突破技术难关建成大桥的一个方面，更难的是通过努力解决最低标价造成资金短缺给大桥施工带来的困难。虽然投标时四川交通厅马副厅长说为了拿下这个特大桥项目难得的业绩，大桥可以亏损300万元由四川交通厅补贴。作为大桥工程项目管理和技术负责人，优质安全如期圆满建成大桥，让最低标价的高难度工程创造优厚利润，这是神圣责任和必须完成的任务目标，也是对个人和建桥团队管理能力、执行能力的考验和锻炼。

工程一开始就引入竞争机制。经理部负责全桥施组设计，制定全桥管理考核制度，下达目标责任、安全责任计划，负责安全和工程技术管理、对外协调、工程结算、变更索赔、工地试验、设备和材料采购调拨，明确两岸分经理部也实行独立核算，在上缴管理费中按比例确定分经理部开支费用额度。两岸工程以跨中为界分别由第二工程队和第四工程队各派出100人左右的团队负责实施，按月、季、年的目标任务实行独立考核、独立核算。根据各自完成目标任务和安全、质量、利润情况决定奖金（此时还执行的是固定工资）。工程队内部对作业班组也实行目标任务承包考核，每月奖金不吃大锅饭（作业班组实行目标任务考核是逐步摸索完善的过程，以工程队的目标任务考核为主）。设置确保安全质量工期、突破技术难关的技术革新和高难项目等专项奖励。引进竞争激励机制，完成工程质量、安全、进度与收入挂钩的项目管理制度。充分调动员工的工作积极性，下达目标任务均按时或提前完成，施工全过程没有发生过人员伤亡等重大安全事故（不发生安全质量事故是项目利润的基础）。

经理部控制好材料采购环节，要求材料采购人员素质高，熟悉业务，爱岗敬业，不能有私心。制定严格的采购程序和入库验收、出库收发制度。大宗材料采购项目经理亲自把关（项目经理不能有私心是项目盈利的关键前提）。

低标价中标的特大跨桥梁工程项目，工程技术管理和技术创新是保证项目不亏损的关键。从施工组织设计开始，确定施工主流程，控制工程每一个关键节点的工程开展和工序衔接，寻找和依靠外部技术力量，充分发挥团队的执行力，创造新工艺引进新技术，制定最低成本下确保工程质量、安全稳妥的实施方案。“安全是设计出来的（施组设计方案优先考虑安全方案），靠严格的管理制度实现”成为我一生从事桥梁建设管理的座右铭。熟读设计施工规范，制定严格的质量管理和检验制度，服从监理，善于和设计沟通，安全和质量管理高于一切。

工程变更索赔，是工程扭亏的重要环节，经理部成立专门结算计量机构，落实每一个细节。从施工进场的第三天，我亲自拟文，以情况报告形式，向大桥指挥部（业主）报送《关于因地锚式桥台施工开挖无法设置后锚，原投标缆索吊机吊装主梁方案无法实施，需改成桥面吊机方案，另择主梁预制场的报告》。可能业主当时还没意识到（刚开始市场经济的20世纪90年代初，业主对变更索赔还不敏感）这是一项涉及几百万元的变更索赔。从开工开始，经理部向指挥部报送的变更索赔文件共计400多份、30多万字，连设计漏算的架立钢筋都计算得一根不漏（当时的施工定额尚未明确如何计算）。投标时工程总价2793万元，计入施工过程的两次钢材水泥油料等大涨价，指挥部和当地政府看到我们艰苦努力、精心施工，突破全部技术难关，无安全事故，工程质量优良，也不忍心见我们亏损。最严重的索赔争执发生在大桥主梁合龙前，指挥部对我们的索赔文件长时间不批复，眼看合龙后批复难度会更大，我安排事先用体外刚构将大桥临时合龙，确保即使出现大风天气桥梁结构也安全。在交通部质监站长熊哲清率专家组来大桥检查工作的座谈会上，我汇报时提出因资金不到位大桥无法实现合龙。熊站长在会上狠狠批评我不顾大局，因资金未落实就不合龙；会后又私下批评指挥部为何不批变更文件。最大的变更索赔得以基本解决（熊站长以后一直和我保持良好关系）。经过激烈的计量争论，竣工最后结算为4860万元，参建各方皆大欢喜。该项目实际利润良好。

共同的艰苦努力，四川路桥建桥团队和当地领导结下了深厚友谊，地区副专员兼县委书记李明贵说："四川路桥为老区人民圆了建桥的百年梦想，老区人民永远感谢四川路桥，不认为四川路桥是承包商而是当老八路对待。"我和副指挥长张传贵（县委副书记）以及写报告文学《百年梦想》的专业作家、文联主席王太国等结下终身友谊，至今联系不断。四川路桥至此打开湖北和省外市场，接连在湖北和其他省获得一个又一个长江特大桥梁建设项目（此是后话）。

难忘郧阳地方政府和当地人民对四川路桥施工队的深情厚谊，通车23年后的2018年2月，见证当年大桥建设全过程的当地摄影家邓俊基（时任郧县经委副主任），出版了当年他拍摄的大桥建设全过程影集《郧阳一桥建设过程拾零》。看着那饱经沧桑的照片，历历往事浮上心头，怀念在郧县拼搏的艰苦岁月，珍惜和张传贵书记等在建桥过程中结下的深情厚谊，感谢郧阳政府和郧阳人民给了四川路桥和我个人的建桥机遇，开创了四川路桥省外施工的业绩，为我后半生带领四川路桥建桥团队建设多座长江大桥打下坚实基础。1997年4月，邓俊基先生请我为他出版的画册写了追记，全文于下：

悠悠汉江水，绵绵大桥情。郧阳汉江公路大桥建成通车23年了，难忘承建郧阳汉江公路大桥的艰苦岁月，建桥往事历历在目。1990年9月底，接到四川路桥中标承建郧阳汉江公路大桥通知的第七天，我带领四川路桥200人施工团队在鞭炮声中开工，面对中国第一座超过400米跨地锚式混凝土斜拉桥、7项技术指标世界领先的技术高难度，承载着2793万元最低价中标的经济压力，到1994年1月28日大桥建成，2月1日满载数万人欢庆通车。冬寒夏暑，夜以继日的一千多个大桥建设日子里，感谢各级领导强有力的领导、关怀和支持；感谢郧阳乡亲父老视建桥队伍为亲人的无私援助；感谢李明贵、张传贵、彭新、温明信、彭泽柏、曹相进、王吉仁、王太国等领导及战友和川桥员工共同奋斗，科技攻关，突破一道道技术难关，实现一个又一个技术创新，大桥以优良的工程质量，最低的工程成本如期建成。

四川路桥是一支特别能吃苦，特别能创新，具有高超建桥技术的团队。在大桥施工的全过程中创造滑升翻模技术完成宝石形索塔施工：108.5米高的索塔，上斜腿内倾度3.5：1，施工难度大。每座索塔仅用32吨钢材，5吨万能杆件，7台1吨提升卷扬机，自行设计，在工地制造滑升翻模及附着式提升系统等索塔施工设备，采用横向支架顶撑，消除施工过程中索塔产生的次应力。滑升翻模施工索塔工艺获得圆满成功，塔身混凝土内实外美无裂纹。

创造半长线台座啮合预制箱梁，箱梁安装拼缝≤5毫米；每片箱梁精确称重，重量误差不超过设计重量的1/100；预制好的箱梁自然存放三个月完成收缩徐变，保证大桥主梁成桥无裂纹，线形误差≤（±2）厘米。

创造三角吊机完成主梁悬拼施工：414米主梁每个节段重100吨—105吨，实际梁高187厘米，要求悬拼吊机重量不超过20吨。自行设计，在工地加工的三角吊机重量19.6吨，吊装完成一个节段仅需40分钟，每次行走移位约两小时，起吊动力只需两台8吨双筒卷扬机，安全稳妥，操作简单方便，确保工期。

大直径PE热挤护套冷铸镦头锚斜拉索工地制作：斜拉索共七种规格，最大重量17吨，在工地制索厂，自行研究制作完成全部斜拉索，斜拉索质量良好，实际使用22年，超过现行规范使用年限。

在工地现场自行加工主梁跨中钢锚箱，桡度误差≤4毫米，满足设计要求，完成了机械加工专业大厂都不敢轻易承揽的任务。

在技术、资金和设备匮乏的年代，完成全部工程的设备投入仅89万元，科技创新加上精益求精的项目管理，极大节约了施工成本，施工全过程无重大安全事故。

地方政府强有力的领导和郧阳人民的全力支持，是建成大桥，实现百年梦想的根本保证。

放眼祖国大地，成百上千座跨江跨海大桥如雨后春笋屹立，我国早已成为桥梁大国正稳步迈向桥梁强国！郧阳汉江公路大桥是我国桥梁建设的一声春雷，一座丰碑！

值得记录的还有一件事。那是郧县岸主梁施工安装最后一对斜拉索时，电焊工在塔顶内焊接索塔内壁锚垫钢板，正是下午快下班时间，焊渣掉落突然点燃了张拉千斤顶漏出掉到塔底的机油，100多米高的空心索塔是一个巨大的烟囱，火苗冲出塔顶两三米高，全工地人都傻眼了，吓得我两腿发软。说时迟那时快，年轻的起重工杜德东冲进塔内，抓起事先放在塔内的灭火器一阵猛扫，很快扑灭了坠落焊渣点燃渗漏机油引起的大火。检查塔内斜拉索和锚头安然无恙，没造成任何损失。谢天谢地，靠严格的管理制度和过硬的员工素质，躲过了这意想不到的一劫。事后经理部决定给杜德东通报表扬和800元奖励（重奖）。在以后参加交通部编制2011版公路桥涵施工规范时，经我建议，将索塔施工过程注意防火条款写进了规范条文。

一批高素质高水平的管理人员、技术人员和技工，除了肖大爷，还有起重工长康中华、杨富邦，负责加工三角吊机和主梁跨中剪力铰钢箱的邓明全（第二工程队）、郑兴全（第四工程队）等，测工出身的南岸二队项目负责人黄昭成（熊朝建离开后接替负责），青年技术人员徐基伟、曹瑞、冯强林、熊朝建（南岸二队项目负责人）、龙勇、杨明、周平、胡建军等。1992年，我获得国务院政府特殊津贴，1990—1993年获得全国交通系统劳动模范，1993年被提拔为新成立的四川公路桥梁工程总公司（四川路桥）副总裁兼总工程师。这些加在我头上的荣誉，是在我不知道的情况下发生的。当时带队伍投入郧阳汉江公路大桥施工时做梦都没想过会有这样的提拔和荣誉，只想一点：一定要全力建好大桥，不能出任何差错。这些经历和事实证明：人生拼搏尽全力，用业绩说话！

第八章

万县长江大桥和宜昌长江大桥

万县长江大桥位于重庆市万州城上游7公里处，连接南岸的五桥镇与北岸的龙宝镇，是国家“两纵两横”主干线之一的上海至成都公路咽喉要道，举世瞩目的三峡工程开发性移民和联系川、鄂、湘、桂、陕五省的重要交通枢纽。该桥长856.12米，宽24米，设计荷载汽-超20，挂-120，主拱系钢管劲性骨架混凝土箱形拱，跨径420米，矢跨比1/5，拱轴系数1.6。居同期同类混凝土拱桥世界第一跨度。桥位处主河槽枯水宽180米，水深60余米，为国家一级航道，昼夜通过数百艘含5星级游船的客货轮船，地形地貌险峻，地势高差达150米，受长江航运和桥位陡峭地形制约，设计和施工难度大，机料进场困难，该桥是三峡库区建设的第一座长江大桥。

1993年6月，在郧阳汉江大桥主梁安装和跨中无轴力铰（钢箱）制作正紧锣密鼓进行的同时，四川交通设计院经过10年设计准备和各阶段设计论证，万县长江大桥建设的施工图设计审查抓紧进行，施工前期准备提上日程。1993年6月起，我在郧县工地几次接到回成都参加万县长江大桥施工图设计和施工方案评审会的通知。在8月初的一次全国桥梁专家评审会上，确定该桥为主跨420米混凝土拱桥。

交通厅决定，万县长江大桥委托新成立的四川公路桥梁工程总公司（现四川路桥股份有限公司）总承包施工。四川公路勘测规划设计研究院除了承担该桥设计，同时担任该桥监理，设计负责人杨稚华为总监理工程师，施工总负责人一时没有敲定。经研究，交通厅和四川路桥总公司决定我在完成郧阳汉江大桥后带领工地全部人员转移万县，承担万县长江大桥施工，任施工负责人。专家会议后，四元找我谈话，告诉我交通厅和总公司的决定。从国外回来八年，我主持犍为岷江大桥和湖北郧阳汉江大桥两座特大桥施工已累得身心疲惫，尤其是郧阳汉江大桥施工期间，后期一直依靠中药调理身体，才熬过了最困难的施工阶段。我想在郧阳汉江大桥完成后休息一段时间再考虑承担新的特大桥项目。于是我告诉四元："公司里有的是能力强的技术人员，我一人连续负责了两座特大桥，就是排班也不该我去负责了。"四元见说服不了我，只好作罢。几天以后，臧总找我谈话："你完成了两座桥就该翘尾巴了？这座桥施工负责非你莫属，这是厅党组研究决定的，有什么困难可提出来，马副厅长还要找你谈话。"臧总既是领导，又是多年关心我的老大姐，我只有二话不说应承下来。

马副厅长同意我关于万县长江大桥组织机构和管理模式的设想和我自己挑选人员组建大桥指挥部的要求。我们成立万县长江大桥建设指挥部，指挥长由四川省交通厅郑副厅长兼任，我任常务副指挥长兼总工程师。此外，副指挥长还有：四川省高速公路指挥部副指挥长李克浪（业主负责人），万县市副市长杨永顺，市委秘书长李健，市交通局长左吉祥。我同时是四川路桥派出的施工单位项目经理、党支部书记兼总工程师。

1993年8月，四元带领四川路桥总公司人员和我分乘两辆小车，从成都出发到万县市，住地区招待所。是日晚，回两层桥18号老家探望母亲。儿子回万州建长江大桥，75岁的老母亲心情舒畅，精神大好。

20世纪90年代我家门前黄桷树

四元和我带领四川路桥的人员考察了万县长江大桥北岸工地，万县市交通局左吉祥局长、欧长庚副局长，及引道指挥部有关人员陪同。

汽车从市区出城沿严重拥堵的万（县）忠（县）三级公路向上游行驶约10公里，临近万县长江大桥北岸桥位下车，桥位紧邻万县化工厂。该化工厂排出的有毒气体将严重腐蚀新建桥梁，经过几年交涉协调，万县市政府承诺拆除化工厂，大桥才通过新建立项。在陡峭的乡间小路上步行约1.5公里到桥位，众人已是气喘吁吁。在垂直近90度的陡岩，沿羊肠石梯攀附着灌木或黄桷树根艰难下行几百米，终于到达江边。长江在此处被两岸砂岩压缩成宽180米的河道，江水汹涌、水流湍急，上下水的船只在此处只能按航标灯指挥单向通过，在这样的环境下施工世界第一大跨混凝土拱桥，困难艰险。我们在老乡家里吃过午饭，回到市里驻地已是下午4点。

第二天一大早出发考察南岸工地，长江正值汛期，沙嘴河坝轮渡码头等候过长江的汽车排起了长龙，我们的小车尽管有武警车开道优先登船，到达南岸也用了近三个小时。桥位处的地貌比北岸更险峻，悬岩陡壁，没有道路可以下到江边，车行在陡峭岩壁边随时有坠落的危险，桥梁施工同时要用锚杆加固危岩。

1993年8月9日，看完工地第二天，由万县市交通局、万县市副市长杨永顺和省交通厅郑副厅长主持，召开万县市交通局、万县市成立的接线工程指挥部、省交通厅、省高速公路指挥部、四川路桥有关人员参加的座谈会，双方交流沟通，介绍万县市政府成立的接线工程指挥部和接线工程施工单位情况（万县市负责大桥接线工程施工），至此，我正式接手万县长江大桥指挥部常务副指挥长和工程负责人职务，开始三年多主持万县长江大桥工程的施工生涯。

此时，郧阳汉江大桥突破所有技术难关，进入主梁架设合龙的高潮阶段，进展顺利。工程还没完就接下了主持建设更艰巨的万县长江大桥新任务，工程地点是离别30年的故乡。肩负主持建设家乡人百年梦想、世界第一大跨长江混凝土拱桥重任，更大责任、更大压力的工作即将开始。和我出省共同打拼的弟兄们不愁没活干了，群情振奋。两座大桥的工程交接期是我在出学校30年来艰苦拼搏生涯中难得的短暂安宁，正好静心思考如何圆满实施万县长江大桥建设工程。

老国道318公路的万县市沙嘴河坝长江汽车轮渡码头，排班几个小时到对岸通常要中午时分，到五桥镇吃中饭，向利川出发，四级或五级的公路，道路状况太差，颠簸让人难以忍受，110公里路程驱车不堵车要五六个小时才能到达，一有堵车，只有当山大王的份儿。利川到恩施80公里路程，道路状况比万县市到利川公路好得多。

桥梁施工关键技术方案决定工程成败；规范的工程技术管理是完成工程项目工期、成本、质量、安全目标的基本保证；技术过硬的作业队伍实行竞争机制管理，是实施工程项目的人力资本和完成施工关键技术的平台；项目主持人和管理团队的素质、经验、决心以及良好的协调管理能力，是完成施工关键技术的灵魂。总结已成工程项目实施经验，结合万县长江大桥在省内建设特点，项目实施和管理思路逐渐清晰。

万县长江大桥开工时，新成立的四川路桥总公司同时承建万县和涪陵两座长江大桥，以及省内其他多座特大桥。四川路桥下属的桥梁工程公司特大桥施工主力第二工程队，同时承担万县和涪陵两座长江大桥施工任务（涪陵长江大桥为主跨330米双塔双索面混凝土主梁斜拉桥，第二工程队承担主桥一半施工任务）。桥梁工程公司派出第二工程队大部分人员（充实郧阳汉江大桥十堰岸原第二工程队人员）承担万县长江大桥施工，分设南岸和北岸两个项目经理部，南岸由二处副处长熊朝建任项目经理，北岸由二处处长马青云任项目经理，副处长蔡乐军任副经理。同为一个工程队的两岸经理部实行独立核算，内部竞争，这是四川路桥从万县长江大桥开始，引进竞争机制的创新管理模式，是市场经济思维管理工程项目的雏形。

项目经理部不设副经理和副总工程师。只有工程处长（徐基伟）、财务处长（王兴亚）、办公室主任（李世华）、机料处长（李自强）等部门负责人，郧阳汉江大桥原班人马。我不在工地时徐基伟全面负责，徐基伟是工程实际的常务副经理兼副总工程师。

按当时我国现代特大桥工程项目管理模式，项目经理、项目书记、总工均为一人担任，不设副职，不是普遍采用的管理模式（国家现已不允许特大桥工程项目一人身兼多职）。1997年重庆市直辖后，重庆高速公路指挥部派到工地来从四川高速公路指挥部接管大桥业主工作的代表章勇武（后升任重庆北碚区区长），有些奇怪地问我："怎么你一人担任这么多职务而且没有副职？"我回答："四川路桥的建桥队伍整建制从湖北郧阳汉江大桥过来，仍然沿用的郧阳汉江大桥项目的管理模式。"郧阳汉江大桥管理模式就是项目经理、书记、总工由我一肩挑。以后的湖北鄂黄长江大桥A标，湖北交通厅也认可我三个职务一肩挑。承担南岸施工任务B标的二航项目经理部，项目经理、书记、总工分设。我个人认为，项目经理、书记、总工一肩挑，优点是便于施工管理和关键技术方案决策，但对项目经理综合素质要求高，尤其是人品要求。

1994年5月28日，经过近十个月准备，万县长江大桥举行开工典礼，正式开工。四川省副省长、省交通厅厅长，万县市委书记、市长以及有关单位参加。开工典礼上万县市副市长杨永顺宣布，万县长江大桥1997年7月1日香港回归祖国时建成通车。

世界第一大跨混凝土拱桥的技术难度加上陡峭地理环境的施工难度，要求三年工期建成。面对各种技术难关和施工组织管理压力，作为项目行

时任四川省委书记谢世杰（前右）视察建设中的万县长江大桥

政和技术负责人，我已没有初次承担特大桥梁项目时的紧张。拥有泸州长江大桥、犍为岷江大桥和郧阳汉江大桥磨砺积累的项目管理经验、技术能力储备，经几个月潜心思考，我对承建万县长江大桥基本胸有成竹，充满信心，能够有条不紊应对。这也可能是交通厅决定由我全面负责的原因。

施工队伍进场首先要解决两岸施工作业的交通问题。1994年2月建成郧阳汉江大桥后，主要人员进入万县长江大桥南北两岸工地完成临时设施建设。正式开工之前，在两岸架设主跨600米，设计吊重5吨的缆索吊笼，容许装载15至20人或1吨以内货物，运行15分钟跨过长江，圆满解决两岸交通困难和小型材料过江运输问题。如果不设跨江缆索吊笼，两岸交通只能由市内轮渡码头过长江，往返一次6个小时以上。承载5吨的跨江缆索吊笼，为跨越山区深谷的特大桥建设，提供了施工期间两岸交通联系可供借鉴的方式。

施工关键技术决策，关系万县长江大桥建设成败。项目负责人是完成正确决策牵头人，技术人员和实践经验丰富的老工人是决策团队主要成员，专家智囊团队是关键技术决策不可少的重要顾问。聘请相关行业专家，根据工程需要召开专家评审或方案研讨会，解决大桥各种关键技术问题。

主跨420米混凝土拱的万县长江大桥采用钢管劲性骨架空中悬拼成拱。成拱技术是面临的第一大难题。

主跨420米2200多吨重，弧长480多米，10根直径400毫米、壁厚16毫米钢管组成的宽16米高7米劲性骨架，悬拼安装在离水面100多米高的长江V形河段上，两岸地形狭窄，岩壁陡峭，难于攀爬。在架设好劲性骨架上立模现浇包裹近3万吨钢筋混凝土形成混凝土拱圈，设计构思新颖、巧夺天工，为当时世界最大跨度混凝土拱桥。通常，在这种陡峭的V形山谷或河流上建造大跨混凝土拱桥，传统施工方法采用缆索吊机预制混凝土拱圈节段悬拼成拱，是四川路桥的看家本领。此前，国内采用缆索吊机悬拼混凝土预制拱圈最多9节段合龙（获得交通部科技进步二等奖），也是设计为本桥钢管劲性骨架，采用缆索吊机悬拼成拱的施工方案。

设计制定的劲性骨架悬拼施工方案，将480多米劲性骨架分成12+1

（合龙）段吊装，每节段长39米：组成劲性骨架长39米节段的5片拱桁，单片起吊后在空中连接横撑，组拼成39米长劲性骨架节段后，在空中逐段悬拼合龙成拱。

将39米长的5片（7米高宽度为40厘米）劲性骨架钢管桁片单片起吊，在空中连接横撑拼装成16米宽39米长的劲性骨架节段后再拼接安装，两岸对称安装完成第一节段后，再依次吊装第二个节段，至全部合龙。这个方案单片骨架在空中横向刚度太小，横向连接难度太大，仔细分析难于实施，施工安全、拼装精度和工期都无法保证，加上两岸岩壁陡峭无法设置横向缆风索，悬拼过程结构稳定也是问题。经过反复研讨，无法形成可供实施的施工方案。必须考虑新的缆索吊机方案。（劲性骨架制作、运输及吊装成拱过程的实施方案，经历一年多反复论证，验算研究才完成，本文只介绍成功的实施方案）

关键技术决策灵感，来源于工程实践的经验总结和创新运用。连日冥思苦想，运用郧阳汉江大桥构思桥面三角吊机的思路，反复召开施工方案讨论会。四川设计院谢总，设计负责人杨总、技术顾问西南交通大学范教授、起重大师傅肖大爷、康中华，徐基伟及主要技术人员共同研究。总结犍为岷江大桥和郧阳汉江大桥两座特大跨斜拉桥工程突破技术难关的施工经验，从力学理论上寻找创新依据。经过对郧阳汉江大桥主梁悬拼技术反复研究，将特大跨斜拉桥主梁多节段悬拼力学原理应用到万县长江大桥劲性骨架安装。

万县长江大桥混凝土拱桥采用的劲性骨架成拱技术分为三座桥梁施工技术的组合：其一，劲性骨架成拱视作拱形钢管桁架斜拉桥悬拼施工，分36+1（合龙段）节段悬拼成拱；其二，拱圈混凝土浇筑为在拱架（劲性骨架）上立模现浇混凝土拱圈；其三，拱上建筑为跨度30米的高墩多跨T形梁桥，岸上预制，悬拼吊装施工。分别解决各施工阶段技术难题。

核心技术是悬拼劲性骨架成拱。将钢管劲性骨架节段视作拱形斜拉桥节段，按斜拉桥悬拼方法施工。将36+1（合龙段）劲性骨架节段视作斜拉桥梁段，每段整体制作、运输、起吊，两岸逐段对称悬拼、在索塔（交界墩）上扣（锚）稳定，空中合龙成拱。

复合式缆索吊机吊装万县桥劲性骨架

根据万县长江大桥结构特点和桥位处地形特点，将缆索吊机的索塔和劲性骨架安装的扣（锚）塔重叠，复合为一个塔。桥梁结构的交界墩（84米高）作为劲性骨架斜拉桥的扣（锚）索塔，交界墩盖梁上浇筑钢筋混凝土临时锚梁，安装劲性骨架（拱形斜拉桥）的扣（锚）系统（临江面称扣索，岸侧地锚面称锚索），按劲性骨架节段安装扣（锚）角度的不同，计算确定每个节段的扣（锚）索力，使锚梁中心的水平分力（近似）为零，扣（锚）塔不产生顺桥向变位；在交界墩上重叠安装缆索吊机索塔，索塔顺桥单向铰接安装在交界墩上，不产生横向和顺桥向水平力，在塔顶架设缆索吊机；从长江里直接起吊整段劲性骨架，空中运输至两岸对称悬拼。劲性骨架36个节段，每段为长13米、宽15.6米、高6.45米、重62吨钢管桁架，为拱形斜拉桥的一个主梁节段，钢管劲性骨架横向刚度大，吊装悬拼过程不需另设横向缆风索保持稳定，桁架节段间采用法兰盘螺栓连接。

传统缆索吊机悬拼预制拱圈的多节段施工，为保证吊装过程裸拱圈稳定，设置横向缆风是施工安全保证的必要措施。因两岸岩壁陡峭，索塔和劲性骨架均无法设横向缆风索，这是吊装施工组织设计反复考虑的重点。根据斜拉桥悬拼主梁节段施工的结构受力理论，斜拉桥悬拼主梁施工全过程主梁和缆索吊机横向都有足够刚度保持稳定，不需设置横向缆风索。按

万县长江大桥复合式缆索吊机的索塔

斜拉桥悬拼主梁节段的方法安装劲性骨架节段，据此理论，施工过程同样不需设置横向缆风索。专家会反复研究后达成共识，施工方、设计方、第三方咨询单位，通过对主梁悬拼施工过程不设缆风索的结构稳定验算，决定取消横向缆风索。劲性骨架悬拼过程横向稳定依靠索塔自身和劲性骨架刚度保证。吊装索塔顺桥向允许H/100（即45厘米）偏位，纵向稳定依靠塔顶上下游各设置的2根φ47.5压塔钢绳，压塔绳安装垂度L/46，与塔顶固结。实践证明：不设置横向缆风索的索塔，增大刚度和设置压塔索后，同样能保持稳定，吊装过程中，索塔实际最大纵向偏位3厘米。

建议后来者在进行特大跨拱桥设计、施工时认真考虑“按斜拉桥悬拼主梁预制梁段的方法悬拼施工拱桥”方案，采取设计或结构措施，使悬拼梁段安装全过程有足够的横向刚度，从而取消安装过程必须设置的横向缆风索。

绳索吊机两组主索鞍间距20米，劲性骨架全宽15.8米，起吊的劲性骨架桁段可以从已安装好的劲性骨架下面通过，避免了歪拉、斜吊等技术难题，提高了施工安全度。万县长江大桥以后，多座类似大跨拱桥按此方法悬拼安装成拱，取消横向缆风索设置，是缆索吊机悬拼施工拱桥的技术进步（实施工艺细节本文略）。

按斜拉桥主梁悬拼的施工方法悬拼安装劲性骨架，圆满解决了万县长江大桥劲性骨架安装最关键的技术难题。

此施工方法取名“复合式缆索吊机”，获国家实用新型专利，专利号ZL99230802X。研制排名：李文琪、徐基伟、胡建军、杨如刚、万中荃。

万县长江大桥主要施工技术有以下几点：

（一）突破劲性骨架加工技术难关

主桥净420米钢筋混凝土箱形拱桥成拱的钢管劲性骨架为空间桁架，16锰钢制作，主弦杆为5排10根φ402×16无缝钢管，腹杆和联系杆为4L752×10角钢组合杆件，弦管法兰盘为δ16钢板，结点板为δ14钢板，加工总重量2191吨。分成36个吊装桁段加工，每桁段长13米、宽15.6米、高6.45米、重61.25吨，全焊结构，工厂加工，上下两根弦管与腹杆组合成桁片，5个桁片加横向联系杆组成桁段，相邻桁段采用法兰盘连接，10根钢管法兰盘160颗φ24普通螺栓，为保证连接精度，要求螺孔位置加工误差不能大于1毫米。那个年代，这可是高难度的钢结构加工活儿。

经过比选，委托位于涪陵长江边、距桥位200多公里的国营大厂川东造船厂承担劲性骨架加工。川东造船厂为内迁厂，有完善的钢结构加工设备和雄厚的技术实力。宽24米、长96米加工组拼车间，船舶或大型钢结构件直接进入长江的滑道码头和江边的两台大型浮吊，满足钢管劲性骨架加工运输要求。我国那个年代的钢结构加工技术不高，川东船厂这样的内迁国企，只能用经纬仪放线，钢卷尺丈量，钢锥在样台上标记的方法放线，加工这样的拱形钢管桁架存在不少技术问题。为此，我们聘请钢结构专家西南交通大学范教授，司机张师开车陪同，在川东造船厂住了40多天指导钢结构放样和加工，范教授编写完成的《钢管与劲性骨架制造与验收标准》，用于指导劲性骨架加工，在国内当时属首次。我也时常到船厂督促指导，钢管劲性骨架加工逐渐走上正轨。

万县长江大桥开工半年后，工程施工紧张有序进行。川东造船厂却通知我方，合同规定的交货日期要推迟半年到一年，原因是无法达到劲性骨架桁段法兰盘连接螺孔的加工精度，需要时间技术攻关，这可是不小的问题。我赶到厂里时，厂总工程师和技术人员正为此事犯愁。

接到川东造船厂通知，我开始就如何解决劲性骨架加工时法兰盘连接螺孔匹配精度展开攻关思考。运用经历并积累的施工经验，是技术人员解决复杂技术问题的钥匙。不长时间，借鉴郧阳汉江大桥混凝土箱梁通过啮合预制满足混凝土箱梁安装拼接缝小于5毫米的预制方法，构思出劲性骨架桁段在川东造船厂65米长的半长线台座上啮合制作（4+1）方案：将制作好的上一个钢管桁架节段作为下一个制造节段的定位模架，新加工桁段组拼好后，将两段桁架的10根钢管连接法兰盘上的160个螺孔先用φ24螺栓临时连接并固定好，再按焊接工艺焊接成型。连续加工完成5段后，移出桁段成品，调整底模架弧线，将加工好的第5段劲性骨架移到第2个5段的起始段，作为定位端模，如法加工第2个5段劲性骨架，依此方法完成全部劲性骨架加工。

经过给厂里技术人员两个小时的讲课和参加厂总工程师主持的加工方案讨论会，川东造船厂根据我提出的加工方法建议，完善钢管劲性骨架加工方案，建立两条4+1钢管劲性骨架生产线，实现了加工完成的钢管劲性骨架桁段法兰螺孔的连接匹配误差不大于1毫米精度要求，满足了工地要求的加工进度。

钢管拱桥劲性骨（桁）架4+1（或3+1）啮合加工方法，成为同类桥梁钢管拱（劲性骨架）加工制造基本方法。

（二）解决劲性骨架运输、吊装技术难题

成品劲性骨架桁段为超宽超高特大件，由工厂到工地200余公里川江水路，航道险峻，浪高流急，确保装船、运输、起吊过程劲性骨架不发生碰撞变形，需要精心调查研究，制定万无一失的方案。我们邀请川东造船厂、长江航道段、万县港监局、川江航行经验丰富的船长，多次现场考察，讨论研究，制定稳妥可靠的运输吊装方案：

劲性骨架桁段加工好后，沿川东造船厂的船舶下水滑道运至长江边，用两台浮吊（30吨和40吨各一台）抬吊装船启运。

用两艘100吨钢质甲板运输驳船，工字钢连接成能承受川江航道急流风浪的双体刚性驳船，驳船的承托面上焊接16个鞍形托墩支承劲性骨架桁段，用抱箍、软垫固定劲性骨架弦管，将劲性骨架和驳船连为一体，确保劲性骨架桁段在运输过程中不产生微小变形。改制4艘双体驳船运输桁段，比需要多一艘，桥位江面每天有一艘载有起吊桁段的驳船，不再设置岸边的劲性骨架临时堆场，保证劲性骨架起吊安装进度要求。

聘请有经验的船长驾船，劲性骨架运输船在桥下航道狭窄，浪高流急的川江江面上用大马力拖轮稳舵定位，复合式缆索吊机直接从江面运输驳船上起吊劲性骨架桁段，起吊高度最高130米，空中运往两岸按设计次序安装。每节劲性骨架桁段起吊安装时，此段长江航道停航4小时（长江一级航道经批准允许的最长停航时间），每个劲性骨架节段均在4小时内安装完成。节约了原计划建在桥下，造价500万—800万元的劲性骨架桁段临时存放场。

劲性骨架采用半长线台座啮合制造及刚性双体驳船平稳运输，船上直接起吊方案获得圆满成功，全桥7552颗连接螺栓（包括桁架其他连接螺栓）除3颗扩孔外其余全部精确对中，顺利实现劲性骨架合龙。

劲性骨架安装过程，两台红外全站仪观测高程。两台T2经纬仪观测拱轴线，频谱分析仪测量扣（锚）索的索力，在劲性骨架的计算控制截面贴应变片测定各安装工况的实际应力，劲性骨架安装高程和拱轴线偏位通过张拉（放松）扣索索力大小调整。劲性骨架各节点的标高、轴线、扣锚索索力，骨架各部位应力与设计值吻合。

劲性骨架合龙时值隆冬，昼夜温差变化5℃—6℃，拱顶合龙间隙因温差变化近10厘米，合龙温度选定10℃，早上日出以前完成。用加工好的嵌填钢管和圆环形钢片将合龙间隙嵌填紧密，再安装管外“抱箍”，高强螺栓拼接完成合龙，此合龙方案由西南交通大学范教授提出，施工快捷简单，为同类桥梁合龙方案提供了样板。合龙时，上下游合龙作业面的作业时间出现10—20分钟误差（特大跨拱桥合龙时上下游要严格控制好精确同步），造成拱轴线偏向上游侧超出容许误差偏位，纠正措施是浇筑拱圈混凝土时，在偏位的另一侧将拱圈腹板加厚4厘米，拱圈混凝土浇筑完成后，拱圈高程误差小于2厘米，轴线偏位小于4厘米，满足设计要求。

（三）实现劲性骨架钢管混凝土压注及拱圈混凝土浇筑

仅混凝土输送泵一项，那时的国产混凝土输送泵性能，达不到混凝土压注高度超过100米的要求。经四川交通厅批准，我们到广州考察，请德国制造商在广州的销售代理公司人员到工地谈判，决定进口两台德国

万县长江大桥分环分段均衡加载浇筑混凝土拱圈

（SHWINGBP300型）混凝土输送泵（混凝土压注高度超过150米），包括全部由无缝钢管制作的混凝土输送管道，合同单价人民币250万元（价格不菲）。合同对交货日期、混凝土输送泵性能、混凝土输送无缝钢管质量，都有严格要求。外方不知是何原因，临近交货日期不能按时供货，我方依据合同规定多次发文催货和提起交涉，德方为履行合同，将两台混凝土输送泵空运至新加坡再转运到国内，混凝土输送钢管也同时运达工地。验收检查，发现混凝土输送钢管非无缝钢管而是管内有锈迹的有缝钢管，经过较复杂的索赔退货过程，卖方同意全部混凝土输送钢管退货并赔偿，索赔回近百万元人民币。经理部立即安排，在成都无缝钢管厂购回一批满足混凝土输送要求的无缝钢管，工地制作混凝土输送管道连接法兰盘并自行加工混凝土输送钢管，管道制作质量满足使用要求，节约进口成本近70万元。

劲性骨架钢管内的混凝土压注完成时，生产混凝土输送泵的德国施维茵（SHWING）公司代表，在广州代理商陪同下来到万县长江大桥工地。

德国人对他们的设备完成如此高难度的混凝土泵送很满意，我感谢他们提供的设备。德国人对在如此险峻的长江V形河谷建设世界第一大跨混凝土拱桥感到惊奇，佩服我国具有如此强大的设计施工技术能力。看着我们那时穿着还不太光鲜的蓝色工作服，谈话间问起了我们的工资收入，当得知我这个项目经理兼总工程师月收入五六千元人民币，感到不可思议，告诉我说，在他们国家担任这样重要的工程负责人，年薪应在100万—200万马克（当时马克和人民币汇率4：1左右），这天文数字把在场的我们都逗笑了，回答他说，我们国家现在不富裕，这样的收入在我们国家已经很好了。

因场地限制，拱圈钢管混凝土压注采用二级泵送：两岸混凝土拌和站出料口设置第一段输送泵（用国产70型混凝土输送泵），将混凝土向下送到主拱座，主拱座处设置第二级输送泵（德国SHWINGBP300型）压注钢管混凝土。在主拱座处另布置一台国产90型输送泵备用。第二级输送泵进料口设置一台自制带搅拌装置的混凝土储料罐（解决混凝土向下泵送时易离析松散的缺陷）向第二级输送泵供料，确保第二级输送泵不间断连续作业。

劲性骨架钢管混凝土压注顺序为：先中间后两边，先下弦后上弦，钢管拱脚设压注口，安装液压阀门；拱顶设隔板和排气（浆）管。每根钢管混凝土由拱脚至拱顶一次压注完成，南北岸同步、对称进行。压注混凝土前，在钢管拱脚处开孔，压水清除钢管内残渣和锈块后封闭。压注钢管混凝土时，先压注足够数量的水泥浆润滑钢管，当拱顶的排气（浆）管向外冒混凝土时关闭液压阀门。每根钢管约470米长，C60级混凝土约50立方米，正常情况下2小时完成一根钢管混凝土压注。

压注钢管混凝土前，沿5#交界墩垂直安装90米高的$\phi 402 \times 16$无缝钢管进行压注工艺试验，取得成功经验再用于实施。实践表明，混凝土压注成功的关键在于尽量减少水泥用量，防止混凝土出现假凝；砂率控制在38%—42%；第二级泵进料口处的混凝土坍落度控制在13—17厘米；设置混凝土二次搅拌系统保证第二级输送泵连续作业。

压注完成后，用超声波物探检测每根钢管拱脚、L/4、拱顶各5米长范围及压注过程中有疑问的部位，发现问题，钻孔焊接压浆管，压注水泥浆充填密实。

主拱圈混凝土浇筑施工。主拱圈为单箱三室截面，高7米，宽16米，中箱宽7.6米，顶底板厚0.4米，边腹板厚0.3米，拱圈上1#、6#立柱和拱顶横墙将主拱分为14孔，每孔跨径30.668米，拱上立柱与引桥墩截面尺寸相同，主拱圈由拱脚至1#（6#）立柱间为变厚段，顶底板厚0.8—0.4米，边腹板厚0.6—0.3米，两道中腹板厚度0.25米不变。主拱圈采用C60级混凝土泵送，拱上立柱采用C30级混凝土泵送。

在压注完成钢管混凝土的劲性骨架上立模浇筑拱圈混凝土成拱。5000多吨重的钢管混凝土承载近3万吨重的拱圈混凝土，必须均衡逐级，陆续加载浇筑完成。按拱圈混凝土浇筑成拱设计方案，由拱底开始，在拱上纵向分成8环，分环立模浇筑拱圈混凝土，逐环成拱，每浇筑完成一环混凝土拱圈，拱的刚度和承载力加大一级，逐环形成混凝土拱圈。拱圈纵向的每环在拱脚、拱顶及拱的1/4部位再分成6个工作面，对称、均衡加载浇筑每环拱圈混凝土，称“六工作面”法：将拱圈每环混凝土沿纵轴等分为6个工作面，每工作面底板混凝土分13个工作段，顶板混凝土分12个工作段，腹板分为6个工作段，各工作面要求对称、均衡浇筑，最多允许有一个工作段的快慢差别。主拱圈底板混凝土采用大块翻模施工，每工作面配三套大块钢模，每套模板由4块组成。每块模板长5.43米、宽2.5米（引桥墩翻模改制，多次拼装利用），用Φ28吊杆悬挂于劲性骨架下弦钢管上。为提高工效，每岸设置一套工作天线和吊篮，整体拆卸、移动、安装底模板。将已浇筑完成混凝土的中箱底板为工作平台，立模浇筑中箱腹板和顶板混凝土。主拱圈“六工作面”的每次浇筑施工荷载控制在400吨内。

主拱圈混凝土各个浇筑阶段，动态分析计算主拱圈挠度、劲性骨架内力及施工安全度，跟踪观测主拱圈各控制点高程和轴线偏位情况，对两岸劲性骨架的拱脚1/4、拱顶及计算控制杆件进行内力监测，印证设计值，确保主拱圈加载均衡。施工过程如发生主拱圈挠度异常变化，通过计算调整加载程序。

完成全部拱圈混凝土浇筑，需要在劲性骨架上立模154次，成拱过程全部施工作业在百米以上高空进行。由于拱圈顶底板和腹板厚度变化，拱圈混凝土浇筑的模板设计制作过程复杂，难度不小。

两年的探索攻关，万县长江大桥创造的“特大跨拱桥无平衡重六工作面浇筑混凝土拱圈施工工艺”，取得圆满成功。该工艺取消在拱架上立模现浇拱圈混凝土时需要分部压载或加水箱配重，从而消除拱圈产生不均衡应力的传统施工工艺，是万县长江大桥又一技术创新。

如此高难惊险的施工过程，桥下的长江一级航道昼夜正常通行几百艘包括5星级游轮的船舶，主桥施工过程没发生过重伤以上安全事故和第三方责任事故，实现了施工过程安全管理。

“安全是设计出来的，靠严格执行安全教育和管理制度完成。”仅拱上交通安全通道和防护网设计一项，就做到了直径1厘米以上的螺帽不会掉落桥下，施工全过程无重伤以上安全事故，是精心安全施工组织设计和严格执行安全管理制度、日常安全检查的成果。

主拱圈11034立方米C60高标号泵送混凝土，国内首次在万县长江大桥使用。四川路桥总公司牵头成立了“主拱圈C60泵送混凝土科技攻关小组”，1994年10月起，在全省范围内进行材料调查，选用省内各地粗骨料（碎石）、细骨料（沙）、水泥、减水剂、缓凝剂等，最远选到成都都江堰产的岷江卵石进行试配。历时一年多，通过500多组混凝土试配研制，数次进行90米高混凝土泵送实验，终于研制成功C60高标号混凝土，成功用于万县长江大桥拱圈混凝土泵送和浇筑，经验收综合评定，建成的万县长江大桥拱圈混凝土质量优良。

万县长江大桥研制的C60泵送混凝土，对粗骨料选材要求严格，总结试配过程经历多次不成功的重要原因是粗骨料不合格。万县地区多为砂岩和石灰岩，岩石强度多在50—70兆帕，难于配制C60泵送混凝土，几百公里外选择粗骨料成本太高，一时无法解决。万县市出生的我，突然想起小时捡石头玩的红砂碛河滩卵石特别硬，取样回来实验，强度竟达到120—400兆帕，令人喜出望外。在大桥南岸台地设置碎石场，自己轧制满足泵送的混凝土粗骨料，粒径、级配、针片状含量均满足要求，只有鄂式破碎机才能啃动这样的硬卵石，生产20立方米左右合格碎石就需换一次齿板。总结出配制高标号混凝土粗骨料要求：配制C50以上混凝土的粗骨料强度，须达到混凝土强度的2倍以上。经我提议，将这条要求写进了2000年版《交通部公路桥涵施工技术规范》。减水剂、缓凝剂、粉煤灰、水泥性能选择等，通过探索实验，也形成标准，应用于拱圈混凝土施工。

全桥两个交界墩、11个引桥墩、13个拱上立柱墩。因承受引道填土压力，引桥0号、1号、11号、12号、13号为实心墩，其余均为双肢柱薄壁空心墩。

每肢柱横桥向宽2.5米，顺桥向宽1.4米，向下1%双向放坡，壁厚0.25米，每5米高设20厘米厚横隔板一道。6号墩最高84.58米。引桥墩采用每段高2.5米的大块翻模，泵送混凝土施工，横隔板预制安装。每墩拼装万能杆件井架一个，井架最高100米，安装2副2吨扒杆承担模板安拆和材料垂直运输。井架内设吊笼供人员上下交通，混凝土输送泵管道沿井架布设，岸坡陡峭，每岸设两条倾斜缆索吊机承担材料水平运输。

两肢墩柱同时对称浇筑施工，每两天升高2.5米，每浇筑5米高，拆除内模后安装预制横隔板，横隔板钢筋与墩壁主筋连接为整体，横隔板采用预制安装，成功解决了空心薄壁高墩连续施工立模难题。

桥台上的4号、5号墩是主、引桥交界双肢墩柱，也叫交界墩。每肢墩柱平面尺寸顺桥向5米，顺河向3.5米，高84.1米，壁厚40厘米，墩高每10米设30厘米厚横隔板一道。墩顶盖梁厚1.5米，平面尺寸6.6 × 24米。交界墩采用每次浇筑5米高的大块翻模、泵送混凝土施工，横隔板仍采用预制。

依靠工人娴熟的操作技术，每两三天墩身升高5米，墩柱顶部预埋铁件，焊接托架浇筑盖梁混凝土（引桥盖梁施工方法相同），70天完成全部交界墩施工，保证了全桥工期。已成墩柱外形美观，垂直度误差≤1厘米，混凝土质量良好。

工期紧迫，1997年7月1日香港回归前必须建成万县长江大桥。按引桥和交界墩盖梁预埋托架立模现浇的施工方法浇筑拱上立柱的盖梁，工期将被拖延，无法保证如期建成大桥。通过论证，设计同意将130吨重的拱上盖梁挖空预制，重量控制在80吨内，满足缆索吊机最大起吊重量要求。起吊时顺桥起吊盖梁，空中旋转90度，横向纵移运至拱上墩柱安装，再浇筑挖空部分的混凝土，13根拱上盖梁13天吊装完成。

万县长江大桥建成，为减小空气污染对混凝土外表的侵蚀，决定全桥外表涂装混凝土防腐蚀涂料。万县长江大桥是我家乡第一座跨长江的大桥，是万县人民的百年梦想。经过反复比选，报请万县市政府同意，选择了当时质量最好、造价最高的珍珠灰混凝土防腐涂料，这种涂料是普通混凝土防腐涂料耐老化年限的三倍，全桥增加造价70万元，这是四川路桥全体建桥员工对万州人民的无声奉献。大桥成为一道浅天蓝色的长虹横锁川江，在朝阳和落日余晖下熠熠生辉，成为三峡库区新地标，万县市新增的一道靓丽风景。

1997年5月19日，万县长江大桥通过静动载试验和交工验收，工程质量评定为优良。

1997年5月28日，10万人拥上建成的万县长江大桥，隆重举行通车典礼。万县长江大桥工程质量优良，安全营运至今，20多年过去了，桥面钢纤维混凝土至今完好。

万县长江大桥设计和主要分项工程施工技术，是特大跨混凝土拱桥在同类地形条件下首次应用，艰难的技术创新，成为同类桥梁设计和施工

三峡库区蓄水前的万县长江大桥

1997年于万县长江大桥下接受采访

可供借鉴的样板，具有里程碑意义。

万县长江大桥以优良的工程质量，提前建成，其中凝聚了我国赶超世界桥梁建设先进水平的集体智慧以及艰苦创业的团队精神；四川交通厅正确决策；地方政府全力支持；设计、施工全体建桥员工团结合作，努力拼搏；高校知识精英积极参加、精心指导。它是我国成为世界桥梁大国，走向世界桥梁强国展现的重要工程实例。

攻克万县长江大桥全部技术难关，如期优质、安全建成大桥，离不开高效的管理团队，肖代庆大爷、黄昭成、康中华、邓明全等从事公路桥梁建设多年，是实践经验丰富的老技师，是万县长江大桥攻克技术难关，优质安全、圆满建成的核心力量。

万县长江大桥成立主桥技术攻关组：劲性骨架吊装、拱圈混凝土浇筑、C60高标号泵送混凝土研制和泵送、引桥混凝土T梁预制和安装。四个攻关技术组的负责人分别是万中荃、杨如刚、周勇、李秀彬，他们都是出学校不久的年轻人。从工程项目开始到实施结束再到技术总结编写完成，除了工地例行值班，没有变更过工作岗位。这有助于他们专注工作，通过工程实践学习成长，是培养人才成为业内专家的重要措施。

万县长江大桥工程项目管理老中青结合，以青年人为主、配合默契的管理团队，齐心协力，艰苦努力，学习创新，具有高效执行力。

徐基伟，万县长江大桥1997年通车时35岁，中共党员，四川公路技工学校机械专业毕业，1986年开始参加犍为岷江大桥施工，经过犍为岷江大桥、郧阳汉江大桥8年磨炼，在万县长江大桥工程中任工程处处长（实际承担常务副经理和副总工程师工作），在完成职务工作同时，刻苦自学，取得路桥专业工程硕士学位，是“万县长江大桥特大跨（420米）钢筋混凝土拱桥设计施工技术研究”2001年国家科技进步一等奖团队成员。

万县长江大桥完成后他又参加宜昌长江大桥（主跨960米钢箱梁悬索桥）施工，任下部工程B标项目常务副总工程师、上部工程B标总工程师；接着主持巴东长江大桥（主跨360米斜拉桥）A标施工，任项目经理，建成后任四川路桥总工办主任，现任成都路桥（上市公司）总工程师。

肖大爷是我国老一代起重大师傅，参加过川藏公路建设，我们从1983年成都色织染整厂混凝土预制车间吊装工程开始合作，经历民主也门公路水毁修复，犍为岷江大桥、郧阳汉江大桥修建，1994年万县长江大桥开工，肖大爷已65岁了。

万县长江大桥建设工地地形陡峭，施工条件异常艰苦。桥台和基础工程施工，没有路，每天要从几十米高、近乎垂直的危岩攀爬，上下来回近一个小时上下班，那时没有垂直电梯可用，建好扣管脚手架后从爬梯上下岩壁，施工条件才稍有改善。拱上作业，不到300米距离爬升近90米高，每天不止一次上下往返，辛苦可想而知。

工地上，老起重工长肖大爷是培养年青一代起重工的师爷；负责工地安全管理，他面面俱到，每天在工地上下操劳，发现和排除存在的安全隐患，是工地安全的保护神；工程重大吊装方案决策，肖大爷提供了不可多得的实践经验；有时两岸经理部发生调度上的矛盾或班组之间发生工作矛盾，肖大爷出面没有协调解决不了的问题，肖大爷在工地有很高声望，成为工地上事实的总协调。我和肖大爷长期共事，相互信任、配合默契，建立了深厚感情。1995年4月，肖大爷突然生病回成都住院，从住院到去世仅21天，那时我正在海拔4000米的川西地区出差，连夜赶回成都，在肖大爷灵前磕三个响头，深切悼念。经研究，单位在法规允许范围内给其家属发放了最高补贴。

杨如刚，1992年毕业于重庆交通学院桥隧专业。1994年到万县长江大桥工地时女儿刚出生18天。

万县长江大桥在钢管混凝土劲性骨架上立模现浇拱圈混凝土，采用的“六工作面”浇筑法是施工技术创新。缺乏资料和工程实例，100米高空现浇，施工措施复杂难度大，是万县长江大桥主要施工技术难关之一。

杨如刚到工地后，经过三个月工作实践，承担拱圈混凝土现浇施工组织设计并负责施工管理，这对从学校毕业两年的大学生来说难度不小。杨如刚从收集资料开始学习，反复请教老一辈技术人员和老工人，弄清设计意图和“六工作面”浇筑混凝土工作法的基本要求，一次又一次构思施工方案。绘制浇筑拱圈混凝土模板图纸和编写施工组织设计文件。完成施组设计需要绘制100多张施工设计图纸（那时没有绘图软件，须在绘图板上手工绘制图纸）。除了上工地值班，每经历一次专家评审会，都要修改完善施工方案，重新绘制施工设计图纸。这也给杨如刚提供了不可多得的钻研学习机会。一次、两次、三次……每一次专家评审会建议的方案修改，杨如刚都要重新学习，根据专家意见找到解决工艺和安全等问题的办法，动脑筋优化施工工艺。实践出真知，历时一年多，一遍又一遍完善，通过11次修改，绘制的图纸前后上千张，终于完成拱圈混凝土浇筑施工组织设计；指导两岸分经理部进行钢模板加工和安装施工，完成拱圈混凝土浇筑；撰写完成拱圈混凝土浇筑科研课题报告。经工程实践的严格锻炼和自身努力，万县长江大桥建成通车时，杨如刚成长为学有专长的桥梁专家、工程处副处长，是“万县长江大桥特大跨（420米）钢筋混凝土拱桥设计施工技术研究”2001年国家科技进步一等奖团队成员。

大桥刚通车，杨如刚被派往浙江温州洞头岛，负责我国第一条连岛公路工程，四川路桥中标承建的洞头跨海大桥施工，任项目经理。四川路桥第一次到海上承担跨海大桥施工，夏季烈日、秋季台风，冬期朔风呼啸、寒冷彻骨。初到海岛，川人水土不服，天天面对腥味浓烈的海洋食品，几天以后便觉饭菜难以下咽，一半员工生病。

此项目我们是以最低标价中标，桩基长100米以上，设备、资金奇缺，月收入比省内还少，不少人不经批准脱离工地跑回四川，工地要人无人要钱无钱，工程进度迟缓，被业主多次通报批评。要命的是第二根冲击钻孔桩在水下68米（离桩底还有30多米）的泥层中发生钻头落入孔内事故，处理困难。一时束手无策的项目经理杨如刚半夜哭着给我电话：“宁肯回四川坐两年牢，也不愿在工地待一天。”事前没有预见到海上施工如此困难，我告诉如刚："你肩负着四川路桥开发沿海市场的重任，必须挺住，想法克服困难完成工程任务。"我提上十多斤四川豆瓣和泡菜赶到工地，安抚军心和调集资金人员。如刚定下心来，想法找到有处理深水工程事故经验的潜水工，把钻头打捞出孔，工程进入正常施工。如刚咬紧牙关，以身作则，运用和发挥建设万县长江大桥的经验，圆满完成工程任务，通过艰苦的索赔谈判，保住了工程不亏损。深门和洞头跨海大桥以优良的工程质量如期建成。

凭借"川军"吃苦耐劳的品质、过硬的施工技术、合理的价格和优良工程质量，杨如刚带领的四川路桥团队，在浙江公路市场建立了良好声誉和广泛人脉，逐渐打开局面。从1997年进入浙江公路建设市场至今，业务规模越做越大，创建四川路桥华东工程公司，杨如刚出任首任总经理、董事长，拿下主跨1650米的西堠门跨海悬索桥下部和上部施工项目，经过三年多拼搏，以优良的工程质量建成通车。后又取得主跨1100米位于北极圈内挪威哈罗格兰德悬索桥上部施工标，任项目经理，优质圆满建成，在发达国家赢得良好国际声誉，业绩突出。38岁

交通部副总工王钰（左）视察舟山西堠门大桥（前右为杨如刚）

交通部领导胡希捷（前左二）视察舟山西堠门大桥

被评为当时四川最年轻的教授级高级工程师，以后出任四川路桥总经理，现任蜀道集团副总经理。

万中荃，1992年长沙理工大学本科毕业后被分配到四川省公路局，再到四川路桥总公司，毕业不到两年便到万县长江大桥指挥部工作，负责劲性骨架和拱上建筑吊装施工组织设计并指导施工。

将学校学到的知识运用到工程实践，承担特大跨桥梁关键分项工程施组设计，有不小的难度，万中荃接到任务，一时不知如何着手。我亲自给万中荃指导施组设计编制流程，将自己使用的《缆索吊装设计手册》和有工程计算实例的《缆索吊装拱桥施工技术总结》两本书借给万中荃参考。一年多年时间里，万中荃自己刻苦学习，经常请教西南交通大学范教授和设计负责人，前后8次根据专家评审会意见修改完善主拱劲性骨架吊装和拱上建筑吊装施工组织设计，每次绘制图纸70张以上，前后绘制和修改施工设计图800多张，终于完成具有独立知识产权的复合式缆索吊机设计。

130多米高的复合式缆索吊机因地形条件限制，只用压塔索不设横向缆风索稳定，是关系缆索吊机运行安全的重大安全决策。第一次进行悬拼36节段的特大型吊装，心中无底，通过一次又一次反复论证、验算成拱过程每一工况的裸拱稳定，再请设计和第三方复核，完善每个施工环节的作业细节，复合式缆索吊机安装劲性骨架和拱上建筑施工获得圆满成功，为以后的同类桥梁施工提供了可供借鉴的样板。万中荃负责指导劲性骨架安装和拱上建筑施工完成，撰写国家科技进步奖申报书中劲性骨架安装和拱上建筑施工相关内容，成为具有丰富施工设计和施工管理经验的桥梁专家，是“万县长江大桥特大跨（420米）钢筋混凝土拱桥设计施工技术研究”获得2001年国家科技进步一等奖团队成员。项目完成后，万中荃告诉我，他不归还借给他的参考书了，他要永远保存。

万县长江大桥建成后，万中荃先后任多项新建高速公路建设指挥部（项目公司）工程处长、副指挥长（副总经理），经历多条高速公路项目建设和管理公司历练，现任四川成南高速公路管理公司经理、教授级高级工程师。

周勇，大学毕业就到万县长江大桥指挥部工作，任实验室主任，负责60号高性能混凝土配合比设计及泵送施工技术试验研究。历尽艰辛，混凝土试件堆成一座小山，在万县市的红砂碛河滩上找到强度超过120兆帕（每立方厘米试件承压1200公斤以上）的大卵石，现场机械轧制满足制作C60混凝土级配要求的合格粗骨料，和四川交通设计院密切配合，多次泵送试验获得成功，圆满完成60号混凝土配制和劲性骨架钢管混凝土压注，完成拱圈混凝土泵送浇筑施工。20多年过去了，通过自身努力，周勇现在是四川路桥集团副总经理、董事会秘书，蜀道集团数字交通科技股份有限公司董事长，教授级高级工程师。

经过万县长江大桥建设的锻炼磨砺，通过自身努力，成为四川交通建设技术骨干的还有：

马青云，时为川交一处第二工程队队长、北岸项目经理，经过多年管理和领导岗位磨炼，现在任四川路桥股份公司监事会主席；

蔡乐军，时为北岸项目副经理，现任蜀道集团峨汉高速公司（新建项目）董事长；

张启国，时为经理部机料处工作人员，现任蜀道集团中航物资公司董事长；

邓亨长，时为南岸项目经理部工作人员，四川路桥华东公司总工程师，教授级高级工程师；

汪碧云，时为北岸项目部技术人员，现为四川路桥川交公司总工程师，教授级高级工程师；

何利，时为四川路桥检测公司董事长，教授级高级工程师。

当年万县长江大桥的青年技术人员，多成为业内各岗位领导或技术权威、四川公路交通建设核心力量。大家多次聚会回顾建桥友谊，亲切称参加万县长江大桥建设的日子为“万（县）大（学）”。

特大桥梁工程项目，是综合性系统工程，仅靠现场施工管理团队执行日常项目和工程技术管理，难以圆满建成大桥。调动一切资源，依靠有利于大桥建设的外部力量，解决现场技术人员科技知识和计算理论的不足，是建成万县长江大桥的软实力。

1994年至1997年，在万县长江大桥设计施工过程中，四川路桥总公司

（万县长江大桥经理部执行）与四川大学、西南交通大学、重庆交通学院等协同开展科学技术研究，共同攻关交通部“九五”重点科研课题7项，分别为C60高强度混凝土试验研究、粉煤灰高强混凝土试验研究、包裹钢管混凝土短柱模型试验、包裹钢管混凝土短柱（足尺）试验、钢管混凝土（不同焊接情况）力学试验、变截面薄壁直杆压弯及扭转稳定性研究、劲性骨架腹杆（足尺）承载能力试验研究，取得实用性成果用于施工实际，是建成万县长江大桥的科学技术基础。

没有设计和施工紧密配合，团结协作共同攻克技术难关，万县长江大桥建设工程很难获得圆满成功，这得益于四川公路规划勘测设计研究院（以下简称四川公路院）总工程师谢邦珠统筹安排管理，年近60岁的万县长江大桥设计负责人兼总监理工程师、共产党员杨稚华也功不可没。

20世纪50年代初，杨稚华在四川公路院开始了公路桥梁设计生涯，长期的桥梁工程设计实践，使其积累了丰富的设计经验。安排他担任设计负责人，承担万县长江大桥设计试验研究，这可不是一蹴而就的事，历程艰辛。1994年万县长江大桥开工时，杨稚华和他的设计团队十年磨一剑，终于完成万县长江大桥主跨420米混凝土拱桥施工图设计，投入开工建设。

万县长江大桥施工三年多时间里，杨稚华长期驻守工地，带领设计和监理团队，与施工单位紧密配合，和大家一样在工地上摸爬滚打，把好每一道关键工序设计和工程质量关。他善于倾听施工单位和其他专家建议，与其共同研究反复修改完善设计；一丝不苟，坚持原则、严格要求，他是万县长江大桥圆满建成的设计和监理保证。

关于劲性骨架按36+1节段加工运输的方案，在一次专家评审会上，施工单位提出整体起吊安装的修改建议。设计采纳，通过共同研究，很快完成施工设计图，使复杂的劲性骨架空中悬拼成拱工艺，实施过程简单安全，每天4小时安装一段，40天全部安装完成；西南交通大学范教授提出劲性骨架合龙方案采用嵌填管外包高强螺栓抱箍，设计团队欣然采纳，此方案简便可行，成为同类桥梁可供借鉴的样板；引桥和主拱拱上混凝土现浇高墩，最高超过84米，设计接受施工建议将空心墩内现浇钢筋混凝土横隔板改为钢筋混凝土预制安装，高墩翻模施工工艺得以实施，工程质量得到保证，圆满解决薄壁高墩施工作业难题；工期紧迫，拱上立柱24米长、130吨重混凝土盖梁，如采用原方案现浇施工，工期至少推迟两个月，无法实现1997年香港回归前建成万县长江大桥的工期要求。设计接受施工单位在岸上挖空预制13片混凝土盖梁（重量控制在缆索吊机容许吊重80吨以内）起吊后空中转体90度，空中运至墩上安装，再浇筑其余混凝土的修改方案建议，13天完成13个拱上预制混凝土盖梁安装，万县长江大桥得以在1997年5月28日建成通车，给同类桥梁拱上盖梁施工提供了又一个可供借鉴的优化施工案例。

杨稚华不计个人得失，主动承揽应由施工单位完成的复合式缆索吊机扣锚系统设计复核验算，不因为这是临时结构，应由施工单位完成而推诿，体现了其高度的责任心。大桥建成后，在荣誉面前，杨稚华不斤斤计较，人品令人感动。

知识就是力量。和高校结合，引进高校技术力量加入技术攻关团队，是圆满建成大桥不可缺少的环节。万县长江大桥开工后聘西南交通大学范教授带领的团队为技术顾问，范教授是钢结构专家，有丰富的结构计算理论、钢结构构造知识和加工经验。范教授带领的团队，为万县长江大桥钢管劲性骨架制作、安装及质量检测，提出一系列重要建议，承担劲性骨架安装施工过程监控。万县长江大桥以优良工程质量圆满建成，范教授带领的顾问咨询团队，起了重要作用。（同时，我们和重庆交通大学也有合作）

出于对特大跨桥梁建设工程的共同热爱，共同探讨解决特大跨桥梁关键技术问题，我和范教授的个人友谊从郧阳汉江大桥开始，持续至今已30年以上。

万县长江大桥圆满建成有以下几个经验分享：

（一）项目管理创新、地方政府支持

施工组织管理是工程管理的核心。建立内部竞争机制，是工程管理的创新，也是如期优质安全完成工程项目的保证。20世纪90年代，人们还没完全从思想禁锢中解放出来，建立工程项目内部竞争机制谈何容易？推行奖励竞争机制，弄不好就会被扣上各种帽子。那时的具体做法是，将承担万县长江大桥施工的第二工程处分为南北两个分经理部，以江心为界各承担一半桥梁施工任务，分经理部实行项目承包独立核算。两岸工程展开以工程质量、安全、进度、文明为核心的考核内容，指挥部负责统筹安排，组织技术攻关、组织全桥机料供应和对外协调。这种全新的管理模式，经过磨合协调，全桥形成团结、和谐、奋进，工程顺利突破所有技术难关，按计划进展的良性局面。员工收入大幅提高，工程安全、质量、进度得到保证。

（二）变更索赔是实施现代工程项目的主要工作内容之一

万县长江大桥是高难工程，四川省交通厅指定施工单位没经过招投标。那时国内路桥建设工程项目处于计划经济开始向市场经济转型期，交通厅成立四川重点建设指挥部担任业主，严格按审批的预算执行，实行市场模式管理。工程造价不高，技术创新如期优质完成，只能保本不亏，没有利润。企业生存得靠发展，郧阳汉江大桥的低价中标靠变更索赔获得利润的经验，要获得利润必须抓好变更索赔。我负责成立的变更索赔班子，有熟悉预算和内业的胡建军、财务部门负责人王兴亚、机料内业人员等。劲性骨架还没合龙，变更索赔报告（当时称追加预算报告）多次送达重点工程指挥部，我多次出面向主管厅长报告工程亏损的情况，和重点指挥部主管副指挥长密切交流协调，安排相关人员对口协调。经过大半年申请申报，终于获得追加1100万元打包补贴的批文，万县长江大桥圆满完成的同时，获得较好利润。

（三）依靠上级支持和协调好地方关系

通过郧阳汉江大桥建设，我积累了和地方各级部门及业主打交道的经验，搞好地方和业主关系，得到他们全力支持，共同努力、协作配合，是圆满建成大桥的基本保证。

依靠万县市委、市政府和当地交通局以及各级政府机构，搞好与当地各方面的关系至关重要。这不仅要尊重领导，更要以良好的工程业绩取得各级领导和业主的信任。“用业绩说话，尊重他人。”万县市委秘书长李健、副市长杨永顺、交通局长左吉祥都是大桥建设指挥部副指挥长，我定期和不定期请他们来工地检查工作，工地的每一个进展和困难都向他们如实汇报，和他们建立良好的关系，得到他们的全力支持。

杨如刚到万县桥工地时正值夏天，接连几天腹泻无法进食，到市医院看病，按医嘱办理就医登记。医生看到他填写的单位职务时，问道：“你是万县长江大桥工程师？”杨点点头。“看不出来，你年纪轻轻就这么能干，万县长江大桥是造福万县的民心工程啊，我们都盼大桥早日建成！”交流中得知医生毕业于重庆医科大学，和杨如刚同届毕业。医生说：“我们万县人早就盼你们来建长江大桥！现在我们由南岸五桥进城到北岸市里要大半天时间，等你们建成大桥，以后个把小时就可由五桥进城到市区。”医生不经意的话让杨如刚感到心里一震，原来自己背负着这么重的责任。万县人民迫切想要改善长江南北岸交通的愿望和地方政府对大桥建设的全力支持，是万县长江大桥建成的外部助力，加强了我们安全优质建成万县长江大桥的责任感。

进场初期，南岸开挖岸坡引桥墩基坑放炮，当地安监局工作人员当时可能还不知道什么叫国家重点工程，把我们当作农民基建队伍，天天跑到工地找些莫名其妙的理由没收工具，禁止动工，多次交涉无果。后通过市政府协调，下达正式文件，再也没有地方部门敢直接到工地干扰施工了。特大桥建设工地的产业工人，干活第一流，维护自己生产建设的权利也是一流的。

作者母亲（1995年摄）

离家30多年，回家乡主持建设万县市第一座长江大桥，责任重、压力大，生怕出差错对不起家乡父老。终于，万县长江大桥以优良的工程质量、无重大安全事故圆满建成。

此时最大心愿是好好孝敬母亲，让母亲安享晚年。一天，我陪母亲到百货公司买秋衣，营业员问买什么，母亲大声对营业员说："把你们最好的拿出来。"逗得满场大笑。居委会和街坊邻居想到大桥工地参观，我安排车接送，食堂准备四桌饭菜热情接待，母亲乐不可支。母亲身体尚健，我接她到成都居住，先到重庆舅舅家住些时日，兄妹相会，浏览山城风光。我又专程到广东中山接姑妈到成都和母亲同住。半年后二老久住不惯，再送二老回万县，姑妈在万县住一段时间后再送其回中山。母亲1996年秋天无疾而终，享年78岁。百善孝为先，以上对母亲的些微孝敬，不及母亲恩情的万分之一，每每想起母亲，不禁热泪沾襟。

郧阳汉江大桥和万县长江大桥建设的七年时间，靠四川路桥的团队力量，在市场经济打拼中立绝境而后生，赢得市场信任和认可，在国内市场小有名气。

我是个技术人员，深深热爱桥梁建筑事业，万县长江大桥建成时我55岁了，身体良好，心里想的就是建桥。此时我是四川路桥总公司副总裁兼总工程师，主管全公司技术管理和省外经营，一门心思多拿多建特大桥。

建设万县长江大桥期间，经常乘车往返成都、万州两地，和时在中交第二航务工程局有限公司（以下简称二航局）二公司任副经理的同班同学张明全联系上，分外亲热，由此和二航局二公司经理罗定侯也建立了良好私人和企业间的合作关系。那时，二航局刚由承建港口码头转型到同时开拓大型公路桥梁业务。我们合作的第一个项目是温州瓯江二桥，此为沿海特大桥梁工程，主桥为主跨270米的双塔斜拉桥。二航局此时无特大跨斜拉桥上部工程施工业绩，凭借央企优势和四川路桥斜拉桥施工业绩，投标时承诺合作承建得以中标。中标后四川路桥派出一支桥梁施工队劳务承担一座索塔上部施工，四川路桥得以第一次借船出海到沿海施工特大桥梁，和二航局二公司的关系也更密切。接着又合作中国第一条海上连岛工程，联合投标拿下主跨160米混凝土拱桥深门大桥（深门岛到洞头岛跨海大桥）施工项目。二航局二公司负责在龙湾预制场预制拱箱，四川路桥负责拱箱吊装。历经艰险，克服台风和海上施工水土不服、人财物均缺乏的困难，温州瓯江二桥和跨海深门大桥项目圆满建成。四川路桥开始在温州市场建立声誉，独立拿下洞头跨海大桥多跨连续梁桥施工标。杨如刚完成万县长江大桥后担任该项目经理，开始长期扎根浙江市场，20多年来，四川路桥组建华东工程有限公司，拓展越来越多的沿海公路工程项目业务。

1997年底，二航局二公司经理罗定侯转发来传真，传达了主跨960米悬索桥宜昌长江大桥的招标信息。那时二航局还没有特大跨悬索桥施工业绩，无法参与投标，所以把这个消息告诉我们。

当时在长江中下游承建长江大桥的施工企业有铁道部大桥局、二航局和中交第二公路工程局有限公司（以下简称二公局）。省级企业只有HN路桥承建过安徽铜陵长江大桥，现在正在承建南京长江二桥。这几家单位是参加宜昌长江大桥施工投标的主力。四川路桥虽无承建长江中下游大桥的业绩，但有万县长江大桥和巫山长江大桥以及郧阳汉江大桥的业绩，决心凭借承建郧阳汉江大桥在湖北特大桥梁市场积累的人气，放手一搏。

科学技术是第一生产力。特大桥工程施工项目投标，是技术实力和综合实力的竞争，施工企业的业绩、市场信誉、业主对施工企业的了解，投标技术方案和工程报价优先，是特大桥梁施工投标成功的重要因素。

我们的标书无可挑剔，报价合理，加上在湖北市场良好的信誉和业绩，一举拿下宜昌长江大桥B标：南岸地锚和索塔施工标。HN路桥拿下宜昌长江大桥A标：北岸地锚和索塔施工标。

四川路桥第一次拿下长江中下游特大悬索桥和钢箱主梁施工业绩，填补了四川路桥业绩中这两项空白，提升了开拓省外市场的实力和业绩。HN路桥也填补了特大悬索桥和钢箱梁施工业绩。

四川路桥第一次在长江中游承担主跨960米钢箱梁悬索桥施工任务，该桥设计施工全部由中国人自己完成，所有材料及施工设备全部使用国产，这在国内是首次。

为了这次标，我们充分运用了郧阳汉江大桥的业绩和信誉，投标时承诺项目经理和总工程师均由我担任。此时我要承担全集团的工程技术、科研管理和省外市场开发，大桥的日常施工管理和技术管理设常务副经理和常务副总工程师执行。投标书确定本项目若中标，由桥梁公司第四工程处（队）为主承担施工任务。为更好调动人员和设备投入本项目，我请示四元后确定冯强林任常务副经理，徐基伟任常务副总工。自宜昌长江大桥开始，投标时为保证投标文件中项目经理和总工程师业绩优秀便于中标，我同时兼任多个投标的项目经理和总工程师，最多时达7个项目。尽管中标后我不能在现场常驻管理项目，但这些项目的经理和总工责任我都得承担。

如何管好这些工程项目，作为多个项目经理兼总工程师，我的主要工作就是作好决策（国家现已不容许一人同时兼任多个项目经理或总工程师），“长大桥梁施工管理及关键技术决策”，是我从万县长江大桥开始研究和总结的课题。施工关键技术、安全管理技术、人事、财务、法律、机料、重大设备采购和使用、环保和对外关系，等等，每个工程项目的实施，作为多个项目经理和总工程师的主要职责首先是逐一完成以上一揽子决策。重要的是特大桥工程项目的关键施工技术决策（集团公司现在已有整套完善的工程项目各项管理制度，但仍然要做好关键施工技术决策）。

四川路桥之前未承担过特大跨悬索桥施工，首先要解决猫道和主缆紧缆及主缆缠丝设备，全新购置要近2000万元，对于财力还有限的四川路桥总公司，这可是不小的开支，是四川路桥承建宜昌长江大桥面临的大难题。经过多方调查了解，国内只有广东长大公司当年承建虎门大桥时有猫道和紧缆、缠丝设备（跨度888米，和宜昌长江大桥相近），正好该公司暂无类似后续工程，该设备处于闲置，我们决定前往租赁。

四川路桥和广东长大公司都是省级知名企业，在长大桥梁施工方面存在竞争关系，要将广东长大公司的设备租赁到宜昌长江大桥使用，难度较大。

关系也是生产力。这是项目经理在解决工地重大问题时首先考虑的途径之一。在没有其他办法租到广东长大公司的猫道等设备时，我想到了这条途径。

我和广东长大公司副总工程师王宝君有较好私交，但王宝君不能拍板出租这些重大设备给我们，尽管当时这些设备处在闲置状态。请教铁哥们儿——西南交通大学范教授，他告诉我，他和广东长大公司总工程师林总有很好的交情。顺着这个渠道，我和范教授到广州长大公司登门拜访林总工程师和王宝君副总工程师。经过几天交流沟通，广东长大公司同意将猫道和紧缆、缠丝系统设备全套租给我们，条件是由他们派人指导操作，我们不能随意改制。这条件不算苛刻。真是“踏破铁鞋无觅处，得来要肯花功夫”，和广东长大公司圆满签订关键设备租赁合同，宜昌长江大桥上部施工核心设备圆满解决。

郧阳汉江大桥顺利建成，四川路桥在湖北特大桥梁建设市场建立了良好的信誉，这是中标宜昌长江大桥施工标的重要原因。但业主指挥部通过建桥过程了解到，四川路桥建桥技术过硬却缺乏大型桥梁施工设备。业主指挥长大会小会经常拿四川路桥缺少设备说事，多次要求我们加大设备投入，索塔桩基施工方案还未制定就强行要我公司立即进场6套大型冲击钻孔桩设备。为了转变业主对四川路桥缺少施工设备的看法，我严令桥梁公司机料处24小时内从成都调6台2.5米直径大型冲击钻孔设备运到施工现场，用于索塔桩基施工（后因岩层完整无渗水，索塔基础改为人工挖孔桩施工，设备基本未投入使用），展示四川路桥设备实力。

经过几座大桥的培养锻炼，年轻一代崭露头角。常务副经理冯强林和常务副总工程师徐基伟带领员工进场就立即进驻南岸工地刚建好的工棚——令人记忆犹新的是，工棚地面还是刚回填的湿土，寝室内烧了两三个铁皮炭炉将地面烤干，就在这样的居住环境里我们将工程引入正轨，按部就班投入施工。

南岸地锚89米深基坑开挖，是下部施工控制工程之一。最难的是基底以上15米页岩层要求垂直开挖，锚碇钢筋混凝土直接嵌入岩层确保稳定。这可是以前的特大桥施工中从未遇见的施工难题。

徐基伟主持，带领小伙子们完成索塔翻模施工组织设计。冯强林四处咨询超深基坑垂直开挖施工方法。功夫不负有心人，他在三峡电站工地找到武警爆破研究所专家，他们先用地质雷达探测基坑周边50米以内的页岩层和基坑底部岩层均完整无裂隙，然后决定基坑底部15米以上采用大型挖掘机小边坡开挖，多辆20吨翻斗车出渣。基坑顺利开挖到基底以上15米时捡平基地，采用专用钻机四周垂直钻直径15厘米的深孔，孔位和孔深均按事先精心设计计算，制定毫秒爆破的施工方案。经过多天钻孔埋置炸药及毫秒爆破专用起爆雷管后，几百上千公斤、总共数吨炸药按毫秒差别同时起爆。爆渣清理完成后，一个四周按设计尺寸，深度15米的锚碇基坑，刀切一样出现在眼前。89米深的南岸锚碇基坑圆满开挖完成。

悬索桥下部构造的关键工程技术获得突破，小伙子们信心百倍，顺利进入索塔施工，高塔施工此时在国内已是成熟技术，四川路桥已有犍为岷江大桥和郧阳汉江大桥的高塔施工经验，施工人员都参加过这两座桥施工，做起来驾轻就熟。

HN路桥和四川路桥此时都没有主跨900米以上悬索桥上部构造施工业绩，业主指挥部明确宣布上部构造工程施工要重新招标。我们虽占主场施工优势，此时的HN路桥和四川路桥都急需这个业绩填补空白，想尽一切办法也要拿到上部构造施工标。

宜昌长江大桥架设好猫道

竞争对手大桥局、二公局都有特大跨悬索桥上部施工业绩，而且国内此时还没有两个施工队伍共同完成一座特大跨悬索桥上部构造施工的先例。HN路桥和四川路桥中标难度要比攻克特大跨悬索桥上部施工技术难度大。

投标时，我们和HN路桥是竞争对手，两家都想拿到宜昌长江大桥上部施工标，最好是以跨中分界，各做一半上部构造。HN路桥决策层的想法和四川路桥领导的想法一样。经过四川路桥领导班子集体研究，我和时任四川路桥办公室主任的曾继刚到南京长江二桥的HN路桥工地。事先已经在电话上联系好，第二天早上去找HN路桥总经理，也是南京长江二桥HN项目和宜昌长江大桥HN项目经理陈总会谈。

陈总当时是HN路桥总经理，HN路桥从广东九江160米独塔斜拉桥自己制作斜拉索开始，陈总主持主跨432米斜拉桥铜陵长江大桥施工出名（我们因承建郧阳汉江大桥没有精力参加铜陵长江大桥建设），完成后接着承建南京长江二桥。四川路桥此时在国内主要是湖北特大桥市场有不小名气，技术实力强，经济实力和HN路桥比还有差距。陈总带领的HN路桥此时在国内名气不小，为承建南京长江二桥，投资8000万购置水上施工设备，公司有专业的文工团和男女篮球队，资金充足。约好第二天上午我们在陈总住的宾馆见面，我们早上9点左右去宾馆。

在宾馆大厅，落座寒暄后我先发言：HN路桥是我们路桥行业省一级企业老大，我们四川路桥是老二，今天我们代表四川路桥来向老大哥学习来了。陈总十分高兴我们尊HN路桥为大哥，谈话越来越投机，谈到双方合作共同拿下宜昌长江大桥上部构造施工标的事，这对双方都是填补施工业绩空缺的大事，决定联合起来说服业主同意两个单位共同施工同一座特大跨悬索桥上部施工标。会谈达成协议，无论我们两家中的哪一家中标宜

建成的宜昌长江大桥

昌长江大桥上部施工，无条件分包以跨中为界的一半工程量给对方施工。

后来我和陈总成为好朋友，陈总说我们两个都是施工单位，一根藤上的两个瓜，今后加强联系合作。时光流逝，两家单位领导班子几经更迭，四川路桥一直和HN路桥互相帮助，保持良好友谊。

特大桥工程项目投标经营管理，超过高难度特大桥技术管理难度。企业要行得端坐得正，所有经营活动都在法律框架下善巧圆融，实现成功经营。

宜昌长江大桥下部施工进度按计划顺利进行，工程质量优良，得到业主、监理和各级领导认可，项目业主经过几次会议研究，终于同意两个施工单位共同承担宜昌长江大桥上部构造施工。

自此，在中国的特大跨悬索桥（桥梁）施工中，为了加快工期，通常选择两个施工单位承担同一座特大跨桥梁施工。

宜昌长江大桥上部构造施工四川路桥项目经理冯强林，总工程师徐基伟，两个30多岁的小伙子，经过大桥工地十年历练，管理能力、技术能力和个人素质已臻成熟，进展顺利的大桥工程和良好的工程质量，是他们胜任管理特大跨桥梁工程项目施工的成果。宜昌长江大桥优质建成，获得2005年国家优质工程鲁班奖，新一代桥梁专家成长起来了。

第九章

鄂黄长江大桥和荆岳长江大桥

主跨480米混凝土斜拉桥鄂黄长江大桥开始招标，是四川路桥进军长江中下游大跨深水基础桥梁的难得机遇，长江中下游大桥深水基础施工是当时四川路桥的业绩空白，我们下定决心：一定要争取把这个项目拿下来。此时，有业绩承担长江中下游长江大桥施工的施工单位有铁道部大桥局，交通部二航局、二公局，以及HN路桥和四川路桥。1999年鄂黄长江大桥投标时，四川路桥虽还没有长江中下游大桥深水基础施工业绩，但有泸州长江大桥水下深水基础施工（施工难度不低于长江中下游深水基础施工）业绩，且四川路桥承建宜昌长江大桥，项目进展良好，已完工程优质安全。四川路桥之前没有承建主跨960米悬索桥业绩、实际施工进展的良好形象，提高了四川路桥在湖北特大桥市场声誉，增加了投标鄂黄长江大桥工程项目的中标信心。

我们的标书质量得到评委好评。评标答辩会上，我用14分钟完成总体方案汇报和评审专家提问，获得专家一致好评。评标结果，我们综合总分第一，中标了！这是四川路桥在省外特大桥梁市场的又一件大事，填补了无长江中下游深水基础大桥施工的业绩空白。收到中标通知那天早上，我正到归元寺进香，一路听见路边喜鹊喳喳叫，心中暗想，可能今天有好事。下午就收到中标通知，同行伙伴们欢呼雀跃，高兴之情难于言表。

修建犍为岷江大桥、郧阳汉江大桥的老班底和管理人员都在宜昌长江大桥，只有重组管理班子。经理部管理人员主要是技术人员在全公司抽调，我多年主持省内外特大桥施工盈利，攻克各种技术难关、圆满建成高难度大桥的业绩，在公司的青年技术人员中收获了好声誉，争取到鄂黄长江大桥项目部工作是不少青年技术人员的向往，虽然大多数年轻技术人员没有省外施工更没有深水基础施工经历。

项目常务副经理是马青云，桥梁公司第二工程处处长；副总工程师张佐安是第三工程处副处长，他们都有主持省内多座大桥施工经历，两位是我的行政和技术管理副手。

工程处长倪红带领刘一平、于志兵、雷勇等七八个人，大多是刚出学校的学生。此外，工程队成员还有老工长康中华，机械工长李儒林、严正武，外聘电工林茂益，司机董文芹等；食堂管理也是重要岗位，我们调来了从郧阳汉江大桥就开始跟随项目部的李治全和外聘来的殷德明；财物处长马晓峰，机料处长王健康、罗玉华，办公室主任冉启红等，组成了该项目的核心团队。

经理部和第二工程处部分人员组成的施工经理部各自实行独立核算，施工经理部向项目经理部承包全部工作量，在项目经理部领导下工作，办公、生活，住地完全分开。经理部是管理层，施工经理部是作业层，职责明确。

经理部人员从成都陆续进入施工现场。承担具体施工任务的第二工程处人员由二处处长、本项目常务副经理马青云组织进场。司机张四旺开着经理部的丰田“沙漠王子”越野车从成都出发到鄂黄长江大桥工地，办公室主任冉启红随车陪同，车上装着1.4万元新买的公路桥梁施工规范和技术图书，“兵马未动，粮草先行”，这一车技术书籍，是提高青年技术人员技术水平的精神食粮。从进场开始，他们就把通过技术资料学习和现场实践结合，提高技术人员敬业精神和管理水平作为工作重点，这是解决本项目技术力量严重不足的重要措施之一。

受到参观上海市政和桥梁工程工地的启发，经理部租用离江边大堤不远一栋有院子的两层楼房，重新装修，布置得像花园一样，特别注重居住环境文明（现在的工地文明国家有专门标配布置图，比鄂黄桥那时的工

立于鄂黄长江大桥工地一侧的广告牌

地文明好很多）。在长江边大堤上竖起每个字64平方米的霓虹灯广告牌“四川路桥争创国优”，航行长江上的船舶，几公里外都能看见。

人才是完成高难度项目成功之本，提高技术人员敬业精神和业务能力，是解决人才不足的最佳途径。工地进场伊始，经理部就对青年技术人员进行严格培训管理，规定青年技术人员不管手头有无未完工作，晚上都要加班到零点，就是没有工作任务的也要自己学习，熟读和背诵施工技术规范，并定期考试规范条文；要求年轻人学会在网上寻找对工程项目有帮助的资料，解决工程技术问题。青年技术人员晚上加班按国家规定发加班费，这既增加收入又提高工作效率，于项目和个人都有好处。

四川路桥第一次在长江中下游施工深水基础长江大桥，开工不久就申报“长江中下游特大桥梁深水基础施工技术研究”和“大跨混凝土斜拉桥主梁现浇技术开发”两项科研课题，获得四川交通厅科技立项并注入科研经费。

四川省交通厅批准的科研经费数额有限，钱不多却宝贵。按古训“工欲善其事，必先利其器”，决定将科研经费给青年技术人员配置每台价值1.8万元（当时最新款）的索尼笔记本电脑，高级工程师以上职称技术人员自费30%，工程师以上技术人员自费50%，助理工程师以上技术人员自费70%，愿意要的每人一台，一经配置，产权归个人。这个举措有利于提高技术人员整体技术能力、实际动手能力，技术人员如鱼得水，提高很快。时至今日，四川路桥技术人员的电脑使用水平普遍较高，不少技术人员结构分析计算能力，堪比设计院专业设计人员。鄂黄长江大桥施工组织设计图纸数量不比设计图纸数量少，有了电脑，加上青年技术人员自身努力，从来没有拉过工程进度后腿。

长江中下游深水基础施工，拼的是大型水上施工设备，首先是吊重60吨以上360度全旋转（现在国产最大的类似浮吊起吊能力可到8000吨）的大型浮吊船，还有拖轮、驳船等水上运输船，关键设备还有4台直径3米的大型反循环钻机，水上混凝土拌和船等。若要购置，价值过亿元，是一笔超过全部工程费用的庞大资金，而进场时公司提供的启动资金只有295万元，所有设备，必须租赁。四川路桥员工见过的大型水上深水基础钻孔施工次数都有限，更不要说钻孔施工队伍和钻孔施工设备，必须选择可靠的合作队伍和性能良好的钻孔设备。大型施工设备租赁和优秀合作队伍选择，事情多而复杂。我亲自牵头组成有效的咨询采办团队，我自己负责最关键的浮吊船租赁和钻孔施工设备合作队伍选择，分头办理，有条不紊。

水上施工设备最多的是大桥局船管所，位于江西九江。武汉长江大桥、南京长江大桥、九江长江大桥建设下来，大桥局拥有全国最多的特大桥梁深水基础水上施工设备，由大桥局船管所管理。

我和项目部机料处副处长罗玉华开车到九江大桥局船管所，找到刚吃过午饭的倪所长。

倪所长，40岁开外，小个子，两眼炯炯有神，说话声音洪亮，地道武汉口音，浑身透着精明豪爽。随行机料副处长罗玉华介绍我的职务后，我开门见山说明来意，同时邀请倪所长同车上庐山会谈。通常，到大桥局九江船管所租设备的都是工程项目机料部门工作人员，最多是机料副处长，而我作为集团副总裁兼项目经理亲自出马租设备，诚意感动了倪所长，稍事安排，欣然同我一起上庐山，在庐山宾馆住下。会谈从天南海北开始，两个多小时后就签订了60吨浮吊租赁合同。刚签好合同，倪所长就接到二航局项目部设备处副处长电话，要求租赁浮吊，倪所长只有抱歉说已被四川路桥租走了。是日晚和倪所长在庐山畅叙友谊，尽欢而散。此后，和倪所长成了好朋友。

鄂黄长江大桥南岸A标二航局的水上施工浮吊船，在我们租用的浮吊船进场一个月后在南京租到，比我们在九江租赁的浮吊要多支付16万元进场费。二航局承担施工任务的6号主墩和7号主墩深水基础位于长江在此处的主河槽，水深流急。A标项目副经理是同班同学张明全，在他的协调下，我们在等待水上平台钢管桩加工期间，优先将浮吊交给二航局打桩使用。同样，在我们需要插打水上施工平台钢管桩时，二航局也优先调配打桩船为我们施工。项目投标期间是竞争对手，实施过程是相互协作、紧密配合的好兄弟，为两个企业施工同一座高难度长江大桥，做出了协作配合的样板，得到交通部领导好评。本桥项目施工全过程，四川路桥和二航局两个施工单位，一直互相支援，紧密配合，为鄂黄长江大桥比合同工期提前一年建成通车，共同做出重要贡献。

我们B标负责施工的鄂黄长江大桥5号主墩，施工期间水深16—20米，流速1—2米/秒，墩位在副航道上，离岸100—150米，覆盖层厚20—22米。设计为双壁钢围堰高桩承台，钢围堰外径34米，19根直径3米的钢筋混凝土钻孔灌注桩，桩身穿过覆盖层嵌入强度为100兆帕以上玄武岩层15米。设计要求钢围堰下沉到岩面后再施工钻孔灌注桩。

对第一次承建长江中下游特大跨深水基础桥梁的四川路桥来说，这是重新学习的过程，是一个不小的考验。

设计施工方案要求，先施工钢堰后施工钢筋混凝土钻孔灌注桩，也就是传统的“先台后桩”施工方案：先将钢围堰吸泥下沉到岩面就位，在围堰内埋设钢护筒，浇筑完成封底混凝土，再施工钻灌注桩，按此方案排工期。也是我们在泸州长江大桥施工2号、3号主墩的深水基础施工方案：先抛锚布置定位船，再浮运钢围堰到位下沉着床，吸泥下沉……这是此前长江特大桥深水基础常规施工方法。在长江中下游，采用此方案施工深水基础，需要两个枯水期才能完成，没有一个枯水期完成的先例。而合同工期规定主墩深水基础必须一个枯水期施工出水面，确保汛期正常施工。显然，这个需要投入很大施工成本，需要另外制定既满足合同工期要求又稳妥安全的主墩深水基础施工方案。

创新来源于经验积累和不断学习。制定5号主墩深水基础施工方案过程，总结已有施工经验比如泸州长江大桥深水基础钢围堰施工及国内多座长江大桥深水基础施工总结案例；向长期从事水上工程设计和施工的二航设计院、二航局的同学和专家请教，聘请大桥局退休副总工程师来工地任技术顾问；多次召开深水基础施工方案讨论会，谙熟各种水上施工设备的性能和使用方法；精确掌握5号主墩处水文地质状况，夜以继日分析比较，终于形成鄂黄长江大桥5号主墩施工方案。

5号主墩高桩承台基础采用水上施工平台钻孔和钢围堰组拼吸泥下沉同时进行的平行作业施工方案：搭设好水上施工平台后，在平台上先进行部分钻孔灌注桩施工，完成外围8根桩基，施工其余钻孔灌注桩的同时，在已完成的8根桩外侧焊接钢牛腿，在钢牛腿上进行钢围堰拼装和接高下沉，其特点是钻孔灌注桩和钢围堰组拼吸泥下沉施工同时进行。钢围堰组拼下沉占用的主流程施工时间就变成了非主流程施工时间。使原来钢围堰拼装下沉占用的主流程工期变为非主流程工期，总工期将减少2—3个月，从而实现一个枯水期将主墩基础施工出水面的合同要求。同时，将钢围堰刃脚的埋置深度改为下沉到最高施工水位时河床最低冲刷线以下1米，即

鄂黄长江大桥5号主墩施工现场，左起石勇、李文琪、于志兵、唐明刚

钢围堰下沉深度比原设计置放到岩面上减少10米以上，可减少几百吨围堰制作钢材和数千立方米围堰内填筑混凝土材料，减少大量抛锚定位船等水上施工设施，能保证一个枯水期将基础和索塔施工出水面的工期要求。

经和设计方中交第二公路规划设计院（以下简称二公院）设计负责人反复商讨，设计方反复验算，确认此设计改变不影响结构受力和结构安全，同意施工方提出的深水基础施工方案。

这可是重大施工方案改变，如施工期间出现意外，汛期前完不成桩基施工和钢围堰封底混凝土浇筑，未完成的基础将无法安全渡洪，将造重大工程事故。毕竟，此前还没有长江中下游特大桥深水基础一个枯水期施工出水面的先例，风险很大。

因此，我们特邀二航局设计院专门设计深水基础人员，指导所有水上施工平台等大型设施和钢围堰施工设计，进一步落实弄清墩位处水文地质情况，和配合的参建各方核算工期，精心进行施工设计和施工安排，做好各种可能突发的情况的应急措施。紧张有序、精心完成施工前的准备工作。深水基础方案制定和决策全过程都在监理的参与、监督下进行，该方案的稳妥性和一个枯水期将索塔施工出水面的可行性，得到监理的认可和支持，也得到业主的支持。长江中下游特大桥的重大施工方案，必须经过有交通部专家委员会专家参加，由省交通厅主持的专家评审会评审通过。

在湖北省交通厅总工主持的有交通部总工和多名交通部知名专家参加的方案评审会上，我代表施工方汇报制定的钢围堰下沉和桩基钻孔作业同时进行的施工方案，专家组认为如果万一施工过程出现意料不到的差错或事故，一个枯水期不能完成封底混凝土浇筑并将承台施工完成，未完成的基础将无法渡洪，从而造成工程损失，建议进一步优化完善方案，若无充分把握，执行先台后桩原设计施工方案。

特大桥梁的关键施工技术方案，是高难度工程项目实施的灵魂，务必慎之又慎，既稳妥但又要有足够的创新和可行性。关键时刻，项目负责人通过反复论证，有充分把握的果断决策至为关键。决策者一定要摒弃私心，放下包袱，熟悉工程技术，对事业有高度的责任心，敢于承担责任。

专家会议后，我主持对新制定的先施工部分桩基和钢围堰组拼下沉平

鄂黄长江大桥5号主墩施工现场留影

行施工的深水基础施工方案进一步修改完善，报告监理、设计和业主后正式投入实施。

基础施工全过程工序繁多复杂，这里只记叙其中的主要工艺。19根3米直径钻孔灌注桩是基础施工的主要难关之一。操作直径3米的特大型反循环钻机，是四川路桥的短板，按照现代工程专业分工的惯例，通过专业分包招标和技术答辩选择优秀的专业合作队伍，是最好的实施方法。经过反复筛选，上海广联基础工程公司中标承担钻孔施工专业分包。

带队的是该公司副总经理葛总，葛总是土生土长的上海人，中等个子，气质不凡，衣着得体，精致的金丝眼镜后面透着老练精明，为人正派，几次深谈以后，认为是值得交往的朋友。通过和葛总对钻孔实施方案的多次交流，租赁到4台大桥局桥机厂自己研制，性能可靠的反循环钻机。我向他认真学习请教，很快掌握了钻孔进度关键的泥浆浓度及调制方法，通过技术交底让主要值班技术人员掌握。

钻孔穿过20米厚的黏性沙土河床覆盖层后进入强度100兆帕以上的玄武岩层，玄武岩层是令大型反循环牙轮钻机特别头疼的超高强度岩层，钻孔日进尺远达不到计划要求，最要命的是，钻孔过程中还发生了掉钻事故，30吨的钻头掉到钻孔里了，这可是不小的事故。葛总不愧是久经沙场的老将，在我十分焦急时他不慌不忙，到沿海朋友的工地上找来电磁铁打捞器，技术熟练地在掉入孔里的钻头上套上起重钢绳千斤头，花了两天时间，把钻头打捞起来了，谢天谢地。钻孔全过程虽不是一帆风顺，却没有延误工期，按计划工期完成了承台外围的8根桩。

第二个重要工序就是在已经完成的8根桩基的护筒外侧焊接三角形钢托架，8个钢托架形成首节钢围堰拼装平台，拼装首节钢围堰，同时进行未完成的11根桩基钻孔施工。表面看来，两个主流程工序施工同时进行，工地显得有些混乱。其实，因为有足够的作业空间，此时的工地杂而不乱，钢围堰组拼吸泥下沉和钻孔施工按计划同时进行。

黄冈到鄂州的长江水面上，靠近两岸的江中，兀立起两座钢铁和船只，各种大施工机械组成水上城堡，这是鄂黄长江大桥二航局和四川路桥两座主墩施工现场。白天，机器轰鸣声响彻云霄，一派水上作业紧张繁忙景象；入夜，灯火通明映红江天，弧光闪闪直冲斗牛，江面如同白昼，好一幅大气磅礴的桥梁深水基础施工画面。

充满风险和希望的109个日日夜夜，全体员工团结进取，辛苦但快乐，突破一个又一个难关。随着桩基施工的完成，钢围堰也下沉到设计底标高。原来钢围堰下沉需要占用的两个多月主流程工期，现在变成非主流

鄂黄长江大桥5号主墩施工现场远景

程工期，在桩基施工的同时完成。接着进行钢围堰封底混凝土施工，破除桩头，绑扎钢筋，浇筑承台混凝土施工等，一气呵成。距上次专家会议三个多月后，湖北省交通厅总工再次率领专家组到工地进行上部施工方案评审时，承台混凝土已施工完成，索塔施工已经开始，工程质量优良。2000年5月底前，混凝土索塔施工出汛期水面标高，实现了一个枯水期将索塔施工出水面的预定目标。相继，对岸的二航局工地，也克服种种困难，在汛期前将索塔施工出水面。承担鄂黄长江大桥施工的四川路桥和二航局，同时创造了长江中下游大桥一个枯水期完成深水主墩基础工程，汛期继续上部构造施工的奇迹。

此后，长江中下游大桥一个枯水期完成主墩基础工程成为工程施工常态。2000年7月8日，《湖北日报》头版报道“鄂黄长江大桥基础施工创纪录”，“创下了长江建桥史上的奇迹”，对我们和二航局的业绩给予肯定。继顺利建成郧阳汉江大桥之后，四川路桥在湖北的长江大桥工程市场，再次赢得声誉，得到湖北交通厅和交通部的好评，市场拓展前景一片光明。

特大桥工程项目管理，以关键技术决策为核心，施工全过程围绕工程质量、施工安全和工期展开，充分调动员工自觉完成月、季、年任务目标的积极性。也就是项目经理充分发挥团队的执行力，准确掌握成本和利润，即投入和产出的关系，实现优质安全、确保工期前提下利润的最大化。

总结多座大桥管理经验，鄂黄长江大桥进一步细化月、季、年度各分项工程施工班组（团队）目标任务，通过对分项工程成本分析，制定严格的完成目标任务奖惩办法，激励班组员工通过认真努力，确保质量优良、无安

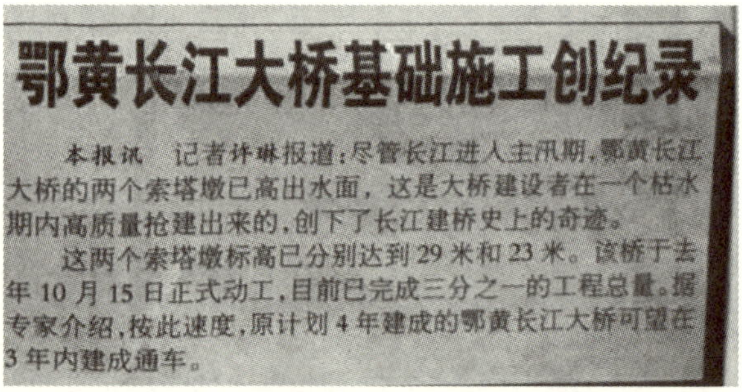
鄂黄长江大桥基础施工创纪录

本报讯 记者许琳报道：尽管长江进入主汛期，鄂黄长江大桥的两个索塔墩已高出水面，这是大桥建设者在一个枯水期内高质量抢建出来的，创下了长江建桥史上的奇迹。

这两个索塔墩标高已分别达到29米和23米。该桥于去年10月15日正式动工，目前已完成三分之一的工程总量。据专家介绍，按此速度，原计划4年建成的鄂黄长江大桥可望在3年内建成通车。

《湖北日报》报道《鄂黄长江大桥基础施工创纪录》（2000年7月8日，第1版）

全事故、圆满完成任务，项目利润可观的同时，个人收入丰厚。“项目分项工程目标任务奖惩办法”，写下来容易，真正实现却不容易，需要项目管理团队精心勤奋，拼搏努力。

引桥T梁预制、索塔混凝土浇筑、前支点挂篮浇筑边主梁节段混凝土等，技术创新一个接一个，每个分项工程质量优良，工期提前，安全无事故。得到监理、业主及湖北省交通厅、交通部和社会的好评。

特大桥工程项目管理圆满实施，和参建各方搞好协作，是重要的管理环节。

鄂黄长江大桥由中交第二公路规划设计院（以下简称二公院）设计，设计负责人杨耀铨，从中标开始就和设计方保持良好关系，从设计交底理解设计意图，对设计予以充分尊重。两岸主墩边跨交界墩（北岸4号南岸7号）上的0号节段是全桥边主梁边跨的配重墩，设计要求墩顶节段和主梁0号节段整体一次浇筑，500多立方米混凝土，一次性支架和模板就要耗费钢材1500多吨。施工成本高，有人提出修改一次浇筑为两次以上浇筑方案，节约成本，设计方不同意修改浇筑方案。我了解设计意图后，坚决支持设计方，设计方很感动，进一步建立了良好的配合关系。我方提出5号主墩钢围堰下沉深度修改方案，设计方经过认真分析验算，给予支持，我方才能成功实施一个枯水期将深水基础施工出水面的方案，结果圆满。至此，一直和二公院保持良好关系，退休到北京后得到二公院同行的大力支持。

万县长江大桥和鄂黄长江大桥是高难和深水基础大桥，鄂黄长江大桥比合同工期提前一年通车，均获得国家优质工程奖。成功的重要经验就是施工方和设计方相互尊重，密切配合，共同完成合理桥梁结构和最佳施工方案的决策与实施。

和监理方搞好工作关系，尊重监理，是圆满完成工程任务的重要环节。监理精通业务，熟悉工程技术，与之合作得好，则工程进展顺利，质量优良。反之，监理业务生疏，不熟悉工程技术，和监理对立，相互拆台，则工程进展受阻，甚至会出现质量事故。监理代表业主监督管理工程质量，和施工方是工程必不可少的监督和实施方。质量优良的工程项目一定是监理和施工方互相尊重、合作良好。施工方和监理方在工程实施过程中难免因工作原因造成争执或矛盾，施工方首先要正确对待，双方通过规范和合同文件协调处理好，通过对争执和矛盾的处理，建立更好的合作关系，确保工程顺利进行。中交第一公路规划设计院（以下简称一公院）是本桥监理，总监李琼和副总监张勃带领的团队，有多座长江大桥项目监理的业绩和丰富的特大桥梁监理经验，熟悉大桥设计施工业务，和我们施工团队从工程开始就关系良好，互相尊重。监理支持配合工程实施过程的每一个创新和施工方案优化，是保证工程提前顺利完成、创造优质工程的前提。鄂黄长江大桥提前一年建成通车，获国家优质工程银奖，其中监理的支持和良好配合功不可没。我本人也和中交一公院领导、项目总监成为好朋友。

依靠地方政府和业主支持，业主的廉洁高效管理，是圆满完成工程项目的基本前提。鄂黄长江大桥项目从立项到实施，地方政府和建设指挥部

修建中的鄂黄长江大桥

倾尽全力，得来不易。尽管投标时业主认为四川路桥是地方队伍，实力有限，并不想四川路桥中标，但一旦四川路桥中标，就全力支持，以政府领导和以黄冈市交通局为主成立的指挥部，全力以赴，精心配合管理。从施工单位进场开始，指挥部出台文件，三令五申，严禁指挥部和地方任何人以任何名义到两个施工单位索要任何物资，更不允许单位和个人收受施工单位礼物和钱财，连到施工单位食堂就餐都不允许。而且令出必行，从指挥长开始坚决执行，这可是以前所有工地均没有过的情况，施工环境气象一新。中标进场后不久就是中秋节，施工单位按指挥部人数每人准备了一份月饼，节前送到指挥部，第二天上班指挥部办公室主任亲自把月饼如数退回。

刚进场时，当地村民以影响生产生活的各种理由严重阻工，70多岁的老太太睡在推土机前面不让开动，一些心怀不轨的闹事者纠集100多人拿刀舞棍包围工地，致使施工无法进行。当地市委、政法委书记亲自带领武警部队到工地维持秩序。随后召开群众大会，当场拘捕闹事的不法分子，并在两岸成立大桥派出所，专门维护大桥建设治安，施工才得以顺利进行。

指挥部廉洁高效的管理作风，创造了良好的施工环境。施工单位专心工程管理，一门心思抓施工创新、施工质量、施工安全和施工进度，不用花心思考虑如何和业主拉关系。

长沙理工大学负责大桥施工监控。那时，能够承担特大桥梁施工监控的大专院校单位不多，施工监控是结构理论和施工实际相结合，属于高新技术业务，学校特别重视，桥梁和结构工程学院的院长颜东煌、副院长李传习轮流常驻工地负责施工监控。工作密切配合，天天交流讨论，教授们对我们的施工管理和工程实施中的技术创新高度认可，和我们建立了深厚的感情。施工单位技术人员深入了解现代特大桥梁施工过程各工况受力理论分析，制定的桥梁结构各部位受力和主梁线形控制实施方案，是确保桥梁外观质量的重要措施，需施工方和监控方紧密配合实现。施工单位技术人员的理论分析和结构受力计算水平从而有很大提高。

“投标时是竞争对手，实施过程是互相帮助，相互支援，共同攻克技术难关的兄弟。”交通部领导这样评价我们和负责南岸工程的二航局施工团队。二航局二公司副经理、分管二航局南岸A标项目的国务院政府津贴获得者张明全高工，是我同班同学、好朋友，承担具体施工任务的是二航局二公司（驻地重庆）派出的团队，项目经理王海怀是二公司成长起来的二航局局长助理，重庆交院毕业的南充人。因张明全的原因，我和二航局二公司从温州瓯江二桥开始就密切合作，宜昌长江大桥的投标信息，也是二航局二公司经理罗定侯专门发电报告诉我的。四川路桥和二公司有长期合作的友谊。

中标后，二航局项目经理部和四川路桥项目经理部密切联系交流，同学加战友，越来越友好。设备、人员互通有无。我们的浮吊比二航局项目部先进场一个月，二航局承担深水南岸工程，我们将浮吊船优先给二航局使用，二航局在打好水上平台桩后立即将自有的打桩船交给我方打水上平台桩，我们的震动打桩锤也优先给二航局使用。休息日，两岸经理部领导和人员经常互访交流，增进友谊。在工程质量和进度上，双方你追我赶，展开竞赛。二航局在前支点挂篮上部现浇混凝土施工主梁快要合龙，正在浇筑混凝土块件时，突然一根前支点挂篮主拉杆脆断，几百吨混凝土和整个挂篮随时可能掉入长江造成重大安全质量事故。四川路桥经理部立即派出主力工人协助处理，很快转危为安，施工得以正常进行。二航局全体领导成员集体宴请四川路桥以我带队的经理部主要人员。此事在业内传为佳话。四川路桥和二航局结下深厚友谊。

建桥各方在大桥建设指挥部带领下，紧密配合协作，互相支持，发挥各自优势，科技创新、努力拼搏，四川路桥在上部主梁施工中再次创造前支点挂篮拱腹式内模，简化主梁现浇施工安拆内模工序，加快进度，提高质量，连同主墩深水基础施工工艺双双获得四川省科技进步奖。

大桥比合同工期提前一年，于2002年10月1日建成通车，获得国家优质工程银奖。这是我在四川路桥工作40年收官之作，为我在四川路桥的建桥生涯画上圆满句号。

又一批青年技术人员经历鄂黄长江大桥锻炼，在以后的岁月中通过自己努力成为四川路桥独当一面的技术骨干。

2006年9月，四川路桥凭借在湖北交通市场多年的良好业绩和声誉，以及强大的技术实力获得了荆岳长江大桥北主桥施工任务。这是四川路桥在湖北特大桥市场多年耕耘成果的延续。

荆岳长江大桥主桥跨径816米，当年是世界排名第六的特大跨斜拉桥。它是湖北省“六纵五横一环”骨架公路网中随州至岳阳高速公路跨越长江的控制工程，桥址位于湖北、湖南两省交界处。该桥建设总里程5419.613米，其中长江大桥（含北引桥、滩桥、主桥、南引桥）长4302.5米，主桥长1444米，桥跨布置（100＋298）米+816米+（80+2×75）米，为双塔不对称混合梁斜拉桥，南北塔高分别为224.5米和265.5米，滩桥布置为100米+（5×154）米+100米七跨连续预应力混凝土变截面箱梁，滩桥全长970米。项目总投资23亿。主跨816米双塔混合梁半漂浮体系斜拉桥，H形桥塔。该桥是建成鄂黄长江大桥后四川路桥承建的第二座长江中游近千米级大跨深水高墩斜拉桥。工程规模和桥梁跨径的增加，荆岳长江大桥施工难度远超鄂黄长江大桥，施工管理和施工技术跨上一个新台阶。

荆岳长江大桥施工管理团队主要负责人都是30来岁的年轻人。

位于江心的北主塔（28号主墩）深水基础施工是第一道关，北主塔基础为分离式桩基承台结构，两个直径达30米、厚度8米的圆形承台，各布置13根直径3米长达51米—66米的基桩。墩位处水流流速2.8米/秒，水深汛期28米；覆盖层8米—10米，基岩破碎，岩溶发育。庞大的工程规模和复杂水文地质环境，要求次年汛期来临之前完成基础施工实现安全度汛，确保汛期正常施工，有效工期仅180天。项目管理团队借鉴鄂黄长江大桥5号主墩创造的“钢平台桩基和钢围堰同步施工”新工艺，制定完成荆岳长江大桥一个枯水期完成两个双壁钢围堰高桩承台深水基础“钢平台桩基和钢围堰同步施工”方案。2006年11月28日打下了搭建钢平台的第一根钢桩，历时28天完成了江心钢平台的搭建，14天完成长达一公里的钢栈桥搭建，进入基础主体工程的施工。项目团队坚决执行了既定技术方案，工程进展顺利。在浇筑先施工的下游钢围堰封底混凝土过程中，作业人员没有严格执行水下混凝土浇筑工艺，造成局部封底混凝土离析，封底漏水抽水失败。指挥部两次召开研究处理对策的专家会，没有解决问题，时间一天天过去，工期是成败关键，摆在四川路桥项目管理团队面前的最大问题是用最短时间堵住围堰漏水。关键时刻，年轻的项目经理石勇和总工程师于志兵在现场召开有我参加的处置方案研讨会，集思广益，经过充分研讨，决定在漏水的封底混凝土部位再次水下浇筑局部混凝土子堰封底，同时在封底混凝土松散离析部位压注化学堵漏剂处置，据此制定详尽的实施方案。8天后，困扰我们20多天的下游钢围堰封底混凝土漏水问题，圆满处置完成。从打下水上施工平台的第一根钢管桩到围堰抽水完成，历时5个多月，2007年5月4日开始，全面转入围堰内无水作业，汛期索塔保持正常施工。实现了一个枯水期完成主索塔水下工程的既定目标。四川路桥项目管理的年轻团队，通过复杂、高难工程的严峻考验，进一步成熟。

第二道技术难关是265.5米超高索塔的施工，这一高度是当时全世界桥梁第三高塔。面对恶劣的气候环境，我们研究开发了“高塔全天候施工技术”“高空大体积混凝土结构空中支架施工技术”等多项突破性技术，为安全、快速、经济施工桥塔提供了技术保障。

荆岳长江大桥主梁安装

大悬臂钢箱梁架设是施工第三道难题。深水基础主要矛盾是“工期、安全、质量”，钢箱梁安装还要面对成本的艰巨的任务，工程项目进展到上部施工，沿用国内同类桥梁常规施工方法，将出现不小亏损。尤其是塔下380吨重起步节段钢箱梁安装，因起吊高度原因，需用1200吨浮吊安装。安装正值长江高水位，1200吨浮吊因故需三个月后枯水期时才能进场，且使用成本高昂。工期不待，制定安全、高效、经济的钢箱梁架设方案成为项目部当务之急。总工程师于志兵主持，经理部全体技术人员和康中华等老工长根据四川路桥几十年积累的缆索吊机等起重吊装经验，经过反复论证完善，制定完成“钢箱梁无支架全悬拼施工技术方案”。核心是安装塔下起步梁段方案（380吨）：将桥面吊机的动臂吊杆拆开，铰接安装在索塔上横梁，动臂吊杆的后锚点设在索塔上塔顶，形成以索塔为主要支撑点、起吊能力400吨的“摇头扒杆”（老式摇头扒杆工作原理，郧阳汉江大桥桥面吊机和四川省内不通公路的犍为岷江大桥用格构扒杆抬吊T梁等，都运用类似工作原理吊装完成），经反复验算，起吊能力和结构安全均无问题，能圆满解决1200吨浮吊不能如期进场的起步梁段安装，确保工期，节约不小工程成本。此方案之前无人采用，面临一定风险。

荆岳大桥用动臂扒杆吊装起步段主梁

荆岳长江大桥用动臂扒杆吊装起步段主梁

我应邀参加在湖南岳阳市召开的由业内著名桥梁专家和院士组成专家组的钢箱梁安装方案评审会，讨论激烈，专家组组长陈院士认为起步梁段安装方法“太土”，有安全风险，不能用“太土”的方法施工现代特大跨桥梁。项目经理部于志兵总工根据四川路桥长期的起重吊装经验，认为该方案是结合工程实际、安全可行的，给予坚决支持。第一天讨论方案未通过。

经理部又根据专家意见，再次完善了施工方案。

荆岳长江大桥主墩施工现场

指挥部（业主）总工程师裴总是郧阳汉江大桥的主要设计人员之一，亲历并了解当前的工程情况和四川路桥的技术能力，了解情况后，支持四川路桥提出的施工方案。裴总带领项目总工于志兵到湖北交通厅向分管建设的马副厅长汇报，得到马副厅长支持。第二次方案评审会再次讨论四川路桥修改完善后的钢箱梁安装方案。四川路桥项目经理部在于志兵总工带领下，于第二次评审会前分别向各位专家和有关各方做了大量汇报沟通工作，取得监理、设计、监控和业主支持，专家和参建各方对方案有了深入了解，“钢箱梁无支架全悬拼施工技术方案”得以顺利通过评审。

在大桥业主、设计、监理、科研等各方的大力支持和配合下，“钢箱梁无支架全悬拼施工技术方案”实施取得圆满成功。该方案开创了在长江中上游通航受限区（大吨位浮吊不能如期进场）大跨径钢箱梁斜拉桥无支架全悬拼的先例，安全、高效、高质量完成了钢箱梁安装施工，较传统方案节约成本3000余万元，成功扭转项目亏损实现盈利。总工程师于志兵总结说：“科技是第一生产力，沟通也是重要生产力。”

我多次参加荆岳长江大桥重要的施工方案专家评审会，四川路桥在重大施工方案评审会上汇报编制的PPT文件，展示了较高水平，结构分析

建成后的荆岳长江大桥

能力和方案先进性得到与会专家一致好评。在主墩基础钢围堰施工方案的评审会上，交通厅黄总在项目副总工程师裴宾嘉汇报完毕后，对我竖起大拇指说："四川路桥施工方案PPT的编制水平很高，一定是博士生制作的。"我笑着回答黄总，汇报的PPT不是博士生编制的，是本科生编制的。黄总无论怎样都不相信是本科生编制的PPT，甚至还要和我打赌。通过承建的一座又一座特大桥梁的磨砺，四川路桥年轻一代技术人员的工程管理能力、技术管理能力以及个人工作能力完全成熟，堪当大任。

在湖北荆岳长江大桥建设指挥部的领导下，各参建单位积极开展科研工作，同时也将国内先进的新工艺、新材料及新技术在实际工作中广泛推广应用，将"科学技术是第一生产力"的思想贯穿于整个工程实施过程中，并取得良好的安全、质量、经济及技术效果。

荆岳长江大桥开工时间为2006年11月29日，竣工时间为2010年11月18日，获得成果如下：

获奖7项：

2011年获得"湖南省建设工程芙蓉奖"；

2012年度获得"四川省建设工程天府杯金奖"；

2012年获得“中国公路学会科学技术一等奖”；

2014年度获得“湖北省科技进步一等奖”；

2014年“大跨径高低塔混合梁斜拉桥施工与控制关键技术及应用”获得“湖南省科技进步二等奖”；

2016年获得中国公路勘察设计协会“公路交通优秀设计一等奖”；

2017年获得“鲁班奖”。

获国家发明专利6项：

斜拉索塔端全软牵引挂索施工（专利号：ZL201010285558.0）；

斜拉桥中跨基于合龙缝控制的合龙段施工（专利号：ZL201010285577.3）；

大跨径钢箱梁斜拉桥塔下梁段的安装方法（专利号：ZL200910058233.6）；

大跨径钢箱梁斜拉桥临时墩墩顶梁段的安装方法（专利号：ZL200910058479.3）；

大跨径钢箱梁斜拉桥边跨梁段无搁梁支架施工的方法（专利号：ZL200910058765.X）；

大型桥梁基础分离式钢围堰异步施工方法（专利号：ZL2008101147924.9）。

获实用新型专利3项：

修建桥梁索塔砼上横梁用的系杆拱式支架（专利号：ZL200820081175.4）；

自导向钻头（专利号：ZL200820158507.X）；

水下接桩装置（专利号：ZL200820158508.4）。

获国家级工法2项：

斜拉索塔端全软牵引挂索施工工法；

斜拉桥中跨基于合龙缝控制的合龙段施工工法。

荆岳长江大桥建成，四川路桥的特大桥梁建设水平和综合实力，实现了质和量的飞跃，年轻一代工程管理和技术管理精英，裂变式增长，以特大桥梁为例，一批管理和技术领头人，带领四川路桥在祖国的大江大河上建成大批国内乃至世界级特大桥梁，为我国从桥梁大国成为桥梁强国，做出重要贡献。

第十章

二次创业

2002年6月，鄂黄长江大桥进入通车前桥面系和桥面施工阶段，技术人员集中精力整理竣工资料，部分工人已调离项目部到新工地。

受中国公路学会委派，公路学会桥梁专委会理事长王副院长、理事杨总、陈总和我，一行四人前往加拿大，代表中国公路学会参加该国公路学会成立30周年纪念大会。

我们从北京出发，直飞温哥华，在温哥华转机去会议所在地蒙特利尔。全部行程计划12天，参加会议后，计划在温哥华和多伦多考察。

温哥华转机停留48小时，导游带我们参观著名的卡皮拉诺吊桥公园。

卡皮拉诺吊桥公园，是温哥华最著名的旅游景点。19世纪末，一位叫乔治·葛兰·麦基的人发现了这个人间仙境，于是他同妻子定居于此。后来，他受到当地印第安人的帮助，开始筑桥。初期，他以粗麻绳和香板木为建材造吊桥，1914年改建，加入混凝土巩固两端，此时，吊桥公园成为远近闻名的旅游胜地。吊桥公园，除了吊桥，还有图腾柱、儿童雨林探险、悬崖步道、树梢探险等景观及体验项目。

第一次到加拿大，奇特的印第安文化令人震撼。

温哥华的三文鱼养殖全球有名，当地华人导游带我们到一个藏在浓荫深处的三文鱼养殖场参观，看到那一群群当时在国内还很名贵的鱼儿，在如甘泉般清冽的小溪流里欢快长大，据说长到一定重量后再移到海上养殖场完成销售前的成长，保持鱼肉品质和自然成长的鱼一样，真是长了见识。回国后近20年的时间里，参观过国内的多个三文鱼养殖场，三文鱼养殖在国内方兴未艾，前期的规模和养殖质量，尚无法和温哥华的三文鱼养殖场比肩；近期看央视专题片《远方的家——沿海行》，知道我国渤海的深海冷水三文鱼养殖场，其数量和质量都已达到世界一流水平。

会议在蒙特利尔召开，我们到蒙特利尔机场降落已是傍晚。事先联系好在加拿大读研究生的小范到机场接我们，会议期间小范陪同我们并担任翻译。小范特别热情，一定要帮我拿随身的单肩小提箱，推却不过只好让他拿上。到达下榻的宾馆，天已全黑了。小范忙上忙下，为我们办理宾馆住宿事宜。等到拿好房卡准备上楼进入房间时，小范已将拿着我小提箱的事忘到九霄云外去了，如梦初醒，哪里还有小提箱的影子，他自己也不知放到哪里去了。折腾了半天，再也找不到小提箱了。小提箱里装的可是我此行最贵重的行李。计有索尼笔记本电脑一台、索尼摄像机和尼康照相机各一台、索尼微型录音机一个。都是当时最新款型号，专业级的照相摄像机，价值人民币不菲。所幸护照和现金放在随身腰包里，幸免于难。

在此之前，每次参加专家团队出行参加会议或考察工程，同行照相摄影任务一般由我负责，因为爱好摄影和制作视频，潜心学习摄影和视频制作技术。这次只有领队王院长带了傻瓜相机，其他人都没有带摄影器材。都知道回国分手时我能给每个同行人记录全部行程的视频光碟，摄影器材和制作视频的笔记本电脑就这样不翼而飞，全部行程的影视记录成了泡影，大家感到一阵沮丧。

在西方国家，像这样的贵重物品失窃，找警察是无任何用处的，失窃的东西一定找不回来，弄不好还会给失物人戴上引诱犯罪的帽子。

我们还是到当地警察局报了案，警局给我们做了笔录，仅此而已。遗失的东西像石沉大海，直到我们回国，当地警局再也没有反馈过任何消息。

加拿大是个风光秀丽的发达国家，来之前我可是做了精心拍摄记录全部旅程的准备。失窃以后，接下来的行程也就索然无味，好在还有王院长的索尼傻瓜相机，会后参观了多伦多的尼亚加拉大瀑布，每个人随便拍了十几张照片。开完会第二天刚到尼亚加拉大瀑布的宾馆住下，就接到国内电话，通知我们提前回国，到交通部开会。12天的开会考察行程计划缩短为7天，提前5天回到北京。

在北京交通部7楼会议室，我和陈总参加有常务张副部长参加的专门会议，会议由交通部王副总工主持，交通部有关人员和湖北省交通厅张副厅长及主管建设的处长参加，还有湖北交通规划设计院院长、总工程师等。会议内容为讨论HS大桥改建加固。

回国途中已事先得知会议内容，开始陈总要让HN路桥来改建加固HS大桥，经过我努力争取，陈总爽快答应支持已到退休年龄的我带领四川路桥承担HS大桥改建加固任务。

HS大桥建成于1995年，经过七年的运行，主跨245米的连续刚构桥跨中已下桡22厘米，平均每年下桡3厘米以上，如不改建加固，桥梁不能保证正常运行，随时可能出现重大安全事故，该桥是交通部第一次在长江中下游主建的长江大桥，其运行安全，交通部领导高度重视。

会议决定HS大桥改建加固作为湖北省交通厅主持的改建工程，内部按抢险工程管理，可不公开招标采用委标形式选择设计和施工单位。由湖北交通设计院总工程师詹总主持设计，经过陈总等在会上力荐，湖北省交通厅和设计院认可同意，会议决定HS大桥改建加固工程由我任项目经理兼总工程师，施工队伍由我带领四川路桥参建鄂黄长江大桥的部分人员组成。全部改建造价按5000万元控制，工期半年完成。改建完成后，要求桥梁按原设计荷载运行，20年内桥梁不出结构质量问题。

散会时，主持会议的交通部王副总工把我叫到她办公室专门交代：HS大桥是交通部主持在长江中下游建成的第一座多孔特大跨连续梁长江大桥，由于设计施工经验不足，运行七年后出现了跨中下桡的特大跨连续梁桥常见质量问题，如不加固改建，继续使用桥梁可能发生无先兆的质量问题，后果严重。要求我务必精心施工、精心管理，确保改建加固质量满足按原设计荷载使用20年不出问题的要求。我当即向领导保证，一定全力以赴，和设计院紧密配合，精心管理精心施工，坚决完成任务。从王总办公室出来，深感这次责任重大，务必全力以赴，不负部领导信任和委托。

HS大桥主桥长1060米，为5孔（162.5+3×245+162.5米）预应力混凝土连续刚构桥，由于这种桥型先天缺陷，加上我国第一次在长江上建设特大多跨公路连续梁桥，设计施工经验不足。随着我国交通运输大发展，桥梁长期超负荷运行，通车7年来，出现了桥梁跨中每年下桡3厘米的质量问题，如不及时处理，可能会在没有任何前兆情况下出现重大质量问题。此次改建任务，责任大如天。

改建加固的目的：恢复桥梁设计承载能力，控制跨中下桡满足设计要求（每年小于4毫米），修复桥梁质量缺陷和控制混凝土主梁腹板开裂（贴碳纤维增加抗剪刚度）。

具体任务：根据桥梁自振频率检测和对结构下桡状况分析计算，判定桥梁纵向预应力比设计少了10%—14%。改建加固方案在主桥箱梁内增加16束体外预应力，每束张拉400吨预应力，使全桥纵向预应力增加14%，箱梁内的实际预应力恢复到设计值。控制或减少箱梁跨中下桡，使其达到设计要求；在箱梁的腹板两侧粘贴双层碳纤维板（增加的抗剪刚度取代全部竖向预应力筋），控制或减少腹板开裂；检查原有的纵向预应力管道，对压浆不密实的管道补压砂浆（实际检查，50%以上纵向预应力管道基本没有砂浆，这是铁皮波纹管道预应力的最大通病。我国以后采用真空吸浆法进行预应力管道压浆，对后张法预应力管道的压浆质量，情况根本好转，压浆密实度达90%以上）；修复原施工过程中的质量缺陷；增加的体外预应力束等，使桥梁增加3400吨恒载，为抵消恒载增加，改建工程将桥面系混凝土栏杆改为不锈钢栏杆，去掉混凝土人行道梁，混凝土桥面改成沥青混凝土桥面，使桥梁自重减载3400吨，实现桥梁改建完成后恒载不增加，满足桥梁改建加固不增加恒载的原则。

施工难点：半年工期完成改建加固任务。施工期间须保证每天24小时正常通车，保证每天数万辆车安全通行，施工难度不小；在不中断交通的情况下，浇筑箱梁内体外预应力索的数百立方米转向块和锚座混凝土，必须确保混凝土质量；几百米长的体外预应力索如何安装到箱梁内，圆满完成预应力张拉锚固；改建加固工程必须半年完成，工期和交通疏导保证措施不能出任何差错；国内第一次特大多跨长江大桥进行改建加固，务必确保工程质量，加固改建完成后满足20年以上正常营运使用。

这些都是不小的施工难题，但对于从事几十年多座特大桥梁建设、无数次克服技术难关实现工程技术创新的四川路桥施工团队，比起之前建成的多座高难特大桥梁攻克技术难关的创新难度，可以说是会者不难。改建加固工程，一开始就按部就班顺利进展，加固质量满足设计要求。

施工纵向预应力时，箱梁内新浇筑的预应力混凝土转向块，由于设计刚度不足，按设计要求施加预应力时，转向块开裂，经过设计验算，将本应施加的预应力降低40%，同样达到减少箱梁跨中下桡的目的。改建加固完成后正常运行证明，改建工程成功控制住了箱梁跨中下桡。经验告诉我们，特大跨连续梁桥改建加固设置体外预应力的转向块，必须要有足够的刚度。这是以后加固同类大跨连续梁桥要吸取的教训。

HS大桥改建加固工程从进场开始，到改建加固完成恢复通车，前后历时8个月，圆满完成任务，跨中下桡等桥梁病害得到有效控制，至今已安全运营20年，桥梁运行状况良好。

圆满完成HS大桥改扩建工程，四川路桥信誉和效益双丰收。在第二年的集团公司年度工作会上，集团破天荒给我个人奖励20万元（我拿出5万元给集团工会保管，补助特困员工）。对于参建其他员工的奖励，集团未同意按内部承包合同兑现，是愧对和我一起同甘共苦员工的憾事。

鄂黄长江大桥2002年10月1日通车。我已年过60岁到退休年龄，但身强力壮、精力充沛，工程技术和工程管理经验越来越成熟，就这样退休下来养老，实在于心不甘，要寻找二次创业的机会。

多年来主持多座国内乃至世界一流特大桥，圆满建成，获得国家科技进步一等奖（万县长江大桥），鲁班奖和詹天佑奖（宜昌长江大桥），国家优质工程银奖（万县长江大桥，鄂黄长江大桥），鄂黄长江大桥比合同工期提前一年建成通车，为业主节约建设资金两个亿。在同时建设长江大桥数量屈指可数的21世纪初年，四川路桥以耀眼的工程业绩在国内赢得较高声誉，我个人也积累了不少人气。省外一些单位和企业向我伸出橄榄枝，邀请我退休后去加盟工作。

上海YT路桥是一家香港注册的民营企业，颇具规模。通过投标，拿下南京到安徽六合高速公路BOT建设项目，邀请我去当项目投资方总经理，待遇优厚，答应工作三年后在浦东给我一套住房，产权归我，给出的工资是我当四川路桥副总裁兼总工程师收入的几倍，够吸引人的了。

中国路桥（集团）总公司（简称中国路桥）北京建达道桥勘察设计有限公司总经理杨总，设计大师，中国路桥集团公路规划设计院著名特大桥设计专家，私人控股建达道桥综合勘测甲级设计院的企业家，北京建达道桥勘察设计有限公司是央企中国路桥集团的下属子公司。杨总是交通部专家，多次参加鄂黄长江大桥施工技术方案评审，了解我对项目的技术和综合管理能力。多次聘请我退休后到北京他的公司任副总经理，负责开发路桥施工业务。

经过反复比较，我选择退休后到北京中国路桥下属杨总的公司工作，二次创业。

应约到北京，在安定门的路桥集团大楼里见到中国路桥集团周董事长。周董看见我虽已年到60，却身体壮硕，对桥梁施工技术应答如流，很有好感。仔细看过我提交的简历和工作业绩的光碟后，第三天再次接见我，并亲切告诉我：你哪里也不去，你是管理型的桥梁技术专家，我们正好要新成立桥梁技术公司（主要承担桥梁病害检测和加固设计的设计公司），你就留下来任总经理，刚从国外回来的李全怀任党委书记，你们二人搭档组建桥梁技术公司。你和杨总作为专家入股，可以拥有一定比例的股份。具体策划由负责新公司成立事务的集团发展事业部经理方总负责。

方总从团中央到中国路桥任发展事业部经理，近1.9米的个子，一脸憨厚，却透露着精明，办事严谨认真。他很快拿出新公司桥梁技术公司组建方案：新公司注册资金人民币3000万，中国路桥控股，中国路桥集团、一公局、二公局、公规院、一公院、二公院等均为股东，作为专家的我和杨总也都入股当股东。

公司章程规定，作为总经理，完成每年公司的经营目标任务考核，年薪30万元，还可享受超额完成经营目标任务分红。公司董事长由中国路桥集团周董事长兼任，各股东加上方总，组成九人的董事会。董事会聘任我为总经理，中国路桥党委任命李全怀为党委书记。起步时只有总经理我和

2004年北京创业工作照

党委书记李全怀的二人公司就这样搭建成了，并于2003年1月8日完成公司注册，这也是中国路桥集团桥梁技术公司（现为中交养护集团）成立的日子。公司办公地址租用位于亚运村安慧里一座写字楼里，约400平方米。

李全怀比我小21岁，1983年西安公路学院（长安大学）毕业后到中国路桥，一直在国外工作，当过中国路桥亚丁办事处主任，有丰富的国外工作经验和项目管理经验，精明能干，回国工作前自费到英国学习MBA一年半。李全怀是陕西扶风人，家离法门寺不远，母亲虔信佛教，终身吃素，受此影响，全怀天性纯孝，为人正派善良。和全怀搭档，我愉快放心，不需要思想设防，只需一门心思全部投入工作，是退休后到北京中国路桥二次创业的幸运。全怀主内，管理负责公司日常事务；我主外，负责经营和拿到的工程项目管理。经历的不同使我们经常为工作上的处理方式不一样发生争执有时甚至是争吵，争执和吵过后又亲密无间地配合工作，真是难得的好搭档。

办公地点落实后，公司开始有了七个人，除我和全怀外，还有李总工程师，交通部武警设计所所长转业，年轻有为，正在攻读清华大学博士学位，有丰富的从业经历，业务能力特强，为人正派精明，与世无争；彭坚，办公室副主任，机械工业部处长职位辞职下海，有丰富的企业策划经验和优秀的文笔能力；老巩，中国路桥老员工，负责人事管理；赵大姐，50多岁的公路一局老员工，多次在国外办事处工作，经营活动能力强；小郭，电脑管理员兼司机。公司就这样开张运作了。

路桥集团桥梁技术公司定位为中国路桥集团以桥梁检测养护、维修加固设计等路桥养护新兴业务为主业的专业设计院。公司初创，把握好企业发展关键要素如下：

运用好公司注册资本，招收路桥设计检测专业技术人才，逐渐建成相当规模以路桥设计为主业的综合勘测甲级设计院，同时拥有相应各类检测、试验等资质，从事路桥行业门类齐全的路桥专业设计院。

首先是全力申请拿到综合勘测甲级设计资质，实现主业目标，独立承揽设计业务，每年固定收入尽快实现年年积累，年终现金利润，快步独立发展，成为路桥集团控股的优秀混合所有制企业。

在未取得公司独立设计资质前，充分利用公路一院、二院和公规院三个股东资质在国内投标拿设计项目或找三个知名设计院分包设计项目，只有先创收养活公司，才能谋求发展。制定公司章程和内部管理制度，形成完善的人才引进机制，用制度调动员工开拓创造的积极性，形成生机勃勃的发展环境。

发展方向有了，我和全怀都清楚，作为一个初创公司，最紧要的就是要给员工发工资，要有固定收入才能生存，要创造利润才能发展。公司开局最大的难题就是拿到路桥设计或者是检测业务。对于一无资质、二无人才，只有注册资金的新公司，这是个难题。作为总经理，主管生产经营，必须开拓市场，按照集团公司要求的八项任务指标，制定年度生产经营目标任务，报集团公司审查批准，作为年度生产任务目标努力完成。

2003年是公司初创的第一年，主要的目标任务是公司经营不出现亏损。建立完善公司内部管理制度，公司人员达到60到100人规模，其中70%是路桥技术专业人才，高级职称技术人员比例不得少于40%，做好申请综合勘测甲级设计资质的业绩和技术人员准备。

七个人的公司分成三个小组开始工作，我主要负责承揽新任务和申请资质准备，全怀负责公司内务管理和我共同负责资质申请准备，李总工程师负责具体实施。

公司开张的七个人是高效的好团队，半年时间，公司人员增加到近60人，各业务部门基本配置齐全，工作陆续走上正轨。

公司取得稳定收入是生存的当务之急，在非典肆虐的非常时期，2003年4月的一天，北京飞南宁的航班三个乘客中就有我，不惧风险、到处奔波，靠分包拿到了沪蓉西高速公路支井河大桥（主跨430米上承式钢管拱桥设计任务）施工图设计，南宁永和大桥（主跨360米钢管拱桥）上部吊装任务，公路一局新加入公司的高级工程师小邓，独自一人管理合作单位承担沪宁高速几十座桥梁的检测任务……公司业务逐渐增多，基本有了稳定收入，成立第一年就实现了公司不亏损略有盈余。

资质申报是公司发展的生命线，需要足够数量的技术人员和设计业务业绩。在一般企业，这是犹如登天一般的难事，对我们这样新成立的央企，虽困难很大，但没有难倒我们。

和全怀商量后，启用经验丰富、人脉很广的赵大姐具体负责。

给赵大姐的任务，就是充分运用人脉关系，在一年半的时间内，完成综合勘测甲级设计资质申报。申报综合勘测甲级设计资质难度很大，经历了艰难而复杂的申报过程。我们是央企，集团公司技术资源和业务储备丰厚，有申报资质先天优势。赵大姐具体负责资质申报组，她在全国同行中物色职称合格、能力强、愿意到北京央企工作的技术人员，像猎头一样挖了不少专业技术人员到公司，全部申报资料满足申报综合勘测甲级设计资质要求。最关键的还需有一个有一级实验资质的实验室，全怀和大家一起共同努力，将河北省一家满足要求、改制后的实验室纳入公司旗下合营（以后正式注册3000万成立实验室），满足了全部资质申报要求。

经过一年多努力，成功完成综合勘测甲级设计资质申报，成立不到两年的中国路桥集团桥梁技术公司，成功跻身国内一流设计院行列。有了综合勘测甲级设计资质，就有了金字招牌和饭碗。全国和路桥集团内部的各类技术人才纷纷加入，公司有一百多人了。根据新建路桥设计和桥梁健康检测加固设计业务分工的不同部门，陆续设置完善。计划继续完善资质申报，筹划建立一级资质检测中心，开展桥梁健康检测，给重要特大桥建立健康档案等桥梁检测加固业务。我发挥搞施工的强项，筹建旧桥检测和加固队伍承揽旧桥加固业务，进一步引进施工队伍，拓展路桥施工业务。

我们前后引进四人从事桥梁健康档案系统开发研究，同时聘请清华大学教授为公司顾问，顾问每周来一次指导桥梁健康检测系统开发和研究，这个小团队在近三年的时间里，制定了具有指导意义的桥梁健康检测大纲，拿下了为湖北沪蓉西宜昌到恩施段路桥隧道监理健康检测系统项目，其是国内第一条建立路桥健康检测系统的高速公路，可以说开启了桥梁（公路）工程健康检测市场先河，是在国内较早推出委托或通过招投标方式承揽桥梁健康检测系统的工程项目。

周董指出，路桥集团桥梁技术有限公司的主要业务范围是填补中国路桥集团在公路桥梁养护维修空白（桥梁健康检测、维修加固设计、施工，养护科技开发），补齐中国路桥集团的业务短版，路桥集团加快全面发展。

快速发展公司的捷径是收编集团范围内相同业务的公司，将其业绩纳入公司业绩管理，扩大公司的工程项目业绩和完成营业规模。通过向周董多次汇报，与原来的朋友单位西安公路第一设计院下属西安瑞通公司（旧桥加固设计和旧桥病害检测专业公司）、武汉中交二航局下属桥梁特种工程公司等单位领导反复协商，在中国路桥集团总部安排下，两公司同意将营业报表纳入路桥集团桥梁技术有限公司统一核算，成为路桥集团桥梁技术公司名义控股的子公司。

武汉二航局下属桥梁特种工程公司和西安瑞通公司变更为桥梁技术公司子公司，报表和业绩均汇总在桥梁技术公司名下，成立桥梁技术公司第二年，也就是拿到综合勘测甲级设计资质的当年，桥梁技术公司年营业额达到2亿元以上，成为名副其实的大型公路桥梁设计企业。

我们和北京市第三路桥检测所建立了很好的合作关系，与桥梁检测部负责人崔总有很多业务往来，进入桥梁技术公司成立第二年后，经专家股东杨总介绍，甘肃省交通厅副厅长韩总调入桥梁技术公司，周董辞去董事长职务，由韩总接任董事长，全怀任书记，我仍任总经理，半年后，新疆交通厅副厅长魏总、中铁一局副局长王总相继调入桥梁技术公司任副总经理。

全怀与韩总、魏总、王总都是长安大学一个年级的同学，桥梁技术公司热闹起来，经营管理实力大大提高，韩总全力开发甘肃公路设计项目，魏总开发新疆项目，王总开发国内设计项目。随着时间推移，我们在国内各地都取得业绩，各地设计人员往公司调入不少。公司向拿到的甘肃设计项目派出现场设计组团队，向新疆派员设立办事处，接着又在西安设立桥梁技术公司分公司。这期间我从公路二院手中分包到沪蓉西高速支井河大桥（主跨430米上层式钢管拱桥）设计项目，又从广东长大集团拿到南宁永和大桥（主跨360米钢管拱桥上部安装专业分包项目），一时间，公司各位领导各司其职，各自负责管理自己拿到的项目，开始欣欣向荣。

2005年二季度。我63岁半了，在总经理任上，公司领导班子年富力强、生机勃勃，自己却是退休后外聘来的总经理，年龄显得过大，私下已做好去职打算。

这期间，我还挤出时间，学会了开车。

2005年5月下旬，公司召开领导班子例会。会议结束时董事长韩总宣布，经集团领导和董事会研究决定，免去我总经理职务。我早有思想准备，立即表态：服从组织决定，没有任何意见。

接下来就交接审计程序，由于在公司没有管理财务，出差时间虽多，却很少在公司报过出差费，大部分费用在我主管的项目上报销，没有什么违反规定的问题。审计过程没有什么麻烦，很快通过了离任审计。

我到中国路桥集团找到周董汇报思想和工作。他对我当两年多总经理的工作给予肯定，告诉我准备安排我到三公局当副董事长，问我愿不愿去。

周董的肯定让我心里感到温暖。我想了一下，回答说："我参加工作40多年来都从事桥梁施工，能不能让我自己组建一个专门从事旧桥加固的工程公司？"周董说他正有这个想法，一直没找到合适人选，便说："愿意去干正好，那你就在路桥集团下面组建桥梁加固工程公司吧！"我又问："我和杨燕较熟悉，杨燕现在是三公局董事长，我就在三公局下面成立桥梁加固工程公司，行吗？"周董马上同意，让我到楼下把杨燕叫上来。我立即跑到楼下告诉杨燕想在三公局下面成立桥梁加固工程公司，杨燕说，他为这件事已经给周董汇报过几次了，一直没有同意，我告诉他周董请他到办公室去。

没有费大的周折，三公局经过办公会讨论，决定成立局下面的子公司：三公局桥梁特种工程有限公司，注册资金500万元，三公局控股51%，我们个人持股49%。

原四川路桥桥梁公司副总经理周出任三公局桥梁特种工程公司第一任总经理，他和我同为该公司股东，各占49%股份的一半。周来自农村，兄弟六人中的老大，兄弟大都是带领农民工干活的包工头，他自己出来办劳务公司，兄弟的队伍全都招到旗下，具有较强的桥梁工程项目施工能力。

周20世纪80年代中期毕业于四川职业交通技术学院（原四川交通学校），出校不几年，在四川路桥就显示出较强的组织能力和管理能力。20世纪90年代中期带领四川路桥施工队伍独自到广东负责大桥工程施工，取得较好业绩，回川后在绵阳连续经营实施几座跨涪江特大桥项目（自己拿项目、自己带队伍组织实施），取得优秀业绩，在绵阳市获得极好声誉，每个项目都给公司超额上缴管理费。练就一身工程项目经营、管理和桥梁技术综合能力。通过自学，熟练掌握了机械制图技术，具有较强的机械设计制图能力，独立主持开发完成多项创新的斜拉桥挂篮、主梁安装吊机等性能先进的主要施工设备，成为同代技术人员中少有的综合型管理人才，加上几弟兄都是带领民工队伍干活的包工头，具有很强的独立承揽和实施项目能力。但他不满足于四川路桥那时的管理模式，跃跃欲试想出来单干。

我在1997年任桥梁公司经理期间，大胆改革实行项目综合指标考核承包，将绵阳地区工程项目的经营和实施管理，按完成目标任务、上缴利润等综合考核，承包给周带领的管理团队，取得了良好的社会声誉和经济效益，和周也建立了良好的工作关系和个人友谊。中交三公局桥梁特种工程公司成立，我多次和周协商，他最终同意，和我共同出资并出任三公局桥梁特种工程公司第一任总经理。因他经营的主战场在四川，任总经理，不离开成都。桥梁特种工程公司的经营和项目管理，由我操持。

三公局桥梁特种工程公司，就在这样的情况下开张运作。

没有开业的庆祝活动，也没有人前来祝贺，租赁安华路交通部行业协会（原来的交通部幼儿园）四楼的一层办公室，注册资金500万，只有四个人的三公局桥梁特种工程公司于2005年5月开张。从桥梁技术公司过来的小王为办公室主任，桥梁技术公司张副总经济师随我到三公局桥梁特种工程公司任总经济师，三公局派来的财务总监杨海，就是我们的所有成员。

陆续，我从四川路桥借调徐到三公局桥梁特种工程公司工作，职务为总工程师（徐之前从四川路桥工程一处调到HS大桥改扩建工程项目部）；四川路桥技术人员范，从四川路桥桥梁公司辞职，也被我说服到三公局桥梁特种工程公司任副总工程师。实际上他们都带有自己的独立小分队，在外面分包工程自己组织施工，挂靠在桥梁特种工程公司，用三公局的资质承揽工程或承包桥梁特种工程公司拿到的工程。这是在公司没有实体施工队伍、新创只有几个管理人员的桥梁特种工程公司的发展思路：收编有独立施工管理能力、知根知底的人才队伍，作为公司的基础实施力量。

三公局桥梁特种工程公司的执行力就是对这些队伍用公司建立的管理制度进行有效掌控和管理，从而实现公司的生存和发展，参与公司的个人和劳务队伍均实现利润良性循环，通过工程项目的圆满实施，形成公司自己的管理团队，逐步发展壮大公司。

根据公司注册资金仅500万元、开业时公司人员不到10人的实际情况，三公局桥梁特种工程公司采用以下发展思路和方法，管住项目资金，实施团队风险项目抵押承包，落实班子成员年度经营目标（上缴管理费）以责任书形式任务包干，超缴管理费四六分成，团结协作，充分调动公司和个人团队积极性完成目标任务。

第一种发展思路：利用40年从事桥梁工程施工建立的人脉，寻找多个合作团队加入（挂靠）成为公司的实施队伍。前后有周带领的施工团队；范带领的施工团队，徐带领的施工团队；王带领的施工团队；梁带领的施工团队（顺义路政局的技术骨干，被我引荐到桥梁特种工程公司任副经理，主要从事路面和道路工程）；马带领的道路施工团队（王引荐）；魏带领的道路施工团队，等等。这些技术人员带领的施工团队都能独立以三公局资质自己投标承揽工程，也能以技术劳务分包桥梁特种工程公司承揽的工程。通过这些团队带头人和公司经营者的共同努力，先后承揽：沪蓉高速铁路红安段特大桥下部工程（三公局中标项目的桥梁工区，马团队实施）；广西永和大桥主跨360米钢管拱桥上部安装工程（周团队实施，联合四川路桥桥梁公司）；京通高速四环路立交桥加固工程（桥梁特种工程公司以三公局资质承揽的项目，王团队实施）；通州右堤路路面改建工程（桥梁特种工程公司三公局资质投标项目，当地合作队伍佟团队实施，北方地区首次使用再生热沥青路面，佟团队拥有德国进口再生热沥青路面全套设备）；湖南湘江第四大桥，主跨400米混凝土斜拉拱桥上部吊装施工（中交四航局承揽的高难工程项目，桥梁特种工程公司分包，联合四川路桥桥梁公司实施）；天津海河300米跨钢斜拉桥上部钢箱梁吊装（中铁十五局项目，桥梁特种工程公司技术劳务分包，周团队实施）；四川雅西高速公路新建工程13标段主跨220米双塔斜拉桥施工（中铁隧道局一处总体分包，范团队实施，我任总工程师）；重庆沙坪坝石门嘉陵江大桥斜拉索更换工程（周团队实施，我和周常驻现场，周为项目经理，我任总工程师）；湖北恩施瀑布沟主跨280米钢管混凝土拱桥上部吊装施工（中铁十七局分包，范团队实施）。在拿到高难工程项目分包同时，投标也拿到不少加固工程项目，一时间，公司机关只有十来个员工的中交三公局桥梁特种工程公司任务饱满，公司成立两年后年合同额达到5亿元，这个营业额可不是小数字。获得工程项目的经营问题解决了，公司成立第一年就开始盈利。运用个人人脉，招揽合作队伍获得项目的经营思路，获得初步成功。

主要靠个人信誉和技术实力分包的多个新建高难桥梁工程项目，为了保证圆满安全实施，如期完成，管理难度很大。公司采取以下管理措施，确保项目圆满实施完成，业主满意，公司和实施团队均获得较好利润。

建立由公司派出人员管理或所有项目资金全部由公司结算汇回公司，

公司按内部承包协议扣收管理费，再按内部承包协议规定，将资金分配到项目；对主包（业主）方不同意将资金转回公司的项目，公司派出财务人员驻工地管理财务，大笔开支须经公司领导同意。公司管理的第一要务是必须按内部分包合同规定，采取有效措施和办法控制住项目资金并如数收回上缴管理费。

公司班子成员实行年度经营目标承包责任制，年度经营目标任务书规定公司主要领导成员，我、王（前期为周）、梁每人的年度经营目标。按完成任务目标，上缴管理费情况考核，实行奖惩兑现：自己有实施队伍的领导（王、梁）完成自己经营得来的项目上缴管理费（前期为工程合同价1%—3%，随着公司管理人员增加，实力增强，逐渐改为3%—6%，经测算后确定），自己没有实施队伍的领导拿到的工程项目交给合作队伍实施，上缴管理费为3%—6%。不是公司领导成员获得或完成的工程项目，上缴的管理费作为与该项目获得有关系领导完成的任务。有实施队伍的领导不能在公司报销差旅费和经营费。

在完成公司全年上缴管理费目标任务的前提下，超额上缴的管理费，公司和上缴领导按四六分成（公司四成，个人六成），分成比例一年一定。

早期，对项目（包括有实施队伍的公司领导）承包人实行风险抵押承包，如王在承包北京顺义柳各庄大桥改建工程时，将他成都家的房产证和他自己公司的资质作抵押，其他项目承包人员也在工程支付时按次扣抵押金。

风险抵押承包是在合作双方还没有通过合作项目相互了解时，有效控制风险的方法。通过成熟合作相互建立诚信后，抵押承包可不再采用，只控制住项目财务和资金流动即可。

经营和财务管理的以上制度，在公司成立早期，公司和个人利益挂钩，形成灵活有效的多个经营和工程实施团队，纳入以财务控制为重点的规范管理，公司和个人都得到较好收益，公司起步良好，年年盈利。

2005年10月下旬，我到成都四川交通职业技术学院给400多位师生讲课，讲课后和学院领导商量招一批路桥专业毕业生到路桥集团三公局桥梁特种工程公司（现为中交三公局第六工程有限公司）工作。这是路桥集团三公局第一次到四川交通职业技术学院招生，学校领导很重视，研究后很快做出决定，推荐应届优秀毕业生宋茂辉等10名学生到北京工作，给桥梁特种工程公司增加了一批技术生力军，他们也是首批从事桥梁加固维修工作的技术人员。经过10多年工地锻炼，宋茂辉带领的团队，完成了国内以及东南亚国家100多座各类桥梁抢险加固，成长为桥梁抢险加固专家、工程项目经营管理能手。宋茂辉现任中交三公局第六工程有限公司副总工程师。

桥梁特种工程公司就这样开始有了自己的工程项目管理团队。

公司成立前三年，拿到多个新建桥梁和桥梁加固的技术高难项目，多年主持特大桥的施工实践，让我个人去主持施工这些项目，都不是难事，现在具体在现场主持施工的是有10年以上特大桥施工经历、大学桥梁专业毕业的经验成熟的技术人员。有丰富的工地管理经验，主持现场管理一般不会有问题，我只需要主持制定好关键施工技术方案，把住技术创新关。关键工序主拱吊装时，到现场参与技术与安全把关，直到工程进入正常施工阶段。所有重大项目，均安全顺利实施完成，无重大安全事故。

重庆石门嘉陵江大桥不中断交通更换斜拉索，是社会影响特别大的技术高难项目，我和周全程坐镇管理，开发创造斜拉索快速更换发明专利

2009年石门嘉陵江大桥快速更换斜拉索施工现场

“快速拆卸斜拉桥拉索的施工方法”（专利号：ZL 2009 1 0103453.6）。至此，我国斜拉桥快速更换斜拉索再也不是难事。17个月的合同工期只用了6个月安全圆满完成。获得较高信誉和良好经济效益。

雅西高速13标段大渡河主跨220米双塔斜拉桥，中铁隧道局一处整体分包项目。难度大、单价低，分包单价怎么核算都无利润，技术风险和成本风险很大，三公局没有分包业绩，凭我个人业绩和信誉，主包方中铁隧道局决定整体分包给中交三公局。此项目如管理好，上缴管理费后最多保本，稍出问题就会造成重大亏损或发生重大安全事故，三公局领导班子召开会议，反对分包该项目。由于我坚持分包，时任三公局董事长杨燕也凭借在湖北几座长江大桥施工时对我个人能力和业绩的了解，支持我提出的以三公局的名义分包，交给我带领桥梁特种工程公司实施。

我亲自任项目总工程师，主持制定关键施工技术方案，关键施工节点坐镇现场指挥，重庆交通大学毕业有10年以上工地管理经验的范任项目经理，带领他的团队实施。

三年工期下来，该项目圆满完成，取得良好经济效益。

从2005年到2009年底，三公局桥梁特种工程公司在经历初建发展困难期以后，进入顺利发展阶段。我也在北京度过了退休后充实和快乐的5年时间。

2008年5月12日，四川汶川特大地震发生时，中交三公局桥梁特种工程公司的建桥施工团队正在承建都江堰市聚源镇附近的岷江四桥，第一时间将正在施工的工地吊车和装载机开到离工地不远的聚源中学，和同时赶到的消防兵一起，从学校倒塌大楼的废墟里救出十几个学生。以后又按抗震救灾指挥部安排到其他地方救灾。中交三公局都江堰岷江四桥项目经理部荣获中华全国总工会颁发的“5·12”抗震救灾“工人先锋号”称号，项目部青年技术人员张翼荣获交通部和国资委分别颁发的“5·12”抗震救灾“抗震英雄”称号，四川交通职业技术学院毕业的青年技术人员罗小娟荣获国资委颁发的“5·12”抗震救灾“优秀共产党员”称号。

桥梁特种工程公司（以三公局名义获得）承建的特大桥项目由我亲自管理，实施团队的领队都是四川路桥出来，有10年以上主管特大桥施工，经验丰富的技术人员。实施过程都较顺利，圆满完成施工任务。

其他外协施工团队承担的公路改扩建工程和桥梁加固工程以及其他加固维修工程，工程量不大，分布地区广，公司管理难度较大，由于实施团队领队的个人素质参差不齐，在一些项目投标和实施过程中出现一些问题，有的发生工程质量问题，有履约过程因亏损出现找业主扯皮的问题，有的在投标过程中出现违规行为，严重损害公司和三公局形象……管不住会出大问题。作为长期在国有企业从事正规经营管理的桥梁特种工程公司实际控制人，我对这些行为无法接受，也绝不会容许。

公司按分管领导落实项目责任，责成发生问题的项目领导自找律师专门处理。好在发现问题及时，较快处理完成，没有酿成影响公司生存的恶果。

带好公司团队、管住每一个工程项目使公司健康发展，须制定严格的管理办法。公司核心成员、项目经理的个人素质，是完成好每个项目的关键，除了综合管理能力，遵纪守法、信誉和人品，是选择合作伙伴的基本要求。

进入2009年，政策变化。所有合资的三级子公司，只要是没有亏损的，个人股份一律退出，经第三方会计师事务所评估后，由控股单位按评估市值收购个人股份，变为国有全资公司。三公局总会计师蔡，反复给我做工作，谈了央企规定和三公局要收购我和周全部股份的决定。

按桥梁特种工程公司章程规定，要变更公司股份，必须2/3的股权同意，我和周的股权为49%。按此规定，如果我们不同意，三公局无法收购我们的股份。事情就这样僵持下来，在前后三个月的时间里，我们不同意三公局收购个人股份。蔡很着急，多次做工作无果。

事情的变化源于一次个别班子成员在投标过程出现违规行为。对此违规行为，作为公司实际法人的我惊出一身冷汗，万一弄出法律责任等大事情，得由实际法人承担。在四川路桥工作40年，我从未出现过任何差错，快70岁高龄，还来担法律风险。经过反复考虑，决定退出这样的工作环境，将公司股权转让给三公局，只担任公司的高级技术顾问。

三公局以1∶1.8的股比，收购了我和周的股份。此时，桥梁特种工程公司待收利润超过600万元（超过公司一年的开支），年营业额5亿元，发展势头很好。

三公局派来的董事长沈总和总经理李总2010年正式接管桥梁特种工程公司，接管后改名为三公局桥梁隧道工程公司（桥隧公司）。

不当企业的实际法人，心情轻松了许多，快70岁的人了，再也不用承担完成每年目标任务和目标指标考核的压力，不会牵涉进因个别人违规行为可能给公司带来的麻烦，虽然公司未完成的特大桥项目技术管理责任仍然要我承担，承揽新的特大桥项目还需我的业绩和信誉，甚至亲自出面参与投标答辩。

当三公局桥隧公司高级技术顾问后，2010年和以后几年仍然工作繁忙。

桥隧公司特大桥管理业务：三次到雅西高速13标苏村大桥（主跨220米斜拉桥）拍板处理技术问题和工程质量问题，年底大桥合龙前往进行技术指导和技术把关，大桥圆满合龙建成。

和周配合，从中铁十五局分包天津临港主跨300米独塔海河大桥钢箱主梁安装任务，多次到天津临港海河大桥工地进行技术指导和主要施工方案技术评审。

2007年，公路学会桥梁专委会主任王副院长（公规院副院长）及秘书长、著名桥梁专家曾副院长（公规院院长助理），多年交往知道我在路桥行业内的经历和业绩，通知我填报申请茅以升桥梁大奖的申请书。茅以升桥梁大奖是我国土木工程界最高个人奖，也是两年评选一次的土木工程界个人终身成就大奖，是难得的殊荣。此时我觉得自己退休多年，不愿填表申请。时任桥梁特种工程公司经理的王不同意，自己到公路学会桥梁专委会领回申报表格，劝我认真填报，说这个大奖也许对我用处不大，但他们跟我到北京打拼，这个奖对公司和我们团队太有用了。我被说服，认真填报申请书并整理好200多页的业绩资料附件。

凭借万县长江大桥荣获国家科技进步一等奖主研人员的业绩，2008年我荣获第17届茅以升科学技术奖——桥梁大奖（终身成就大奖）。同时荣获大奖的有大桥局的唐寰成（时年80岁，茅以升的工作助手）。此时，国内从事特大桥梁施工获得此殊荣的只有我和陈总。后来从事特大桥施工的

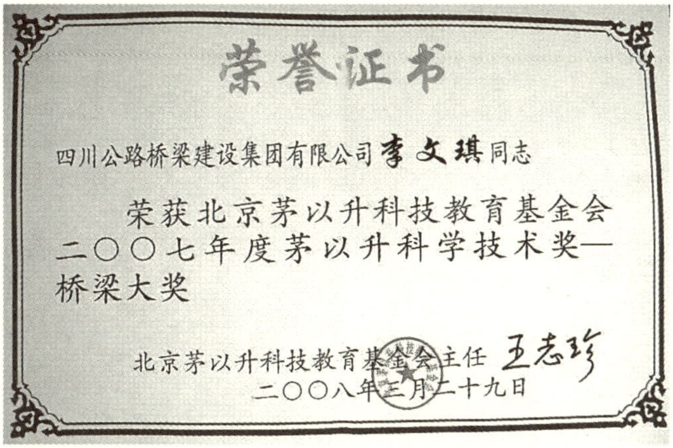
荣誉证书

四川公路桥梁建设集团有限公司李文琪同志

荣获北京茅以升科技教育基金会二〇〇七年度茅以升科学技术奖—桥梁大奖

北京茅以升科技教育基金会主任 王志珍

二〇〇八年三月二十九日

荣誉证书

中交二公局原总工程师薛总也获此殊荣。

2007年，在建的湖南凤凰桥垮塌，死亡64人，我作为国务院调查组专家组成员在事故现场调查15天，最终该事故确认为质量事故。

2010年7月，参加国务院调查组（交通部派出张处长、我、小杨三人）到洛阳调查处理栾川汤镇伊河大桥因洪水垮塌、死亡66人事故，河南交通规划院分析提出的桥梁垮塌原因的计算分析报告为调查组全体成员接受，处理结论为自然灾害造成桥梁垮塌。

经交通部推荐，我被新疆交通厅聘为乌鲁木齐到伊宁高速公路果子沟大桥专家组成员，三次随专家组到大桥工地技术指导。一次陪同新疆交通厅厅长出行一周检查伊宁地区在建高速公路。

我多次到全国各地参加规范和特大桥梁专家评审会，多次到国内各地讲学，主要讲课内容有：长大桥梁技术创新和关键施工技术决策、桥梁健康检测及预防性养护、桥梁加固关键技术及加固决策、公路桥涵施工技术规范主要内容（2011版规范发布后多次在国内宣讲），等等。

自2007年开始到2015年，先后7次参加交通部专家组进西藏，检查和考察公路建设情况，其中3次进墨脱检查扎墨公路建设情况（墨脱公路2013年建成通车）。

2019年新中国成立70周年，荣获中共中央、国务院、中央军委颁发的“庆祝中华人民共和国成立70周年纪念章”。

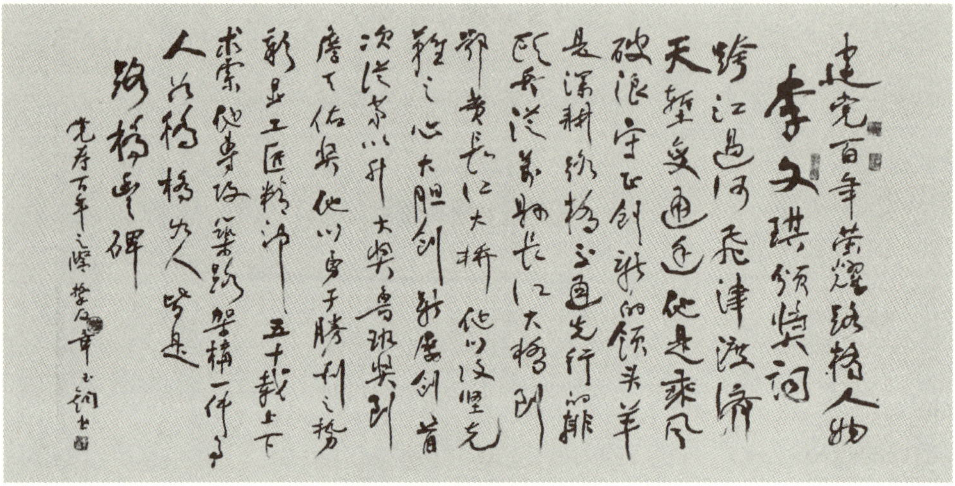

李文琪颁奖词（章玉钧书）[①]

2021年建党100周年，荣获“建党百年·荣耀路桥人物”奖章。这一生我只不过做了应该做的事，颁奖词评语让我心潮起伏，久久不能平静：

> 跨江过河，飞津济渡，天堑变通途。他是乘风破浪、守正创新的领头羊，是深耕路桥，交通先行的排头兵，从万县长江大桥、宜昌长江大桥到鄂黄长江大桥，他以攻坚克难之心，大胆创新力拔头筹，从茅以升大奖、鲁班奖到詹天佑奖，他以勇于胜利之势彰显工匠精神。五十载上下求索，他专攻筑路架桥一件事，人如桥，桥如人，皆是路桥丰碑。

2019年底我正式从中交三公局桥隧公司技术顾问岗位退下来，坚持继续学习，撰写回忆录等，参加特大桥梁专家评审会，继续为祖国桥梁建设奉献力量。人生苦短，学习进取是永恒的主题。

① 手书颁奖词在后来正式发布时略有修改。

第十一章

江山代有才人出

1993年5月，四川路桥总公司成立；1998年4月，四川路桥建设集团有限公司成立，1999年6月改制成立四川路桥股份有限公司（简称“四川路桥”）。

组成四川路桥之一的原四川省桥梁工程公司（四川省交通厅公路第一工程处）前身，源于新中国成立初期西南区公路局雅甘工程处下属两个桥工所，飞仙关桥工所、泸定桥工所。飞仙关桥工所主任贾云轩，副主任魏雯云（军代表）、傅正恂；泸定桥工所主任黄渭全、副主任李正芝（军代表）、胡振先。

1951年9月，西南区公路管理局重新组建羌江桥工队和金沙江桥工队。羌江桥工队负责修建雅安羌江桥，金沙江桥工队进藏修建川藏公路沿线桥梁。

1953年羌江桥工队更名为第一桥工队，队长胡振先；金沙江桥工队更名为第二桥工队，队长黄渭全。

1954年7月1日雅安羌江桥竣工通车，一桥队也进藏修桥。

1958年8月交通部公路总局第一工程局同时下放四川的两个桥队，组建成桥梁工程处（简称桥工处），1400多人。

1960年6月，原四川省交通厅公路第一工程处机关迁往渠县，承担风洞子闸坝工程，处长张振德，党委书记浮振古。

1961年2月，桥工处改属四川省交通厅公路局领导，处机关移驻渠县凉滩闸坝工地。黄渭全任副处长，承建渠县凉滩闸坝工程。

1961年12月29日，第一工程处副处长魏培德率风洞子工地四川交通厅公路第一工程处第三工程队到凉滩闸坝工地，与桥工处合并，取消桥工处名称，统称四川交通厅公路第一工程处，下辖5个工程队。党委书记屠长夫、处长张振德、副处长（副书记）魏培德、副处长黄渭全。

1963年8月，公路第一工程处成建制调出第四、第五工程队1000多人，包括党委书记屠长夫、副处长郭仲常、黄渭全，移交交通部“兵办”，实行“工改兵”，编为“851大队”，后改为交通部第四公路工程局，与中交二公局合并，是现在的中交二公局一公司和路桥华南工程公司前身。留四川的第一、第二、第三工程队仍为四川公路第一工程处，即四川省桥梁工程公司前身。

四川路桥，从修建川藏公路开始，每个人都有一部默默无闻、为我国公路桥梁事业勤奋劳动、奉献一生的历史，一言一行都体现着中国工人的聪明才智和优良品质，潜移默化激励着下一代路桥人。

川藏公路十万筑路大军，以血肉之躯，靠原始的劳动生产工具，众志成城，在生命禁区的世界屋脊建成天路，把西藏和祖国内地紧紧连在一起。他们是我国交通建设的老红军，像种子一样，把“一不怕苦、二不怕死、顽强拼搏、甘当路石、军民一家、民族团结”的“两路”（川藏、青藏公路）精神，一代一代传承给后来的筑路人，是我国交通强国的基石。

川藏公路1950年4月1日开工，1954年12月25日通车，全长2255公里。桥工所建桥人员，在条件万分艰苦、材料设备奇缺、平均海拔3000米以上人类禁区的自然条件下，忘我拼搏、艰苦劳动，发挥“艰难多吓不倒，条件差难不倒，任务重压不倒”的“三不”精神，承建了数十座桥梁，主要有：飞仙关大桥和泸定大渡河大桥（均为三跨连续钢桁加劲悬索桥，1951年建成通车），昌都桥（三跨连续钢桁加劲悬索桥，1952年建成通车），吉塘桥（35米主跨箱形结构木钉板梁桥，1952年通车），东九桥（木桥墩，贝雷钢梁上部，1952年通车），卡达桥（全木结构桥梁，1952年通车），顿桥（八字排架木桥，1952年通车），怒江桥（川藏公路最险大大桥之一，1953年11月建成通车），加玛其美桥（双层贝雷钢梁桥，1953年通车），通德桥（25米八字撑托梁桥，1953年通车），新路卡桥（木桥墩贝雷钢梁桥，1953年修复通车），通麦桥（用圆木打桩机将圆木桩打入河床建造6座桥墩，上部全木结构，1954年通车），拉萨河大桥（木打桩机将木桩打入河床建造多座桥墩，上部全木结构，1954年通车）等。

1951年通车的飞仙关大桥

1952年通车的吉塘桥

1952年通车的东九桥

1952年通车的卡达桥

1953年通车的加玛其美桥

1953年通车的通德桥

1954年通车的通麦桥

1954年通车的拉萨河大桥

一、第一代路桥人（20世纪50—60年代）

穰明德是川藏公路建设总指挥。黄渭全、胡振先、张观寅、王必初，还有1964年凉滩闸坝调整机构后成立的第四工程队技术负责人简国良，我的良师益友韦日宝等一大批技术人员，是参加川藏公路建设的我国第一代工程技术人员，也是四川路桥桥梁施工第一代技术领军人物。

穰明德，1931年参加工农红军，历任二野后勤部党委副书记、副政委等职务。战火硝烟中，穰明德转战大江南北，为解放全中国立下了不朽功绩。新中国成立后，穰明德服从组织安排，先后担任西南军政委员会交通部副部长兼公路管理局局长、党委书记。新中国成立后的穰明德，本可以安心在地方工作。为了祖国的需要、党中央的重托，临危受命，出任川藏公路修建司令部（西南军区支援司令部）政委，走进高寒缺氧、艰苦卓绝的筑路战场。1951年5月，成立川藏公路修建司令部（西南军区支援司令部），十八军后方部队司令员陈明义兼修建部司令员，穰明德临危受命任政治委员。周恩来电示中共西南局："决定穰明德同志为党中央、毛主席派到西藏负责修路的全权代表。"在修筑川藏公路艰苦卓绝的四年多时间里，穰明德亲自决策，亲临现场指挥。说起雷厉风行的实干家穰明德，无人不知、无人不晓。他坚持原则、铁面无私，又关心群众、体恤下情。他说："对党内的人，我特别严。对于向困难低头的人，要作无情的斗争。”自1950年4月在雅安动工，穰明德不辱使命、勇于担当，他和筑路战士发扬一不怕苦、二不怕死精神，攻坚克难、顽强奋战，1950年8月25日通车到甘孜，提前完成贺龙原定的时间任务。

我在建设泸州长江大桥时和以前的工地上，曾长期和川藏路老工人一起工作，工间和工余，听得很多的议题都是讲述穰明德指挥修建川藏公路的故事，很多川藏老工人只知道“穰青天”不知穰明德，说起“穰青天”无不交口称赞。“穰青天”爱兵如子，对筑路工人亲如家人、无比关怀，对工作不努力的干部却十分严格。如果没有“穰青天”指挥修建川藏公路，可能牺牲的人还会更多。1953年11月，历时6个月的奋战，一座长87米、高40多米的钢架桥横跨在怒江两岸，怒江桥是川藏公路最险的桥梁，它使怒江天险终于变成通途，贝雷钢梁架设那天，穰明德亲自站在贝雷钢梁上指挥架设。

穰明德亲自指挥川藏路怒江桥钢梁架设

黄渭全，曾任雅甘工程处泸定桥工所主任。在修建怒江桥时，他发挥聪明才智，在难于建桥的地方成功架设钢木结构桥梁跨越怒江。黄渭全当年在艰辛建桥之余，利用自有135相机，留下大量川藏公路建设照片。1962年国家派黄渭全任专家组长带队到缅甸援建滚龙桥（钢桁梁

1953年通车的怒江桥（黄渭全　摄）

1953年，黄渭全在怒江桥工地

桥），1964年回国到新成立的交通部第四公路工程局，1965年开始再次带队出国，连续10多年多次出国，带领中国桥梁专家团队到缅甸、尼泊尔等国援建桥梁。20世纪70年代中期，年近60岁的黄渭全回国，任四川省交通厅科技处处长。1977年任泸州长江大桥副指挥长兼总工程师，1980年秋季开始主墩2号双壁钢围堰高桩承台深水基础施工，设计要求1981年汛期前必须完成全部12根钢筋混凝土钻孔灌注桩并浇筑完成双壁钢围堰2000立方米封底混凝土，基础才能安全渡洪。黄渭全副指挥长决策，提出设立6万元工期目标奖，要求汛期前按设计要求完成桩基和封底混凝土施工任务，大桥指挥部党委研究同意执行。这可是国家改革开放前夜的大胆决策，钱不多但意义深远，激励了全体员工的建桥激情。泸州长江大桥2号主墩双壁钢围堰2000立方米水下混凝土浇筑施工，大桥指挥部动员泸州全市机关、工厂等6000人，参加机械施工和人工运输同时进行的水下封底混凝土浇筑，连续作业53小时完成，在洪水淹没钢围堰顶前6小时完成最后一根钢筋混凝土钻孔灌注桩水下混凝土浇筑，实现了2号主墩深水基础安全渡洪。泸州长江大桥是我国在长江上建成的第一座公路桥梁，大桥建成后，黄渭全主持完成编写《泸州长江大桥施工技术与施工管理》，将建桥施工技术和管理经验留给后人。

胡振先，曾任泸定桥工所副主任。带队修建川藏公路雅安羌江大桥，1954年建成。雅安羌江大桥为主跨50米现浇钢筋混凝土双悬臂混凝土梁桥，跨中悬臂间有一段31米长的钢挂梁，当时是国内先进的钢筋混凝土梁桥，全部混凝土梁在乱石嶙峋的青衣江上搭设木料满堂支架浇筑完成，苏联专家参加桥梁建设咨询。川藏公路建成后，历经机构调整，胡振先任四川省交通厅公路第一工程处主任工程师（现在的总工程师），1961年到1964年建成凉滩闸坝工程，以后又承担川云西线改建，完成开发攀枝花钢铁基地的公路运输线建设。

张观寅，1950年毕业于贵州大学土木系，毕业分配到昆明城建局，正准备去报到时，和他同时毕业的十几个同学一起接到通知，到西南交通部的川藏公路建设工地报到，成为十万筑路大军的一员。那时的大学生技术人员在十万建设大军里可是比熊猫还要珍贵，张观寅穿上军装，腰里别上左轮手枪，和成天不离左右的助手一起，助手负责保护年轻的张工程师安全和协助工作。分配给张工程师的工作是为筑路大军打前站，沿路搭建筑路队驻地工棚，负责设计和指导工棚搭建。白天披荆斩棘开路选址，晚上提防土匪袭扰，历尽艰辛。工作一年多以后，调入昌都桥建设工地，成为建设昌都钢梁悬索桥的技术人员。那时，工地水泥稀少，混凝土一般加入石灰膏配制，以减少水泥用量和改善混凝土和易性。1965年我在川云西线（雅安到攀枝花老公路）改建工程的雀儿窝30米跨弯石拱桥施工时，配制混凝土中也加入石灰膏改善和易性，砌筑片石混凝土拱圈，效果不错。川藏公路建设缺乏混凝土试验检测设备，为判定混凝土实际强度，不少时间用左轮手枪射击已浇筑完成的混凝土，根据弹孔深度和经验，判定混凝土强度。张观寅1961年到渠县渠江凉滩闸坝工地，担任闸坝主体工程施工的四川交通厅公路第一工程处（简称川交一处）第一工程队技术负责人至1964年闸坝建成。1964年末，随川交一处第一工程队到国家新开发的钢铁基地攀枝花市，任技术负责人（总工程师），承建主跨179.19米、第一座跨越攀枝花市区雅砻江的公路钢桁架悬索桥，一段时间内，该桥是当时攀枝花市区连接雅砻江两岸的主要通道，现已作为历史文物保存起来。1977年，张观寅参加泸州长江大桥建设，任现场指挥组副组长。张观寅是我成长为国家有用的桥梁工程师的第一个老师。从我由学校毕业到凉滩闸坝工地报到开始，他就对我进行了技术人员工作要严谨的教诲。他要求我测量驻地平面图；批评我测量大坝围堰前的水深只说大概数据，并严令重测。张观寅这种工作态度，对国家和人民负责的建桥精神，是川藏公路建设“两路”精神对我们后一代桥梁技术人员的直接传承。

王必初，和张观寅同一时期参加川藏公路建设，是手把手教我桥梁施工技术的老师。现在已无从知道王必初参加川藏公路建设的经历，应该也是在黄渭全领导的雅甘工程处桥工所，历经千辛万苦全程参建川藏公路沿路桥梁建设。1961年建设渠县凉滩闸坝工程，王必初是川交一处第二工程队技术负责人。川交一处第一工程队和第二工程队是川交一处主力工程队，承担凉滩闸坝两岸各一半主体工程施工。1965年王必初任第二工程队技术负责人完成新建乐山徐浩大桥。1966年王必初参加川云西路（成都到攀枝花钢铁基地）改建，任新建石棉大渡河大桥主任工程师，石棉大渡河大桥为主跨80米T型刚构桥，是当时国内最大跨度的同类桥梁，由川交一处第二工程队和新成立的第八工程队联合施工。1966年的石棉大渡河大桥工地，是川云西线800公里改建工程，4万筑路大军指挥中心，交通厅、公路工程局、川交一处领导齐集工地，指挥全线工程。1977年到1982年，王必初任泸州长江大桥工程处长兼主任工程师，工程一线施工实际负责人。建设泸州长江大桥五年，我天天和王必初老总工作生活在一起，聆听王总教导。我主持泸州长江大桥4号主墩施工和编写全桥竣工资料，每一个施工技术创新和编制的每一项施工组织设计方案及施工总结，得到王总反复教诲，指导我修改完善，最后圆满完成。王总对技术精益求精、一丝不苟，具有丰富的施工经验和高超的技术水平，是我们学习的榜样。在我以后承担的多座特大桥梁工程施工中，面临一个又一个施工技术难题，努力学习、依靠技术人员和老工人群策群力，千方百计突破一个又一个技术难关，圆满建成大桥实现技术创新，都受益于从王必初老师这里学到的工作方法和技术。

1953年架设怒江桥时，起重工何文明在安装拖拉贝雷钢梁的千斤头

近期收集当年川藏公路建设资料，在

央视播出的《巍巍川藏路》纪录片里，看到了1953年八一电影制片厂于成志摄影师拍摄的怒江桥架设实况影片。架设贝雷钢梁时，看到起重工何文明安装拖拉贝雷钢梁千斤头时的特写镜头，十分震撼。这个极为珍贵的镜头，彰显了川藏公路建设时期，老一代四川路桥桥工的业绩。

二、第二代路桥人（20世纪70—90年代）

在第一代路桥前辈的言传身教下，第二代路桥人成长起来了。

川藏公路的老工人群体，许多人和我共事20多年，是我的良师益友。他们是桥梁工程队施工作业的领头人和技术核心，朴实无华、任劳任怨、乐于助人，有熟练的作业技术、丰富的桥梁施工经验。他们教会我堂堂正正做人；教会我爱岗敬业，吃苦耐劳；教会我各种桥梁施工作业技术。他们是我解决各种技术难题的依靠，是我完成桥梁工程任务的精神支撑。他们对我的关心、爱护和帮助，让我终生感激！

他们是：曾子贵（石工工长）、陈福清（石工工长）、熊开福（起重工长）、樊子良（木工工长）、黄文彬（石工工长）、周汉江（木工工长）；桥梁施工作业技术骨干：肖代庆（起重工长）、何文明（起重工长）、潘海云（起重工长）、苏光华（钢筋班长）、王华先(石工工长）、邱德祥（电工班长）、曾光华（木工工长）、张崇德（石工工长）、马良新（木工工长）、黄维银（石工工长）、龚福斌（起重工长）等。

在此，我不得不说说肖代庆。

肖代庆，1951年（22岁）加入川藏公路筑路大军，到飞仙关大桥工作。20世纪50年代，四川省交通厅评选出交通系统第一代“八大起重工装吊工”，他就是得奖者之一郑子和的徒弟。起重工是桥梁施工的核心工种，“八大起重工装吊工”还有魏延仁、吴春涛、李荣发、宋再生、廖金山等，他们是从桥工队中精挑细选出来的反应敏捷、身体强壮的骨干。那时的肖代庆身体强壮、力气大，积极肯干，外号人称“肖蛮子”，这个外号从建设川藏公路起就一直跟随他，直到1986年建设犍为岷江大桥，大家才改称他“肖大爷”。肖代庆因积极肯干，加上脑子灵光，很快脱颖而出，1960年被评为全国劳模，五一劳动节还到北京参加全国劳模代表大会。1962年，国家派黄渭全任专家组长，带队出国到缅甸经援建设桥梁，肖代庆随黄渭全出国到缅甸建桥，修建缅甸的滚龙桥，靠几台卷扬机、钢丝绳、贝雷梁和苏式吊车，完成500多米长的大桥施工。1964年和黄渭全调入新成立的中交第四工程局，继续跟随黄渭全到缅甸、尼泊尔等国援建桥梁。1969年，我国援建坦赞铁路，时任交通部第四工程局长的邱先忠（老红军，1950年转业后历任西南区交通部人事处处长、工程局政治部主任，西藏自治区交通厅副厅长，交通部公路总局第一、第四工程局局长，四川省交通厅厅长等职），出任坦赞铁路公路组组长，指名带肖代庆跟随他出国援建坦赞铁路上的公路桥梁，指挥多座公路桥梁吊装，其中有通向野生动物园的卡乌埃大桥。1975年肖代庆回到成都。1980年去尼泊尔修建吊桥。1982年肖代庆到民主也门（南也门）援建津吉巴尔大桥。1984年肖代庆从南也门回国后再次受交通部委派和老起重工龚福斌等三人到尼泊尔，援建并吊装完成法国人无法完成的任务。1986年随我到犍为岷江大桥工地一起工作，直至1995年到万县长江大桥工地。

1965年开发攀枝花改建川云西线，在雅安渍江桥开始和我共事的木工班长姜兴模，称得上工程队的鲁班，文化不高却绝顶聪明，不用技术人员费心，只要交给他设计图纸，他就能把结构复杂的混凝土施工模板设计、制作出来，无一差错。为人正派敢作敢为。20世纪80年代后期起，他长期任工程队（后改名工程处）负责人，主持桥梁施工，完成的项目全部质量优良、利润丰厚，几十年里我们一直保持着兄弟般的情谊。钢筋班长邓明全、汪本会，电工班长陈胜祥等师傅，没有他们的合作支持，泸州长江大桥的多项技术创新不可能完成。

从20世纪80年代初建设泸州长江大桥开始，我所在的第二工程队的罗友云、康中华等第二代青年起重工逐渐成长为起重大师傅。康中华从犍为岷江大桥、郧阳汉江大桥、万县长江大桥、鄂黄长江大桥、荆岳长江大桥到以后我在北京公司承建的桥梁，30多年里，一直担任起重工长，指挥多座特大桥梁起重吊装和负责工地安全管理，把一生献给了我国桥梁建设事业。第二工程队起重工长罗友云、第三工程队起重工长黄永元、第四工程队起重工长杨富邦、第五工程队起重工长赵德宽等，都是肖代庆这一代起重工的徒弟，都有与康中华类似的经历，长期活跃在桥梁建筑工地上，指挥一座又一座特大桥梁的吊装或负责工地安全技术管理。何文明也是“八大起重工装吊工”之一郑子和的徒弟，何文明的徒弟赵德宽与我合作完成内江西林大桥6孔70米箱形拱桥吊装，三塔双跨缆索吊机只用一组天线，顺利完成全部拱箱吊装，实现技术创新。

记得1978年在泸州长江大桥南岸川交一处第二工程队驻地大门外，王必初和张观寅走在我前面，走着走着他们忽然回过头来，指着跟随在他们后面的我说：“长江后浪推前浪，他们这一代人一定会建成比我们这一代更大更多的大桥。”两位前辈的话至今记忆犹新。

20世纪80年代初，改革开放大潮方兴未艾。技术成熟、人品好，有领导能力的技术人员走上领导岗位，他们有丰富的工程管理经验和高学历，还有部队转业、学历较高的领导任党委书记，搭配成为工程处领导核心。第二工程队技术人员石维平任四川省桥梁工程公司（川交一处）经理，不久被派出国。川交一处第一工程队攀枝花雅砻江悬索桥时期的施技组长李四元任四川交通厅公路局副局长，兼任四川省桥梁工程公司（川交一处）经理，第三工程队技术负责人卢震先任四川省桥梁工程公司总工程师后任四川交通厅公路局总工程师，第五工程队技术负责人丁长寿任四川省桥梁工程公司副经理，原第八工程队技术人员李録锌任四川省桥梁公司总工程师。连续两届党委书记由部队复原领导张家齐、王怀忠担任，他们都是我的良师益友。各工程队的党支部书记大部分由20世纪60年代中期参加工作合同制工人中的优秀者担任。经过10多年工地磨炼，他们和从川藏公路下来的技术人员及作业工人，经历一座又一座桥梁施工的融合磨炼，两代路桥人的交接班逐步完成。

第二代领导班子带领四川省桥梁工程公司3000多名员工，紧跟国家改革开放大潮，同时承建多座长江上的世界级或国内一流大桥以及省内各大江河上的特大桥梁。通过激烈投标竞争，走出省外承建国内第一座主跨400米以上混凝土斜拉桥，实现技术进步，公司产值和规模大跨越，成为国内知名的特大跨公路桥梁工程公司。

1993年7月，四川省交通厅公路一、二、三工程处和交通厅援外办公室合并，事业单位改为企业，成立四川公路桥梁工程总公司，李四元任总经理兼党委书记，我任副总经理兼总工程师。交通厅内部的施工队伍推向市场，充分发挥自身优势，在市场竞争大潮中，几年时间，四川公路桥梁工程总公司成为实力雄厚、国内知名度较高的公路工程专业公司。

农民工是我国改革开放和工业化、城镇化进程中出现的新型劳动大军。我国通过40多年以经济建设为中心的改革开放，成为世界第二大经济体，离不了农民工的贡献。根据资料介绍，至2021年，我国农民工总量29251万人，是产业工人的重要组成部分。

高中学历的农民黄上泉（外号“川喜”），长期在桥梁工地施工作业第一线承担最艰苦的工作，从1987年作为劳务民工进入四川路桥桥梁工程工地，到2021年迄今已逾35年，他带领的农民工团队发展壮大，是四川路桥发展壮大不可或缺的一部分。1987年，四川省桥梁工程公司第二工程队在泸州龙泉桥施工，因劳动力不足，招收当地19岁农民黄上泉带领同村农民做一些工地的搬运、勤杂等工作，农民工从此进入桥梁工程工地，他们农闲到工地打工，农忙回家收获播种。1988年犍为岷江大桥主桥索塔施工，黄上泉带领的民工队参加混凝土索塔施工，配合承担索塔施工的川交一处第二工程队老工人进行索塔混凝土浇筑，主要工作是配合施工作业，承担施工一线作业的主力还是于20世纪60年代参加工作的桥梁工程公司第二代老桥工，农民工们农忙时节仍然要回家忙活。1990年承建湖北郧阳汉江大桥工程，第二代老桥工大量退休，一线作业工人锐减，黄上泉带领的农民工作业队成建制编进工程队作业班组，成为桥梁施工作业工人的主力。

21世纪初，黄上泉带领他的农民工作业队，成立了以特大桥梁施工为主业的专业劳务工程公司，他也成为“泸州川喜上城建筑劳务有限公司”“成都喜望建筑劳务有限公司”和“四川泰合瑞辰建筑工程有限公司”主要撑控人。至今，黄上泉带领的团队，已在四川路桥承建的57座特大桥梁施工中完成专业劳务工程，具备同时独立承担多座特大桥梁全部劳务项目的能力。2008年“5 · 12”汶川特大地震和2022年9月“泸定地震”，黄上泉团队参加四川路桥工地施工的工人，跟随四川路桥救援队参加抢险救灾，活跃在最危险的工作岗位。黄上泉团队常年有几百工人在特大桥梁工地忙碌。公司拥有塔吊、汽车吊车、装载机、运输设备的平板车、预应力张拉智能设备、液压爬模等施工设备，还有80吨—100吨龙门吊车6台及配套设备，180吨—200吨架桥机3台及配套设备。每年完成的桥梁施工劳务费约8500万，相当完成工程量10亿元左右，是过去一个桥梁工程队的实力。这期间，黄上泉的劳务公司向四川路桥集团各工地输送了10多名优秀工长。上百名昔日跟随黄上泉打拼的农民工，技术熟练并积累一定管理能力后离开黄上泉，成为一个又一个建筑劳务公司的领头人。

一批有经验、有专长的技术人员，在国有企业工作多年，辞职下海，组建自己的专业公司或劳务公司，参加到路桥行业或其他建筑行业，各自带领一批农民工或其他专业人员从事劳务承包工作或其他工程业务，成为普遍现象。

四川路桥大桥分公司测量技师邓刚，建设万县长江大桥时期进入四川路桥工作，他是现在还在工作岗位的为数不多的当年的轮换工（子承父业）。邓刚从万县长江大桥时期开始学习测量，经历多个桥梁工地学习和操作实践，掌握了红外仪等多种测量仪器使用。近年来，运用GPS静态定位技术和GPS的RTK定位测量技术，完成高速公路线路和特大桥梁二等平面定位和水准高程测量。例如：全程完成四川路桥承建的荆岳长江大桥（主跨816米双塔斜拉桥，线路全长5.419公里）、万州长江三桥（主跨730米双塔斜拉桥，全长2.12公里）全部测量工作。近年来通过自学，熟练运用无人机拍摄三维模型实景，运用软件技术制作成多个项目的工程地形图，由项目部根据需要制作桥梁工程三维透视图。特大跨桥梁的施工控制和施工过程测量，是桥梁施工最重要的工作内容之一，邓刚现在是四川路桥下属公司仅存的专业测量技师。我国经济向更高层次、更大规模发展，各种工程专业公司的分工越来越细、越来越多，虽有各种专业测量公司存在，公司自身拥有一定数量的高级测量人才，是更好完成工程任务的当务之急。

20世纪末，我国的公路基建飞速发展，规模急剧扩大，公路工程项目和特大桥梁项目逐年增多，施工设备、工程材料、施工技术跨越式发展。随着川藏公路的老一代员工退休，曾经是桥梁施工重要工种的石工，已于20世纪80年代后期从四川路桥消失，四川省桥梁工程公司的人员和作业模式已无法满足数量越来越多、规模越来越大的桥梁工程项目建设需要。21世纪开始，基建行业成为我国经济发展支柱之一，国有企业经营和管理模式发生深刻变化。建设万县长江大桥时期，四川路桥招收最后一批轮换工（子承父业），之后再也不招收一般工人，每年从学校招收几百名应届大学毕业生（2022年招收700多名大学本科以上应届毕业生）进入四川路桥工作。国家基建投资越来越大，四川路桥迎来更快发展机遇。

三、第三代路桥人（20世纪90年代末期至今）

1997年是四川路桥新旧交替年。新一代年轻领军人孙云于1997年5月接任四川路桥总经理职务，李四元卸任总经理。1997年10月底，李四元卸任四川路桥党委书记，何元钊接任。孙云上任后，和他的团队带领四川路桥锐意进取、改革创新，第二代路桥人与第三代路桥人完成了交接班。

孙云，1961年12月生，硕士研究生，教授级高级工程师，享受国务院政府特殊津贴专家，全国劳动模范，中国五四青年奖章获得者，茅以升桥梁青年奖获得者，长期从事企业管理、路桥建设技术及管理工作。1981年7月参加工作，从技术员做起，1991年12月任川交一处副处长，当选省党代会党代表，后任桥梁工程公司副经理、工程师。1986年涪陵乌江转体拱桥（主跨200米）项目经理，成功攻克无平衡重转体施工难关。1990年至1995年，主持完成武隆乌江大桥、成渝高速内江沱江大桥、互通式立交桥、涪陵长江大桥等6座大型桥梁，荣获中国建筑工程鲁班奖、交通部优质工程奖、四川省建设工程“天府杯”金奖。“5·12”汶川特大地震发生后，他领队到灾区抢险救灾，抢救伤员100多人，转移群众1万多人，四川路桥被党中央、国务院、中央军委授予“抗震救灾英雄集体”。历任四川路桥总公司总经理兼党委副书记，四川公路桥梁建设集团有限公司董事长、总裁兼党委书记，四川公路桥梁建设集团股份有限公司董事长、党委书记。2008年12月，成立四川省铁投集团，任党委书记、董事长。十届四川省委候补委员，四川省人大代表，四川省人大常务委员会委员，四川省人大财经委副主任、主任。

甘洪，1961年10月生，中共党员，研究生学历，教授级高级工程师。1981年7月参加工作，先后荣获“成渝路建设先进生产者”“中国公路学会百名优秀工程师”“四川省优秀企业家”和“四川省杰出企业家”称号。2019年获全国五一劳动奖章。历任川交一处技术员、三处处长、经理助理。参与或主持修建苍溪河坝大桥、渠县渠江大桥、宜宾金沙江小南门大桥、成渝高速公路内江沱江大桥、内江互通式立交桥、成绵高速公路F合同段等工程项目。2004年起任四川路桥股份公司总经理，完成股份公司重大资产重组，实现整体上市。公司由单一省属施工企业发展为一流综合性企业集团，并先后荣获“中国上市公司100强”“全国五一劳动奖状”“全国抗震救灾英雄集体”“全国文明单位”等荣誉，连续7年入围《财富》杂志中国500强。参加或主持科研项目多次获省部级科技进步奖、国家级工法等，2022年退休。

四川路桥主要承担新建特大桥梁工程的大桥分公司、桥梁公司、华东公司、交建集团，每个公司一年承建的特大桥梁数量和完成的工作量都远超四川路桥总公司时期。这一代在岗负责桥梁工程项目的部分主要技术人员如下：

杨如刚，中共党员，1992年毕业于重庆交通学院桥隧专业。1997年到温州洞头任连岛工程三盘大桥项目经理。通过20年艰苦努力，在浙江交通市场站稳脚跟，先后任舟山连岛工程西堠门大桥四川项目经理，和中交二公局共同完成主跨1650米的西堠门大桥工程，任项目经理完成主跨225米造型奇特的宁波外滩独塔斜拉桥，任四川路桥华东工程有限公司首任董事长开拓沿海市场。每年在浙江市场完成数额不小的公路工程项目，建成的宁波春晓跨海钢桁架拱桥，主跨336米，创造11个专利，2021年获鲁班奖。

卢伟，1971年9月生，2000年博士毕业于西南交通大学桥梁与隧道工程专业，中共党员，教授级高级工程师，四川路桥建设集团股份有限公司总工程师。扎根基层20多年，坚持在桥梁施工一线攻克技术难题，创新铸就“超级工程”，从一名普通技术干部成长为全国知名桥梁专家。任项目总工完成的宜宾中坝金沙江大桥、宜宾长江大桥等获国家优质工程奖，舟山大陆连岛工程西堠门大桥获古斯塔夫·林德撒尔大奖，任总工程师带领四川路桥团队建成主跨1145米的位于北极圈内的挪威哈罗格兰德大桥。获全国和省部级科研奖6项、发明专利4项、实用新型专利5项，作为主研人员参与《跨海特大跨径钢箱梁悬索桥关键技术研究及工程示范》研究，被列为国家科技支撑计划课题。2020年当选“全国劳动模范”。

王祥，1971年9月生，中共党员，大学本科学历，高级工程师。现任四川路桥桥梁工程有限责任公司党委书记、董事长。1993年7月参加工作，参建成渝高速内江互通式立交桥、成绵高速、泸州长江二桥、成都绕城高速等项目；任项目经理完成西藏通麦大桥（主跨256米单塔单跨空间悬索桥，2015年建成）、南溪仙源长江公路大桥（主跨572米双塔钢箱梁斜拉桥，2019年建成，南溪政府授“王祥团队”为“铁军团队”称号）、鄱阳湖二桥四川路桥项目部（主跨420米钢混结合梁斜拉桥，2019年建成）。2008年汶川特大地震后带队参加都汶高速抢险，主持庙子坪大桥百米水下主墩抢险修复和桥梁整体复位。获四川路桥“党课开讲啦”党委书记讲党课第一名。桥梁工程公司获“全国文明单位”等14项国家级荣誉、13项省级荣誉，“天府杯”金奖、银奖各1个，国家级专利6项、科技进步奖3项、省级工法5个，省“五一劳动奖”“工人先锋号”“青年文明号”称号。个人获四川省“五一劳动奖章”、四川路桥“特别贡献员工”“十佳杰出青年”“优秀项目经理”。

于志兵，1975年4月出生，中共党员。1997年7月毕业于重庆交通学院桥梁及结构工程系，教授级高级工程师，一级建造师。现任四川蜀道集团下属交建集团总工程师，四川省钢构智造公司董事长。参与或主持湖北鄂黄长江公路大桥、巫山长江大桥、宜宾长江大桥、湖北荆岳长江大桥、宜宾临港长江大桥等特大型桥梁工程和成绵乐高速铁路工程建设。四川省学术技术带头人后备人选、重庆交通大学和长安大学兼职教授（硕士生导师）、中国公路建设行业协会青年专家；中国公路建设行业协会科技英才；获省部级个人奖3项，参加或主持特大桥获鲁班奖1项，国家优质工程奖3项，“天府杯”金奖3项；省部级科技进步奖12项（一等奖2项，二等奖5项，三等奖5项），发明和实用新型专利16项，软件著作2项，国家及省部级工法6项，国内外核心期刊论文20余篇。

邓亨长，1972年9月生，中共党员。1994年7月毕业于武汉交通科技大学公路与城市道路专业，教授级高级工程师，一级建造师。现任四川路桥建设集团总工程师。参加和主持建造万县长江公路大桥、泸州长江二桥、宜昌长江公路大桥、浙江舟山西堠门大桥、宁波外滩大桥、泉州湾跨海大桥、梅山春晓大桥、宜都长江大桥、犍为岷江大桥（高速）、兴康大桥、赤水河大桥、三官堂大桥、新典桥、土耳其恰纳卡莱大桥等特大桥梁。《公路桥涵施工技术规范》（2020版）编委。建成工程获菲迪克工程项目杰出奖2项、古斯塔夫・林德撒尔奖2项、鲁班奖4项、詹天佑奖2项、李春奖2项。个人获四川省科技进步二等奖2项、中国公路学会科学技术一等奖2项，发明专利6项、实用新型专利21项，软件著作权1项，国家级工法2项、省部级工法8项，在国内核心期刊发表论文20余篇。

倪红，1968年9月生，中共党员。1989年7月毕业于重庆交通学院路桥专业，教授级高级工程师。现任四川路桥桥梁工程有限责任公司总工程师。参与和主持湖北鄂黄长江公路大桥、巴东长江大桥、宜宾长江大桥、渝湘高速武陵山大桥、江习古高速赤水河红军大桥、峨汉高速兰家湾大桥等特大桥梁工程和西成高铁、成贵高铁、川南城际铁路工程施工建设。重庆交通大学兼职教授（硕士生导师）。四川省公路学会桥梁专业委员会副主任委员。完成工程获鲁班奖1项，国家优质工程奖5项，“天府杯”奖7项，部级科技进步奖5项（二等奖3项、三等奖2项），国家发明专利和实用新型专利13项，软件著作1项，国家及省部级工法9项。在国内外核心期刊发表论文10余篇。

裴宾嘉，1973年5月生，中共党员。1995年毕业于重庆交通大学公路与桥梁专业，教授级高级工程师。中国施工协会科技专家、钢管混凝土拱桥学会专家、四川省公路学会专家。主持或参加过11座长江大桥建设及多座悬索桥、斜拉桥、拱桥、梁桥的施工。第一作者论文37篇、国际学术会议论文3篇，获省部级科学技术奖5项、国家专利20项、国家级和省级工法

7项，鲁班奖2项、李春奖1项、国家优质工程奖8项。参加国内3部规范的编制和咨询工作。

刘万春，1965年1月生，中共党员，教授级高级工程师，从事特大桥梁设计、监理、咨询和项目管理36年。历任四川省交通运输厅公路规划勘察设计研究院副院长、四川兴蜀公路建设发展有限责任公司党委书记、董事长；现任四川公路桥梁建设集团有限公司勘察设计分公司党委副书记、总经理。主持完成峨汉、沿江、会禄等多条高速路设计；乐西、西香等多条高速路咨询；峨汉高速兰家湾、沿江高速钒钛高新区、黑水河、会禄高速乌东德金沙江等特大桥设计。桥梁及沿线新结构设施、新设备研究、钢混组合新型结构应用；编制《循环装配式临时建筑（民建）设计与施工标准图》等企业通用图集，获专利7项。

李海清，1970年5月生，中共党员。毕业于东南大学公路与城市道路工程本科。教授级高级工程师。历任四川省交通运输厅高速公路管理局建设养护处处长、川高工程技术咨询有限责任公司副总经理，现任四川公路桥梁建设集团有限公司勘察设计分公司党委书记、常务副经理。主持设计隧道近400座，代表工程米仓山隧道、雀儿山隧道和泥巴山隧道；主持孟加拉达卡高速、镇广高速、沿江高速等多条高速设计；完成沿江高速宁巧超薄直中墙连拱隧道、宁会隧道等超长隧道设计。荣获省部级科技进步一等奖3项，优秀设计一等奖11项，全国BIM大赛一等奖2项，发明专利等8项，软件著作2项。

周明凯，1965年8月生，中共党员。1987年毕业于重庆交通学院，本科学历，教授级高级工程师，注册道路工程师。从事勘察设计35年，获得多项部省级勘察设计各类奖项、专利和科研成果。现任四川公路桥梁建设集团有限公司勘察设计分公司党委委员、副总经理、总工程师。主持江习古高速、广安绕城高速、西宁高速等多条高速设计工作；完成宁南枢纽、西昌东枢纽等多座复合式枢纽互通设计；完成沿江高速黑水河特大桥库岸再造等重大工程方案设计。

唐中波，1979年出生，中共党员。2009年工学硕士，高级工程师，现任四川路桥华东工程公司总工程师。2014年任雅康大桥（主跨1100米悬索桥）工程项目经理部总工程师，2017年任赤水河红军大桥（主跨1200米悬索桥）项目经理部总工程师，国道G4216线屏山至金阳高速公路XJ-2标项目经理部总工，西宁河特大桥（在建）项目经理部总工程师。西宁河特大桥为主跨510米、劲性骨架成拱、上承式混凝土肋拱桥。

刘朝双，中共党员。1985年参加工作，四川路桥桥梁公司首席工长，高级工。组织参与施工20余个大型项目，是卓越的起重吊装工艺大师。指挥广西南宁邕江大桥（360米跨中承式钢管拱桥）、湖南湘潭四大桥（400米跨斜拉飞燕式钢管拱桥）、宜宾长江大桥、南充下中坝嘉陵江大桥、苍溪嘉陵江三桥、西双版纳澜沧江黎明大桥等10余个特大跨桥梁吊装施工，均未发生质量、安全事故。参加完成项目荣获国家优质工程银奖、四川省建设工程“天府杯”金奖、“四川省工人先锋号”等。个人2012年荣获四川省机电冶煤系统“优秀班组长”称号，2016年当选中国共产党四川省第十一次代表大会代表。

已退休的前四川路桥股份公司总工程师曹瑞、副总工程师邓运祥、已调离四川路桥的前副总工程师张佐安，他们都是四川路桥第三代核心技术人员，担任过多座特大桥梁项目总工程师，为四川路桥发展做出杰出贡献，是四川乃至全国知名桥梁专家。

我们这一代（第二代）桥梁人，带领川军建桥队伍走出巴蜀大地，在长江中下游建成多座大桥。孙云、杨如刚等第三代桥梁人，带领四川路桥裂变式发展壮大，走向沿海、走向世界，建成一座又一座举世闻名特大桥梁。

四川路桥众多的桥梁青年技术骨干，正奋战在国内国外的众多桥梁工程项目第一线，他们都有10年甚至20年以上多座特大桥工程项目管理经历，多数人获得集团乃至省部级以上科技进步、工程质量，发明专利等奖励，他们是在第一线主持特大桥梁工程项目的核心，是成长起来的新一代四川路桥桥梁领军人。

四川路桥的桥梁技术精英，人才辈出，世代相传，生生不息。

2002年至2022年，四川路桥股份有限公司建成国内外超过80座跨越大海和大江大河的特大跨桥梁，其中1000米以上跨度桥梁7座，400米以上跨度桥梁24座。四川路桥几代出类拔萃的热血青年，活跃在国内国外，高山险谷、江河大海等众多特大桥工地，他们作为第一线项目负责人和主管技术人员，个个年轻有为，是新一代桥梁工程精英。他们继承和发扬几代路桥人一脉传承的“两路”精神，带领一个又一个项目实施团队，圆满完成越来越多的特大桥梁工程项目，为祖国的繁荣强大，奉献着火红青春。

从建设川藏公路走来的四川路桥，在20世纪50年代，还只有原始的劳动生产工具；60年代中期，建桥施工浇筑混凝土开始使用拌和机和电功振捣器；70年代开始有推土机；80年代中期建犍为岷江大桥开始有5吨汽车吊车；20世纪初建设湖北郧阳汉江大桥（世界级特大跨地锚式混凝土斜拉桥）时，自行研制加工完成了主要桥梁结构的PE热挤护套斜拉索、主梁悬拼安装三角吊机。这是承建川藏公路多座桥梁的雅甘工程处桥工所后辈——四川路桥人继承前辈的艰苦拼搏精神和桥梁施工技术创造的业绩，值得我们永远铭记。

2021年5月，四川蜀道投资集团有限责任公司（简称蜀道集团）成立，所属各级全资和控股企业332家，员工约5万人，综合实力位列全国省级交通企业第一方阵，世界500强企业，是我国交通建设的重要力量。

四川路桥早已形成数量众多、技术成熟、经验丰富、老中青结合的宝塔式各级项目管理梯队，有序获得和管理越来越庞大的工程项目资产，这是四川路桥成为国内乃至世界知名企业的核心力量。四川路桥是我国庞大交通基础设施建设团队的一员，无数个四川路桥一样的团队，是我国成为世界基建强国的基础。

后　记

本书汇集了我60年投身中国桥梁建设事业的经验与感悟，旨在以个人的视角，揭示我国公路桥梁建设的艰辛历程和辉煌成就。从川藏公路的开疆拓土，到如今中国成为世界桥梁强国，本书记录了几代路桥建设者不懈奋斗、勇攀技术高峰的壮丽篇章。通过我亲历的故事，读者得以一窥中国公路桥梁建设的发展历程，感受那些年月里，中国路桥人所展现的坚毅与智慧。

书中回溯20世纪60年代初我踏入公路桥梁建设领域，从最基础的抬石头开始，历经各种磨炼逐渐成长。深情地歌颂了老一辈路桥领导、技术人员和川藏公路老工人们，他们对党和国家的忠诚、对职业的热爱，我深受他们影响。在他们悉心教导、关怀和帮助下，得以走出人生的低谷，成长为一名对国家和社会有所贡献的桥梁工程师。

本书详细记述了不同历史时期、不同技术背景下，我国建设多座国内外领先特大桥梁的故事，展现了中国公路桥梁建设事业从一穷二白到成为世界基础设施建设强国的奋斗历程。通过多座具体的特大桥梁项目管理案例，总结了宝贵的项目管理经验和关键技术决策智慧。这些经验对于当前和未来的特大桥梁项目管理和技术决策者，应具有较高的参考价值，能够启发他们开拓思维，迎接挑战。

本书第十章“二次创业”，我以个人的真实经历为蓝本，讲述了如何有效利用各种既有资源，成功创办并经营一家工程公司，且最终实现盈利，使公司持续健康发展。这段经历或可为当代创业者们提供有益的启示，特别是在其起步初始、困难重重的阶段，对如何巧妙整合运用有限资源，克服困难，实现创业梦想具有一定借鉴价值。

在此，向所有支持和帮助过我的人表示衷心感谢，特别是那些与我并肩作战、共同攻克难关的同事们，没有你们的共同努力和无私奉献，这些高难度的特大桥梁建设无法完成。

在此，我要向出版社的编辑团队表达深深的感激之情。正是你们不辞辛劳的付出和敬业精神，使得这本书得以完美呈现在读者面前，与广大读者分享我的故事和经验。

衷心希望这本书能为大家带来启发和帮助。通过我个人的亲历和视角，读者能了解中国公路桥梁建设的辉煌历程，感受到那些默默无闻、为国家和人民利益奉献自己智慧和汗水的路桥建设者们的卓越风采。他们的故事值得被铭记，他们的精神值得被传承。愿这本书能够激励更多人，为实现个人梦想和国家发展贡献力量。

李文琪

2024年4月